O LIVRO DE PEIXES DE GOULD

UM ROMANCE EM DOZE PEIXES

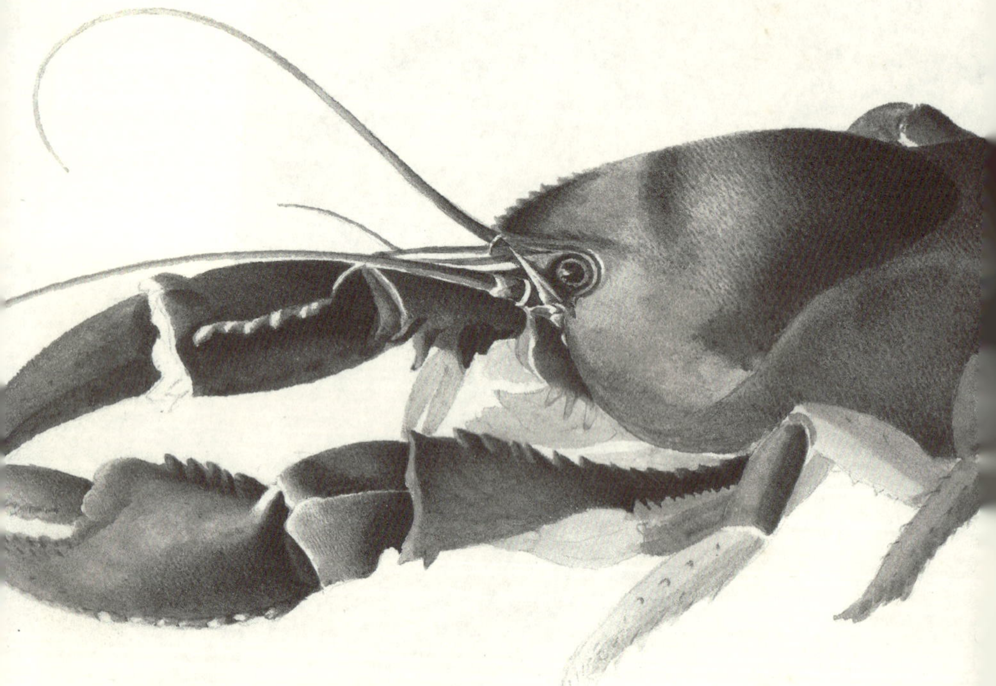

RICHARD FLANAGAN

O LIVRO DE PEIXES DE GOULD

UM ROMANCE EM DOZE PEIXES

Tradução
FÁBIO BONILLO

BIBLIOTECA AZUL

Texto fixado conforme as regras do Acordo Ortográfico da Língua Portuguesa (Decreto Legislativo nº 54, de 1995). Exceto no caso de palavras grafadas à moda antiga ou deliberadamente com erros no original em inglês, cujas particularidades foram recriadas em português.

Editor responsável: Estevão Azevedo
Editor assistente: Juliana de Araujo Rodrigues
Preparação: Huendel Viana
Revisão: Rogério Trentini
Diagramação: Gisele Baptista de Oliveira
Capa: Bloco Gráfico

Título original: *Gould's Book of Fish: a novel in twelve fish*

CIP-BRASIL. CATALOGAÇÃO NA PUBLICAÇÃO
SINDICATO NACIONAL DOS EDITORES DE LIVROS, RJ

F61L

Flanagan, Richard, 1961-
O livro de peixes de Gould : um romance em doze peixes / Richard Flanagan ; tradução Fábio Bonillo. - [2. ed.] - São Paulo : Biblioteca Azul, 2015.
il. ; 21 cm.

Tradução de: *Gould's Book of Fish: a novel in twelve fish*
ISBN 978-85-250-6061-7

1. Romance australiano. I. Bonillo, Fábio. II. Título.

15-22198 CDD: 828.99343
CDU: 821.111(436)-3

1ª edição, Companhia das Letras, 2001
2ª edição, Editora Globo, 2015

Direitos exclusivos de edição em língua portuguesa, para o Brasil, adquiridos por
EDITORA GLOBO S.A.
Av. Jaguaré, 1485
São Paulo-SP 05346-902
www.globolivros.com.br

Para Rosie, Jean e Eliza, nadando em cada vez mais amplos anéis de admiração

Minha mãe é um peixe.
William Faulkner

Sumário

O CAVALO-MARINHO-DE-BARRIGA

Descoberta do Livro de peixes *— Mobília falsa e cura pela fé — A Conga — O senhor Hung e* Moby Dick *— Victor Hugo e Deus — Uma nevasca — Sobre por que a História e as histórias nada têm em comum — O livro desaparece — Morte da Grande Tia Maisie — Minha sedução — Um cavalo-marinho macho dá à luz — A queda*

I

Meu assombro ao descobrir que o *Livro de peixes* ainda permanece comigo, luminoso como o mármore fosforescente que arrebatou meus olhos naquela estranha manhã; cintilante como aqueles lúgubres torvelinhos que coloriram minha mente e encantaram minha alma — que lá e então iniciaram o processo de desfiar o meu coração e, pior ainda, a minha vida na pobre e descarnada embrulhada que é esta história que você está prestes a ler.

De que se tratava aquela branda radiância que me faria pensar ter vivido a mesma vida de novo e de novo, como um místico hindu para sempre preso na Grande Roda? viria a ser meu destino? algo que roubaria meu caráter? que tornaria meu passado e meu futuro unos e indivisíveis?

Seria acaso aquele mesmerizante tremeluzir que subia em espiral do indisciplinado manuscrito para longe do qual cavalos-marinhos e dragões-marinhos e mira-céus já nadavam, levando deslumbrante luz a um melancólico dia ainda não nascido? Acaso aquela desolada vaidade de pensamento que me fez achar que eu continha dentro de mim todos os homens e todos os peixes e todas as coisas? Ou seria acaso algo mais prosaico — má companhia e bebida ainda pior — o que me conduziu à monstruosa situação em que agora me encontro?

Caráter e destino são duas palavras, escreve William Buelow Gould, para a mesma coisa — mais uma questão sobre a qual ele estava, como sempre, incisivamente errado.

Querido, doce, bobo Billy Gould e suas tolas histórias de amor, tamanho amor que não é possível agora, e não era possível então, para ele continuar. Mas receio já estar divagando.

Nós — nossas histórias, nossas almas — estamos, vim a acreditar desde então em consequência de seus fedorentos peixes, num processo de constante decomposição e reinvenção, e este livro, eu estava prestes a descobrir, era a história da pilha de compostagem do meu coração.

Até mesmo minha caneta febril não consegue se aproximar de meu êxtase, um maravilhamento tão intenso que foi como se no momento em que abri o *Livro de peixes* o restante do meu mundo — *o mundo!* — tivesse sido lançado às trevas e a única luz que existisse no universo inteiro fosse a que emanava daquelas envelhecidas páginas até meus olhos atônitos.

Eu estava sem trabalho, dele havendo então muito pouco na Tasmânia, e menos ainda agora. Talvez minha mente estivesse mais suscetível a milagres do que em outra ocasião. Talvez, assim como uma pobre e jovem aldeã portuguesa vê Nossa Senhora porque não deseja ver outra coisa, eu também ansiasse por estar cego ao meu próprio mundo. Talvez, se a Tasmânia fosse um lugar normal onde pudéssemos ter um emprego adequado, onde se gastasse horas no trânsito a fim de gastar mais horas num amontoado de aflições normal, esperando retornar a uma reclusão normal, e onde ninguém jamais tivesse sonhado em saber como é ser um cavalo-marinho, coisas anormais como tornar-se um peixe não acontecessem a você.

Eu digo talvez, mas francamente não estou certo.

Quem sabe esse tipo de coisa aconteça todo o tempo em Berlim e Buenos Aires, e as pessoas apenas estejam muito constrangidas para confessar. Quem sabe Nossa Senhora vá o tempo todo às moradias de Nova York e aos horrorosos arranha-céus de Berlim e aos subúrbios ocidentais de Sydney, e todo mundo finja que ela não está lá e torça para que ela simplesmente vá embora logo e não os constranja ainda mais. Quem sabe a nova Fátima esteja em algum lugar nos vastos terrenos baldios do Revesby Workers' Club, um halo sobre a tela de uma máquina de pôquer que pisca "FEBREDEBLACKJACK".

Será que, quando todas as costas estão viradas, quando todos os rostos estão focados nos monitores de pôquer, não sobra ninguém para testemunhar o momento em que uma velha levita ao preencher seu cartão de Keno?* Quem sabe tenhamos perdido a habilidade, aquele sexto sentido que nos permite ver milagres e ter visões e entender que somos algo diferente e maior do que aquilo que disseram que éramos. Quem sabe a evolução tenha ocorrido reversamente durante mais tempo do que suspeitei, e sejamos já tristes e estúpidos peixes. Como eu disse, não tenho certeza, e as únicas pessoas em quem confio, como o senhor Hung e a Conga, também não têm.

Para ser sincero, eu cheguei à conclusão de que não há muita coisa nesta vida de que se pode ter certeza. A despeito do que a você possa vir a parecer evidência cabal do contrário, eu valorizo a verdade, mas, assim como William Buelow Gould continuou a perguntar de seus peixes muito tempo depois de mortos por suas infinitas e fúteis indagações, onde se pode encontrar a verdade?

Quanto a mim, me levaram o livro e tudo o mais embora, e afinal o que são os livros senão contos de fadas não confiáveis?

* Jogo semelhante ao bingo, muito popular nos cassinos modernos. (N. T.)

Era uma vez um homem chamado Sid Hammet e ele descobriu não ser quem ele pensava que era.

Era uma vez um tempo de milagres, e o supracitado Hammet acreditou ter sido arrebatado por um. Até aquele dia ele vivera de sua perspicácia, que é uma maneira mais gentil de dizer que sua vida era um contínuo ato de desilusão. Após aquele dia ele viria a sofrer da cruel moléstia da crença.

Era uma vez um homem chamado Sid Hammet que viu refletido no brilho de um estranho livro de peixes sua própria história, que começou como um conto de fadas e terminou como uma canção de ninar, cavalgando um cavalinho de pau até Banbury Cross.

Era uma vez uma sucessão de coisas terríveis, mas foi há muito tempo num lugar remoto que todos sabem que não é aqui ou agora ou nós.

II

ATÉ AQUELA ÉPOCA EU ME DEDICARA a adquirir velhas peças de mobília apodrecida que eu depois envelhecia com todo insulto concebível. Enquanto eu golpeava os deploráveis guarda-louças com martelos para realçar a patética pátina, à medida que eu me aliviava na velha metalurgia para causar o pútrido azinhavre, berrando toda espécie de vis maldições para me sentir melhor, eu imaginava que tais peças de mobília eram os turistas, seus inevitáveis compradores, adquirindo o que equivocadamente pensavam ser destroços do romântico passado, em vez de ser o que eram, evidências de um apodrecido presente.

Minha Grande Tia Maisie disse que era um milagre eu ter encontrado qualquer trabalho, e eu senti que ela saberia se de fato fosse, pois não havia ela me levado quando eu tinha sete anos ao campo do North Hobart sob a bela luz rubi de final de inverno para miraculosamente auxiliar o North Hobart a vencer a semifinal de futebol? De um minúsculo frasco ela aspergiu água benta de Lourdes na grama enlameada do campo. O Grande John Devereaux era o capitão-treinador, e eu estava embrulhado no cachecol vermelho e azul dos Demons, como um gato egípcio mumificado, apenas com os olhos grandes e curiosos de fora. Eu escapei no terceiro tempo para espiar por entre a vigorosa floresta de coxas besuntadas de gel mentolado dos jogadores e ouvir o Grande John Devereaux proferir um discurso vibrante.

North Hobart estava uma dúzia de pontos atrás e eu sabia que o Grande John Devereaux diria algo memorável ao time, ele não era homem de desapontar seus seguidores. "Tirem da cabeça essas malditas garotas", disse ele. "Você, Ronnie, esqueça aquela Jody. E você, Nobby, quanto mais cedo tirar aquela Mary da cabeça, melhor." E assim por diante. Era maravilhoso ouvir todos aqueles nomes de garotas e saber que significavam tanto para gigantes como aqueles bem no meio do terceiro tempo. Quando eles então venceram, chutando na mesma direção do vento, eu soube que amor e água eram uma combinação verdadeiramente imbatível.

Mas voltando ao meu trabalho com mobília, ele era, tal como Rennie Conga (este, me apresso em dizer, antes que alguém da família dela leia isto e fique melindrado, não era exatamente seu nome, mas ninguém nunca conseguia recordar seu sobrenome italiano inteiro, e de alguma forma ele parecia ser adequado ao seu corpo sinuoso e às justas e escuras roupas que ela escolhia para vestir aquela forma serpentina), na época minha agente da condicional, expressou, um posto com perspectivas, particularmente quando vinham navios de cruzeiro repletos de velhos gordos americanos. Com suas barrigas salientes, perninhas finas e esquisitas, e sapatos brancos ainda mais estranhos pontuando o fim daqueles corpos desproporcionais, os americanos eram os cativantes pontos de interrogação entre os seres humanos.

Digo cativantes, mas o que realmente quero dizer é que eles tinham dinheiro.

Eles também tinham seus gostos, que eram peculiares, mas no que dizia respeito ao comércio eu era suficientemente afeito a eles — e eles, a mim. E por um tempo a Conga e eu fizemos uma boa linha de velhas cadeiras que ela comprara num leilão quando mais uma sede de uma repartição pública tasmaniana tinha sido fechada. Eu as pintei com várias tintas esmaltadas claras, lixei de novo, raspei ligeiramente com um ralador de legumes, mijei em cima e passei para frente como se fossem mobílias Shaker que vieram em baleeiros de Nantucket no século passado, como dizíamos em resposta aos pontos de interrogação, à sua incessante busca nos oceanos do sul pelos grandes leviatãs.

Era a história, na verdade, que os turistas compravam, o único tipo que iriam comprar — uma história americana, um alegre e agitado conto de Nós Os Encontramos Vivos E Os Trouxemos Para Casa —, e por algum tempo foi uma boa história. Tão boa que nós ficamos sem estoque e a Conga foi forçada a desenvolver uma linha de produção secundária para nosso empreendimento, fechando um acordo com uma família vietnamita recém-chegada, enquanto eu datilografava esmeradamente a história junto com alguns rótulos de autenticidade genuína emitidos por uma organização fictícia que chamávamos de Associação Antiquária Van Diemoniana.

A história do vietnamita (seu nome era Lai Phu Hung, mas a Conga, que acreditava no respeito, sempre insistiu que o chamássemos de senhor Hung) era tão interessante quanto qualquer antiga fábula de pescadores de baleia, o perigosíssimo voo de sua família desde o Vietnã, a desesperadíssima viagem em um abarrotado e abandonado junco de pesca até a Austrália, e ainda por cima eles eram ótimos em fazer esculturas em ossos — um ramo, devo acrescentar, no qual também fazíamos respeitáveis negócios. Como modelos para seus entalhes em ossos, o senhor Hung usava as ilustrações em xilogravura de uma velha edição de *Moby Dick* da Modern Library.

Mas ele e sua família não tinham nenhum Melville, nenhum Ishmael ou Queequeg ou Ahab no tombadilho, nenhum passado romântico, apenas seus problemas e sonhos, assim como o resto de nós, e era tudo sordidamente, irremediavelmente humano para valer qualquer coisa aos olhos dos vorazes pontos de interrogação. Para ser justo, estes só estavam atrás de algo que os resguardasse do passado e das pessoas em geral, e não de algo que oferecesse uma conexão que se pudesse provar dolorosa ou humana.

Eles queriam histórias, vim a perceber, em que eles já se encontrassem presos, não histórias em que aparecessem junto com o narrador, cúmplices na fuga. Eles queriam que você dissesse: "Baleeiros", para que eles pudessem responder: "Moby Dick", e invocar imagens da minissérie de mesmo nome; para que você então pudesse dizer: "Antiguidade", para que eles pudessem responder: "Quanto?".

Essa espécie de história.

Do tipo que pagam.

Não como as histórias do senhor Hung, que nunca nenhum ponto de interrogação queria ouvir, algo de que o senhor Hung parecia extraordinariamente ciente, em parte porque sua verdadeira ambição não era ser um motorista de guindaste a vapor como tinha sido em Haiphong, mas sim um poeta, um sonho que o permitia simular uma resignação romântica ante a indiferença de um mundo insensível.

Pois a religião do senhor Hung era a literatura, literalmente. Ele pertencia à Cao Dai, uma seita budista que considerava Victor Hugo um deus. Além de venerar os romances da divindade, o senhor Hung parecia bem informado sobre (e dava a entender uma certa comunhão espiritual com) vários outros nobres da escrita francesa do século XIX de quem, além dos nomes — e nem mesmo disso às vezes —, eu nada sabia.

Estando em Hobart e não em Haiphong, os turistas não davam a mínima para tipos como o senhor Hung, e eles certamente não nos dariam nenhum dinheiro por suas histórias sobre guindastes a vapor, ou sobre as garças pescadoras do pai, ou sua poesia, ou, a propósito, seus pensamentos sobre as conexões entre Deus e a literatura gaulesa. Então em vez disso o senhor Hung cavou uma pequena oficina embaixo de sua velha casa da Zinc Company em Lutana e passou a trabalhar confeccionando cadeiras falsas de antiquário e esculpindo em imitações de barbatana para complementar nossas mais sórdidas ficções.

E por que deveria o senhor Hung ou sua família ou a Conga ou eu termos nos importado afinal?

Os turistas tinham dinheiro e dele precisávamos; eles pediam em troca apenas para serem enganados e ludibriados e informados da coisa mais primordial e única: que eles estavam a salvo, que seu senso de segurança — nacional, individual, espiritual — não era uma piada de mau gosto feita à custa deles por um destino entediado e caprichoso. Só pediam para serem informados de que não havia conexão entre o antes e o agora, de que eles não precisavam usar uma braçadeira preta ou ter uma má consciência sobre seu poder e sua riqueza e a falta desta no mundo todo; de que não precisavam se sentir um lixo porque ninguém conseguia ou iria explicar por que a riqueza de uns poucos parecia curiosamente tão dependente da miséria de muitos. Nós gentilmente fingíamos se tratar de comprar e vender cadeiras, de eles fazerem perguntas sobre preços e heranças, e nós respondermos de maneira semelhante.

Mas não se tratava de preços e heranças, não se tratava disso em absoluto.

Os turistas tinham perguntas insistentes e inconfessas, e nós simplesmente tínhamos que responder como melhor podíamos, com mobília falsificada. Eles estavam de fato perguntando: "Estamos seguros?", e nós estávamos de fato respondendo: "Não, mas uma barricada de mercadorias inúteis pode ajudar a tirá-los de vista". E porque húbris não é apenas uma antiga palavra grega mas uma percepção humana tão sedimentada que deveríamos por bem considerá-la um instinto infalível, eles também queriam saber: "Se é nossa culpa, então iremos sofrer?", e nós de fato respondíamos: "Sim, e lentamente, mas uma cadeira falsa pode nos fazer sentir melhor quanto a isso". Quero dizer, era um sustento, e se não era tão bom, tampouco era tão ruim, e enquanto carregava tantas cadeiras quantas conseguíamos vender, eu não estava prestes a carregar o peso do mundo.

Você pode pensar que tal aventura seria recebida com a maior aprovação, que inevitavelmente ela progrediria, se diversificaria, cresceria até um empreendimento redentor de proporções globais e mérito nacional. Poderia até ter ganhado prêmios de exportação. Certamente em qualquer cidade que se preze — Sydney, digamos — tal fraudulência onírica teria sido generosamente recompensada. Mas aqui, afinal de contas, é Hobart, onde os sonhos continuam sendo assunto estritamente privado.

Após o recebimento de várias cartas de advogados de revendedores locais de antiguidades e a concomitante ameaça de processos judiciais, nosso nobre empreendimento de oferecer consolo aos aposentados tribunos de um império decrépito deu com os burros n'água. A Conga se sentiu compelida a entrar na consultoria de ecoturismo com o vietnamita falsificador de mobília, e eu passei a procurar por novos ramos.

III

ENTÃO OCORREU QUE NAQUELA MANHÃ de inverno que se provaria fatídica mas que à época parecia meramente congelante eu me encontrei sozinho na área de desembarque de Salamanca. Num velho armazém feito de arenito topei com o que era ainda uma loja de sucata, antes que também aquele espaço fosse tomado por turistas e se transformasse em mais um restaurante ao ar livre delicadamente exagerado.

Aninhado atrás de alguns guarda-roupas de jacarandá fora de moda da década de 1940 pelos quais turista nenhum se interessaria em receber como absolvição, calhei de perceber um velho guarda-comida de ferro galvanizado, que, com um desejo infantil de espreitar o que quer que esteja fechado, abri.

Dentro pude apenas distinguir uma pilha de revistas femininas de anos passados, uma descoberta tão poeirenta quanto decepcionante. Eu ia já fechando a porta quando, debaixo daqueles desbotados rumores de amor e espalhafatosos relatos de tristes e extraviadas princesas, meu olho avistou alguns quebradiços fios de algodão alegremente sobressaindo como a barbicha da Grande Tia Maisie, sem vergonha e com um certo vigor arcaico.

A porta arranhou uma nota em bemol quando a escancarei de novo e espreitei mais rigorosamente lá dentro. Vi que os fios saíam de uma encadernação um tanto desgastada, cuja lombada tinha caído parcialmente. Tão cuidadosamente como se fosse um peixe premiado emaranhado em minha rede, eu a alcancei, levantei as revistas, e de baixo libertei o que parecia ser um livro dilapidado.

Ergui-o diante de mim.

Aproximei meu nariz.

Estranhamente, não cheirava ao mofo doce de livros velhos, mas aos ventos salgados que sopram do mar da Tasmânia. Levemente corri o dedo indicador pela capa. Embora suja com um fino encardido negro, era sedosa ao toque. Foi ao varrer aquele sedimento de séculos que a primeira de muitas coisas notáveis ocorreu.

Eu deveria saber então que aquele não era um livro comum, e certamente não um livro com que um tapado como eu deveria se meter. Eu conheço — ou pelo menos julgo conhecer — os limites de minha criminalidade, e eu acreditava ter aprendido a dizer "não" a qualquer tolice que envolvesse riscos pessoais.

Mas era tarde demais. Eu já estava — como antes me foi dito no curso dos processos judiciais — implicado. Pois debaixo daquele delicado pó fino algo altamente incomum estava acontecendo: a marmórea capa do livro emitia um fraco mas crescente e claro brilho púrpura.

IV

Lá fora fazia um melancólico dia de inverno. A neve recobria a montanha acima da cidade. A névoa ondeava rumo ao rio amplo, cobrindo como uma colcha em queda lenta o vale no qual jaziam as calmas e particularmente vazias ruas de Hobart. Através da fria beleza da manhã, umas poucas figuras trajadas com as multicoloridas roupas de dias frios se precipitavam, e então sumiam. A montanha passava de branco a cinza e então desaparecia para meditar atrás de nuvens negras. A cidade mergulhava em sono leve. Como sonhos perdidos, a neve começou a valsar nesse mundo calado.

Tudo isso não está totalmente fora de questão, pois o que estou realmente tentando dizer é que estava frio como num túmulo e dez vezes mais calmo, que não havia naquele dia portento algum, nada que pudesse me advertir do que estava prestes a acontecer. E certamente em um dia como esse ninguém mais se incomodou em aventurar-se em uma escura loja de sucata sem calefação em Salamanca. Até mesmo o proprietário permaneceu aconchegado num pequeno radiador na outra extremidade de seus domínios, as costas viradas para mim, sub-repticiamente tirando aquele hino vil do varejo contemporâneo, *As quatro estações,* de Vivaldi, sintonizando no reconfortante e baixo rubato do turfe, nas deslumbrantes ondas sonoras do Grande Prêmio.

Mais ninguém no mundo estava lá para perceber, para testemunhar comigo aquele milagre durante o qual o mundo pareceu se contrair naquele sombrio canto de uma antiga loja de sucata e a eternidade daquele momento em que pela primeira vez escovei o sedimento da capa daquele livro bizarro.

Como a pele de um peixe-trompete-bastardo capturado à noite, a capa do livro era agora uma massa de pontos púrpura pulsantes. Quanto mais eu esfregava, mais os pontos se espalhavam, até que a maior parte da capa ficou brilhando claramente. Como o pescador noturno que manuseia o peixe-trompete-bastardo, a salpicada fosforescência se espalhou do livro para as minhas mãos, até que elas ficaram também cobertas de sardas púrpura, cintilando em esplêndida confusão, assim como as luzes de uma exótica, desconhecida cidade vislumbrada do alto de um avião. Quando elevei as mãos luminosas diante do meu rosto e depois lentamente as virei deslumbrado — mãos tão familiares embora tão alienígenas —, foi como se eu já tivesse iniciado uma perturbadora metamorfose.

Depus o livro numa mesa de fórmica ao lado do guarda-comida, corri meu agora reluzente dedão sobre seu suave ventre de páginas desobedientes e frágeis e virei a capa. Para meu espanto o livro abriu numa pintura de um cavalo-marinho-de-barriga. Acumulada ao redor do cavalo-marinho, como destroços de laminárias gigantes e ervas marinhas, havia uma caligrafia retorcida. Intercaladas a cada tanto estavam outras aquarelas de peixes.

Era, devo admitir, uma miscelânea medonha, com algumas histórias a tinta superpostas mal e porcamente a outras a lápis, e às vezes vice-versa. Após ficar sem espaço no final do livro, o escritor parecia simplesmente tê-lo virado e, entre as linhas existentes, retomado a escrita — na direção oposta e de cabeça para baixo — de mais histórias suas. Não fosse isso confuso o bastante — e era —, havia numerosos adendos e anotações abarrotados nas margens e às vezes em folhas soltas de papel, e, num dos casos, no que parecia ser uma pele de peixe seca. O escritor parecia ter aplanado todo tipo de material — lona velha, beiradas arrancadas de sabe Deus que livros, juta, até mesmo serapilheira — para servir de superfície e cobri-la com uma colorida, intrincada caligrafia que, em seus melhores momentos, era difícil de decifrar.

A soma de tal caos era que eu parecia estar lendo um livro que na realidade nunca começou e nunca de fato acabou. Era como olhar num encantador caleidoscópio de imagens cambiantes: um negócio peculiar, às vezes frustrante, às vezes extasiante, mas nem de longe o abrir-e-fechar que um bom livro deveria ser.

Contudo, antes que eu percebesse, fui carregado muito longe pelas histórias que acompanhavam aqueles peixes — se é que podem assim ser descritas, sendo o volume mais à maneira de um registro ou diário, às vezes de eventos reais, imersos na lama do mundano, e outras vezes de assuntos tão amalucados que a princípio pensei serem crônicas de sonhos ou pesadelos.

Aquele esquisito registro parecia ser de um condenado chamado William Buelow Gould, que no suposto interesse da ciência recebeu, em 1828, do cirurgião da colônia penal de Sarah Island a ordem de pintar todos os peixes lá pescados. Mas enquanto o dever de pintar era obrigatório, o dever de escrever, que o autor carregava como um fardo adicional, não o era. A manutenção de tais diários pelos condenados era proibida, e portanto perigosa. Cada história era escrita em uma tinta colorida diferente que, como seu condenado escriba descreve, fora feita mediante vários e engenhosos expedientes, a partir do que estivesse à mão: a tinta vermelha, de sangue de canguru, a azul, da quebra de uma pedra preciosa roubada, e assim por diante.

O autor escrevia em cores; mais precisamente, suspeito eu, ele *sentia* em cores. Não quero dizer que ele se delongava sobre pores do sol ou sobre a glória celeste de um mar calmo. Quero sugerir que seu mundo assumia matizes que o suplantavam, como se o universo fosse uma consequência das cores, em vez de o inverso. Teria o espanto das cores, ponderei eu, redimido o horror do seu mundo?

O arco-íris clandestino de histórias, apesar de — e, para ser verídico, talvez também por causa de — seu estilo cru, suas muitas inconsistências, sua dificuldade de leitura, sua beleza esquisita, para não dizer nada de seus momentos mais ridículos e às vezes francamente implausíveis, me cativou tanto que devo ter lido pelo menos metade dele antes de voltar aos meus sentidos.

Encontrei um trapo velho no chão, com o qual esfreguei minhas mãos até ficarem quase em carne viva a fim de me livrar dos pontos púrpura brilhantes, e escondi o livro de volta no guarda-comida que então comprei, após regatear um pouco, pelo preço convenientemente baixo que enferrujados guarda-comidas de ferro galvanizado mereciam antes que eles, também, como todas as outras sucatas velhas, entrassem na moda.

Exatamente quais eram minhas intenções quando eu saía rumo à leve nevasca, lutando com aquele embaraçoso guarda-comida, eu não consigo dizer até hoje. Embora soubesse que eu conseguiria pintar o guarda-comida com uma cor de patrimônio e então despachá-lo como um antigo armário para aparelho de som pelo dobro do que paguei, e embora eventualmente fosse barganhar uma obturação gratuita com o dentista em troca das velhas revistas femininas para que ele abastecesse sua sala de espera, eu não tinha ideia do que iria fazer com o *Livro de peixes*.

Para minha vergonha, devo admitir que a princípio posso ter tido o impulso básico de arrancar as muitas pinturas de peixes e enquadrá-las para vendê-las a um antiquário negociante de impressos. Mas quanto mais eu lia e relia o *Livro de peixes* naquela noite fria, na noite seguinte e nas muitas noites após, menor era a inclinação que eu tinha de lucrar com elas.

A história me encantou, e passei a levar o livro comigo a todo lugar, como se fosse um poderoso talismã, como se ele contivesse alguma magia que pudesse de alguma forma transmitir ou explicar algo fundamental para mim. Mas o que era aquela coisa fundamental, ou por que ela parecia importar tanto, eu não sabia então — e continuo não sabendo — explicar.

Tudo que posso dizer com certeza é que quando o levei a historiadores, bibliófilos e editores em busca de opinião sobre seu valor, pensando que poderiam também se comprazer com minha descoberta, foi para descobrir com tristeza que o encantamento era somente meu.

Enquanto todos consentiram que o *Livro de peixes* era velho, muito dele — a história que se propõe a contar, os peixes que alega representar, os condenados e guardas e administradores penais que procura descrever — parecia concordar com os fatos conhecidos, mas somente até incitar com eles uma nova discussão. Aquele livro belicoso, foi-me dito, era o insignificante senão curioso produto de uma mente de eras passadas particularmente perturbada.

Quando consegui persuadir o museu a realizar testes no pergaminho, nas tintas e nas pinturas, datar com carbono e até escanear com ressonância magnética página por página do livro, eles admitiram que todos os materiais e técnicas pareciam autênticos para o período. Contudo, a própria história se descreditava tão completamente que, em vez de concordarem em atestar o livro como trabalho genuíno de grande interesse histórico, os especialistas do museu me parabenizaram pela qualidade de minha falsificação e me desejaram tudo de bom em meu próspero ofício no turismo.

V

Minha última expectativa residia no eminente historiador colonial, o professor Roman de Silva, e minhas esperanças cresceram por vários dias após eu ter lhe enviado o *Livro de peixes*, depois afundaram nas muitas semanas aguardando por uma resposta. Finalmente, numa chuvosa tarde de quinta-feira, sua secretária ligou para dizer que o professor estaria disponível para se encontrar comigo durante vinte minutos mais tarde naquele mesmo dia em seu escritório na universidade.

Lá descobri um homem cuja reputação parecia não só em desacordo, mas em completo conflito com sua aparência. Os espasmódicos movimentos do professor Roman de Silva e seu corpo minúsculo, pançudo, seus cabelos tingidos de azeviche lambidos sobre sua cabeça de alfinete num improvável corte à la *teddy boy*, sugeriam um infeliz cruzamento de um boneco do Elvis com um nervoso galo legorne.

Estava claro que o *Livro de peixes* permaneceu no banco dos réus, e o professor abriu o que viria a ser um fulminante caso para a acusação, determinado a nunca permitir que nossa entrevista degenerasse em uma conversa.

Ele virou as costas para mim, remexeu numa gaveta e então — com um súbito movimento pretensamente dramático, mas que conseguiu ser apenas esquisito — deixou cair em sua mesa uma bola com corrente de ferro fundido. Fez-se um barulho dilacerante que soou como madeira rachando, mas o professor De Silva estava já avançado em seu ato e, como verdadeiro profissional que era, não iria deixar isso ou qualquer outra coisa interrompê-lo.

"Veja só, senhor Hammet", disse ele.

Eu não disse nada.

"O que você vê, senhor Hammet?"

Eu não disse nada.

"Uma bola e corrente, senhor Hammet, é isso o que vê? Uma bola e corrente de presidiário, não é?"

Querendo ser agradável, assenti.

"Não, senhor Hammet, você não vê nada do tipo. Uma fraude, senhor Hammet, é isso o que vê. Uma bola e corrente feita por ex-presidiários no final do século XIX para ser vendida a turistas que visitam a terra do horror gótico da colônia penal de Port Arthur, é o que você está contemplando. Uma fraude cafona, fraudulenta, do tipo suvenir para turistas, é o que você está vendo, senhor Hammet. Um exemplar do kitsch que nada tem a ver com a História."

Ele parou, enfiou o nó do pequeno dedo indicador numa de suas narinas hirsutas, das quais sobressaíam úmidos pelos negros grandes o bastante para capturar traças, então retomou a fala.

"A História, senhor Hammet, é o que não se pode ver. A História tem poder. Mas uma falsificação não tem nenhum."

Eu estava impressionado. Vindo de onde eu vim, aquela falsificação se parecia com o passado de minha própria nobre arte. Também parecia vendável. Enquanto eu estava lá me perguntando como seriam as habilidades de forjamento e ferraria do senhor Hung, se eu deveria chamar a Conga e informá-la do novo ramo potencialmente lucrativo com que me deparei, e de que eufemismos eu poderia lançar mão para comunicar a carga erótica que nossos amigos americanos inevitavelmente encontrariam em tal item ("Para eles, existe alguma coisa que *não* esteja relacionada a sexo?", perguntou a Conga um dia, ao que o senhor Hung respondeu: "Pessoas"), o professor Roman de Silva deixou cair — com o que senti ser uma completa falta de respeito — o *Livro de peixes* de Gould ao lado da bola e corrente.

"E isso... isso aqui *não* é melhor. Talvez uma velha falsificação, senhor Hammet", e aqui ele me fitou com um sábio e triste olhar, "embora eu possa não estar certo nem mesmo sobre a escolha desse substantivo."

Ele se virou, pôs as mãos nos bolsos e espreitou janela afora até um estacionamento alguns andares abaixo pelo que pareceu um tempo muito longo, antes de voltar a falar.

"Mas, ainda assim, uma falsificação."

E, de costas para mim, ele continuou papagueando duma maneira que parecia ter sido aperfeiçoada, suspeitei eu, à custa de gerações de estudantes sofredores, contando à janela e ao estacionamento sobre como a colônia descrita no *Livro de peixes* se parecia, pelo menos na superfície, com a mesma que existiu naquela ilha para a qual apenas os piores condenados eram banidos; sobre como sua localização também correspondia com a que se conhecia, isolada num amplo porto cercado pelas impenetráveis terras selvagens da parte ocidental da Terra de Van Diemen, uma inexplorada região retratada nos mapas da época apenas como um sinistro vazio que os cartógrafos coloniais denominaram de Transylvania.

Então ele se voltou para me encarar, domando pela centésima vez seu topete confeitado de caspa.

"Mas enquanto é registro histórico consumado o fato de que entre 1820 e 1831 Sarah Island era o mais temido local de punição de todo o Império Britânico, quase nada no *Livro de peixes* está de acordo com a história sabida daquele inferno de ilha. Poucos dos nomes mencionados em sua curiosa crônica poderão ser encontrados em qualquer um dos documentos oficiais que sobreviveram àquela época, e aqueles que podem assumem identidades e histórias inteiramente em desacordo com o que é descrito nesse... *nesse* triste pastiche.

"E, se nos propusermos a examinar os registros históricos", continuou o professor, mas então eu já sabia que ele odiava o *Livro de peixes*, que ele procurava pela verdade nos fatos e não nas histórias, que a História para ele não passava de pretexto para um pesaroso fatalismo sobre o presente, que um homem com um cabelo daquele tendia à rasa nostalgia que inevitavelmente daria margem a uma percepção de que a vida era tão mundana quanto ele próprio, "descobriremos que Sarah Island não sofreu as depredações de um governante tirano, tampouco se tornou, por um tempo, um porto mercantil de tamanha importância e independência a ponto de se tornar uma nação comercial separada, nem tampouco veio abaixo num fogo apocalíptico, assim como registrado na crônica cataclísmica que é esse seu *Livro de peixes*." Ele tagarelou sem parar, refugiando-se na única coisa que sentia emprestar-lhe superioridade: as palavras.

Ele disse que o *Livro de peixes* poderia um dia encontrar lugar na inglória, se não insubstancial, história das fraudes literárias australianas. "É a área das letras nacionais", observou ele, "na qual a Austrália pode acertadamente reclamar certa eminência global."

"Nem é preciso acrescentar", acrescentou ele, o sorriso maroto quase obscurecido pelo flácido topete pendendo sobre seu rosto como um bêbado prestes a vomitar, "que se você fosse publicá-lo como um *romance*, o inevitável poderia acontecer: ganhar prêmios literários."

O *Livro de peixes* podia ter suas imperfeições — mesmo que eu não estivesse propenso a admiti-las —, mas nunca me ocorreu que fosse suficientemente patético e pomposo para ser confundido com literatura nacional. Tomando a observação do professor como um gracejo mal-educado à minha custa, concluí nosso encontro com um brusco adeus, peguei de volta o *Livro de peixes* e saí.

VI

A PRINCÍPIO, FUI EM PARTE PERSUADIDO pelos argumentos que ouvi, e consenti que o livro devia ser algum tipo de fraude elaborada e maluca. Mas sendo alguém que sabe um pouco do jogo do engano, que sabe que a falcatrua exige não apenas lançar mentiras mas confirmar preconceitos, o livro, caso fosse uma fraude, não faria sentido, porque nada nele concordava com qualquer expectativa de como o passado deveria ter sido.

O livro acabou virando um quebra-cabeça que eu estava agora determinado a resolver. Vasculhei o Arquivo Público da Tasmânia, cuja asseada, ordinária fachada urbana desmente o registro completo do Estado totalitário que abriga. Lá descobri pouca coisa que fosse útil, com exceção do sábio e venerável arquivista, o senhor Kim Pearce, a quem levei para beber.

Além do que o professor De Silva denominara de "as adivinháveis esquisitices" do *Livro de peixes*, havia o problema adicional da própria identidade do cronista, "a lacuna das lacunas", como o chamou o professor De Silva, uma frase que para mim fez tão pouco sentido quanto William Buelow Gould fazia para ele.

Nos registros de presidiários o senhor Kim Pearce encontrou vários William Gould falecidos, enquanto me apresentava a um Willy Gold vivo no *Hope & Anchor*; um alcoólatra pintor de aquarelas de pássaros com fenda palatina (o pintor, não os pássaros) no *Ocean Child*; e Pete, dono de um pub, no reservado — uma pequena e confortável taberna — do *Crescent*.

Apenas um dos históricos (isto é, falecidos) William Gould tinha uma vida que parecia de algumas maneiras corresponder com a do autor do *Livro de peixes*, compartilhando uma ficha criminal semelhante e a mesma tatuagem acima do peito esquerdo — uma âncora vermelha com asas azuis, envolvida pela legenda: "AMOR E LIBERDADE". Havia sido este William Buelow Gould, um artista criminoso reincidente, que após chegar em 1828 à colônia penal de Sarah Island fora castigado com a específica tarefa de pintar peixes para o cirurgião.

Enquanto tais detalhes batiam com a vida descrita no *Livro de peixes*, o subsequente registro de presidiário de Gould sugeria uma vida inteiramente em desacordo com aquela que havia me cativado tanto. Às vezes parecia como se o autor do *Livro de peixes*, o contador de histórias William Buelow Gould, tivesse nascido com memória mas nenhuma experiência ou história de que precisasse prestar contas, e ficado até o fim buscando inventar o que não existia, na curiosa crença de que sua imaginação pudesse se tornar sua experiência, e dessa maneira ambas explicarem e curarem seu problema de memória inconsolável.

Após tamanho desconcerto, imaginem então meu aturdimento ao descobrir na quietude da Allport Library um segundo *Livro de peixes*, atribuído ao artista presidiário William Buelow Gould, que continha maravilhosas pinturas idênticas ao *Livro de peixes* de Salamanca em todos os detalhes senão um, uma similaridade tão notável que me senti sufocando por falta de ar.

Chamei de lado o amável senhor Pearce, que havia sido tão útil, e expliquei por que eu havia engasgado tão alto.

Contei-lhe como eu havia descoberto que claramente havia não um, mas *dois* livros de peixes; como essas duas obras que pareciam se espelhar uma na outra com tanta exatidão eram, ao mesmo tempo, as mesmas e contudo fundamentalmente diferentes. Enquanto um deles (o *Livro de peixes* da Allport Library) não continha nem uma palavra escrita, o outro (o *Livro de peixes* de Salamanca) pululava de palavras assim como o oceano pulula de peixes, e esses cardumes de palavras formavam uma crônica que explicava a curiosa gênese das pinturas. Um livro falava com a autoridade das palavras e o outro com a autoridade do silêncio, e era impossível dizer qual era mais misterioso.

"De fato", disse o senhor Kim Pearce, oferecendo-me sem comentário algumas pastilhas de Mylanta, "o verdadeiro mistério deles se intensifica com a reflexão distorcida que um desses livros tem do outro."

Corri para casa, apanhei meu exemplar do guarda-comida de seu esconderijo atrás do espelho do banheiro, e me retirei para um hotel próximo para mais uma vez me entregar às bebidas e aos peixes.

E aqui, antes que eu vá adiante, devo mencionar um segundo atributo incomum do *Livro de peixes* além de sua capa autoiluminante, uma qualidade notável que parece espelhar a vida. Eu mencionei como o livro parecia nunca realmente terminar. Mas essa não é toda a verdade. Até mesmo agora eu hesito antes de citá-la, esta peculiaridade sendo tão peculiar quanto inacreditável — a recusa da história em terminar.

Toda vez que eu abria o livro, caía um pedaço de papel com alguma revelação que eu não havia lido até então, ou topava com uma anotação que de alguma forma não notara em minhas leituras anteriores, ou então me deparava com duas páginas coladas que não percebera e que, quando cuidadosamente separadas, continham um novo elemento da história que me forçava a repensar o todo sob uma luz inteiramente nova. Dessa maneira, toda vez que eu abria o *Livro de peixes*, o que parecia ser um novo capítulo surgia milagrosamente. Naquela tarde, sentado sozinho no bar do *Republic* — o antigo *Empire* —, não foi diferente, salvo que eu sabia, mesmo na decrepitude de minha paixão insensata, que, pela própria natureza de seu conteúdo, o que eu estava lendo com crescente horror era o último capítulo que eu viria a ler.

À medida que chegava perto de sua conclusão, as páginas primeiro ficaram úmidas sob meus dedos, depois molhadas, e finalmente, quando senti meu coração martelando, quando minha respiração acelerou e comecei a suspirar e arfar, eu tive a inexplicável sensação de que lia palavras escritas no próprio fundo do oceano.

Num estado de total descrença eu cheguei ao que sabia ser o final. Compreendi que mais nenhum capítulo multicolorido voltaria a aparecer milagrosamente, e contemplando em aturdimento o terrível conto de William Buelow Gould e seus peixes, eu pedi um ouzo para firmar minhas mãos trêmulas, o engoli com um único, inseguro gole e pus o copo numa toalhinha de descanso da cerveja Cascade, e então, ainda zonzo, vaguei rumo ao banheiro.

Quando voltei foi para descobrir que o balcão do bar havia sido limpo.

Senti minha garganta se contraindo e subitamente achei difícil respirar.

VII

Não havia toalhinha de cerveja Cascade.

Não havia copo de ouzo esvaziado.

Não havia... nenhum *Livro de peixes*!

Eu tentava engolir, mas minha boca tinha secado. Eu tentava ficar aprumado, mas estava bamboleando, assolado por um medo vertiginoso. Eu tentava não entrar em pânico, mas a batida do meu coração era um ribombo ensurdecedor, monstruosas ondas de medo uma após a outra, no leito do oceano de minha alma. Onde eu havia deixado o *Livro de peixes* de Gould agora não restava nada — nada, quer dizer, salvo uma grande poça salobra sendo enxugada pelo barman com uma esponja, a qual ele então torceu numa pia.

Só agora eu percebo que o *Livro de peixes* retornava para onde ele havia surgido, que, paradoxalmente, tal como o *Livro de peixes* havia acabado para mim, estava também começando para outros.

Só que então nada estava claro. Ainda pior, ninguém no hotel naquela noite, nem o barman nem os vários clientes, tinha alguma lembrança de o livro ter mesmo estado lá. Um desolado horror, completo e imenso como o abandono, me agarrou.

Seguiram-se várias semanas excruciantes e depressivas em que pressionei sem sucesso a polícia para investigar na íntegra esse óbvio caso de roubo. Voltei à loja de sucata em Salamanca na esperançosa e desesperada ilusão de que por alguma curiosa e temporária osmose o livro pudesse ter sido reabsorvido em seu passado. Retornei de novo e de novo ao *Republic*, passando horas procurando debaixo do bar, revirando latas de lixo, expulsando pivetes sonolentos e seus skates da caçamba lá fora em minha busca implacável, confrontando clientes e funcionários mais e mais uma vez, até ser expulso à força e ordenado a nunca mais voltar. Passei longas horas encarando a pútrida boca das coletas de esgoto na ilusão de que o livro pudesse lá se metamorfosear.

Mas, após alguns meses, eu tive que enfrentar a horrível verdade.

O *Livro de peixes*, com suas inumeráveis maravilhas e seu conto horrendo, desdobrável e sempre crescente, havia sumido. Eu tinha perdido algo fundamental e obtido em seu lugar uma curiosa infecção: o terrível contágio de um amor não correspondido.

VIII

"Viagens? Hobbies?", perguntou o doutor Bundy em sua voz algodoada que eu passei a odiar junto com tudo o mais relacionado ao doutor Bundy nos cinco minutos desde que entrei pela primeira vez em seu consultório. Enquanto eu me sentava e recolocava minha camisa, ele me contou que não conseguiu encontrar nenhum problema com minha saúde, que talvez tudo de que eu precisasse fosse algum novo — algum outro — interesse. E mais e mais ele insistiu — já tinha eu pensado em me afiliar a um clube esportivo? A um grupo de apoio masculino?

Tive a mesma sensação de falta de ar que me assaltara na Allport Library e depois me agarrara no pub na fatídica noite em que o *Livro de peixes* desapareceu. Saí correndo do consultório. Dado que o doutor Bundy se recusou a aceitar a veracidade de minha enfermidade, não me pareceu despropositado recusar-me a aceitar o mérito de seus remédios. De todo modo, eu não tinha dinheiro para viajar, nenhum desejo de me dedicar a um hobby, e uma forte aversão às humilhações públicas implícitas aos triatlos ou a ser colocado para me atracar feito urso com suados dentistas New Age em tendas enquanto solenemente passam plumas uns nos outros, debulhando-se em lágrimas todo o tempo por nunca terem conhecido seus pais.

Já que comer continuou a me deixar nauseado, passei minhas noites encarando um oceano de escuridão no qual nunca poderia entrar, e minhas horas desperto, que eram infinitas, passaram repletas de pesadelos com criaturas marinhas, e por um longo tempo permaneci inexplicavelmente enfermo.

Da maneira como geralmente acontece, outras tragédias se acumularam. A Grande Tia Maisie morreu envenenada por salmonela. Passei longas horas junto à sua sepultura. O livro, cheguei a pensar, não era diferente daquelas quiches congeladas que ela uma vez com tanto gosto tirara do freezer horizontal estampadas com uma data de validade vencida havia duas décadas, simplesmente aguardando o milagre da ressurreição pelo micro-ondas. O livro era o campo de futebol do North Hobart esperando por algumas gotas de água benta de Lourdes e memórias de amor ausente. O livro, comecei a suspeitar, estava esperando por mim.

Talvez tenha sido dessa maneira que minha enfermidade assumiu a forma de uma missão. Ou talvez apenas minha alegria com o glorioso assombro diante de tudo o que Gould escreveu e pintou explique minha subsequente decisão de reescrever o *Livro de peixes*, um livro em que não há interesse popular nem justificativa acadêmica nem recompensa financeira, de fato nada, salvo o desvario de uma pesarosa paixão.

A partir de memórias, boas e ruins, confiáveis e não confiáveis; usando más transcrições que eu havia feito, algumas de seções inteiras, outras apenas de breves anotações descrevendo extensos períodos do livro; e com o útil expediente de reproduzir as pinturas do *Livro de peixes* de Allport, que não continha palavras, iniciei minha desamparada tarefa.

Quem sabe o senhor Hung com seu santuário para Victor Hugo esteja certo: fazer um livro, até mesmo um tão inadequado quanto esta miserável cópia que você agora lê, é aprender que o único sentimento apropriado àqueles que vivem dentro destas páginas é o amor. Talvez ler e escrever livros seja uma das últimas defesas que restaram à dignidade humana, porque no fim eles nos lembram o que Deus uma vez nos lembrava antes que Ele também evaporasse nesta época de implacáveis humilhações — que somos mais do que nós mesmos; que possuímos almas. E mais, muito mais.

Ou talvez não.

Porque claramente foi um fardo grande demais para Deus esse negócio de lembrar as pessoas de que elas são mais do que poeira faminta, e de fato a única maravilha é que Ele tenha perseverado com isso por tanto tempo antes de desistir. Não que eu seja insensível — com frequência senti o mesmo exaustivo desgosto em relação às minhas próprias rudes criações —, mas eu não espero nem tampouco desejo que o livro tenha êxito onde Ele fracassou. Meu desejo sempre foi o de fazer um recipiente — por mais bruto que fosse — através do qual todos os peixes de Gould pudessem retornar ao mar.

Mas devo confessar uma dor crescente, pois hoje em dia eu não estou mais certo do que é memória e do que é revelação. O quanto a história que você está prestes a ler é fiel ao original é o pomo da discórdia entre as poucas pessoas a quem permiti ler o *Livro de peixes* original. A Conga — não confiável, é claro — sustenta que não há nenhuma diferença. Ou ao menos nenhuma diferença que importe. E, certamente, o livro que você irá ler é o mesmo livro que me lembro de ter lido, e eu tentei ser fiel tanto ao assombro daquela leitura quanto ao extraordinário mundo de Gould.

Embora eu esperasse que ele soubesse, o senhor Hung não sabe. Naquela úmida tarde quando nos sentamos diante da lareira no *Hope & Anchor* e expus essas preocupantes questões a ele — a única pessoa que conheço que sabia alguma coisa sobre livros — pensando que ele poderia dizer algo que debelasse meu coração cada vez mais indisciplinado, o senhor Hung estranhamente arriscou a sugestão de que os livros e seus autores eram indivisíveis, e — no que eu julguei ser uma explicação um tanto obscura — contou (em meio a Pernods, outro curioso legado dos franceses) a história de como Flaubert, importunado a declarar quem havia sido o modelo para Madame Bovary, finalmente gritou no que o senhor Hung alegou ser um misto de exasperação e exaltação: "Madame Bovary, c'est moi!".

Após essa incompreensível anedota que deixou o senhor Hung exultante e eu e a Conga — não conhecendo nem francês nem literatura, mesmo depois da subsequente tradução do senhor Hung ("Madame Bovary sou eu!") — um pouco mais sábios, a Conga declarou também não saber.

"Talvez", arrisco eu, "De Silva esteja certo. Era apenas uma fraude."

"Foda-se o De Silva", diz a Conga, seu rosto corando com bebida e fúria, "*fodam-se eles todos!*"

"Certo", digo eu, "certo."

Mas na verdade estou incerto.

Eu havia iniciado com a confortadora conclusão de que os livros são a língua da sabedoria divina, e havia terminado apenas com a minguada intuição de que todos os livros são grandiosos desvarios, para todo o sempre destinados a ser incompreendidos.

O senhor Hung diz que no começo um livro pode ser uma nova maneira de entender a vida — um universo original —, mas logo não passa de uma mera nota de rodapé na história da escrita, superestimado pelos bajuladores, desprezado pelos contemporâneos e lido por ninguém. Seu destino é duro, seu destino é absurdo. Se os leitores os ignoram eles morrem, e se obtêm a aprovação da posteridade eles estão para todo o sempre destinados a ser mal interpretados, seus autores transformados primeiro em deuses e depois, inevitavelmente, a não ser que sejam Victor Hugo, em demônios.

E, com isso, ele esvazia um último Pernod e sai.

Mais tarde a Conga se achega toda amorosa, se aproxima, se inclina sobre mim de modo que nos jogamos para lá e para cá como um só barco no mar bravio, furtivamente alcança minha virilha por baixo e repuxa minhas bolas como se fossem o cordão de uma buzina klaxon.

Fom — fom!

Acabamos juntos na cama dela, rostos e corpos entrecruzados pelas sombras lançadas por pilhas de mobílias Shaker vietnamitas feitas por um refugiado que suspeita que Deus seja Victor Hugo e que Emma Bovary é Gustave Flaubert, e a paixão dela evapora num instante.

Seus olhos brilham.

Seus lábios tremem.

"Quem é você?", grita ela subitamente. "Quem?"

E ela está assustada, tão terrivelmente assustada, e ela está vendo outra pessoa, mas quem, não tenho como saber. Pois o corpo dela está abruptamente morto e existe apenas no mais medonho estado de sujeição, e eu, desprezivelmente, continuo por pouco tempo, antes que minha própria sensação de horror oprima até mesmo meu desejo animal opressor, então me retiro.

"Por que está indo?", grita a Conga, mas agora sua voz é diferente, e eu percebo que ela voltou de seja lá onde esteve.

"Não vá, volte aqui", diz a Conga, e ela abre os braços para mim, e, aliviado, eu remonto. E uma vez mais seus olhos brilham, seu corpo desfalece, e ela grita de novo e de novo: "Quem é você? Quem é você? Quem é você?", e ela está gritando e dessa vez eu simplesmente quero fugir desse estranho ciclo, e eu me levanto e apressadamente visto minhas roupas, e a Conga o tempo todo dizendo, doce como mel, genuinamente chateada: "Mas por quê? Por que está indo?". E eu fui porque não tenho mobília nenhuma para oferecer que possa lhe dar consolo, nenhuma cadeira falsa ou mesas para negociar em troca de seus culpados pesares, porque eu não posso responder nem a ela nem a mim quem eu sou ou quem ela é, muito menos do que se trata esse *Livro de peixes*.

Como posso contar a ela que tarde da noite, quando a melancolia parece cair junto com o orvalho noturno, sou tomado pela forte fantasia de que William Buelow Gould nasceu somente para mim: que ele fez sua vida para mim e este *Livro de peixes* para ele; que nosso destino sempre foi um só?

Porque, veja você, ele, o livro, parece às vezes tão esquivo, uma série de véus, cada qual devendo ser levantado e afastado para revelar apenas outro de sua espécie, para chegar finalmente ao vazio, a uma falta de palavras, ao som do mar, do grande oceano Índico através do qual eu vejo pelo olho da minha mente Gould ora avançando rumo a Sarah Island, ora retrocedendo; aquele som, aquela visão, lentamente pulsando dentro e fora, dentro e fora.

Tombei numa velha poltrona castanho-avermelhada na escura sala de estar da Conga, exausto com a vergonhosa decaída em que minha vida se transformara, e antes que eu percebesse, caí rapidamente no sono, com uma única, insistente pergunta se reproduzindo como se numa repetição infinita em minha mente.

Quem sou eu...?, perguntava. *Quem sou eu...?*

IX

Eu procurei a resposta para aquilo que era um crescente enigma para mim buscando abrigo no único lugar que restara aos estúpidos e antiquados, aos enfermos e idosos e enjeitados: os velhos pubs com suas novas e cintilantes máquinas de pôquer e aquele monótono som tartamudeante peculiar àquelas almas perdidas lá dentro, rodopiando para algum outro universo exterior que pressagia a morte.

Durante minhas jornadas através desse tremulante submundo eu convidava qualquer um que no momento não estivesse jogando ou cujos problemas não parecessem tão grandes quanto os meus para beber comigo e me contar o que achava de minha história e minhas pinturas — reproduções fotográficas das pinturas do *Livro de peixes* de Allport, esfarrapado pelo uso —, que eu então depositava no bar para acompanhar minha narração. E eu lhes fazia perguntas.

Alguns deles achavam as pinturas grosseiras mas não malfeitas, e a história — da forma como eu a parafraseei — inteiramente maluca. Tendo adquirido dos acadêmicos que conheci durante o curso de minhas investigações o hábito da argumentação inútil, eu tentava persuadir meus colegas de bar de que talvez na loucura residisse a verdade, ou na verdade a loucura.

"Quem era sua mãe e que segredos ela sussurrou no seu ouvido de criança?", eu os interrogava. "Ela era um peixe?", eu começava a berrar. "*Era?*"

"Em primeiro lugar, o mundo sempre foi idiota", disse alguém, não como resposta mas como zombaria, "e só ficou mais idiota desde então."

"Viajem comigo no tempo", gritava eu em resposta àquilo, "seus tontos com olhos de tainha e suas tontas com adornos de peixe-cabra! Viajem comigo para longe desta terra de descansos de cerveja ensopados e diversões amnésicas até onde seus corações podem ser encontrados! Onde fica a distante terra que suas almas desejam atravessar? O que é isso que pulsa em seus ventres e perturba seus sonhos? Que sombra do passado é essa que tanto os atormenta? Que tipo de criatura marinha são vocês?"

Mas, para dizer a verdade, eles realmente não foram de muita serventia. Não me deram resposta alguma a nenhuma de minhas mil e uma perguntas. Eles começaram a me evitar antes mesmo que eu abrisse a boca, debandando para gastar o resto do pagamento de suas rescisões e pensões de invalidez e seguros-desemprego, enchendo seus copos de poliestireno de Coca-Cola até a boca com moedas para as máquinas, e depois se sentando diante das telas mesmerizados com o quanto seus duros destinos podiam ser representados com tanta precisão pela perfeita imagem daquelas roletas.

Os poucos que mostraram algum interesse me insultavam e riam da minha observação de que os significados do *Livro de peixes* de Gould eram infinitos, enquanto outros que me conheciam me diziam para voltar a enganar os americanos em vez de enganar a mim mesmo. Um estranho me socou tão forte na fuça que caí da cadeira. Todos ao redor apenas riram quando ele então despejou minha cerveja sobre mim, cantando: "*Nade, peixinho! Nade de volta para o mar!*", todas aquelas pessoas lamentáveis rindo à beça, todas, quer dizer, com exceção do senhor Hung, que acabara de entrar.

O senhor Hung pôs as mãos debaixo dos meus braços e me arrastou para fora. Enquanto eu jazia gemendo no asfalto molhado, ele apalpou o interior do meu casaco e, encontrando minha carteira, pegou todo o dinheiro. Ele se pôs de pé, prometeu retornar, se Victor Hugo quisesse, com ganhos suficientes para iniciar uma negociata de pinturas falsas. Ele se dissolveu dentro do tartamudear de neon.

Para aqueles que continuaram nadando ao redor de meu corpo prostrado no bar de jogos, minhas pinturas de alfarquins-prateados e mira-céus eram, compreendi, inúteis; tão inúteis para eles quanto uma fileira com dois limões e um abacaxi, tão decepcionante quanto uma sequência de *flush* quebrada. Tudo o que faltava aos olhos dos peixes era o símbolo cruzado em suas imagens anunciando nosso destino mútuo em letras piscantes:

"GAME OVER".

X

APÓS O SENHOR HUNG TER PERDIDO todo o meu dinheiro, ele voltou, prometeu me pagar em breve, e me levou à sua casa da Zinc Company em Lutana. Entramos silenciosamente, já que sua mulher e filhos estavam dormindo. Ele desapareceu dentro da cozinha para nos preparar uma sopa e me deixou na sala de estar e jantar combinada.

Num canto estava o santuário para Victor Hugo. Num pano de veludo verde estava escorada uma moldura de plástico vermelha abrigando uma litografia fotocopiada do grande homem, ao redor da qual estavam dispostos duas velas não acesas, quatro varetas de incenso queimadas, vários romances em brochura e alguns damascos enrugados.

Próximo ao santuário ficava um aquário, no qual o senhor Hung mantinha um grande cavalo-marinho-de-barriga e uma criatura similar, de um pé de comprimento, coberta de delicadas barbatanas folhosas, que ele mais tarde me explicou ser um dragão-marinho-comum, ambos tal como nas pinturas que eu havia visto no *Livro de peixes*. Contemplei esses seres extraterrestres que pareciam flutuar muito serenamente.

Com anéis ossudos e focinho de trombeta, o cavalo-marinho-de-barriga tremulava furiosamente as pequenas barbatanas como se fossem o leque de uma ruborizada debutante. Ele tinha barbatanas peitorais nas bochechas, com as quais se guiava, uma combinação entre costeletas e um leme. O senhor Hung surgiu perto de mim com duas tigelas de sopa fumegante. Enquanto as depositava na mesa, explicou-me a capacidade que o cavalo-marinho tinha de se transformar, como o macho dava à luz centenas de minúsculos cavalos-marinhos que incubava numa bolsa de ninhada.

E então, como se por sugestão, o cavalo-marinho começou a dar à luz. Eu observei, mesmerizado, enquanto diante dos meus olhos ele se sacudia para cá e para lá num angustiante movimento de bombeamento, e a aproximadamente cada minuto mais um ou dois negros cavalos-marinhos bebês eram cuspidos de uma abertura no centro de sua barriga inchada enquanto ele se flexionava dolorosamente: minúsculas varetinhas pretas que imediatamente começavam a nadar, nas quais se podia reconhecer apenas os grandes olhos e longos focinhos de trombeta, em muitos arabescos ascendentes e descendentes. Eram como palavras perdidas de Gould, e eu me senti um pouco como o pobre cavalo-marinho ao fim de seu prolongado parto, sua barriga anteriormente inchada agora flácida, exausto com todos aqueles seus movimentos esquisitos.

Meu olhar se voltou para o dragão-marinho-comum, que era, tive que concordar com o senhor Hung, uma criatura magnífica. O dragão-marinho-comum nadava horizontalmente como um peixe, em vez de verticalmente como o cavalo-marinho, mas assim como o cavalo-marinho seus movimentos eram belos: pairava acima e abaixo, para frente e para o lado, como um cruzamento entre um aerobarco e um helicóptero, um jato militar em requintadas roupas de civil. Sua luminosa coloração era extraordinária — seu tronco era todo vermelho-róseo, com manchas negro-púrpura e azul-prateadas com pontos amarelos, ao redor das quais ondulavam suas folhas cor de malva. Contudo havia uma graça serena sobre ele que era também a mais estranha melancolia. Bem como assombro, ele emanava tristeza.

Eu não era na época um dragão-marinho-comum, e portanto não poderia sentir seu terrível aprisionamento, que era infindável. Eu imaginava entender sua horrenda calma; apenas depois da extensão de uma vida eu viria a compreender verdadeiramente a razão para tanto: aquela sensação de que todo o bem e todo o mal são igualmente inevitáveis. Ainda que entendesse tudo, o dragão-marinho-comum não parecia perturbado por não ser compreendido.

Pus meu rosto contra o vidro, encarei mais de perto, tentando sondar o mistério de sua proveniência. Então imaginei que a beleza do dragão-marinho-comum surgiu a partir de alguma necessidade evolutiva, possivelmente para atrair parceiros, ou para se camuflar em coloridos corais. Agora compreendo que a beleza é a revolta da vida contra a vida, que o dragão-marinho era a mais perfeita das coisas, uma canção de si mesmo.

Houve um momento de transição que foi abrupto: iluminação é uma palavra suave demais para o abalo que senti. Foi um sonho, mas só muito depois eu viria a perceber que não haveria um despertar. Com aquele longo focinho o dragão-marinho tocava o outro lado do vidro em que meu rosto estava pressionado. Seus olhos atordoantes giraram independentemente um do outro, embora ambos estivessem focados em mim de diferentes ângulos. O que ele estava tentando me dizer? Nada? Algo? Eu me senti acusado, culpado. Comecei a sussurrar para o vidro, sibilando quase furiosamente. Estaria ele me fazendo perguntas para as quais eu não tinha resposta? Ou estaria o dragão-marinho me dizendo em alguma diáfana comunicação além das palavras: *"Eu me tornarei você"*?

E viria eu, me perguntei, a me tornar você?

Exceto os menores movimentos de suas folhosas barbatanas, sei que o dragão-marinho não se moveu enquanto eu caí em resmungos, apenas encarou o lado de fora e a mim da maneira mais horrível e cônscia com suas indisciplinadas lunetas.

Eu parei de falar.

Talvez eu tenha encarado por tempo demais.

Tanto faz, houve uma sensação momentânea de nauseante vertigem e selvagem liberdade. Eu não tinha peso, suporte, estrutura; eu estava caindo, trombando, atravessando vidro e água rumo ao olho do dragão-marinho enquanto o dragão-marinho me atravessava, e então eu estava olhando aquele homem esfarrapado me encarando, aquele homem que iria, agora eu tinha a vaidade da esperança, finalmente contar minha história.

As primeiras 48 páginas do caderno de Gould estão desaparecidas; seu diário começa na página 49.

O KELPY

A invasão da Austrália — Um infeliz mal-entendido — Barris com cabeças negras — O Rei & eu — O erro de Jean-Babeuf Audubon — Pássaros como burgueses — O capitão Pinchbeck & a Revolução Francesa — A Guerra Negra — Clucas, o banditto *— Sua perfídia — O Escaravelho — A trágica morte do ludita — Fogueiras de palavras*

I

MINHA PEQUENA PARTICIPAÇÃO na grande invasão da Terra de Van Diemen como então a conhecíamos — Tasmânia, como seus nativos agora preferem, vergonhosos de histórias do tipo que eu conto — não foi até agora registrada, mas creio que meu papel seja merecedor de registro & reflexão.

Desde aquele momento em 1803 quando ainda garoto pulei do baleeiro com a pistola do senhor Banks colada em minhas costas, no caso de minha determinação vacilar, & caí de cara nas agitadas águas de Risdon Cove, eu & esse país parecemos estar em apuros.

Eu em parte nadei, em parte cambaleei até a terra firme com aquilo que eu pensava ser o estandarte vermelho da União, & o cravei muito firmemente na praia & reivindiquei o solo da vasta nação que se estendia diante de mim em nome da gloriosa união que o estandarte acima de mim representava. Mas quando bati continência & orgulhosamente olhei para cima, vi flutuar o que se comprovou ser um lençol amarelado sujo com extensas manchas vindas das lânguidas tardes do tenente Bowen com a princesa samoana Lalla-Rookh.

Recebi sete anos por roubo de propriedade privada, outros quatorze anos por insubordinação & vinte e oito anos além disso por zombar da Coroa. Não significava, é verdade, todo o tempo de minha vida natural, o que teria sido apenas uma gentileza, mas sim o encarceramento para sempre.

E assim foi mais ou menos como aconteceu. Eu consegui sair numa fuga & escapei no ano seguinte num baleeiro rumo às Américas & de lá finalmente à Inglaterra — onde vivi a vida de um rato sob diferentes nomes pelos vinte anos seguintes, até que mais uma vez fui apreendido & deportado de volta para cá. Realmente a única coisa que me mantém hoje batalhando não é a ideia de que um dia eu seja libertado, mas a de que eles finalmente irão fazer a coisa certa & me matar como deveriam ter feito em todos esses anos.

O tenente Bowen, em sua fúria, encarou a subsequente chegada de algumas centenas de negros com suas famílias caçando cangurus como uma declaração de guerra, & imediatamente ordenou que se abrissem nossos canhões em cima da aglomerada gentalha no litoral, deixando cerca de quarenta e cinco homens, mulheres & crianças mortos na areia, & quem sabe quantos mais seus compatriotas arrastaram consigo para morrer em seus acampamentos distantes.

O senhor Banks deleitou-se em encontrar a maioria dos corpos negros ainda intactos, bem como uma boa quantidade de artefatos — lanças, belos colares de conchas, cestos de junco, peles & quejandos — & enquanto eu estava algemado a uma árvore aguardando minha sentença, meus colegas condenados prosseguiram com a decapitação & conserva das cabeças dos negros. O senhor Banks ficou muito satisfeito com a meia dúzia de barris com cabeças balouçantes quando eles finalmente lhe foram ofertados, sentindo, disse, que em muito poderiam aprimorar o nosso entendimento de tão espúria controvérsia da raça humana.

Quando a água do mar envolve de novo meus tornozelos purulentos, penso naquelas chafurdantes cabeças negras com seus olhos leitosos coagulando com descrença, & nem elas nem eu podíamos ver então em quantos apuros as cabeças negras depois iriam me colocar. Quando eu mais uma vez sinto aquela aguda ardência ao redor das ulcerações que se apinham tal qual um punhado de ostras em meus tornozelos abaixo de minhas calcetas de ferro acorrentadas, sei que a maré mudou. Então esta cela, construída na base de falésias de arenito abaixo do nível da maré alta — uma dessas infames celas de peixes sobre a qual vocês sem dúvida leram nesses mentirosos panfletos de rua que circulam sobre o cruel encarceramento do bandoleiro Matt Brady & sua subsequente vil carreira —, se encherá até acima de minha cabeça.

Não que eu vá me afogar; eu irei, como outros antes de mim, agarrar-me às grades acima de minha cabeça durante várias horas, mantendo-me no espaço de ar de um pé de comprimento que resta no topo da cela na maré alta. Às vezes eu me largo & me permito flutuar ao redor de meu pequeno reino, esperando morrer ao fazê-lo. Às vezes dou graças enquanto flutuo: ultimamente esse banho duas vezes por dia parece ter-me livrado dos piolhos, & a cela, mesmo que úmida & propensa a um odor de salmoura, de algas, não exala a medonha catinga de bosta & de bode rançoso que normalmente prevalece.

Duas graças: são já desafios suficientes para meus poderes de aritmética mental. E flutuando na água gelada, tiritando & estremecendo tal como se já estivesse ensaiando para dar o velho passinho para trás no patíbulo que me espera, minha mente às vezes se desata, & eu estou de volta pintando os peixes felizmente uma vez mais.

Chamem-me do que quiserem: os outros o fazem, & não é de nenhuma valia para mim; eu não sou o que sou. A história de um homem tem pouca importância nesta vida, uma inútil carapaça que carrega, em que cresce, em que morre. Ou pelo menos foi o que o baiacu-de-espinho disse, & ele já está, como sempre, metendo sua cabeça inchada onde não é chamado. O que segue pode ser ou não minha verdadeira história: de qualquer maneira não é de grande importância. No entanto, morto o baiacu-de-espinho & desaparecido o velho dinamarquês, quero simplesmente narrar a história de minhas reles pinturas, antes que aos dois eu me junte.

Não é porque eu pense que o futuro seja como esta cela obscurecida e molhada, em cujas úmidas paredes de arenito você pode arranhar seu nome junto ao de muitos outros antes que você suma como a última maré, desaparecido; que a vaidade de pensar palavras como essas pelo menos permaneça como evidência, como destroço de uma liberdade frustrada, que possa granjear minha memória à posteridade. Eu estou, em todo caso, longe demais para pôr esperanças em tais jogos. A verdade é que a princípio eu tinha um estranho desejo de confessar algo sobre isso, & mais tarde ele se tornara simplesmente um mau hábito, tão inevitável & tão lamentável quanto coçar minhas bolas piolhentas.

Não que eu queira que pensem que não me tratam bem. Longe disso. Às vezes me trazem um punhadinho de sopa de aveia & gordura rançosa de porco em conserva numa caneca ou tigela, & a despejam em mim. Às vezes sorrio de volta, & se & quando estou me sentindo especialmente enérgico, eu em troca arremesso um tolete que guardei especialmente para a ocasião. Às vezes, depois de uma troca tão feliz, eles me dão uma bela de uma sova, & eu lhes agradeço por isso também, porque mostra que eles ainda se importam um mínimo. Muito obrigado, meus caros, digo eu, obrigado obrigado obrigado. Eles riem disso também, & entre os espancamentos & o lançamento de toletes eu posso dizer a vocês que todos nós de fato nos damos esplendidamente bem. "Essa é a vantagem de uma ilha de colônia penal", sussurro eu na porta de minha cela, "estamos todos juntos nesta merda, todos os carcereiros & soldados & o próprio Comandante. Não estamos? Não estamos?"

"*Não!*", grita o carcereiro Pobjoy do outro lado enquanto desliza o trinco, mas eu não o escuto, porque ele não foi autorizado a entrar na história ainda, & assim que for, tal como eu, prometo a vocês que também ele não escapará.

Sei que devo deixar claro desde o começo por que eu vim a pintar peixes, & por que as pinturas de peixes vieram a ter tamanha importância para mim, mas, realmente, nada mais me é tão claro, & toda a questão parece além da compreensão, que dirá da explicação. Posso dizer a vocês que nunca houve pinturas feitas por condenados nesta colônia, & que a própria feitura de tais pinturas é proibida sob sujeição do mais severo castigo.

É, caso considerem por apenas um momento, um fato curioso este de que nenhum registro visual irá sobreviver a este tempo & lugar, nem sequer uma única pintura dos mutilados, dos quebrados, nem mesmo do Comandante. Há, é verdade, os registros escritos da colônia contidas no grande Registro — um misterioso arquivo cuja localização é mantida em segredo com o receio de que os condenados tentem adulterá-los com seus próprios registros. Nesse repositório reputadamente labiríntico, estão os detalhes de cada condenado & cada evento do passado da ilha é meticulosamente registrado, detalhe algum sendo insignificante demais para evitar ser catalogado & anotado.

Mas não fingirei que meus peixes são algum Registro alternativo, invertido. Minhas ambições não são nem gargantuescas nem abrangentes.

Na melhor das hipóteses, uma pintura, um livro são apenas portas abertas convidando você a entrar numa casa vazia, & uma vez dentro, você simplesmente tem que compensar o resto tão bem quanto puder. Tudo que posso lhes mostrar com alguma convicção é um pouco do que me aconteceu aqui — os porquês & os portantos, ou seja, muita titubeação para os juízes com seus barretes pretos & perucas empoadas, para os criticastros & seus semelhantes: culpa, pecado, motivação, inspiração, o que é bom, o que é mau — quem sabe? Quem se importa? Tudo que posso dizer é que entre os espancamentos & as marés altas o carcereiro Pobjoy trouxe-me alguns pergaminhos ordinários do Registro nos quais me ordenou a pintar cenas de bucólika beatitude tais como as de Constable: toda aquela alegre ceifa de feno & aqueles idiotas rústicos como o próprio Pobjoy, & carroções cruzando regatos ingleses salpicados de sol, as quais ele podia então vender ou trocar com os outros.

O desajeitado Pobjoy acha-se na fronteira entre o homem & a girafa; ele é tão alto que quando entra na cela tem que se curvar quase na metade, de modo que parece que ele é que se prostra diante de mim, em vez de — como deveria ser em nossa situação — o oposto. Tenho que me dobrar tão baixo para ficar debaixo de Pobjoy que fico quase soprando bolhas nas lodosas piscinas naturais aos nossos pés, perturbando meus amigos que se aglomeram ali no escuro, os caranguejos & caramujos & mexilhões que compartilham este submundo comigo.

"*Obrigado obrigado obrigado*", digo a todos que como eu vivem no lodo marinho, & lanço-me ao trabalho rápido como um raio antes que a água suba, porque todo dia eu tenho que completar não uma pintura mas três tarefas: primeiro, uma pintura de uma devoção pastoral para Pobjoy; segundo, uma pintura de um peixe para mim; & terceiro — o trabalho em que estou sempre correndo atrás do relógio, & sempre fracassando em dizer todas as coisas de que preciso & desejo —, estas notas que devem acompanhar meus peixes.

II

DADO QUE UM CONDENADO MANTER quaisquer relatos privados da ilha consiste numa ofensa à qual se reservam ainda mais punições selvagens do que as dispensadas às pinturas, tenho que proceder cautelosamente. Todo dia Pobjoy recolhe minhas tintas & papel com sua recém-concluída falsificação de Constable, verifica se não foi muita a tinta que desapareceu, & se a quantidade de papel restante se iguala à que eu lhe digo ter gastado com caricaturas grosseiras & depois usado para limpar meu traseiro — um raro privilégio que Pobjoy com sua infinita generosidade ocasionalmente concede a um condenado de rabo erodido como eu, pelo motivo de que, como um Artista, meus delicados orifícios estão desacostumados à indignidade.

Todo dia eu furto mais algumas folhas para os propósitos de meu livro de peixes que escondo cuidadosamente, & todo dia eu rearranjo conspicuamente no canto da cela em que a luz bate quando a porta da cela se abre a mesma amarrotada folha de papel mantida especialmente para esse propósito, a qual eu artificiosamente risquei com alguns verdes & marrons particularmente fortes. Por sua coloração úmida, serve para corroborar a história relativa à minha higiene pessoal & é, creio eu, consistente com os fatos de minha dieta & minhas queixas de cólica intestinal a Pobjoy. Misericordiosamente, Pobjoy não se sentiu ainda tentado a investigar mais a fundo a questão.

Tendo tinta para pintar mas não para escrever, tenho que usar o que estiver à mão para escrever — hoje, por exemplo, matei umas sarnas do meu cotovelo & estou mergulhando minha pena esculpida em costela de tubarão no sangue que transborda lentamente para escrever o que vocês estão agora lendo. O sangue é mais espesso que a água, como dizem, mas também o mingau o é, & eu não atribuo maior significância simbólica ao que estou fazendo do que eu atribuo à aveia em flocos. Caso tivesse um frasco de uma boa tinta indiana, eu estaria tremendamente mais feliz, & com um pouco menos de dor. Por outro lado, a minha história está longe de ser uma história em preto & branco, então talvez fixá-la num estilo escarlate não seja tão inapropriado. Por favor, não fiquem estarrecidos, comparado à mais vil porcaria que sai do meu corpo esses dias, o muco musgoso & o pus amarelo & a merda corrente, meu sangue realmente é bastante puro & belo, & me faz lembrar que algo é sempre puro & belo quando se olha justamente debaixo das sarnas & feridas.

Em todo caso, a cor é uma tragédia que não deveria ser levada a sério: "Vê-se que Deus está colorindo Newton", escreveu o vago camarada de Ackermann, Billy Blake. Nem mesmo a mulher de Billy Blake soube que ele tenha alguma vez se lavado & as opiniões dele podiam às vezes ser tão acres quanto sua presença. Até onde sei, desde que Newton dividiu a luz branca com seu prisma em múltiplas cores, a luz dividida do arco-íris para mim não passa deste ridículo mundo caído.

Quando a água sobe até minha barriga, escondo meus peixes & esses pensamentos sangrentos, depois grito para a porta até que Pobjoy venha apanhar seu Constable de presidiário. E que canto esplêndido tenho para meu livro de peixes! Escondo-o num nicho no topo da cela que se abre a partir de uma fina rachadura atrás da primeira fileira de blocos de arenito até um espaço tão amplo quanto três fatias de pão. Às vezes, quando estou flutuando em minha cela na maré alta, minha bicanca pontuda quase batendo nas vigas do teto, tento imaginar que estou naquele nicho com meu livro de peixes, imaginá-lo como um lar fechado para o mundo, um lar para o qual escapei. Acho que Pobjoy sabe dele mas prefere não saber: é minha única recompensa ao Constable de presidiário que ele leva de mim todo dia. Ou quem sabe ele esteja apenas preocupado em não bater a cabeça ao levantar-se para olhar.

Mas Pobjoy sabe que estou pintando peixes, estou certo disso.

III

O Rei, com quem divido minha cela, não alcagueta nada a Pobjoy. Na verdade o Rei não alcagueta nada a ninguém, não diz nada, é praticamente nada, & dedica seu tempo à silenciosa comunhão com os anjos. Pelo que sou grato.

Ele é um homem muito notável, o Rei. Sua presença é grande, inevitável. Consegue-se senti-lo sobre você. Às vezes considero-o apenas como um lodo rastejante subindo pelas paredes. Outras vezes sinto uma esquisita afeição & minha admiração por seus feitos muito consideráveis é inconteste. Ele cresce diariamente não apenas em minha estima, mas também, deve-se admitir, em seu próprio ser, tornando-se mais & mais corpulento, embora permanecendo suave & poétiko em seus movimentos: o Rei desliza, o Rei balança, o Rei vaga em ondas. Como ele o faz, esse crescimento, essa dignidade, não sei dizer. O resto de nós murcha & definha como ocos cascos de gorgulho com o pouco que nos alimentam, mas o Rei simplesmente infla. Como companheiro eu o julgo sábio, inescrutável. Eu às vezes penso que suas dimensões crescentemente flutuantes podem indicar que há mais da Divindade Ocidental nele do que eu anteriormente suspeitei.

Nas discussões o Rei traça uma fronteira admitidamente grande, permitindo que seu oponente — eu — solte minha própria linha de raciocínio tão longe que ela se desenreda & engancha em suas próprias impossibilidades & contradições. Pode-se objetar que ele nada diz de novo, mas ele o comunica maravilhosamente bem.

Um exemplo: certo dia, admitidamente como uma agulha, expressei-lhe que os presbiterianos escoceses haviam produzido numerosas obras de grande valor teológico. Tipicamente ele levava algum tempo para responder, mas eu sabia que ele estava pensando: "Não há um só trabalho de teologia digno desse nome que tenha sido produzido por esses comedores de aveia não conformistas". Eu mesmo não fazia ideia alguma, mas por uma feliz coincidência eu havia notado em um dos catálogos do Cirurgião enviados a ele por livrarias de Londres o título *Aberdeen sobre os sumérios*. Armado com esse conhecimento trivial, possivelmente irrelevante, enterrei bem a faca: "Porventura teria lido o magnífico discurso de Aberdeen sobre os sumérios?".

Ele nada disse, nada admitiu. Era uma acusação, ainda mais peremptória por permanecer não dita. Senti surgir um calor & então fiquei vermelho por completo nas bochechas, & agora tudo estava acabado, ambos sabíamos, eu fora exposto como uma fraude, embora tipicamente ele não tenha falado nem um bocado mais sobre o assunto, & nunca o tenha mencionado desde então.

Há nele algo de majestáthico que produz efeitos de grande realeza. Já vi Pobjoy aturdido pela mera sensação da presença do Rei, embora Pobjoy com certeza falhe em ver o que vejo; ainda assim ele contorce o nariz & azeda a cara & estou certo de que ele pisca o cu, como se faz somente em duas ocasiões: quando na presença de uma formidável autoridade ou de uma terrível catinga.

Eu iria, é verdade, gostar mais do Rei caso ele fosse um pouco mais extrovertido, mais fácil com os outros. Ele não se empenha com Pobjoy, & embora eu lhe exorte os óbvios benefícios de uma vida social, ele não tem vontade de fazer parte nem de meus lançamentos de tolete nem dos espancamentos de Pobjoy. Entretanto, tal é sua escolha, & eu sei que ele tem suas razões. Um carvalho não pode dobrar como um salgueiro. São coisas além de toda essa falsa bajulação--cheia-de-rapapés que denotam que o Rei é digno de nota.

Outro exemplo: sua tez. Dentro dessas celas a maioria de nós fica mais pálida do que o alvaiade usado pelo Cirurgião. Mas o Rei, manifestando algum distúrbio hereditário régio, talvez alguma pigmentação habsburguiana, dia a dia fica mais escuro, sua pele mais negra, & recentemente, perturbadoramente mais esverdeada. Mas ele sofre por não sofrer: nenhuma palavra de reclamação ou angústia passa por seus lábios.

Ao vagar por nossa cela miserável, eu às vezes olho — ora, admitamos de uma vez — com *inveja* para a minha vida tal como era na época em que cheguei aqui. Porque eu vim a crer que a trajetória é tudo nesta vida, & embora então parecesse tudo menos promissora, a trajetória da minha vida era a mesma de uma bala de canhão disparada num esgoto — avançando através da merda, mas, não obstante, avançando.

Nos estúpidos olhos caninos de Pobjoy posso ver que ele sabe que é a minha segunda vez nos peixes; ele pode ver que eu pinto de memória a partir do meu primeiro livro de peixes que me foi tão cruelmente arrebatado. Mas o que Pobjoy não sabe é *por que* eu os pinto. O que Pobjoy não sabe é o que eu estou prestes a escrever aqui, um anuário de uma vida gravado em sangue.

IV

ANTES DE COMEÇAR A ESCREVER, eu perguntei ao Rei:

"Como deveria começar tão poderosa crônica? Cantando um novo Gênesis? Cantando o peixe & o homem, fadado a ser um exilado, que há muito deixou a terra dos ingleses & veio para este cárcere insular na Terra de Van Diemen; & o quão grandioso era seu sofrimento na terra & no mar pelas mãos de deuses dados como mortos há tempos porque seus crimes exigiam que sofresse a retribuição na mesma moeda?" Não. Eu conseguia ver que o Rei achava melhor soltar os intestinos & borrar toda a página do que escrever tamanha besteira, pois quem iria querer cantar de novo este país?

O Rei sabe como eu — melhor até — que este lugar & suas pessoas patétikas serão muito mais felizes sendo consumidas mais & mais pelas mesmas aborrecidas canções & pinturas do Velho Mundo, contando-lhes a mesma aborrecida história que eu tenho ouvido desde que fui à ruína na Corte Criminal de Bristol — vocês são culpados & vocês devem ser incriminados & vocês são inferiores — & vocês ouvirão todos os novos cantores & todos os novos pintores dizendo o mesmo disparate do juiz de peruca preta. Muito depois de essas grades terem caído, eles cantarão & pintarão as grades de novo & aprisionarão vocês & os seus para todo o sempre, alegremente cantando & pintando: *Inferiores! Inferiores! Inferiores! Inferiores!*

"Artistas! Rá! Carcereiros do coração!", rugi ao Rei. "Poetas! Rá! Cachorros alcaguetes da alma! — o que aqui escrevo, & o que aqui pinto são Experimento & Profecia — não julgue nada disso com a encurtada régua do que chamam de Literatura & Arte, essas fronteiras doentes & violadas."

Para esclarecer meu argumento um pouco mais, ameacei o Rei da maneira que se mostrou tão eficaz com Pobjoy, & vendo o que eu tinha em mãos pronto para lançar caso dissesse uma palavra de crítica, ele não arriscou a insensatez de comentar. Entretanto, como sempre, ele tinha razão, então em vez de cantar a existência de um novo país & uma nobre raça, comecei com a suja verdade tal como segue:

Eu sou William Buelow Gould — homicida condenado, pintor & numerosas outras coisas desimportantes. Sou compelido por minha falta de virtude a dizer-lhes que sou o guia mais desonesto em que irão jamais confiar, um homem morto antes de seu tempo, um falsário condenado nos sombrios recônditos da Corte Criminal de Bristol naquela mormacenta tarde de 10 de julho de 1825, tendo notado o juiz, quanto mais não seja, que meu nome se prestaria para o Calendário de Newgate* juntamente com todos os outros homens condenados, antes de despir seu barrete preto & me sentenciar à morte por enforcamento.

Naquela sala de tribunal havia muita lenha escura tentando se levar a sério. A fim de reavivar toda aquela pesarosa madeira eu deveria ter contado a história que lhes conto agora, sobre como a vida é melhor apreciada como uma piada quando você descobre que todo Céu & todo Inferno estão implícitos naquilo que é mais insignificante: um lençol sujo, uma caça ao canguru, os olhos de

* Almanaque que listava as biografias e peripécias de todos os condenados à morte pelo Reino Unido, os quais eram mantidos na prisão de Newgate, em Londres, antes de sua execução pública. (N. T.)

um peixe. Mas eu não disse nada, grosseiramente superestimando o poder do silêncio. O juiz, crendo-me arrependido, comutou minha sentença pela deportação à Terra de Van Diemen.

Um tantinho ladino, meio desesperado, eu estava então longe de ser exatamente o inteiriço rapagão Billy Gould que uma vez recebera pomposamente a encomenda de retratar o deus marinho Proteu, que pode — tal como o Cirurgião costumava me recordar com seu latim macarrônico — miraculosamente tomar a forma de qualquer criatura aquática. Eu deveria pintar peixes, vejam só, toda espécie de vida marinha: tubarões, caranguejos, polvos, lulas & pinguins. Mas quando terminei esse trabalho de minha vida, eu recuei & para meu espanto vi todas aquelas imagens fundirem-se juntas no contorno de meu próprio rosto.

Era eu Proteu ou Proteu era apenas outro palerma como eu? Era eu imortal ou meramente incompetente?

Porque vejam que não nasci um homem mau, mas simplesmente o filho bastardo de uma paixão de um dia de feira, uma insensatez, um jogo de três copinhos tal qual meu nome atual, & debaixo de qualquer um que se levante haverá... nada!

Um destino que leva um tecelão franco-judeu a uma feira irlandesa é curioso, mas não obstante foi o Destino que então viu o tecelão — "pai" me parece uma descrição assaz generosa — tombar com apoplexia no auge de sua rude paixão naquele estábulo, pensando que ele iria cavalgar um cavalinho de pau o dia todo. Mas vejam vocês que ele estava, subitamente fulminado pela morte na sela, além da vida & desaparecido desta história tão brevemente quanto surgiu. A mulher que ele havia conhecido não mais que meia hora antes na tenda de pudim de cereais, rindo do mingau adulterado com rum que havia tomado liberalmente, estava agora muito assustada para gritar, para amaldiçoar ou chorar. Ela apenas o afastou & se limpou no belo colete de fustão que de início tanto a impressionara, tão dândi ele lhe parecera, considerando suas roupas & seus compridos cílios sedutores & seu sotaque francês, & ela fugiu para perambular taciturna até acabar topando com uma grande multidão num campo.

Sendo baixa tal qual uma batata (&, ou pelo menos foi o que me contaram, de um comportamento similar, com uma boca lembrando um tear mecânico) ela não conseguia ver o que havia capturado a atenção da gentalha, & tendo ficado subitamente curiosa, talvez como uma espécie de distração ao que acabara de vivenciar, ela empurrou & atropelou até emergir da multidão e avistar a frente de um palco de madeira improvisado.

O balbucio da multidão inesperadamente cessou & ela se virou ao redor para ver o que era — para ver se de fato não era ela — que os havia aquietado. Ela viu o olhar de todas as pessoas atrás de si focado absolutamente não nela, mas olhando por cima dela & muito mais acima, & ela se torceu de volta & seguindo-lhes a linha de visão para cima viu que o palco era na verdade um patíbulo temporário.

Naquele exato momento ela ouviu o rápido rangido do alçapão & viu um homem magro numa comprida bata suja com um laço ao redor do pescoço & um bacalhau flácido nas mãos cair do céu diante dela. Assim que seu corpo alcançou o fundo do fosso, a corda estendida conspirando com o súbito peso do corpo em queda para quebrar-lhe o pescoço, ela ouviu o breve mas inegável som de ossos estalando. Mais tarde ela sonhou que o homem magro abriu a boca enquanto caía, & o que dela saíra não fora um grito mas um cintilante feixe de luz azul. Ela observou a luz azul sobrevoar o campo & saltar em sua boca, aberta em perplexidade.

A miserável mulher convenceu-se de que havia sido possuída pelo espírito mau do condenado, & desistiu da vida, sobrevivendo apenas o bastante para trazer-me ao mundo & depois ao abrigo de pobres, acreditando que já que nasci azul eu deveria ser a própria encarnação daquele espírito mau.

Cresci no abrigo cheio de velhas mulheres, algumas loucas, algumas amorosas, algumas nenhum dos dois, & todas tão cheias de histórias sobre os mortos & os vivos quanto o pano dos camisões estava cheio de piolhos, pois isso era tudo que tinham naquele escuro e resfriado abrigo — piolhos & histórias, & ambos me deixavam com uma coceira horrível & sarnas que se transformavam em pequenas cicatrizes sujas. Cresci com essas histórias (incluindo a favorita delas, a do tecelão morrendo no serviço & o homem no patíbulo, seu bacalhau flácido, a luz azul & eu) & com pouco mais para meu sustento.

O velho padre do abrigo por um tempo tomou-me por um estudioso. Ele costumava ler-me um Calendário de Santos, no qual todos os dias havia um santo cuja vida era um relato exemplar de sofrimento, tortura & castigos originais; um fabuloso catálogo de virgens mártires cujos seios voluptuosos mas eternamente puros eram flagelados por lascivos prefeitos romanos; monges medievais cuja levitação tornara-se tão incômoda que foram amarrados a fim de não perturbarem o horário de refeição de seus colegas irmãos; anacoretas que ficaram famosos por flagelarem a si mesmos por quarenta dias & noites meramente por haverem peidado. Realmente, nada poderia ter-me preparado melhor para a realidade da Terra de Van Diemen.

O padre sustentou-me com sua instrução tal como a corda sustentara o homem do patíbulo. Ensinou-me as vinte e seis letras do alfabeto & fazia-me ler em voz alta a Bíblia & o Missal enquanto ele lavava as solas dos meus pés, minhas panturrilhas magricelas, o tempo todo sussurrando: "Diga-me quando sua semente estiver prestes a entornar, diga-me, por favor".

Eu apenas respondia: "*A-B-C-D-E-*" etc. etc., & imaginava que todas as palavras de Deus deveriam estar contidas nessas letras, & que Ele poderia apenas embaralhá-las em qualquer Reza Perfeita & Sagrada Escritura que quisesse, se eu somente pudesse enviar aquelas vinte e seis letras para Ele todos os dias, *A-B-C-D-E* etc. etc., mas quando então o padre correu sua mão rachada qual bastões de giz quebrados pela parte interna da minha coxa eu o chutei com meu pé limpo bem no meio da sua fuça pegajosa.

O velho padre gritou de dor & sibilou: "Deus pode ter suas letras, mas o Diabo tem sua língua — você não é nenhum estudioso, mas sim o próprio Belzebu!" & nunca mais tirou nenhuma casquinha de mim ou dos meus pés.

Uma das velhas ficou tão impressionada, tanto ela odiava aquele padre, que me mostrou sua biblioteca de uma dúzia de panfletos de seis *pence* que lhe permitiam guardar como um privilégio especial, & ela por conseguinte emprestou-me primeiro um, depois outro.

Passei a temer que toda noite, enquanto eu dormia, as letras nos panfletos de seis *pence* pudessem se rearranjar em novos formatos & significados dentro das capas azuis, pois neles eu descobri que Deus de fato misturava aquelas vinte e seis letras para exprimir o que quer que Ele desejasse, & que por conseguinte todos os livros eram sagrados. Se Deus tinha de fato um Mistério tal como insistia o padre, então talvez ele estivesse na contínua comichão de todas aquelas histórias.

Tais livros de seis *pence* podem ser adquiridos em qualquer barraca de mercado, contudo eu não os amava menos, mas mais, por pertencerem a todos. Tudo, desde as *Canções de ninar da velha viúva Hickathrift* até as *Fábulas de Esopo*, deleitava-me tanto que muito antes de eu saber sobre o Bardo & Pope & a Revolução Francesa, eles todos eram para mim Literatura & Arte. Mesmo hoje laranjas & limões & os sinos de Saint Clements cavalgando um cavalinho de pau até Banbury Cross são para mim verdadeira poesia que lançou um feitiço do qual não consigo escapar.

Então o padre conspirou com o sacristão para me vender a um pedreiro, para cujo trabalho pesado meu corpo miserável era inadequado, & quando fugi pela água o pedreiro deve ter-se considerado felizmente livre de um pilantra escabioso como eu, pois não fez menção de trazer-me de volta.

A princípio sobrevivi em Londres vendendo-me àqueles que eu pensava que deveriam pagar para lavar meus pés & entregando--me àqueles de quem eu sentia pena. Decidir quem deveria pagar & quem não fez-me sentir que eu tinha algum poder, mas eu não tinha nenhum na verdade, nada senão putrefatas comichões inconsoláveis cobrindo meu coração cada vez mais & mais pequenas cicatrizes sujas que se multiplicavam para cobrir tão inominável vergonha como a minha.

Por um tempo deambulei & roubei, sentindo que com essas aventuras as pequenas cicatrizes sujas haviam sido cobertas por sentimentos maiores de ânimo & medo & prazer. Então eu era um Vilão, vejam vocês, um Homem Mau verdadeiramente altivo, muito orgulhoso de mim. Eu ia para lá & cá, primeiro em busca de ouro & glória, & depois em busca de uma explicação, & eu estava ganancioso de tudo, mas apenas porque capturar algo podia provar que eu vivi & não era um homem anônimo nascido de uma mulher anônima numa vila anônima cujo único sustento eram histórias pruriginosas que tinham de ser desfiadas por velhas pegajosas na falta de novelos de estopa & canções sarnentas furtadas a Deus a partir de panfletos de seis *pence*.

Vi tudo isso & aquilo & também muito mais na alvorada de minha vida & muitas coisas chocantes, quase tão fabulosas, mas na noite dela não havia ninguém no meu recém-descoberto mundo de paladinos de gim mal destilado & valdevinos & proxenetas & garotas rameiras & seus ladrões mascarados que pudesse responder meu insistente *Por quê?* a qual vim a saber ser a mais estúpida & inútil & destrutiva das perguntas. Decidindo que nada beneficia um homem mais do que seus próprios empreendimentos mundanos, abandonei minha incerta busca pela resposta a uma pergunta não fazia sentido algum. Fiquei cansado do Velho Mundo & tarde de uma noite numa bodega com algumas garotas de Spitalfields às quais eu enaltecia as virtudes dos panfletos de seis *pence* vi-me admitindo — após umas duras bofetadas nas duas orelhas & sensatas ameaças de ferimentos muito piores vindas de uns recrutadores, a nata da nação inglesa — que na verdade eu havia todo o tempo desejado aderir à missão do tenente Bowen como taifeiro para ajudar na civilização da Terra de Van Diemen. Destarte fui persuadido a aventurar-me no Novo Mundo, onde dizem residir o Progresso & o Futuro.

V

A PRINCÍPIO MINHAS PINTURAS foram um acidente & depois vieram a ser a única coisa que eu conseguia fazer mais ou menos bem. Avaliei ser trabalho fácil, & quando vim a compreender que não era, era já tarde demais para aprender outro ofício. Foi no Novo Mundo, durante meu sub-reptício regresso de minha exitosa apesar de incompreendida invasão da Austrália, que eu me encontrei nos pântanos da Louisiana com um *creole* que à sua própria maneira foi responsável por minha paixão por peixes. Seu nome era Jean-Babeuf Audubon & ele era um homem de aparência simples, baixo, cuja característica mais distintiva eram os largos punhos rendados que insistia em usar em todo lugar, & que por conseguinte estavam sempre puídos & imundos.

Jean-Babeuf Audubon persuadiu-me de que, estando em meus vinte anos, eu era obviamente um homem no auge da vida que desejaria proteger seu quinhão de um futuro hostil investindo o pouco capital que havia trazido comigo num empreendimento comercial que ele tocava com um inglês chamado George Keats — operando um barco a vapor numa diminuta aldeola em Kentucky. Sua compra de alguns fraques muito requintados imediatamente após eu entregar meu dinheiro em nada contribuiu para diminuir minha crença nos sonhos daquela esfarrapada codorna humana, pois tal como todos os verdadeiros vilões eu era crédulo em face de qualquer ideia mais grandiosa do que a de óbvio & imediato roubo.

Embora todos quiséssemos ser capitalistas, foi com Audubon que vim a aprender sobre pintura, pois o negócio de Audubon era tão implausível quanto as histórias que contava do pai — tal como o meu, supostamente francês —, sendo o dele alegadamente o Delfim, que sob um pseudônimo lutou com Washington em Valley Forge. Víamo-nos como cabeças-duras & rimos redondamente da história de Keats sobre seu sonhador irmão John, que desejava ser poeta no Velho Mundo & que, ao contrário de nós, nunca chegaria a ser nada. Mas nenhuma medida de cabeça-durismo, de Desejo Capitalista, serviria de ajuda quando a caldeira do barco explodiu, & os fazendeiros locais preferiram usar as tradicionais barcaças com remos & tracionadas por cavalos à loucura de Audubon & Keats, & os negros itinerantes & os sertanejos preferiram andar a pagar o valor que tínhamos que cobrar para não falir.

Mas a falta de interesse no barco & sua consequente falta de movimento ao menos possibilitou tempo para outras coisas, principalmente excursões às matas onde abatíamos pássaros & os trazíamos de volta. Eu observava enquanto Audubon lhes atava os cadáveres sangrentos para formar dramátikas poses de ascensão & descida, esticando asas desta maneira & daquela, & então esboçava & pintava aquelas formas esfarrapadas & atormentadas como belos pássaros.

Julguei-o um pintor excepcional & assim lhe disse, mas ele ficou displicente em face dos elogios & com seu forte sotaque *creole* repreendeu-me. Ele não gostava de arte. Esse era, disse ele, o nome dado às pinturas depois de roubadas & vendidas. Ele era apenas um pintor de pássaros.

Aprendi também — embora mais com os pássaros que Jean-Babeuf Audubon falhava em abater do que com o próprio Jean-Babeuf Audubon — a importância de ser sempre um alvo em movimento nesta vida, pois não há nada que as pessoas amem mais do que seus opostos. Destarte na América aprendi o valor de ser um inglês do submundo, enquanto depois, quando de volta à Inglaterra do submundo, representei ser um aventureiro americano, & aqui na Terra de Van Diemen eles parecem gostar de nada mais que o Artista Doutro Lugar — com o que, é claro, quero dizer a Europa —, não importa quão medíocre. Se algum dia eu voltar à Europa irei, suponho, sentir-me compelido a representar o papel do injustiçado & rústico colono de olhos arregalados.

Audubon conhecia um bom tanto sobre pássaros & seus costumes & sua sociedade, & muito caprichadas & firmes & nem um pouco imprecisas ou simplórias suas pinturas de pássaros eram. Como se de baixo das plumosas asas de sua mãe, os pássaros de Audubon emergiam de sob seus sujos punhos rendados, completamente formados, belos, pesarosos, vivos. Com Audubon aprendi a procurar no animal que era retratado seus humores essenciais, seu orgulho ou sua sensatez ou sua selvageria, sua idiotia ou sua loucura. Porque para ele nada nunca era simplesmente um espécime: todo tipo de vida presenteava-o com uma enciclopédia de temas, & a única tarefa dificultosa — e ele admitia que às vezes se lhe afigurava bem longe de ser fácil — era entender a verdade que o assunto representava & então fixá-lo, tão honesta & acuradamente quanto possível. Para fazê-lo — para destilar numa única imagem o espírito de toda uma vida — ele precisava de histórias, & seu golpe de mestre era encontrar histórias não nas árvores ou florestas ou lagunas, mas nas novas vilas & cidades americanas que fervilhavam tal como um ataque fatal de pelagra por toda parte, nos sonhos & esperanças de todos ao seu redor.

Audubon pintava matrimônios, cortejos, toda a vã afetação da sociedade polida, & tudo era puros pássaros & todos os seus pássaros vendiam & era uma coisa muito esperta o que ele estava realizando, uma história natural dos novos burgueses. Eu poderia, suponho, pintar os peixes em alguma imitação similar dos cardumes em que os colonos livres locais nadam. Mas os peixes se me apresentam na verdadeira condição desta vida: sozinhos, temerosos, sem lar, sem ter para onde fugir & se esconder. E caso eu pusesse dois de meus peixes juntos, teria eu então um cardume? Teria eu a aparência do oceano debaixo das ondas que apenas as mulheres nativas mergulhando em busca de lagostins veem?

Não.

Eu teria apenas dois peixes: cada um deles sozinho, temeroso, unidos unicamente pelo terror de morte que lhes vejo nos olhos. Audubon pintava os sonhos de um novo país para o qual há sempre um provável comprador, meus peixes são o pesadelo do passado para o qual não há mercado. O que estou pintando não é esperto como o trabalho de Jean-Babeuf Audubon, nem tampouco se comprovará popular: é uma história natural dos mortos.

No fim o barco estava queimado, nós aliciados por furiosos credores, eles aliciados por nós: tanto fazia, estávamos todos arruinados, & a última visão que tive de Jean-Babeuf Audubon foi ele acenando um fuliginoso punho rendado por uma abertura na cela local onde havia sido encarcerado como devedor. Mas dessa vez nenhum pássaro apareceu magicamente. Keats, sentado lá fora, lia em voz alta para proveito de Audubon alguns dos versos lamentáveis de seu irmão sobre a traiçoeira promessa do Novo Mundo — versos que não julguei muito propensos a animar Jean-Babeuf Audubon, que em sua cela suplicava com seus captores, gritando com seu deplorável sotaque *creole*: "Eu sou um capitaliste anglês. Eu sou".

Lá fora, Keats não punha reparo algum em tal argumento, declamando: "Suas flores ruins perfumes não têm, seus pássaros doce canção nenhuma".

"Um hômem de honor", gritava o ofendido Audubon, "e ir ei pagar, é clarro."

"E a grande Natureza infalível", continuava Keats, "por uma vez errar parece."

VI

Vinte anos se passaram.

Deveria ser uma completa avaliação de minha vida naquela época, mas eu acabei de ler para o Rei o que escrevi até agora. Peremptoriamente, assustadoramente, ele não ofereceu nenhum comentário. Sua cortesia natural proíbe críticas abertas, mas eu captei seu olho opaco & o seu desprezo é transparente, sua sabedoria — como sempre — instrutiva.

Posso ver que ele me salva da insensatez de recordar o que ele &, suspeito eu, vocês não têm interesse algum em ouvir — o que aconteceu a Billy Gould naqueles anos. Vocês podem pensar que todo momento da vida de Billy Gould possui igual peso, mas o Rei sabe que isso é falso. A maior parte dela se passou como se num miserável sonho que se dissolve ao acordar, porque é imemorável demais para recordar, antes de seu encerramento na prisão por falsificação em Bristol em 1825.

Eu não era um falsário, & não fiquei feliz de ser acusado de tal. Eu era um Vilão em fuga o qual antigamente havia pintado, & senti-me insultado por alguém ter-me acusado de jogar tão baixo quanto falsificar notas do Banco de Bristol. Entretanto, tendo sempre sustentado que a melhor maneira de granjear poder é aquiescendo, após ser sentenciado a ser deportado à Terra de Van Diemen por falsificação, eu me tornei um falsificador. Afinal de contas, que mais poderia eu fazer?

Alegar ser um Artista pareceu consistente com a mentira de minha condenação, & ofereceu o prospecto de um destino melhor que trabalhar num grilhão & fez-me parecer como algo além do criminoso comum que eu era, & esta era a única falsificação da qual até então eu era culpado — falsificar-me novamente como um Artista.

Mas não principiou tão bem.

Minha primeira tentativa de retrato, de alguma forma admitidamente derivada de uma litografia de Robespierre com que me deparei num panfleto ilustrando os horrores do Terror Francês, foi o do capitão Pinchbeck,* o comandante do transporte dos condenados, que havia pedido um retrato seu após descobrir meu ofício. Minha pintura tanto enfureceu o capitão que ele me meteu de volta nas correntes pelo resto da viagem de seis meses de barco até a Austrália. Tentei compensar representando-o como um Danton mais másculo, mas tudo aquilo pareceu ao capitão apenas mais um, &, neste caso, imperdoável insulto.

Tarde demais, enquanto eu era trazido do porão fedorento, descobri graças ao imediato que o capitão havia por algum tempo sofrido a ignomínia de ganhar chifres de um pescador de baleias francês.

Comecei a censurar os adamados alcoviteiros de outras raças ao capitão Pinchbeck, apenas para dele ouvir que eu fechasse a boca, enquanto ele me palestrava sobre os horrores dos franceses — mais particularmente suas temidas *noyades*. Estas haviam ocorrido no auge do Terror nos cascos de velhos navios negreiros que eram abastecidos com rebeldes da Vendeia & afundados pela noite no porto de Nantes, para todo dia serem engenhosamente reflutuados, esvaziados de seus cadáveres aguados, & reabastecidos com mais rebeldes dos quais havia um suprimento inesgotável, porque, como exprimiu o capitão Pinchbeck, a tirania sempre irá gerar seus oponentes assim como a chuva gera a relva.

* Em português, "pechisbeque" ou "ouropel", liga metálica que imita o ouro. (N. T.)

Quando finalmente acabou de contar essa interminável história, ele me havia levado ao que chamava de sua *petite noyade*, a caixa perfurada similar a um ataúde em que homens eram trancados e depois arrastados atrás do rasto do barco, a fim de que eu pudesse descobrir como realmente era ser francês.

Eu gostaria de dizer que, quando fui então jogado por um minuto inteiro no oceano Pacífico dentro daquela borbulhante & molhada caixa negra de carvalho pegajoso, tive a primeira indicação de qual seria a verdadeira consequência da Arte em meu futuro. Mas isso seria falso. Eu meramente decidi começar a procurar modelos outros que não os arruaceiros & mulherengos franceses, & segurei minha respiração até julgar que estava prestes a estourar.

Quando fui puxado para fora da água o capitão disse-me que se eu viesse a retratá-lo de novo ele iria pessoalmente jogar-me como alimento àqueles que chamava de advogados-do-mar — os tubarões que seguiam nosso barco. Ao ser arrastado para fora da *petite noyade*, um policial condenado[*] deu-me um belo chute debaixo dos olhos do capitão. Encolhendo-me numa bola, ocorreu-me que o capitão Pinchbeck pudesse simplesmente estar errado em relação à tirania, porque, para todo tirano que nasce, da mesma forma nascem milhares de homens dispostos a serem escravizados, & porque, quem quer que fossem os rebeldes da Vendeia, eles mereceram ser afogados por desentender inteiramente essa verdade da natureza humana.

Não quero que por causa disso vocês pensem que a minha reinvenção de mim como pintor era uma completa mentira. Afinal de contas, eu observara Jean-Babeuf Audubon trabalhar, & havia até mesmo uma vez concluído para ele um par de águias-calvas que ele tinha que finalizar com pressa para honrar um débito insistente.

* Dada a escassez de pessoal nas colônias do sul à época, os policiais, bem como outros funcionários institucionais, eram escolhidos entre os condenados que apresentassem bom comportamento. (N. T.)

Houve o tempo que passei com o gravador Shuggy Ackermann, mas isso não pareceu contar como nada mais que a probabilidade de futuras acusações criminais. Também suponho que poderia mencionar minha experiência de meio ano nas Olarias, mas não sinto vontade de entrar nisso justo agora, porque me deixa todo triste pensar em como eu uma vez dancei a Velha Ilustração com tamanho gosto, & agora tenho somente a Viúva Polegar & suas Quatro Filhas para brincar.

Noutro lugar talvez tenha havido outros prospectos quanto ao trabalho & às mulheres, & francamente eu os haveria acolhido. Mas eu tinha que aceitar trabalho tal como vinha, para aprender as regras de minha arte tão bem quanto me fosse possível a partir de experiências tão ruins.

Após chegar naquele roto mundo moderno da Terra de Van Diemen no fedorento calor de fim de verão, todos aqueles novos armazéns de arenito & alfândegas & grilhões & soldados, fui enviado a Palmer, o fabricante de coches de Launceston, que se passava por capital do norte da ilha. Para ele pintei lustrosos timbres de família em coches, inventando brasões de armas para o filho bastardo do Novo Mundo que desejava se vestir com a absurda libré do Velho. Leões rampantes & azinheiras & mãos vermelhas & espadas sempre eretas misturavam-se sem boa razão & pouca necessidade de explicação em nossas portas de coches, sublinhados com absurdas divisas latinas fornecidas por um clérigo irlandês cumprindo pena por bestialismo: *Quae fuerent vitia, mores sunt* (O que uma vez foram vícios são agora costumes); *Vedi Hobarti e poi muouri* (Veja Hobart & morra); *Ver non semper viret* (A primavera nem sempre floresce). Foi minha primeira grande lição artístika: a arte colonial é a destreza cômica de representar o velho como sendo novo, o desconhecido como conhecido, os antípodas como europeus, o desprezível como respeitável.

VII

Foragi-me depois de seis meses. Parti para o sul, rumando de volta a Hobart Town com a força de meus próprios cambitos, na esperança de lá escapar de barco tal como fizera duas décadas antes. A longa e fatigante guerra com os selvagens estava ainda longe de acabar, tendo os selvagens exibido tamanha astúcia em seus ataques que muitos colonizadores — suas moradias à beira de grandes florestas negras onde o medo naturalmente engendra a suspeita — acreditavam-nos feiticeiros. O sertão era o país *deles*, mas por todo ele havia uma praga de fugitivos & gangues de bandoleiros que baleavam soldados & patrulhas de soldados que baleavam bandoleiros & vigilantes pelo simples prazer de atirar em alguns selvagens ou, nisso falhando, em qualquer um.

As ocasionais instalações armadas que se passavam por herdades eram ainda mais temíveis. Aproximei-me de uma na esperança de um pernoite protegido & apenas fui salvo dos cães selvagens lançados em mim por causa dos tiros de mosquete disparados como advertência por entre aberturas na grande parede externa.

Decidi que em vez de continuar abrindo caminho contornando a estrada interior adentro, eu tomaria a rota maior mas muito mais segura ao longo da costa leste. Caminhei até onde o mar verde quebrava a luz em estilhaços de prata & a dispersava sobre reluzentes praias brancas, ao longo das quais com frequência topei com os embranquecidos ossos & crânios dos selvagens massacrados pelos caçadores de focas em seus assaltos em busca de mulheres negras. Tal visão era um conforto peculiar, pois significava que as praias eram seguras para que eu viajasse, pois exceto no remoto oeste os selvagens agora tendiam a evitar a costa. Entretanto à noite não acendi fogueiras por medo de os selvagens me encontrarem & me matarem, embora fosse começo de primavera & a geada fosse amarga & dura.

A quatro dias de Launceston & desesperadamente perdido eu vim a associar-me com um homem que disse se chamar O Ribombante Tom Tecelão. Ele tentou me bolinar em nossa primeira noite mas não pareceu contrariado quando lhe disse que me deixasse em paz, respondendo que eu não fazia mesmo seu tipo de maricas.

Após sermos alvejados por uma comitiva de pescadores de baleias em busca de água na tarde seguinte, rumamos para o interior. Seguimos as estrelas noite adentro, mas então o céu se anuviou & finalmente estacamos num afloramento rochoso. Estava repleto de moscas, mas nos achávamos perdidos & cansados demais para continuar. Dormimos como homens mortos. Quando o sol surgiu foi para revelar que as moscas tinham por residência o cadáver putrefato de uma mulher negra que jazia a menos de cem jardas de onde havíamos pernoitado.

Ela fora espetada no solo, violada de maneira terrível & depois abandonada à morte. Partes dela cintilavam brancas com a luz do sol brincando nas larvas em movimento. O Ribombante Tom começou a gemer & guinchar. Ele era um animal selvagem & passou-se longo tempo até eu conseguir fazê-lo parar com sua horrível lamentação.

Naquela noite, ao pé de uma fogueira que estávamos assustados demais para alimentar com qualquer outra coisa que não os menores dos gravetos, nada dissemos. No dia seguinte alcançamos o campo aberto, um encantador parque debaixo de um céu de porcelana azul tão perfeito — um céu do tipo que eu nunca havia visto no Velho Mundo — que parecia quebradiço, como se pudesse a qualquer momento partir-se & revelar algo horrível por trás de toda aquela luz gloriosa.

Sentimos a fumaça da cabana incendiada do pastor muito antes de virmos as fumegantes ruínas daquela cabana de pau a pique & o chamuscado corpo de seu inquilino sendo puxado para fora das cinzas num comprido pedaço de pau por um amigo, que não conseguia parar de chorar. O choroso homem era um emancipado[*] que possuía uma cafua no vale próximo & às vezes vinha ver seu camarada, o pastor, sendo ambos homens oriundos de Roscommon. Ele chegara tarde demais: os selvagens haviam espetado seu amigo na cabana & então lhe ateado fogo, deixando-o lá para ser queimado vivo. Após ele os ter alvejado, os selvagens se dispersaram. O emancipado apontou para uma árvore caída, atrás da qual jazia um selvagem que havia alvejado. Ele nunca havia matado um homem & não ficou claro o que o chateava mais, a morte de seu amigo ou o assassinato do selvagem.

A sete dias de Launceston nós nos associamos a Clucas, um homem bárbaro que havia feito serviços para o colono livre Batman, ajudando a arrebanhar os selvagens. Ele sabia, disse, falar o calão deles devido à sua experiência como caçador de focas & conhecia algo de suas maneiras. Estávamos indefensos, famintos & de novo perdidos. Clucas levava uma pistola & um mosquete que podia brandir, carne de wallaby & farinha que estava disposto a dividir, & conhecia o caminho até Hobart. Ele se vestia tal como muitos dos *banditti* diemonianos: com peles de canguru & talhadas grosseiramente & costuradas com violência, um boné de pele de tilacino na cabeça de compridos cabelos. Ele alegremente falava em invadir os acampamentos dos selvagens conforme instruções de Batman & balear aproximadamente uma dúzia ou mais & então cozinhá-los na própria fogueira deles. Disse que não era uma fera tal como alguns caçadores de foca que conhecera nas ilhas no estreito de Bass, tal como Munro, que fatiara parte da coxa & as orelhas de sua mulher, Jumbo, e a fizera comê-las como castigo por tentar escapar. Quando lhe contamos sobre a mulher espetada ele ficou reflexivo por um

[*] Ex-condenado a quem fora concedido perdão absoluto ou liberdade condicional, ou tivera ainda sua sentença expirada, com a condição única de que não deixasse a Austrália e lá, juntamente com os colonos livres, fizesse florescer o comércio e a sociedade das colônias do sul. (N. T.)

momento, & então rindo disse que algumas aborígines eram verdadeiras amazonas & bem que o mereciam.

Quando acampávamos logo abaixo de Black Charlie's Opening, armou-se uma feroz tempestade, pudemos ver as planícies de Pittwater & além delas o nevado Mount Wellington de Hobart aceso por grandes relâmpagos. Completamente molhados & deploráveis nós partimos antes da alvorada. Pouco após o nascer do sol topamos com o que uma vez fora uma grande árvore de eucalipto-pimenta, com uma base de umas boas duas jardas de diâmetro. Rachado pela violência de um raio branco, o resto da árvore — o tronco & todos os ramos — estava despedaçado em uma grande bagunça de fragmentos brancos & negros arremessados a duzentas jardas dali. Por toda parte madeira rachada, lascas & gravetos, grandes galhos & diminutas aparas. Não havia como dizer quão grande & maravilhosa aquela árvore da Terra de Van Diemen havia sido, agora rachada em um milhão de cavacos.

VIII

Depois que conseguimos chegar a Hobart sob o abrigo de uma noite fria, o *banditto* Clucas arranjou-nos um esconderijo numa bodega clandestina na área portuária de Wapping administrada por um quilombola de Liverpool chamado Capois Death. Ele prometeu encontrar-nos lugar num baleeiro de partida dentro de um mês.

Dois dias depois fomos capturados pelos batedores após informação de Clucas. O Ribombante Tom Tecelão revelou-se ser um catamito fugido & foi sentenciado a quatorze anos de deportação em Sarah Island. Eu fui pego na taberna *Shades* pintando um mural de águias-calvas engrinaldado com glicínias para saldar uma considerável dívida de rum. Fui sentenciado a três meses no grilhão da falsamente denominada Bridgewater, arrastando pedregulhos em trenós de madeira para criar um passeio ao longo do rio Derwent. Dentro de uma semana o tenente Perisher,* o oficial encarregado do passeio, libertou-me dos ferros & contratou-me para pintar retratos das esposas dos oficiais & colonos livres & outras presas recém-abatidas — estranhos cangurus & emus com um faisão desenhados de memória, cobrindo as mesas como lenços.

Naqueles dias as ruas lamacentas & as espeluncas fedorentas de Hobart Town quase pareciam algo como uma colônia de artistas, com mais do que poucos deles lá trabalhando sob patronagem governamental: havia Bock, o abortista, cujas mãos já haviam administrado goles de mercúrio a jovens mulheres temerosas, agora pintando os complacentes governantes da colônia; havia Wainewright, o assassino, que era tão perito em lapisar esboços de donzelas virginais quanto havia sido em envenenar sua esposa com láudano adulterado com estricnina; & Savery, o falsário, que escreveu uma amaneirada porcaria sobre a colônia que lisonjeava sua audiência com inúmeras imitações da própria estupidez. Num dia se via um ou outro desses artistas num grilhão, quebrando pedras com um malho ao longo dos cais de Salamanca; na semana seguinte eles estavam escapulindo de um salão superior em Macquarie Street com caderno & tintas, tentando se parecer tanto, tanto com o Esteta Profissional, mas — em velhas calças de sarja rotas & velhas casacas canário grosseiras, com ensebados cabelos mal aparados & uma pele bexigosa com restolhos de barba — fracassando inevitavelmente.

Eu, pelo contrário, representando o papel do biscateiro assalariado, despi meu boné & nunca fingi estar senão naquela posição que ocupava na escala social vandiemoniana — a inferior. A competição não era tão feroz, minha conduta não era tão ameaçadora, & assim se me abriram algumas brechas no mercado.

* Em português, "canalha", "salafrário". (N. T.)

IX

Comecei a encontrar trabalhos por encomenda: pintando retratos de patriarcas de olhos leitosos em seu leito de morte; de cadáveres de infantes para enlutadas famílias de colonos livres, no que dividi com o agente funerário a mais desesperançosa das tarefas, tentar descobrir o formato de um sorriso suave naquelas faces pálidas; garanhões premiados, varões & rápidos esboços de mulheres nuas à maneira das imagens de amor enternecido — escabrosamente recebendo um jovem-representado-como-touro entrando nelas, tencionando uma linha estilizada em vez de honesta.

A taxa de pagamento não era inteiramente favorável: o tenente Perisher levava nove décimos de cada comissão. Entretanto, era um trabalho mais fácil & entusiasmante do que arrastar pedregulhos, descalço & acorrentado, através da lama enregelada & da geada & da névoa de Bridgewater. E, quaisquer que fossem os pecados do tenente Perisher, ele fez vista grossa às minhas escapadas noturnas.

Meu subsequente tempo em Hobart Town eu agora apenas consigo recordar como uma tediosa repetição de detenções & fugas: às vezes flagrado pela Coroa, geralmente por foragir ou por algum delito menor, mais frequentemente por irados donos de pubs & bodegas clandestinas exigindo alguma forma de serviço de pintura para recompensá-los pela conta aberta por mim entre uma farra & outra. Era, em geral, um padrão de embriaguez, dívida, prisão & encarceramento em adegas & galpões de barris onde eu tinha que pintar em troca de minha liberdade, uma fatura liquidada & uma nova oportunidade para eu vadiar com algumas das damas — belas ou menos belas, eu não era tão exigente — que eu porventura pudesse encontrar em torno das arapucas. E em geral, era bom. Eu já disse tedioso? Ora, sim, isso também, mas tinha a virtude do ritmo & o prazer da certeza. Era como um pião de criança que mais cedo ou mais tarde rachava.

Como minha produção artístika havia que ser mantida com um ritmo equivalente ao da minha embriaguez, minhas pinturas rapidamente se tornaram parte essencial das tabernas de Hobart Town tanto quanto suas paredes manchadas de tabaco & fumaça de óleo de baleia. No *Hope & Anchor*, por exemplo, eu não era libertado do lenheiro antes que completasse uma pintura ao estilo holandês de algumas carnes mortas como pagamento por minha conta de rum aberta lá. Compus uma pintura original cheia dos velhos favoritos rústicos — uma lebre morta pendurada pelas patas traseiras, alguns faisões, um ou dois mosquetes, um botijão marrom para fins domésticos, & uma águia-calva num poleiro.

Havia na minha arte ao longo do ano seguinte, senão um certo progresso, então ao menos uma lenta modificação, & o que começou como bricolagem acabou se tornando um estilo. No *Repent & Drink* pintei um mural de flores à maneira das Olarias para recompensar aquele taverneiro, Augusto Traverso, pela minha suposta circulação de uma nota falsa. As flores se entrelaçavam com alguns dos clientes, parecendo-se admitidamente mais com uma homenagem pastoral ao Comitê de Segurança Pública da Revolução — tantos elegantes, arrazoados Marats & Robespierres floridos — do que com uma representação exata de desgrenhados, insensatos bebuns de Hobart Town. Entretanto os velhos parvos — abençoadas sejam suas almas rançosas — lisonjearam-se o bastante para ficarem felizes.

Indiscutivelmente o ponto alto de minha breve carreira em Hobart Town foi minha dramátika tela para o *Iron Duke* retratando a depravação da vida no circo depois que a boa mulher do dono fugiu com o Grande Valerio, um funâmbulo & vendedor de pós afrodisíacos siciliano. Fiz um assustador mural com uma mulher ligeiramente nua sendo arrastada para um Inferno de chamejantes acrobatas & saltadores por uma águia-calva de aparência assaz sórdida, embaixo do qual estava inscrita a divisa: *Ex Australis semper aliquid novi* (Há sempre algo novo fora da Austrália).

"A única taberna de Hobart sem um Gould na parede", observou um dono de bodega clandestina, o senhor Capois Death, após ver essa maravilha muito celebrada, "é aquela com um Gould na sarjeta."

Ele me deu tapinhas calorosos nas costas &, pela primeira vez sendo direito comigo, ofereceu-se a pagar caso eu lhe fizesse um trabalho especial. Tomou-me apenas uma manhã pintando para parir uma placa numa tábua quadrada de pinheiro-de-huon. Exibia uma mulher branca exasperada (a modelo: a senhora Arthur, esposa do governador da colônia insular, o tenente George Arthur) esfregando tão forte quanto podia um bebê negro, que lhe sorria, numa banheira de madeira, embaixo da qual ficava o logotipo do estabelecimento que anunciava — o *Labor em Vão*, tal placa celebrando a entrada do estabelecimento do senhor Capois Death perto do Cais Velho na legalidade.

Junto com o conhecimento de que eu estava, afinal de contas, apenas agindo conforme suas instruções, nos dias de hoje eu me consolo com o pensamento de que o senhor Capois Death sempre esteve, de uma forma ou de outra, fadado ao desastre. Sua reputação era a de um homem vívido, devido à sua paixão pelos maricas, a seu estábulo de mulheres rápidas & cavalos lentos, & a um gosto semelhantemente duvidoso de álcool em sua notória Sopa Perniciosa, uma cerveja violentamente forte aromatizada com losna, o absinto do homem pobre. No entanto, na época o destino parecia revigorado & promissor tal como a brisa marinha de verão em que a placa estava içada & pendia tremulando acima de um deleitado senhor Capois Death.

Era, caso me permitam o elogio, uma coisa grandiosa aquela placa de pub, suavemente balançando para lá & para cá, tão leve & risonha que estampava um sorriso no rosto de cada um & de todos que passavam debaixo dela em Barracouta Row. Eles ririam muito mais debruçados sobre seus canecos de cerveja caso tivessem visto o futuro que ela realmente sinalizava, em vez de virem a Sopa Perniciosa que nós tolamente pensávamos que anunciava. É difícil crer no poder que tal pintura tinha, crer que seu efeito em mim & em Capois Death viria comprovar-se tão decisivo quanto se não fosse uma tabuleta mas sim a própria madame Guillotine pairando acima de nossas cabeças. Mas antes que nos destruísse, o *Labor em Vão* iria nos aproximar.

Nós, é claro, não vimos nada disso. Capois Death era ele mesmo um homem de cor, um quilombola de Liverpool, & ele achou a pintura divertida & instrutiva. Disse que eu havia captado o espírito da ilha com precisão. Foi-me permitido voltar à sua taberna com uma fatura liquidada.

No dia seguinte o senhor Capois Death foi lacrado conforme ordens diretas do governador Arthur, sob acusação de estar promovendo subversão. Nossa esplêndida placa foi queimada & o senhor Capois Death & eu sentenciados a quatorze dias na moenda, ele pelo inadvertido envenenamento do cirurgião de um navio, eu por me foragir de Palmer, o fabricante de coches, sem avisar.

Aquilo teria sido, se não tolerável, ao menos superável caso não fosse pelo inesperado retorno do capitão Pinchbeck a Hobart Town. Ele agora trabalhava como capitão de um baleeiro, na esperança, dizia-se, de que algum dia arpoasse acidentalmente seu rival francês, mas seu desejo de vingança era, como vim a descobrir, até maior do que os leviatãs que ele perseguia através dos oceanos do sul. No curso de uma noite de orgia ele teve ensejo para visitar vários estabelecimentos locais, incluindo o *Iron Duke* & o *Repent & Drink*, a partir de cujas pinturas ele deduziu que eu estava perseguindo uma vendeta através de uma série de pinturas inteligentemente codificadas retratando os cornos dele & a sua lenta estrangulação pelas mãos de adúlteros gauleses. Esta foi minha segunda lição na arte colonial: você descobre a verdadeira natureza de seu tema ao mesmo tempo que descobre sua audiência, mas se trata de uma decepção adicional.

Por acaso o capitão Pinchbeck jantou com o governador & sua mulher ainda ofendida na noite seguinte à nossa acusação pela tabuleta do *Labor em Vão*. Esse tanto eu sei — o que foi dito por entre as compridas velas & por sobre o *consommé* de vombate pode apenas ser conjeturado.

Na manhã seguinte fui informado de que uma ordem assinada pelo próprio governador Arthur havia acabado de chegar, na qual se ordenava que eu & o senhor Death, cuja cumplicidade parecia residir apenas em sua insensatez em fazer-me companhia na moenda, devíamos ser deportados para Sarah Island por sete anos, ele sob várias acusações novas de sedição, eu — um fugitivo que estivera à solta por vinte anos — por ter conspirado para perverter o curso da justiça mediante o uso de um nome falso.

Fizeram-se várias menções a comportamento amotinador & rebelde, profanação da bandeira nacional etc. etc., cometidos à época da fundação da colônia por uma pessoa cujo nome reconheci como sendo um pelo qual uma vez eu já atendera. Mas agora, condenado a Sarah Island, senti vontade de apenas atender por mim mesmo. Quando me perguntaram se eu tinha algo a dizer em relação à minha sentença, respondi:

"Eu sou William Buelow Gould, & meu nome é uma canção que será cantada."

Sob acusação de insolência minha sentença foi redobrada para quatorze anos.

X

O Escaravelho era uma maravilhosa máquina cruel. Fazia o seu corpo sentir-se como se fora composto de dor em vez de carne. Isso devido não apenas à pura fadiga física ou aos efeitos esfoladores que mesmo umas poucas horas de subir & descer com grosseiros camisões institucionais teriam na virilha de alguém, tornando-a uma massa de carne viva vermelha, mas à monstruosa resplandecência de sua total inutilidade, sabendo que ao fim do dia seu cruel trabalho prestava-se inteiramente a nenhum outro propósito que não o de propulsionar aquela monstruosa moenda.

O Escaravelho possuía a forma de uma gigantesca, esticada roda hidráulica ligeiramente suspensa acima do nível do chão, tal como um grotesco rolo de massa vestido com ripas de madeira que formavam degraus. Erguia-se à altura de dois homens & tinha duas boas dezenas de jardas de comprimento, de modo que até trinta homens pudessem ser punidos simultaneamente.

Escalamos um pequeno escadote na altura dos ombros, agarramos uma afixada manivela de madeira de seringueira lustrada de suor & sangue que corria toda a extensão da moenda na altura do cotovelo, então pisamos naquela roda giratória na qual havíamos de nos transformar em água. Pelas dez horas seguintes escalamos aquele círculo do Inferno, nunca indo mais alto do que o próximo passo descendente, tentando não ouvir o lamento um do outro, o arranhar do fuso, o *clock-clock-clock* de nossas correntes. No torturante calor de verão nós despejávamos rios de suor, tornando os degraus viscosos & escorregadios, & nós, enlouquecidos de sede.

Perto da noite do segundo dia um ludita de Glasgow foi assaltado por uma terrível cãibra & apenas foi capaz de levantar suas pernas na maior das agonias. A despeito de suas súplicas, os guardas recusaram-se a descê-lo. Incapaz de escalar, ele finalmente caiu & ficou preso entre a moenda & o escadote. As ripas moeram seu corpo entalado, mas ainda assim aquela enorme roda, como se respondendo por leis outras que não as desta Terra, continuou girando enquanto berrávamos aos guardas para que nos permitissem parar. Mesmo depois de dada a ordem para descer, não foi possível parar imediatamente a grande aceleração da roda, de modo que até repousar emperrada continuou martelando o pobre homem.

Alguns não se importaram, ficaram gratos apenas pela trégua que o sofrimento dele nos deu, dizendo que se ele fosse sortudo teria perecido. Outros agarraram a roda como loucos por um tempo, tentando girá-la de volta & retirá-lo. Conversamos com o ludita & ele um pouco conosco. Com obscuras palavras babando de sua boca com perdigotos sangrentos ele admitiu que quem lhe dera ter sido logo um verdadeiro Vilão. Vociferamos nossa aprovação & finalmente conseguimos puxar seu corpo quebrado, tão inexplicavelmente intacto, até a poeira do chão de inspeção à frente da roda.

"Meu pai era um tecelão", continuou ele, "& eu sinto muito por ter envergonhado meu pai, mas a tecelagem não é um negócio adequado agora, aliás não é nem mesmo um negócio." Então ele nada disse por um longo tempo, & nós nos perguntamos, estaria ele pensando ou estaria ele morrendo?

Então sua voz soou uma vez mais, embora dessa vez muito mais distante & abafada, como se todo o algodão fiado pelas máquinas de todo o mundo estivesse enchumaçando sua boca ensanguentada. "Meu pai era um tecelão", repetiu ele, "mas em tempos como estes é melhor que um homem roube seda do que teça algodão na máquina a..." Mas ele não conseguiu dizer a palavra "vapor", apenas vomitou mais uma golfada de sangue no chão.

Mais tarde ele começou a delirar que o kelpie estava vindo para levá-lo. Ele estava guinchando, fino & áspero, tal como um pedal obsoleto não lubrificado. Outro escocês da roda disse que o kelpie era um espírito das águas na forma de um cavalo, & que esse kelpie afogava aqueles que viajavam para muito longe de casa.

Ordenaram-nos a voltar para a roda & deixamos o tecelão onde ele jazia até que se encontrasse um médico. Seu guinchar diminuiu até um esquisito grito escarrado, como se ele estivesse tentando vomitar todas aquelas máquinas de fiação a vapor, & falhando.

Capois Death começou a falar alto com o tecelão, o que era estritamente proibido enquanto se estava na roda, mas os guardas decidiram ignorá-lo pois aquilo parecia acalmar o tecelão & fazê-lo parar de gritar. Capois Death contou as histórias de sua mãe sobre o país dela & sobre as muitas coisas fabulosas que ela havia visto & conhecido antes de os escravistas virem & seus chefes a venderem. À medida que íamos para baixo & para trás no Escaravelho, também eu ouvia & tentava imaginar como poderia ser possível voar tal como os ancestrais de Capois Death uma vez voaram; levitar, depois voar para longe das correntes & escaravelhos da Terra de Van Diemen ingerindo olhos de peixes & besuntando meus braços com o sangue de um pássaro & saltando de certa montanha mágica, depois mergulhando no mar & nadando com os peixes como se fôssemos um só até que me tornasse um peixe.

Ocasionalmente, enquanto Capois Death falava, ele se movia para capturar um relance do ludita destruidor de máquinas agora destruído por uma máquina, para ver se ele já não estava morto, mas sempre seus olhos estavam límpidos, mais brilhantes que carvões de fogueira, & aqueles olhos estavam sempre nos seguindo, como se não devêssemos ter permitido tal coisa como o Escaravelho & nossa subjugação a ele, tal como se fôssemos de certo modo culpados por um crime maior do que os espalhafatosos delitos listados em nossos registros de condenados.

XI

Na jornada de quinze dias num pequeno paquete em torno da inabitada costa sul da Terra de Van Diemen até Macquarie Harbour os mares ficaram tão violentos que fomos forçados a nos abrigar ancorando na extensão de Port Davey.

Sucedeu que a amante do capitão na Cidade do Cabo, sob influência de um cabalista sem noção de matemática a quem havia recorrido para que adivinhasse seu futuro, acreditava que a verdade achar-se-ia nos números três. Como emissários de seu amor o capitão portanto lhe enviara três anéis feitos com dentes de ouro arrancados com cruel urgência da boca de vários condenados antigamente ricos; depois três emus vivos, que haviam todos morrido em trânsito; & num ânimo mais exótico três bocas de tubarão-branco, embora este último haja sido mais em memória dos prazeres que ela havia lhe dado do que um presente para agradá-la. O capitão nada ouvira durante dezoito meses; afligiu-se achando que seus presentes precisavam ter sido mais sutis & enigmáticos, & por essa razão a presença de um pintor em seu barco com cujo trabalho ele pretendia parecer familiarizado, enquanto cliente da hotelaria de Hobart Town, sugeriu-lhe a ideia de um tríptico pintado com esquisitas criaturas vandiemonianas.

Fui levado ao convés juntamente com o senhor Death, tendo o capitão em tempos anteriores bebido em seus aposentos & feito uso de suas mulheres. Minha primeira sugestão de três águias-calvas ele prontamente rejeitou, tal como fez com a ideia de três guirlandas de glicínias. Advertiu-me de que não queria nada de provocativo à maneira da senhora Arthur & do bebê negro, mas sim algo que parecesse inocente & sem precedentes, embora pudesse ser lido de uma maneira inteiramente diferente. Capois Death sugeriu que o tríptico contivesse um animal terrestre, um pássaro & um peixe, & o capitão pareceu julgar esplêndida a ideia. Qual verdade isso constituía, uma admoestação ou um encorajamento, estava inteiramente além do meu entendimento, mas as misteriosas mensagens de meu trabalho, decidi, não deviam ser decodificadas por mim. "Você é o peixe", disse Capois Death, cuja opinião eu não solicitara, "não a rede."

Na manhã seguinte fui convocado à presença do capitão & presenteado com um estojo de aquarelas & instruções para pintar o resultado de sua caçada matinal em terra: um papagaio-de-barriga-laranja antes de ser depenado & jogado na torta de papagaio que o capitão comeria na hora do chá, & um pequeno canguru do tipo que os vandiemonianos chamam wallaby, o qual também seria cozido num ensopado quando eu houvesse terminado com ele.

As pinturas não saíram muito verídicas. O papagaio-de-barriga-laranja, um pequeno, assaz amável & colorido pássaro em carne & osso, ganhou muito mais tamanho no papel do que tivera em vida. Era inevitável: metade da cabeça da pobre criatura havia sido arrebentada pelo tiro do capitão & muito de seu corpo enredado em sangue seco. Contei com a experiência para preencher o buraco que o capitão fizera, & o pássaro assumiu um esplendor régio, sendo sua postura de inquietante agressão, seu bico & — bem, para ser honesto — seu corpo inteiro mais águia-calva que papagaio vandiemoniano. O canguru ficou pior: no papel esse formoso animal desenvolveu uma suspeita cara de roedor em vez de sua própria fisionomia branda, à qual estava acoplado um corpo sofrendo severos problemas de postura, esse absurdo todo coroado com uma cauda longa tal qual uma corda, mais adequada a uma pipa.

Meu corpo estava, como vocês podem imaginar, após os horrores nele infligidos pelo capitão Pinchbeck ao ficar insatisfeito com meu trabalho, um espinhoso suadouro. Eu não conseguia engolir, minha língua rolava ao redor de minha boca tal qual um bacalhau defumado suspenso. Tentei retocar as pinturas, depois desisti & comecei tudo de novo, mas os resultados apenas pioravam a cada tentativa — o canguru cada vez mais um veado com hidropisia & uma anatomia impossível; o papagaio a cada redobrada tentativa crescentemente um guerreiro do vento, um agressivo espírito norte-americano numa jaqueta mal ajustada, berrantemente colorida.

Quando o capitão veio pouco antes do crepúsculo para inspecionar minha obra, memórias da *petite noyade* inundaram minha mente de modo tão verdadeiro quanto a água havia inundado aquela caixa horrível. Fui incapaz de falar, já tragava & sentia a água salgada enchendo minha garganta, & mansamente dispus as pinturas diante dele no convés sem nada comentar. Mas ao contrário do capitão Pinchbeck, este capitão pareceu satisfeito com o elemento de irrealidade que havia assomado acidentalmente. Sugeria, disse ele, um mundo ao mesmo tempo phantástiko & contudo bizarramente mais familiar do que aquele em que vivia, & no geral ele sentia que apenas lhe deixaria bem com sua amante.

Para completar o tríptico ele me trouxe no dia seguinte um peixe que os marujos gostavam de pescar com arpão & linha nos recifes do porto, & então defumar & comer. O peixe tinha grandes escamas & era belamente colorido; talvez haja sido esta última característica que tenha feito o capitão pensar que atrairia sua amante. Foi-me dito que devido ao seu alimento favorito, as grandes florestas aquáticas de laminária gigante que existem nos oceanos ao largo da Terra de Van Diemen, o peixe era conhecido entre os condenados por kelpy.*

XII

Não se parecia em nada com um cavalo. Parecia-se com um belo peixe pesando duas libras que poderia, acaso se estivesse faminto o suficiente, valer a pena defumar & comer. Mas isso não me fez sentir nem um pouco melhor. Era o kelpy um kelpy ou apenas um peixe? Era um peixe *apenas* um peixe? & então eu olhei dentro dos olhos daquele maldito kelpy & embora eu não desejasse eles estavam me transportando de volta, mais rápido do que o senhor Banks escalpelando um preto, até o Escaravelho & nós sentados ao redor naquela noite esperando o ludita morrer, perguntando-nos se ele passaria daquela noite, & tentando encontrar uma maneira de

* Junção de "kelp" (laminária, uma alga parda) com "kelpie" (a lenda da entidade maligna que assume a forma de um cavalo e vive nas águas), ou seja, um monstro que se alimenta de algas. (N. T.)

persuadir o cozinheiro a nos dar um pouco de banha de porco com a qual pudéssemos untar nossas coxas esfoladas, quando Capois Death começou a falar mais uma vez.

Ele tinha uma autoridade que é impossível explicar & que era inteiramente discorde das contundentes realidades de sua presença física. Um retrato mostraria um baixo homem negro com um queixo levemente fraco, & uma torção no ombro direito que lhe emprestava uma curiosa natureza, ao mesmo tempo intimidante & suspeita, pois ele sempre parecia estar espreitando atrás de si & estorcia o corpo todo ao redor para ouvir você tal como se ele estivesse prestes a golpeá-lo.

Capois Death era originalmente de Saint-Domingue, seu rosto enrugado como ameixa sendo tão sinuoso quanto sua história. Tal qual alguns outros ex-escravos que conheci, ele levava consigo a todo lugar uma garrafa de bebida alcoólica. Era um ordinário jarro de faiança arranhado & continha, disse ele, a invencível memória dele mesmo enquanto homem autolibertado acondicionada à guisa de proteção em sua outrora celebrada Sopa Perniciosa. Ele obtivera êxito, quando levado das Bermudas até a Jamaica para lá ser vendido por seu senhor, em subornar com felação um soldado para que falsificasse seu certificado de liberdade & após o que correu à Inglaterra, onde encontrou trabalho primeiro no Atlântico Norte como arpoador & depois como lacaio, uma posição que perdera junto com sua liberdade por ter sido pego roubando a prataria de seu empregador.

Ele tinha uma boca torta constantemente em movimento, & quando caiu a noite & fomos mandados de volta a nossos alojamentos, levando conosco o ludita já que nenhum médico chegara ainda, ele nos contou, conforme nos deitávamos em nossos velhos colchões de palha úmidos, de forma tão épica & tão aberta a fim de que fosse interminável, a história da grande revolta de escravos de Saint-Domingue na qual meio milhão de escravos derrubaram em sequência os brancos locais, os soldados da monarquia francesa, uma invasão espanhola, uma expedição inglesa de sessenta mil homens & uma segunda expedição francesa liderada pelo cunhado de Bonaparte.

E ele contou-a simples assim, como se fosse um soldado de infantaria atirando, carregando & atirando de novo seu mosquete, o rosto impassível, sem pausa & sem ênfase, & o horror & a glória & o assombro daquilo tudo estavam no acúmulo de detalhes infinitos, de como quando criança ele testemunhara a ferocidade da revolta; da tentativa do cunhado de Napoleão em debelá-la; de ver negros sendo dados como comida aos cachorros & queimados vivos em público; de seu líder, Toussaint L'Ouverture, o Napoleão negro, traído pelo Napoleão branco; do culto general negro de L'Ouverture, Maurepas, tendo que assistir a sua mulher & filhos sendo afogados diante de seus olhos enquanto os soldados franceses pregavam um par de dragonas de madeira em seus ombros despidos, insultando-o, rindo à medida que martelavam: *Agora é um verdadeiro Bonaparte!* E no entanto era a outro homem francês, o capitão do mar Mazard, que ele devia sua vida, o qual se recusara a afogar os cento & cinquenta escravos entregues a ele para esse expresso propósito & em vez disso os levou à Jamaica. Lá os vendeu aos plantadores ingleses, algo pelo qual o capitão foi injuriado pelos brancos & também pelos negros pois aqueles queriam a morte dos negros como castigo por sua rebelião & estes prefeririam morrer de qualquer forma a continuar vivendo como escravos, porque morrer como homens livres significava que a revolta não tinha fim.

Capois Death caiu em silêncio. Por um momento pareceu que estávamos de volta à roda & havia apenas o som de nossos ferros quando pisávamos, *clock-clock-clock*, o lento arranhar do giro da roda, como se não houvesse escapatória a não ser nas histórias. Então o ludita de Glasgow uma vez mais falou, mas sua voz era agora um lamentável coaxo áspero, & ele pediu-nos que o matássemos.

A princípio desprezamos suas súplicas, assegurando-lhe de que nalgum momento o médico chegaria & ele seria tratado.

Mas ele ofegava repetidamente, tal como se houvesse sido designado a uma nova roda & pudesse apenas repetir sua cadência:

"*Eu estou morrendo!*"

De novo & de novo & de novo, *clock-clock-clock*.

Como se estivéssemos duvidando.

XIII

Capois Death apanhou seu colchão de palha & caminhou até onde o ludita jazia. Ajoelhou-se & desviou o olhar dos olhos do homem. Ele parecia olhar para seu espesso cabelo preto, o qual repartiu para o lado com suaves movimentos de mão. Correu a palma da mão até o queixo do ludita, sustendo-a lá por um momento. Então levantou-se, largou o colchão sobre a cabeça do ludita &, ajoelhando-se, montou na cabeça coberta do homem, esticando muito teso o colchão entre seus joelhos.

Dessa maneira ele segurou firme o ludita & começou a cantar numa voz suave as canções que aprendera com a mãe. O corpo asfixiado do homem disparou & resistiu, mas o seu debater-se pareceu ser subjugado rápido demais & então parou de todo. Capois Death permaneceu sentado no homem por mais um bom minuto, então interrompeu seu cantar & levantou-se & arrastou seu colchão para longe.

Ninguém se mexeu. Todos os olhos fixaram-se no ludita em busca de um sinal de vida. Não havia nenhum. Capois Death vasculhou os bolsos & encontrando metade de um anel de granada jogou-o em sua garrafa de bebida. Então se deitou em seu colchão, fechou os olhos, & no convés do navio de condenados eu agora abri os meus & vi ao meu redor as terras selvagens de Port Davey ondeando baixas, & soube que tudo havia agora ficado para trás, que a mais assustadora tarefa diante de mim era apenas pintar os peixes que o capitão me dera como tema da terceira parte do tríptico de sua amada.

O kelpy que ele me oferecera para pintar não era um que parecesse ciente de seu destino como um embaixador da paixão. Enrolado dentro de um balde de água salgada, ele ainda estava vivo & parecia-me de alguma forma fracamente desdenhoso de seu novo papel. Tirei o kelpy do balde por meio minuto ou quase, dispondo-o na mesa à minha frente, trabalhando rapidamente, depois repondo-o na água a fim de que pudesse respirar & não morrer ainda. Essa mesa seca, percebi, era a *petite noyade* do kelpy, & eu, o seu capitão Pinchbeck. Tal como eu, o kelpy era culpado. Tal como eu, não fazia ideia por quê.

Não achei tão difícil compor uma pintura razoavelmente exata, mas os olhos do kelpy seguiam-me como se conhecessem todos os nossos verdadeiros crimes, tal como os olhos do ludita haviam-me seguido até o momento de sua morte, mas não foi exatamente assim que pintei o peixe — como um olho acusador, assustado, num corpo moribundo. Não, encorajado pelas excentricidades que o capitão tão inesperadamente sancionara com as duas primeiras pinturas, devo confessar que passei a tomar liberdades com a cara daquele peixe, de modo que fossem os olhos conhecedores do peixe & também o horror dos olhos do ludita observando-nos na moenda; de modo que fosse isso & também tantas outras coisas. Era o olhar arregalado & os dentes salientes de Capois Death & sua mirada metade horrorizada, metade fascinada por cima dos ombros em direção ao próprio passado enquanto o ludita resistia debaixo dele. Era todo aquele sangue — de olhos de peixe & escravos rebeldes sendo trucidados & a hemorragia dos ombros pregados de Maurepas & o sangue nos olhos do ludita após termos arrastado o colchão para longe — e era meu próprio medo neste mundo maluco em que eu & eles & tudo estávamos presos. Era uma coisa engraçada mas depois não pareceu tão engraçado que todas essas coisas estivessem unidas por um só momento & todas existissem como um único kelpy moribundo.

Eram pensamentos estúpidos, & fiquei contente quando o capitão levou a pintura embora para sua amante & deu aos marujos o kelpy para defumar & comer.

XIV

Como poderia eu então — enquanto pintava meus primeiros peixes — saber que estava partindo para uma aventura tão quixotesca quanto infinita? Li as vidas dos artistas &, tal como nas vidas dos santos, a grandiosidade parece impressa neles desde o começo. No nascimento contam-lhes que os dedos faziam floreios de pintor, meramente aguardando por um pincel carregado & uma tela para preencher com as imagens com as quais eles parecem já ter nascido, tantas imaculadas concepções.

Mas a Arte é uma sentença punitiva, não um direito de nascimento, & não há nada em minha vida pregressa que sugira aptidão artístika ou até mesmo interesse, sendo praticamente todos os meus passatempos & deslumbramentos o que se poderia considerar — & eram — simplesmente vis. E embora eu seja, é claro, o herói disto, do meu próprio conto, quanto mais não seja porque não consigo realmente imaginar qualquer outra pessoa querendo sê-lo, minha história não é nenhum mito de Orfeu refeito, mas a história de um rato de esgoto piorado.

Eu sou William Buelow Gould, de alma acidulada, olhos esverdeados, dentes separados, cabelos desgrenhados & tripas irritadas, & embora minhas pinturas sejam ainda mais pobres do que minha aparência, minhas obras carecendo da majestade de um Girtin, da ordem de um Turner, creiam-me quando digo que lhes tentarei mostrar tudo, louco & arruinado & ruim tal como foi.

Eu deixarei a marca à minha maneira, serei incomodado se não o fizer & serei maldito se o fizer, pois pode não ser como a poesia dos poetas de Lake District ou de Ovídio ou daquele maldito anão Pope, mas será o melhor que posso fazer & como nenhum outro fez. Um trabalho rude com alma estará sempre aberto a tudo, incluindo condenações & injúrias, enquanto um trabalho refinado que abrigue nulidades é fechado a todo insulto & é coberto com prêmios comprados. Dizem que o contador de histórias é o homem que deixaria o pavio de sua vida ser consumido pela chama de sua história. Mas tal como o bom Trim Shandy eu não devo restringir-me a nenhuma regra humana. Perto de minhas pinturas eu tenciono fazer uma fogueira de palavras, a qual quando muito iluminará um reles momento de verdade em minhas pobres pinturas.

Eu sou William Buelow Gould & pretendo pintar para vocês da melhor maneira que puder, ou seja, pobremente, ou seja, com a rude arte de um homem, o som da água na pedra, o sonho de um tolo em que o difícil cede lugar ao fácil, & espero que vocês venham a ver refletida em minhas aquarelas translúcidas não os pedaços brancos do papel de cartucho abaixo delas, mas a verdadeira opacidade das próprias almas.

E um taifeiro batalhador haver rebocado isso a seu barco vindo de um mar bravio não seria já suficiente? Respondam-me — seria ou não? Ou desejam vocês evidências do sublime? Do Artista no controle — de fato no ápice — de seus poderes?

Vocês não terão de mim nenhuma dessas asneiras. Pois estou fora de controle aqui, gravemente & eu espero também perigosamente, & quando meu pincel começa a atacar o papel de Pobjoy com pequenos pontilhados — *rá-tá-tá* — *rá-tá-tá-tá* — eu estou disparando por liberdade, nada menos que liberdade, & meu alvo é falso & minhas armas um lamentável estojo que eu teria vergonha de penhorar, uns pobres pincéis, uns potes de tinta ainda mais pobres & um machucado talento para nada mais que a reprodução. Mas minha visão é nivelada & farei o melhor que puder dela.

Quê?

Onde, ouço os criticastros perguntarem, está a *finura* da abordagem? A evidência de qualquer coisa além de uma pobre mente *provinciana* implacavelmente à procura?

Eles me rebaixam com suas definições, mas eu sou William Buelow Gould, não um homem pequeno ou perverso. Não estou fadado a nenhuma ideia de quem eu serei. Não estou contido entre meus dedos do pé & minha juba mas sou infinito como a areia.

Cheguem mais, ouçam: contar-lhes-ei por que rastejo próximo ao chão: porque assim escolhi. Porque não me importo de viver acima dele tal como parecem imaginar que seja a maneira de se viver, o lugar para se estar, de modo que em seus ninhos de rapina & torres de vigia eles possam olhar para a terra abaixo & para nós & a tudo julgar como carente.

Não me importo de pintar pinturas falsas de extensas perspectivas que borram o particular & insultam os vivos, essas *paisagens* tão amadas pelos Pobjoys, essas *paisagens* que emporcalham a verdade à medida que atingem cada vez mais alto o céu, como se apenas pudéssemos conhecer um lugar ou alguém a distância — essa é a mentira da terra enquanto a verdade nunca está longe demais mas sim perto da sujeira, nos vis detalhes do lodo & casca & imundície junto ao Diabo, junto aos anjos, & tudo entrelaçado dentro da terra & de nós, tudo incorporado num único pulsar do coração — o meu, o seu, o nosso — & tudo tema meu enquanto miro & faço do peixe carne encarnada.

Os criticastros dirão que sou esta coisa pequena & que minhas pinturas são essa coisa irrelevante. Eles farão uma algazarra fora & dentro da minha pobre cabeça & depois não conseguirei manter o ritmo com o tambor do meu pontilhado. Eles acordar-me-ão gritando de meu sonho necessário. Eles tentarão definir-me tal como o Cirurgião define suas lamentáveis espécies, aquelas amaldiçoadas taxonomias da alma, tentando encarcerar-me em alguma nova tribo de sua própria invenção & definição.

Mas eu sou William Buelow Gould, comitiva de um só, indefinível, & meus peixes libertar-me-ão & irei flutuar com eles.

E vocês?

— ora, guardem o grande Shelley —

Vós fostes feridos, & isso é memória.

E vocês simplesmente terão que começar como comecei: olhando por tempo bastante dentro do olho do peixe para ver o que devo agora descrever, a fim de iniciar esse longo mergulho cada vez mais fundo no mundo do oceano onde as únicas grades são aquelas feitas de feixes de luz.

Silêncio!

Pobjoy está vindo, o mar está subindo, minha ferida está coagulando, então apenas se recostem & concordem com o condenado russo segundo quem tudo fica melhor num livro, que a vida é melhor observada do que vivida. Acenem como os sortudos bastardos que vocês são, tal como nobres escreventes de Hobart Town que desjejuam no pavimento superior do escritório do Secretariado Colonial contemplando execuções públicas matutinas, traseiros gordos mexendo-se em assentos acolchoados, desfrutando em conforto & em companhia do belo gosto de mijo de rins fritos ainda doces em suas bocas o espetáculo tendo lugar diretamente do outro lado da Murray Street numa boa forca à entrada da prisão.

Naquele breve momento antes de o alçapão do patíbulo abrir sua própria boca escancarada, insaciável, deixem-me agora continuar — como em todas as boas confissões de um homem condenado — com os eventos imediatos que me conduziram a uma digressão tão lamentável quanto esta.

O BAIACU-DE-ESPINHO

Sarah Island — Várias formas de tortura — O Comandante funda uma nação — O senhor Lempriere — Compartilhando as alegrias de Voltaire — Dançando a Ilustração — Uma morte & um novo nome — De cama em cama — Castlereagh, o Porco — O doutor Bowdler-Sharpe sobre ovos — Como vim a pintar meu segundo peixe

I

Ao fim daquela viagem das mais estranhas, lentamente aproximamo-nos de nossa nova prisão tarde da noite num mar de início de outono tão sossegado que éramos frequentemente apanhados na calmaria. Nesta era de abominações, numa era quando, como tantas vezes nos é dito, tudo que é sagrado é profanado, nada é mais abominável, mais sem precedentes nos anais da degradação do que esta ilha na qual minha história deveria agora desdobrar-se. Em toda a desconhecida, não mapeada metade ocidental da Terra de Van Diemen apenas selvagens vagueavam & não se achava nenhum povoamento de homens brancos, salvo por este único cárcere para os recalcitrantes.

Entretanto, debaixo do pálido luar coalhado em que primeiro a vimos, Sarah Island não se parecia com o esperado. O capitão concedera a vários condenados — incluindo eu mesmo & Capois Death — uma dispensa especial & permitiu-nos subir do suado, fétido porão até o convés. Tal como um monstro marinho prateado de uma fábula erguendo sua terrível cabeça, a ilha assomava ainda muito distante do nosso barco.

Era como se um polvo gigante houvesse se espalhado sobre a ilha & devorado até o último vestígio da vegetação, cada árvore & planta & feto, deixando apenas seus erguidos tentáculos de cercas de madeira, de altura de cinquenta pés ou mais, correndo para cima & para baixo pelo povoamento. Planando acima deles estavam as grandes construções da ilha, que eram como as muitas cabeças de mercúrio de um Kraken:* o palácio de mármore róseo do Comandante ao pé do qual mais tarde sentir-nos-íamos tal como se estivéssemos num desfiladeiro feito por mãos humanas onde brincavam ventos bravios & cuja sombra alcançava todo o resto do povoamento; o magnífico Comissariado de pedra que não estaria deslocado caso estivesse num grande porto; a Penitenciária no centro da qual havia um lintel ciclópico adornado com o esquisito brasão de armas do povoamento, uma máscara sorridente.

Então eu olhei para longe da ilha & mar adentro. Vi algo que nunca havia visto, uma coisa muito memorável que desejei ter palavras para descrever mas para a qual sabia não haver palavras: as estrelas refletiam-se na água, brilhando tão claras quanto no céu, como se estivéssemos viajando através dos próprios céus austrais para chegar a este lugar assombroso; como se houvesse mil velas queimando logo abaixo da superfície da calma água negra, uma luz para cada alma de todo condenado morto sepultado na ilhota dos falecidos localizada à nossa direita. Quando várias dessas luzes apagaram-se devido ao surgimento da cabeça & depois do corpo

* Mítico monstro marinho de cem braços e forma de lula que segundo a mitologia nórdica aterrorizava os navegadores, sendo sua fama tão terrível que o taxonomista sueco Carl Linnaeus (ou Lineu) chegou a classificá-lo com o nome científico de *Microcosmus marinus* em sua obra *Systema naturae* (1735). (N. T.)

de um homem morto enquanto ele muito lentamente era arrastado pela calmaria ao redor de nossa proa & flutuava à nossa vista, o rosto emborcado, perguntei-me se por fim o ludita se unira com seu sonho de liberdade.

O cadáver foi depois identificado como sendo de um condenado fugitivo que fracassara em chegar ao continente numa jangada feita a partir de uma porta. Se o capitão se referia ao destino do condenado ou à ilha da qual ele podia apenas escapar através da morte, seu comentário enquanto observava o corpo do condenado sendo içado com croques ainda me enregelava.

"Um ponto final", disse o capitão, "no final do Império."

II

QUANDO MAIS TARDE NAQUELA NOITE o vento finalmente subiu & aproximamo-nos mais do atracadouro foi-nos possível avistar as arrojadas ruas correndo ao longo & através dos contornos naturais da ilha, o extenso aterro & os cais inacabados & as ruas costeiras com ameaçadores armazéns de pedra que envergonhariam Liverpool — coletivamente a profecia de uma nação que poderia ser convocada a existir simplesmente por um desejo noturno de seu líder, um homem que viríamos a acertadamente considerar extraordinário.

Vocês até podem dizer: Que afortunadas eram as colônias por terem um homem assim!

Mas ao ver seus vastos estaleiros — digo "seus" deliberadamente — rapidamente ficava aparente que havíamos passado de um domínio, o britânico, para outro, muito mais notável, o de Vossa Robusteza, o Napoleão de Sarah Island, o Grande Doge dos Mares do Sul: o Comandante propriamente dito. Mesmo à época seus estaleiros eram os mais ativos das colônias do sul; muito, muito maiores do que pensavam as autoridades coloniais, porque para cada brigue ou corveta construído pelos carpinteiros presidiários a partir dos pinheiros-de-huon abatidos pelo grilhão de criminosos descalços ao longo do rio Gordon & enviados como forma de imposto ao governador vandiemoniano em Hobart Town, uma dúzia a mais era construída & reservada para a crescente frota comercial da ilha, através de cuja operação o Comandante estabelecera vínculos, primeiro comerciais & depois políticos, com negociantes javaneses & de vários países sul-americanos recém-independentes.

Isso ocorria sob a influência do mercúrio, que ele se administrava diariamente como bálsamo para sua sífilis, & do láudano, que ele bebia toda noite em quantidades dosadas sem exatidão para fazê-lo conseguir dormir, porque, de todas as coisas, esse corajoso homem temia apenas seus sonhos, pesadelos opiáceos que não lhe davam trégua & que sempre terminavam em chamas das quais ele ascendia qual fênix pouco antes da alvorada toda manhã, para retomar a construção do que eram já cinzas.

Vocês bem podem perguntar-se: Como diabos ele esperava que isso fosse acabar?

Mas sua ambição era tão imensa quanto seus apetites, os dietéticos & também os carnais, & era para não menos do que a criação de uma nação, que teria como coração a cidade-Estado, que ele já estava construindo as fundações, a qual teria ele como Pai Fundador.

Vocês podem até perguntar: Como seria isso possível?

Mas bastava ouvi-lo falar sobre seus sonhos, suas visões, & as pranchas sob nossos pés lavradas toscamente começavam a oscilar & a mexer, as escamosas paredes de arenito rachado da sala ao nosso redor caíam, & o mundo daquela prisão estúpida, terrível, transformava-se diante de nossos olhos. Antes que estivéssemos de qualquer maneira cônscios daquela transformação, estávamos já sobrevoando pelos céus austrais até uma distante terra de fábula, até uma tirania talvez, mas uma tirania encantada pelas histórias das esperanças & aflições dele, um mundo que a cada palavra & a cada gesto seu ficava mais & mais real para nós.

Após atracar fomos despidos, & enquanto tiritávamos nus no convés, os policiais condenados metiam seus dedos em nossos traseiros & raspavam o interior de nossas bocas em busca de chumaços de tabaco ou pedras preciosas. Foi-nos então permitido vestirmo-nos & aguardarmos pela chegada do Comandante.

Pouco antes da alvorada ele veio a bordo para falar conosco. Sua aparência era incomum: não que ele fosse baixo, mas seu pequeno corpo afunilava-se a partir de sua grande cabeça, & em consequência disso ele parecia não possuir pescoço. O cabelo preto, denso & ondulado era seu melhor atributo, embora sua extravagância apenas realçasse suas outras imperfeições físicas. Noutro homem qualquer, uma vestimenta tão exótica quanto a dele — o uniforme azul, a máscara de ouro — teria sido o atributo mais distintivo. Mas naquela manhã foi a maneira como falou: diretamente, simplesmente, ocasionalmente até mesmo resvalando no *dementung*, a versão *pidgin* da língua dos pretos & da linguagem dos condenados dedos-duros, & havia algo mesmerizante quanto às suas palavras, sua paixão.

Antes que percebêssemos, o navio havia-se transformado numa nuvem cambiante, & enquanto os tons pastel rachados do nascer do sol começaram a escapar do céu do amanhecer atrás dele, ele estava apontando para o futuro à medida que o sobrevoávamos; a pequena ilha se transformara num nobre gigante comercial, reverenciado & temido em igual medida pelo mundo, por sua riqueza, seu poder, pela beleza & majestade de seus arranjos cívicos. Vimos como negociantes & artistas & toda sorte de outros cortesãos empreenderam a longa migração de distantes províncias em sua juventude, abandonando seus passados, seus sotaques, renegando suas famílias, seus amigos, seus amantes, & carregando consigo apenas o ardente desejo de identificar sua própria ambição & sonhos selvagens com aqueles da ascendente ilha do sul.

Ele imaginou — e nós com ele — a si sendo pintado numa toga romana, a si como tema de odes épicas, a si fundando uma dynastia que guerrearia em nome de sua disputada memória, a si reverenciado como Si, & não viu conflito algum entre seus desejos despótikos & dynásticos, seus deveres oficiais enquanto oficial inglês encarregado de uma colônia penal imperial, & a alta consideração que dedicava às cidades-Estado renascentistas tais como Florença & Veneza, das quais obtivera certas concepções equivocadas a partir de folhetos azuis sobre a Itália. Estes lhe foram enviados pela mulher que viemos a conhecer como sendo sua irmã, a senhorita Anne — uma romântica aquarelista cuja menor distinção residia não em sua arte, mas em ter tido certa vez um breve, ilícito caso com Thomas De Quincey durante o único período em que o escritor comedor de ópio passou sepulto dentro dos claustros decrépitos, ordinários do Worcester College — acompanhando as cartas dela enviadas de Oxford.

O Comandante sofria de uma estranha variedade da dança de são vito, nutria-se de uma balbuciante deferência às miragens & fantasmas da nova era, & declarou-nos que os maiores ímpetos criativos de um homem seriam doravante percebidos através da engenharia. Fomos arrebatados por sua interminável paixão pela construção — seus planos para reconstruir o mercado como uma colossal arcada envidraçada; para reconstruir a torta, enlameada trilha que conduzia da água até acima como um imenso, reto Bulevar do Destino em cuja extremidade encontrar-se-ia um maciço arco de ferro, sob o qual os enamorados poderiam passear caso o tempo se provasse agradável, & sobre o qual as tropas se precipitariam caso os condenados não.

Entretanto ele nunca viu o que foi que tanto nos deslumbrava em relação a uma cidade como aquela: suas palavras.

Quando ele falava, toda & qualquer coisa tornava-se possível, & embora soubéssemos que nossa participação naquilo tudo não se beneficiaria de tais sonhos, mas sim que daríamos nossas vidas para materializá-los em tijolo & argamassa, em vidraças & gelosias de ferro, nossa decrepitude era tão grande que sentíamos — bem, pelo menos durante o tempo em que ele prosseguia falando, & era tempo o bastante — que isso nos oferecia um propósito, um sentido, algo que significava que não éramos condenados, algo que ia além do Berço & da Mordaça, & isso era o que todos nós almejávamos. Alguma ideia alternativa de nós, alguma máquina a vapor com a qual pudéssemos reinventar a nós & a nosso mundo, porque para escapar de sermos condenados precisávamos escapar de quem nós éramos, escapar de nosso passado & do futuro decretado pelo Sistema Carcerário.

Era um mundo que exigia que a realidade imitasse a ficção, exigia-o de todos nós. Para um falsário as possibilidades pareciam momentaneamente infinitas, e, para ser franco, quem poderia então ter honestamente pressagiado o fabuloso futuro & também o horrendo destino que deveria a todos consumir? No fim, é claro, o Comandante iria sugar o mar até secá-lo, depois explodir com um excesso de orgulho oceânico & segregar a ilha & seus poucos sobreviventes uma vez mais em seu desolado isolamento. O caminho mais fácil ante a autoridade é inevitavelmente a aquiescência: quanto mais estúpida ela é, mais estúpido é preciso ser. Foi portanto inevitável, suponho, que eu me tornasse em Sarah Island o que até então eu apenas fingira ser — a mais desprezível das criaturas: um Artista.

III

Ao desembarcar, viríamos a descobrir toda a brutalidade requerida & as sórdidas circunstâncias que se esperariam em tal lugar. Mas até mesmo antes de aportarmos, até mesmo antes que víssemos qualquer coisa mais de perto, nossos narizes foram atacados pelo eflúvio da morte. A morte residia naquele intenso cheiro de corpos corroídos & de almas incrustadas de cancro. A morte assomava no miasma de membros gangrenosos & nos trapos ensanguentados dos pulmões tuberculosos. A morte escondia-se no rancoroso odor dos espancamentos, nas novas construções já caindo aos pedaços devido à insidiosa umidade que a tudo invadia, escorria dos esfíncteres apodrecendo devido a repetidos estupros. A morte surgia no cheiro cediço de lama fermentando, de hostilidades petrificando-se, aguardando em úmidas paredes de tijolos tombando, no vapor de carne necrosando à medida que a chibata descia, tantas fétidas exalações de gritos inauditos, assassinatos, misturados à salmoura de certo horror mudo, coletivamente aqueles aromas de suor temeroso que azeda as roupas & impregna recintos inteiros & dos quais se diz serem insensíveis à passagem do tempo, um perfume de sangue derramado que quantidade alguma de lavagens ou confissões algum dia eu dele me livraria. E talvez porque a morte estivesse em todo lugar, perversamente a vida nunca parecera tão doce quanto pareceu quando primeiro cheguei a Sarah Island.

À medida que tropeçávamos com nossas correntes rumo à Penitenciária colina acima, empoleirados precariamente num pequeno penhasco contíguo ao mar, à medida que nossos olhos encontravam sórdidas imagens para infelizmente associar a todos aqueles cheiros horrendos, vimos que a ilha era algo mais & também algo menos do que a maravilha que a princípio supúnhamos que seria, tal como se estivesse incerta quanto a ser o sonho do Comandante ou o pesadelo dos condenados.

Colados a magníficas construções de pedra, algumas acabadas mas vazias, outras ainda pela metade, havia cabanas de adobe dilapidadas & galpões de lenha desmoronando inclinados em ângulos tão esquisitos que pareciam estar embriagados. Enquanto a área portuária & a estrada que conduzia a ela eram pavimentadas, as restantes vias da ilha eram fedorentos atalhos de lama batida nos quais poder-se-ia desaparecer até a cintura. Enxames de pulgas que subiam em pequenas nuvens onde quer que as pessoas se sentassem & imensas quantidades de moscas infestavam a ilha, juntamente com ratos que de tão atrevidos eram vistos de dia debandando em ninhadas ao redor das construções.

Enquanto flutuo ao redor de minha cela agora & penso no passado, lembro que não ficamos surpreendidos quando sentimos sobre nós tal qual um ódio implacável o maligno encarar daquele profano exército de perseguidos — pequenos escabiosos imundos & desgraçados semifamintos, seus olhos purulentos pulando tal qual ranúnculos para fora de sarnentos rostos escamosos, suas costas disformes retalhadas & desfiguradas de sua forma natural mediante intermináveis aplicações de Chicote; exauridos, esfomeados restos de homens curvados & quebrados muito antes de seu tempo, tendo apenas trinta e dois anos de idade aquele que eu julgava ser o mais velho.

Tampouco ficamos em absoluto chocados porque aqui a Natureza toda era invertida — desde os maricas aos pederastas, inclusive um tão melindroso que por lá andava com um enchimento escondido debaixo do camisão, um amontoado de trapos rotos que ele alegava ser seu bebê & que ele faria alimentar diretamente do seu peito masculino; porque aqui devia-se temer a própria Natureza — o porto, assim foi-nos dito, repleto de tubarões, as desconhecidas terras selvagens ao longe repletas de selvagens assassinos. De uma esquisita maneira era um alívio finalmente vê-la & começar a aprender como melhor se podia suportá-la, & evitá-la caso possível.

Mas na verdade não havia maneira alguma de tornar aconchegante a visão das várias formas de tortura exclusivas à ilha. Poder-se-ia lograr corromper o ferreiro a lhe dar correntes mais leves, mas não havia cura para a agonia de três meses, dia & noite, usando nas pernas trinta libras de ferros cujas calcetas internas eram deliberadamente denteadas para lacerar a carne.

Não havia, eu já sabia então, muito antes de ter o conhecimento íntimo tal como agora o tenho, nenhuma maneira de encarar bem as celas de água salgada onde se podia passar meses ou até mesmo anos subindo & descendo junto com as marés. Tampouco a Mordaça — aquele engenhoso instrumento que ensinava o silêncio à custa da agonia, um tubo de madeira de lei enfiado na boca tal qual o freio de um cavalo grande, frequentemente com tamanha força que os dentes eram arrebentados. Com uma tira de couro afixada em cada extremidade, o tubo era então preso atrás da cabeça & estreitamente torcido até que um baixo assovio espasmódico & uma espuma de sangue indicassem que a mordaça estava funcionando. Tampouco a Águia Estendida, na qual se acorrentavam os braços de um homem a dois ferrolhos de ferro a seis pés de distância & a seis pés de altura, os pés dele a um ferrolho no chão, a cabeça encarando a parede, com a Mordaça aplicada caso quaisquer gritos fossem iminentes quando se era espancado na cabeça & no corpo.

Havia várias outras torturas exóticas com nomes remetendo a perversas humilhações — a Filha do Carniceiro, a Vassoura da Bruxa, a Escaldadura da Amante. O mais temido de todos, o mais passivo também, o Berço, uma prancha de ferro à qual se amarravam os homens deitados de costas, com frequência após um açoitamento, inteiramente imobilizados durante semanas a perder de vista, suas costas escarificadas necrosando em putrefação infestada de larvas debaixo de seus corpos imóveis, podres, enquanto suas mentes dissolviam-se numa papa ainda pior.

Um ou vários desses castigos podiam ser aplicadas por crimes de se ter sido apanhado com tabaco, um pouco de banha, uma ave domesticada, ou dividir comida, cantar, não andar rápido o suficiente no caminho para o trabalho, conversar (insolência), não conversar (insolência estúpida), rir, carranquear — embora de fato o único crime verdadeiro fosse desentender-se com um policial condenado, ou com um cachorro alcagueta. Caía-se ou ascendia-se em Sarah

Island não de acordo com seu comportamento, seu zelo reformatório ou sua recorrente vilania, mas somente por causa de sorte, boa ou má.

Para o que eu já estava pronto.

Mas para o baiacu-de-espinho nada poderia ter-me preparado.

IV

Tudo o que contei sobre novas nações & a reinvenção da Europa como uma definhada ilha de equívocos debaixo dos céus austrais ainda jaz perante nós para ser descoberto, enquanto diante de mim naquela fria manhã seguinte após termos desembarcado & sido encarcerados nos miseráveis alojamentos feitos de tabique reservados aos recém-chegados erguia-se um enorme & fumegante pudim de homem, com cabeça de tigela, alternadamente empoado & meloso, que viria a mudar minha vida para sempre.

"TOBIAS ACHILLES LEMPRIERE — *SENHOR*", disse o pudim, "CIRURGIÃO DA COLÔNIA — EXIGENTE — COMO SOU", seu hálito de desjejum ainda quente despejando turvas nuvens de névoa dentro de minha cela. Mesmo que seu modo de falar fosse grandemente incompreensível, seu tom era portentoso, que talvez fosse o porquê de ele inevitavelmente falar em letras maiúsculas. As palavras existiam em seu discurso tal qual groselhas num malfeito pudim de pão e manteiga — aglomerações de indigesta escuridão.

Sua aparência era tão terrível que à primeira vista ela fez-me estremecer. Ele era tão rotundo que era como se houvesse sido fabricado em vez de concebido. Seu fraque preto, pequeno demais & mais rugoso que airoso, seus culotes apertados, seus diminutos sapatos com fivelas de prata, tudo sugeria uma vítima da hidropsia disfarçando-se sem sucesso como um libertino da Regência na moda de um ano antes.

O que era mais distinto nele era também o mais assustador — a total alvura de sua grande cabeça careca, tão admirável que a princípio julguei ser a sombra do ludita retornando para assombrar-me. Contrastando com o deserto branco do resto de seu rosto, havia abas & dobras de gordura nas quais a escuridão corria em regatos conspiratórios. Mais tarde eu descobri que seu rosto era naturalmente lívido em vez de espectral, que ele utilizava um reluzente pó de alvaiade para parecer recém-empoado. Talvez, tal como dizem dos chapeleiros malucos de Londres, a associação muito próxima com esse metal possa explicar algo do seu futuro comportamento errático. Mesmo assim, minha primeira impressão dessa grotesca fisionomia inumana foi a que mais fortemente resistiu em minha memória.

Seus olhos eram grandes & orvalhados e, caso eu me permita a palavra, *lunares*, mas o que num corpo diferente poderia ter sugerido uma disposição poética ou até mesmo mística, nesse sugeria apenas uma calejada falta de interesse pelos outros. Entretanto, naquela fantasmagórica paisagem lunar em lugar de rosto, eram eles as únicas coisas que insinuavam vida & atraíam-no até seu olhar, &, tal como vim a descobrir, até as obsessões nas quais eles tão implacavelmente se focalizavam.

Eu apreendi vagamente que o senhor Tobias Achilles Lempriere, como cirurgião, ocupava uma posição de considerável poder perante nós, que éramos, para mim já óbvio, não melhores que escravos. Era o senhor Tobias Achilles Lempriere quem determinava se um homem estava doente demais para ser designado a realizar uma tarefa de arrebentar as costas ou outra em um dos grilhões, ou se um homem merecia ser acusado & surrado por simular uma doença. Era o senhor Tobias Achilles Lempriere quem determinava se um açoitamento deveria cessar, & era o senhor Tobias Achilles Lempriere quem dizia se o golpe de chibata estava fraco demais & precisava ser mais pesado & mais enérgico.

Levantei-me do úmido chão de terra para tentar parecer um homem de alguma dignidade em vez do miserável criminoso que era, mas, ao me erguer, meu corpo sentiu o peso de minhas correntes, sentiu a comichão dos piolhos com o súbito movimento, sentiu o arranhar & o raspar do imundo camisão de presidiário sobre minha pele. Com a opressão pesando sobre mim, ansiei simplesmente por cair de volta ao chão, mas empertiguei-me tão alto & ereto & imóvel quanto pude em circunstâncias tão sórdidas.

Preparava-me para ser adequadamente manso & moderado, para bajular & fingir, quando para minha surpresa o senhor Tobias Achilles Lempriere tirou de trás das costas um diminuto tripé para calçar sapatos, colocou-o no chão lodoso & nele então sentou seu considerável volume, parecendo aos olhos do mundo em sua apertada casaca preta um rocambole de geleia queimado repousando num garfo torto que poderia a qualquer momento sumir dentro de seu traseiro oleoso.

"ESTUDO DO PEIXE KELPY — BELO TRABALHO — MUITO FINO", disse ele, ajeitando-se no tripé. "CONCEPÇÃO — EXECUÇÃO — ESPLÊNDIDO — SCIENTÍFICO." Pensei que ele desejava ter seu retrato pintado; ele parecia-se um pouco com um Marat muito engordado, & senti que podia mesmo ser capaz de me sair com uma cópia aceitável, quando o Cirurgião suspirou uma vez mais, & prosseguiu. "MUITO APROPRIADO — JANTEI ONTEM À NOITE — BOM CAPITÃO", disse ele, um pouco irritado, pensando talvez que minha falta de resposta indicava de minha parte alguma imbecil incompreensão.

"VI O TRÍPTICO L'AMORE — OS PEIXES GRANDE TRABALHO — A ÁGUIA, NEM TANTO; RATO ALEIJADO, NEM ISSO — ENTRETANTO PENSEI EU — UM TALENTO PARA PINTAR, QUANTO MAIS NÃO SEJA — PEIXES — VOCÊ — EU — DESTINO — MEU DESEJO DE SERVIR À CIÊNCIA." Então ele me perguntou — com o que senti ser uma certa humildade & o sem precedente uso de uma frase inteira — "VOCÊ É UM ARTISTA COM ALGUMA EXPERIÊNCIA?".

Eu prontamente elaborei várias histórias que pareciam a ele conformes, cada nova narrativa construída a partir de suas próprias presunções sobre o que a arte deveria ser & o que não deveria ser. Foi-me necessário ficar a meio caminho entre a altivez & a humildade, um pouco acima de meus colegas criminosos, um pouco abaixo de mestres tais quais ele, num ato de funâmbulo do qual quase uma ou duas vezes caí, mas recobrei-me a cada tropeço fazendo uma oblíqua referência a Shuggy Ackermann — de quem ele, é claro, não ouvira dizer nem um pio —, que era, afinal de contas, um gravador. Celebrei-o em meus apartes como o maravilhoso Ackermann, o gênio Ackermann, Ackermann, o hanoveriano de forte sotaque, imperador dos gravadores de Londres, & o banhei na glória que esperei que o Pudim pudesse encontrar refletida em mim.

"ACKERMANN — SIM? NÃO? SIM", suspirou finalmente o senhor Tobias Achilles Lempriere, intencionalmente tocando seu nariz com um dedo indicador rechonchudo, revelando uma envernizada carne escarlate debaixo do pó. "AQUELAS SIM ERAM GRAVURAS."

Mas além de dizer que eu havia servido valioso tempo a Ackermann — o que de fato acontecera — evitei dizer que o tempo fora mais dedicado aos seus triviais esquemas de fraude & roubo do que às gravuras, & muito mais tempo do que simplesmente bebendo no bom & velho *Man of War* em Spitalfields.

Tampouco incomodei o Cirurgião com tediosos detalhes que agora inundam minha memória relativos ao comportamento ofensivo do taverneiro, pressionando Ackermann & a mim incessantemente sobre nosso crédito tal como uma harpia de Eightways, ainda por cima *ele* com todo aquele dinheiro guardado!

Depois vieram o taverneiro com a garganta cortada, o dinheiro sumido, & Ackermann pela primeira vez parecendo um tanto ladino, caspa pulverizando-se sobre os ombros de sua nova jaqueta de pele suína, uma aparência menos do que feliz continuada em seus dentes salientes amarronzados eivados de branco com enguia em conserva, seu prato favorito, enquanto ele arreganhava um sorriso que se estendia de Wapping até Tyburn, & Ackermann não percebendo que ele em breve seguiria seu sorriso até lá, dando o passinho para trás na forca como um desgraçado assassino.

Meu passado, que até então para mim não existia de fato, explodia agora tal qual um buscapé por toda a minha mente. Era como se eu precisasse da verdade dessas memórias que não mencionei como lastro necessário para todas as mentiras que eu fazia brotar.

Pois enquanto eu contava ao Cirurgião sobre minha paixão em perseguir um chamado superior com minha arte, eu me enchia do mesmo terror que havia sentido quando os peladores saíram à minha procura nas cinzentas sombras de minhas velhas assombrações, aquele terror que me arrebatou & me fez lançar trêmulas raízes fora de mim avançando na sujeira fétida & imunda atrás de barris em escuras vielas cheias de espeluncas, o terror de que eu na realidade pudesse *ser* outra pessoa, de que tudo ao meu redor começava a redemoinhar, toda a minha vida era apenas um sonho sonhado por outrem, de que tudo ao meu redor era apenas um simulacro de um mundo, & eu estava chorando, perdido, eu realmente estava alhures, era outrem, vendo tudo isso.

V

Mas então havia muito eu já estava longe, longe de Londres tal qual uma bala de mosquete deixando tudo para trás, incluindo meu novo nome, meus terríveis medos, todo aquele redemoinhar & avançar & disparatar por fim se extinguindo, & enquanto eu rumava para o norte meus humores se elevaram. Disse comigo: Eu sou de fato um Artista agora, o muito conhecido Retratista Billy Bellow — soava muito bem — embora após muito pensar parecesse por demais comum, & tornei-me Billie Buelow — soava todo francês &

extravagante & fez-me sentir alguma conexão com meu pai, como se agora eu tivesse antepassados que significassem pouco mais que nada — mas então pensei eu: Não, aos franceses não lhes apetecem as pessoas, mas quando eu encontrei trabalho por um tempo nas Olarias, lá eu respondi ao apelo de William Buelow porque não consegui pensar em nada melhor.

Tive a boa sorte de topar com um mestre oleiro conhecido apenas como Velho Gould. Acoplado ao interminável palavrear do velho — e ao refletir, talvez sua causa — estava seu medo de ser pisoteado até a morte sob uma carroça ou coche em movimento. Tão grande era seu pressentimento desse inexorável & cruel destino, que ele se quedaria de pé por uma hora de um lado da rua invocando a coragem para atravessá-la. Nosso primeiro encontro foi acidental & providencial. Eu cambaleara para fora do *Bird in the Hand* em Birmingham com nada mais nos bolsos & caminhara diretamente até sua trêmula figura na esquina. Sentindo-me bem-disposto à humanidade, concordei com seu tartamudeante pedido para escoltá-lo pelas ruas. Então, pressentindo que sua necessidade de ajuda quanto a esse aspecto não se acabaria até que ele alcançasse seu destino — um pub onde ele passava as noites a uma milha & meia de distância da velha vila —, eu levei-o até lá, & na terceira travessia aquela figura alta, semelhante a uma cegonha, estava se debruçando sobre mim, repleta de tamanha gratidão sincera por ter-lhe salvado a vida, que ele ali mesmo ofereceu-me trabalho em sua oficina.

O Cirurgião interrompeu meus devaneios para perguntar-me em sua maneira empolada qual seria minha opinião sobre as naturezas-mortas enquanto forma?

Contei-lhe em termos nem um pouco incertos sobre como meu trabalho era fortemente influenciado pelos grandes mestres holandeses do século passado — Van Aelst, De Heem & Van Huysum — mas não mencionei que meu completo conhecimento deles, juntamente com meu desenho-padrão de uma guirlanda de glicínias, vinha daqueles seis meses que eu então passara nas Olarias, trabalhando para o Velho Gould em suas finas porcelanas, pintando aqueles mesmos arranjos florais tediosos de novo & de novo, & toda noite na taberna o Velho Gould monotonamente & interminavelmente elogiando uns entediantes picaretas holandeses de outrora — ele os adorava esse tanto, vejam vocês. Certa noite, sua filha única, ela disse: "*Venha*", ela com os cabelos compridos & vermelhos esplendorosos & o rosto sarapintado de sardas, ela disse: "*Venha comigo*". Esgueiramo-nos para fora & bebemos tanto que eu mal pude encontrar o caminho de volta à obscurecida oficina do Velho Gould onde caímos sobre uma lona no chão em frente a todas as pinturas que ele colecionara, & naquela lona nós dançamos a velha natureza-morta holandesa, rolando sobre peras enceradas & romãs maduras, & eu uma mole lebre morta no fim daquilo tudo.

Dessa & doutras maneiras o Velho Gould representou uma educação maior do que ele imaginara. Dispersas entre seus pincéis & ferramentas estavam cópias de Grotius & Condorcet & ele às vezes fazia sua filha quedar-se defronte à oficina com um pequeno busto de Voltaire assentado na bancada acima dela com seu sorriso insondável, & ela lia-nos o trabalho do grande homem enquanto pintávamos nossos intrincados desenhos de novo & de novo.

Tão arrebatados por Cândido & pelo doutor Pangloss estávamos que eu & minha beldade esquecemos da natureza-morta holandesa & começamos a dançar a Ilustração em vez dela, & ela obtinha muita alegria do sorriso de sensatez de Voltaire penetrando nela, avançando & retrocedendo tal como uma lenta onda aguardando quebrar, pensando o tempo todo consigo o quão adorável era ter o próprio jardim assim tão bem frequentado.

Como podem imaginar, foi portanto uma tragédia quando o Velho Gould no seu caminho de volta do mercado com algumas cebolas foi martelado até a morte por uma diligência destinada a

Liverpool. A oficina foi vendida por seus executores, sua filha inesperadamente ganhou uma pequena quantia de dinheiro & ainda maiores pretensões, & ela, munida de ambos & abandonando as alegrias da sensatez que tanto lhe haviam significado, bem como a mim, arranjou um matrimônio adequadamente vantajoso com um ferrageiro de Salford que tinha uma cara tal qual uma bigorna & uma alma tal qual a escória dos metais, & destarte eu não cheguei a ver-lhe as sardas se apagarem, os cabelos ruivos se embotarem, não cheguei a ver nosso amor atingir a ausência de cores, o branco.

Eu, entrementes, fui forçado uma vez mais a tomar meu rumo no vasto mundo, levando comigo três coisas que me haviam servido toleravelmente bem desde então: um conhecimento das alegrias que Voltaire pode conferir, que iam de certo modo além do que a Razão poderá saber; o livro do Velho Gould com gravuras de suas amadas naturezas-mortas holandesas; & seu último nome, o qual não tinha mais serventia nem para ele nem para a filha.

Quando perguntaram meu nome na primeira cervejaria em que parei para pernoitar na noite seguinte, procurei testá-lo, & gritei: "Eu sou William Buelow Gould!".

Eu realmente achei que soava muito melhor do que antes, aquelas esplêndidas três palavras empurrando a boca para fora-dentro-fora &, genuinamente satisfeito com meu novo eu, enquanto ressonava meu novo nome do meio, pisquei para uma mulher que mais tarde vim a saber ser a mulher do dono do pub. E adivinhem só? — a mulher do dono sorriu-me de volta! Antes que ela dissesse qualquer palavra eu soube que ela era uma adúltera, desejando escapulir do leito do seu maridinho para o meu, que por mais pobre que estivesse naquela noite — um úmido colchão de palha nos estábulos que exalava um perfume bolorento — era entretanto mais do que acolhedor o suficiente para nós.

"E meu nome", sussurrei perto de seu ouvido, "é uma canção que será cantada."

Mais tarde naquela noite aprendi que um estranho com um nome ridículo sempre se dá melhor do que um conhecido com um apelido normal quando dança a velha Ilustração.

"Sabe do que gosto em você?", disse ela. "Você é diferente dos outros das redondezas." Então ela contou-me como caminhara até Londres no ano anterior para ver passar o ataúde de Lord Byron, & porque agora todos têm que ser um poeta & poucos o são, ela gostou de mim ainda mais quando lhe disse que ela tinha seios tais quais frutas de cera, o que de fato não era em absoluto um elogio mas sim a primeira coisa que me veio à mente quando os avistei, & quando ela disse: "O que mais te faço lembrar?", disse eu: "Bem, isso depende do que mais você pretende me mostrar". Disse ela: "Você é de fato o próprio Diabo! Talvez não seja assim tão diferente". Disse eu: "Você terá que conferir", & assim prosseguimos, até que ela sentiu todo o pintor flamengo & concordou em que não era realmente tão diferente, & em que tampouco eu o era, que os homens são todos iguais, & então ela ficou furiosa...

Contudo de novo o Cirurgião interrompe-me, & contudo de novo sou compelido a concordar, dessa vez com sua afirmação de que o papel da Arte diminuirá à medida que o da Ciência cresce. E por que não? — quando é afinal de contas a própria excelente ideia do Cirurgião & minha mente está em todo caso repleta apenas de pensamentos sobre o que a Arte possa significar para mim, a qual vocês podem realmente ver que não era nem de longe tão elevada & pura mas não obstante adorável, uma gloriosa visão das esplêndidas coxas brancas da mulher do taverneiro & nádegas subindo & descendo à medida que dançávamos a boa & velha Ilustração, & tudo isso parece algo fraco, perdido...

"CIÊNCIA — ASCENSÃO INEVITÁVEL — ARTE — SERVIDÃO", & ele cessa de novo. Eu mesmo não tenho pensamentos autênticos sobre essa questão de Ciência & Arte mas apenas umas poucas doces memórias às quais me agarro, pois não sou nada mais que um falsário falsamente acusado & aceito todo trabalho tal como ele vem & o faço tão bem ou tão mal quanto o dinheiro demanda. Por alguma razão lembrei-me de ouvir o Velho Gould, que se gabava de tais questões, dizer que o filósofo francês Descartes pensava que toda matéria consistia em vórtices, mas de alguma forma não cri que o Cirurgião gostaria de ouvir que tudo desde os embriões até as ressacas até a morte é cíclico, então em vez disso eu não disse nada mais.

Finalmente o Cirurgião levantou-se, apanhou o tripé de calçar sapatos, virou-se, bateu duas vezes na porta da cela com o tripé, & luz & uma rajada de ar fresco brevemente preencheram minha cela escura, fétida, enquanto o carcereiro abria a porta para deixar o Cirurgião sair.

Nessa altura eu soube que era a hora de intervir.

"Um homem tal como você, senhor", comecei eu apropriadamente deferente, "estando, caso eu possa ser tão audaz, em meio aos seus quarenta anos, obviamente um homem no auge da vida que desejaria proteger seu quinhão de um futuro hostil, convidando a posteridade a compartilhar de suas maravilhosas conquistas como cientista..."

"JUSTAMENTE", disse o Cirurgião, "EMBORA — ESTIMATIVA DE IDADE — LISONJEIRA — QUARENTA? — SIM? NÃO? — SIM — POSSIVELMENTE."

"Sendo tal homem", disse eu, a língua escorregando no acessível barranco das palavras já muito gastas, "você sabe que tais coisas não podem ser adquiridas sem dispêndio ou sem dificuldade, mas surgem a partir da estima de seus pares."

"CERTAMENTE", disse o Cirurgião, & ele engoliu, um pouco constrangido, "AVANÇO DA CIÊNCIA NO ENTANTO, NÃO DE SI — DESEJO?"

"A ciência", disse eu, fingindo compreensão & também consentimento, "deseja apenas a ciência." Comecei a baixar a cabeça. "Mas para se registrar isso numa tela, precisa-se do cientista tanto quanto da ciência, para pintá-lo com suas conquistas, para..." O Cirurgião engoliu um pouco mais, tal como se seus sonhos de imortalidade scientífica exigissem provas outras que não aquelas que eu oferecia. Eu podia sentir minha língua deslizando para fora de seu barranco, perdendo seu caminho. "Caso me desse a honra de pintar seu retrato... Eu..."

O Cirurgião atalhou-me com um feroz soerguer de sua sobrancelha saliente — e por um momento espantoso eu temi que dois dos muitos ratos-marsupiais de minha cela houvessem lhe saltado no rosto, confundindo-o com uma abóbora, & estivessem se pendurando em sua testa por sobre seus olhos verrugosos.

"PEIXE, GOULD! — AQUELE PEIXE — O OLHO — MUITO SCIENTÍFICO." Eu devia estar ainda tão estupefato com suas sobrancelhas que ele me julgou não o ter ouvido apropriadamente. "PEIXE DO CAPITÃO", continuou ele, um pouco irritado. Como ênfase o rato arqueou-se para cima sobre seu nariz. "UM HOMEM DEVE DESCOBRIR SEU MÉTIER — O SEU CREIO — JÁ O ENCONTROU — *EN UN MOT*?* — PEIXES?" Ele se deteve, olhou para o teto & de volta para mim, "PEIXES, SIM? — NÃO? — SIM — NO SENHOR TOBIAS ACHILLES LEMPRIERE, UM HOMEM QUE RESPEITA TALENTO, UM CIENTISTA — SEU PATRONO, SIM VOCÊ PODE TER DESCOBERTO TAMBÉM ISSO — A VOCÊ, SENHOR, UM BOM DIA".

E com isso ele se foi, & com ele, avaliei, qualquer chance de eu evitar o grilhão.

VI

NOSSO SEGUNDO ENCONTRO OCORREU imediatamente após minha soltura totalmente inesperada, quando fui escoltado diretamente de minha cela aos aposentos do senhor Lempriere, um chalé de ter-

* "Em uma palavra", em francês no original. (N. T.)

ra caiada um tanto decrépito. No caminho passamos por um açoitamento que ocorria no pátio de inspeção. O flagelador detinha-se entre cada golpe da chibata, correndo as tiras entre os dedos para espremer o excesso de sangue, depois mergulhava as pontas da chibata num baldezinho de areia mantido para este fim ao seu lado, de modo que pudesse obter uma ferroada adicional de cascalho a cada novo golpe.

Após um breve caminhar chegamos a uma construção rocamboluda próxima aos estaleiros. Fui introduzido sem cerimônia em um escuro, fedorento &, a despeito da escuridão, o que parecia ser um bagunçado quarto. Quase fracassei em notar o Cirurgião repousando tal como um leão-marinho numa espreguiçadeira.

Ao redor dele comecei a distinguir suas posses orgulhosamente dispostas — crestadas, incrustadas & serrilhadas ao toque, pastosas & moles por dentro, fosse a tosca mesa tomada por vermes, fossem os retratos que escorriam por suas paredes, tudo parecia querer gritar: "Nós também somos Lempriere". Encontrando-me num ânimo de polidez, eu consequentemente não desejava expressar quanto pesar eu sentia. Muito admiráveis eram as inumeráveis esquisitices dispostas à sua volta tal como o sol à volta dos reis egípcios nas pirâmides: mais ossos do que na cuba de um vendedor de carcaças — prateleiras de crânios de marsupiais, caixas torácicas, fêmures & esqueletos inteiros de vários animais — bem como sortimentos de penas, conchas, flores secas, pedras; coleções emolduradas de borboletas, mariposas & besouros; & bandejas com ovos de aves.

Antes mesmo que eu me sentasse, o Cirurgião encetou um assunto sobre o qual eu estava desprovido fosse de interesse ou de curiosidade.

"COMO SABE — FARIA BEM EM SABER — NA CIÊNCIA POUCOS NOMES MAIORES", disse-me o senhor Lempriere, "QUE O DE CARL VON LINNAEUS — SIM? NÃO? SIM — GRANDE HISTORIADOR NATURAL SUECO."

Desacoroçoado, assenti. O senhor Lempriere gesticulou para que eu me sentasse numa banqueta defronte a ele, & apontou na direção de um decantador com o melhor rum da Martinica francesa (esse não era nenhum rum aguado de Bengala, esse sabia a açúcar queimado & fogo umedecido, ao que eu estava acostumado), indicando que eu devia me servir eu mesmo. Ele então — para usar uma de suas palavras mais queridas — *discursou* sobre a revolução nos assuntos do homem que o sistema de classificação de plantas & animais de Lineu estava principiando.

Para toda planta, uma espécie; para toda espécie, um gênero; para todo gênero, um filo. Bastava de vulgares nomes populares para plantas baseados em velhos contos de bruxas & simpatias de viúvas, bastava de tasna & sabugueiro & dedaleira, mas sim um nome scientífico latino para todo ser vivo, baseado em um minucioso estudo scientífico de seus atributos físicos. Bastava de pensar que o mundo natural & o humano estavam entrelaçados, mas sim que havia uma base scientífica para separar os dois, & o avanço humano baseado nessa diferença scientífica até o fim dos tempos.

Ele parecia muito versado nos índices, & perguntei-me se alguma vez ele já ouvira um livro na íntegra tal como eu ouvira as velhas histórias francesas dos caros doutor Pangloss & Cândido. Ele era cheio das palavras acadêmicas, indo longe a ponto de chamar as bodegas de *zitofermentarias*, o que parecia ser em várias sílabas excessivo para ser emitida por qualquer um que já encontrei dentro de tais lugares, & nunca usava uma palavra reta quando uma longa palavra latina maldita podia ser enfiada estranhamente em seu lugar, de modo que suas frases se afiguravam tal qual o quarto em que nos sentávamos, abarrotado & horrivelmente confuso.

Se em sua aparência ele remontava ao passado, em suas ideias & ambições ele desejava ser visto como um homem do futuro. Mas aquela claramente não era uma conversa — bem que tentei transformá-la em uma ao ocasionalmente repetir a última frase que ele pronunciava, como se ao ecoá-lo ele pudesse advertir-se da noção de uma outra pessoa no quarto — e sim um manifesto em que ele conseguia combinar espetacularmente opiniões scientíficas & domésticas numa única sentença que não fazia sentido em absoluto.

"ERASMUS DARWIN* — SÁBIO HOMEM", disse ele a certa altura, "MAS POR QUE LIMÃO NO CHÁ-VERDE?"

De novo vi-me sem entender nada do que ele falava mas assenti sabiamente, ocasionalmente emitindo um "Ora!" ligeiramente cético ou um desinteressado "Oh", & empurrando para fora & para perto do nariz os meus lábios cerrados molhados de rum para transmitir a ideia de que eu compreendia o que ele estava aprontando, & para sugerir um ativo & crítico interesse quando ele me mostrou sua posse mais estimada, a celebrada — contou-me em termos nem um pouco incertos — décima edição do *Systema naturae* de Lineu para animais.

O Cirurgião agora crescia à sua plenitude: "DE FATO", continuou ele, & para assegurar nenhuma moderação de meu interesse serviu-me outro rum da Martinica francesa, "RAPIDAMENTE CHEGA A HORA — CLASSIFICAR ADEQUADAMENTE NÃO SÓ ANIMAIS — TODOS OS SERES VIVOS — *EN UN MOT*? — PESSOAS — SIM? NÃO? SIM."

Eu assenti, brindei & sustive minha taça vazia dessa vez sem nem ser ordenado, & o Cirurgião — o maravilhoso, o generoso senhor Lempriere — encheu-a mais uma vez.

"NÃO CRÊ EM MIM — NÃO? — MAS IRÁ, SIM, IRÁ — PRIMEIRO CLASSIFICAR COM ÊXITO TODOS OS CONDENADOS EM CLASSES DE 1 A 26 — ENTÃO NESTA BASE REFAZER A SOCIEDADE."

"Ciência?", perguntei eu.

* Erasmus Darwin (1731-1802), avô do naturalista inglês Charles Darwin. Traduziu do latim obras de Lineu, antecipou algumas das ideias de Lamarck em seus escritos e redigiu tratados sobre botânica e uma longa ode às plantas, em forma de versos. (N. T.)

“APLICADA”, confirmou ele.

Ele então encetou vários tópicos de conversação, sobre como a gonorreia podia ser exitosamente tratada com unguento de mercúrio. “UMA NOITE COM VÊNUS”, suspirou ele a certa altura, “UMA VIDA COM MERCÚRIO”. Balançou a cabeça. “RUM QUENTE — GAROTA JOVEM — DOUTOR VELHO — CRUEL — CRUEL.” Matraqueou adiante sobre um botânico francês chamado Lamarck cuja *Histoire naturelle des animaux sans vertébrés* de sete volumes ele descreveu como um *tour de force* taxonômico, & sobre a infinita perfectibilidade dos porcos mediante sua procriação.

Nesse ponto ele indicou com o aceno de um dedo gordo que devíamos passar para fora. Após mostrar-me a beleza de sua janela de guilhotina na parte de trás de seu chalé, a única do tipo na ilha, a qual trouxera consigo de Hobart Town para ser adaptada em sua nova residência, o senhor Lempriere conduziu-me em torno da traseira de seu chalé até o local onde ele mantinha um porco, um grande javali que ele chamava de Castlereagh em homenagem ao Primeiro-Ministro, porque, sendo um whig, o senhor Lempriere via-se como um homem de opiniões avançadas que nada tinha a ver com tories afetados.

Era difícil ter uma ideia de aonde tudo isso estava chegando, & desisti de tentar & simplesmente acompanhei. O suíno era de raça indeterminada & vivia numa pocilga contígua ao chalé. Até mesmo para os sórdidos padrões da ilha, o lar de Castlereagh era um pútrido, fedorento horror de lama batida no qual o Cirurgião diariamente jogava lavagem & sobras que quaisquer condenados teriam alegremente rapado. O suíno — um cevado mosqueado de preto & branco — era por conseguinte a única forma de vida que parecia prosperar na ilha & atingira um tamanho gigantesco, uma catinga enorme & um ânimo repulsivo.

Poder-se-ia pensar que o suíno, sendo um animal inteligente como se sabe serem os porcos, tentaria granjear favores com o Cirurgião, que insistia em alimentá-lo ele mesmo a fim de assegurar que toda a comida fosse para o animal & não aos criados. Mas pelo contrário, a fúria de Castlereagh contra o mundo & todos que nele viviam parecia apenas crescer juntamente com seu volume, & ele culparia tão prontamente o Cirurgião quanto qualquer outro.

Os propósitos do Cirurgião em manter o porco pareciam confusos. Às vezes declarava que seria para um banquete aos oficiais da instituição, noutras para uma ceia de Natal, ou para a chegada de um novo piloto, & às vezes simplesmente para o perverso prazer de chegar uma faca perto de sua garganta, de modo que o fim do porco pudesse espelhar aquele de seu desprezível homônimo.* Às vezes falava em vendê-lo por dinheiro ao Comissário, & noutras vezes em permutar pedaços de um trucidado Castlereagh com os outros oficiais em troca dos substanciais itens que a carne fresca demanda daqueles que provaram apenas carne rançosa de porco em conserva durante anos.

Na verdade, suponho que ele o mantinha porque o fazia sentir-se poderoso ter tanta comida sob seu controle, saber que ninguém poderia olhar para ele sem invejosamente sonhar com um ininterrupto banquete de porco — ervilha&presuntosopamúsculobácon-pésassadosmorcelajoelhoporcoassadotorresmomocotó. Então o dia do acerto de contas de Castlereagh era constantemente adiado, tendo como consequência que o suíno continuava a ficar mais e mais gigantesco & com um temperamento mais imundo que seu hálito.

Mas nessa época eu pouco sabia disso, porque o Cirurgião desatou a falar de novo, enquanto me guiava de volta ao interior de seu chalé rocamboludo. Ele prosseguiu sobre como acreditava que

* Robert Stewart (1769-1822), segundo marquês de Londonderry e lorde de Castlereagh, cortou a própria garganta com um canivete após um colapso nervoso provavelmente provocado pela má aceitação pública de sua atuação como líder da Câmara dos Comuns do Reino Unido. (N. T.)

tínhamos um valoroso papel a representar na divisão do mundo em um milhão de componentes classificáveis que iriam conduzir a uma sociedade inteiramente nova. Não entendi nada daquilo, exceto que fingir interesse era recompensado com mais rum da Martinica francesa, o qual inicialmente julguei muito bom & agora estava inclinado a crer excelente.

"EU ESTOU", disse ele, recostando-se & levantando aquele obelisco de cabeça branca & repuxando seus babosos lábios de morsa, a fim de que eu pudesse compreender que suas próximas poucas palavras deviam sair sublinhadas, "EM CONTATO — MUITO IMPORTANTE — COSMO WHEELER? — COM O SENHOR COSMO WHEELER — CÉLEBRE HISTORIADOR NATURAL INGLÊS", algo que era claramente de grande importância, se eu apenas soubesse quão importante era.

Eu não sabia.

Mas eu não era tão estúpido a ponto de trair minha ignorância & fazer conhecer que a reputação do supracitado senhor Cosmo Wheeler não era ainda completamente universal.

"Famoso", sugeri eu.

"EXATAMENTE", concordou ele.

Quem quer que ele fosse, o misterioso senhor Wheeler havia gravado no Cirurgião a nobreza & a primordialidade do seu trabalho de coletar & catalogar espécimes & enviá-los de volta a ele na Inglaterra. Este trabalho, escrevera o senhor Wheeler, viria a ser o "Destino Histórico" do Cirurgião. Lendo nas entrelinhas, sublinhadas ou doutro modo, pareceu-me que caso esse historiador natural inglês fosse célebre, bem poderia ser porque ele estava construindo uma boa & velha carreira a partir dos vários bocados & pedaços que o Cirurgião & seus outros colecionadores coloniais lhe remetiam de volta.

Por sua vez, o Cirurgião parecia cego aos usos que dele faziam, & patetikamente grato pela menor associação com tamanha eminência tal como considerava ser o senhor Cosmo Wheeler. Às vezes parecia que o Cirurgião acreditava que, se ele simplesmente conseguisse esmagar o mistério do mundo em fragmentos suficientes & enviá-los de volta para o senhor Wheeler catalogar, então o mistério desapareceria & tudo seria conhecível, & tudo sendo conhecível, qualquer coisa seria solucionável & cultivável, todas as questões de bondade & maldade explicáveis & remediáveis com alguma gradação taxonômica criacional.

Nosso próprio papel nesse gargantuesco ato de vandalismo era registrar tão integralmente & tão claramente quanto possível o que o Cirurgião, citando Cosmo Wheeler, referia como "O PEQUENO MUNDO DA ICTIOLOGIA DE MACQUARIE HARBOUR", & então enviar nossos registros ao senhor Wheeler para que os categorizasse & sistematizasse.

Como sempre fazia quando eu não entendia uma só palavra do que ele dizia, assenti, & o jarro foi trazido mais uma vez à minha taça & a ela foi nivelado mas não a abasteceu. O bom Cirurgião susteve o jarro a postos & fitou-me com sua mirada aquosa, para indicar que seu sistema de pensamento estava agora prestes a revelar seu gênio em uma declaração reveladora da maior profundidade.

"O QUE QUERO DIZER, GOULD", disse o Cirurgião, inclinando-se próximo, pousando uma mãozinha gorda sobre meu joelho & ao mesmo tempo sorrindo — dois gestos fisicamente repulsivos aos quais eu bem poderia ter reagido deveras adversamente caso naquele momento o glorioso rum da Martinica francesa não houvesse uma vez mais sido vertido — "É: PEIXES."

VII

FICOU-ME CLARO DESDE ENTÃO QUE o Cirurgião era completamente maluco. Deveríamos começar a fazer pinturas não de fetos ou aves ou cangurus ou ornitorrincos mas sim de peixes, registrar com tinta sardinhas & lúcios, tamboris & peixes-paus, ou fosse lá o que fossem seus antípodas equivalentes ou opostos. Sendo os peixes o que são, espécimes de natureza aproveitável não se conseguiam facilmente preservar, &, mais precisamente, o senhor Cosmo Wheeler fora muito specífico ao escrever ao Cirurgião que a reputação de um cientista crescia não apenas com Presteza & Gênio, mas sim, tal como o naturalista-colecionador sueco Conde Lineu havia ele mesmo demonstrado através do exemplo de sua própria vida, sendo tão estratégico quanto Wellington* ao fazer escolhas quanto ao que coletar & ao que não coletar.

Eu não poderia ter então sabido como tamanha loucura, esse serviço de pintar peixes para promover a reputação de um outro homem em outro país, subjugaria minha vida a tal ponto que se *tornaria* a minha própria vida — que eu iria, como agora estou fazendo, procurar contar uma história de peixes usando peixes para contá-la de toda maneira imaginável, até mesmo com a pena de osso de tubarão & a própria tinta sépia com que escrevo estas palavras, feita de uma lula que em mim esguichou há apenas algumas horas.

Ela flutuara até minha cela com a maré da noite de ontem & eu consegui espetá-la com meu pincel quando a maré se foi esta manhã. Uma pobre criatura arrebatada por algo maior que ela própria, ela vomitou sua tinta negra em mim com uma fúria tão temerosa quanto lhe foi possível reunir. Embora eu tenha recebido um pouco no olho & um punhado na boca, consegui pegar um terço dela em minha tigela de sopa de aveia, & com esta tinta negra que se resseca até se transformar na cor esmerdeada desta colônia, eu anoto todas estas memórias.

"Aquilo que em seguida clama por ser Sistematizado & portanto Entendido são os peixes", escrevera ao Cirurgião o senhor Cos-

* Arthur Wellesley (1769-1852), primeiro duque de Wellington, também alcunhado "duque de Ferro". Venceu Napoleão na Batalha de Waterloo (1815) e emprestaria seu nome mais tarde à capital da Nova Zelândia (1840). (N. T.)

mo Wheeler, "& alguém em posição tão privilegiada quanto você, meu caro Lempriere, é aquele que é capaz de coletar & registrar todo um Exótico Mundo de Peixes novo!"

Recordo que não senti o rum nem em minha boca nem na garganta enquanto drenava a taça num único gole, meus olhos ainda focados nas leitosas lunetas do Cirurgião enquanto ele prosseguia detalhando o conteúdo da mais recente correspondência entre ele e o senhor Cosmo Wheeler.

"E", acrescentava o senhor Cosmo Wheeler numa pergunta retórica, "não seria a partir de tão felizes coincidências de Local (Macquarie Harbour — Transylvania — Terra de Van Diemen) & Gênio (Tobias Achilles Lempriere) que a História é geralmente feita?"

Uma vez que estimava tão grandemente seu colecionador-naturalista amador, continuou o senhor Cosmo Wheeler, ele estaria disposto — se os espécimes se comprovassem suficientemente singulares, as pinturas convenientemente padronizadas — a reproduzir os peixes em seu próximo trabalho, provisoriamente intitulado *Systema naturae australis*.

O Cirurgião falara por tanto tempo & tão vigorosamente que ele assim me concedera o privilégio de nada ter a dizer que acabasse expondo a história de que eu era um Artista tal como a mentira que era. Ele tão espertamente se convencera de meu valor, que até mesmo eu brevemente sucumbi à vaidade de crer-me capaz de pintar exatas pinturas de peixes do mais alto padrão scientífico.

Não que eu o haja dito assim, ou haja dito qualquer coisa.

Para dizer toda a verdade, eu não fui capaz de inserir nem sequer uma palavra. O Cirurgião interpretou minha incapacidade de interrupção como apenas a necessária & louvável subserviência que eu agora lhe devia como meu novo patrono, um reconhecimento da supremacia do poder que era tão necessária ao Artista quanto a habilidade de rascunhar. Ele foi-se embriagando, & sua conversação tornou-se mais íntima & confessional.

"VEJA-ME", confidenciou ele a certa altura, "MEDICI DOS TEMPOS ATUAIS — VOCÊ BOTTICELLI!"

Sorri brevemente, mas então notei que ele não, que seus olhos estúpidos pareciam ter-se incandescido, que isso não era uma pilhéria, que ele apenas falava mais & mais, dizendo:

"MAS NOSSA TAREFA — MAIOR — NÃO INTERPRETAR A NATUREZA PARA DECORAÇÃO — BUSCANDO CLASSIFICAR — ORDENAR A NATUREZA — ENTÃO O ÚNICO ENIGMA RESTANTE SERÁ DEUS — MAS O HOMEM? — O DOMÍNIO DO HOMEM SERÁ INTEIRAMENTE CONHECIDO & CONHECÍVEL, & O MISTÉRIO DO HOMEM ACABADO — SEU IMPÉRIO FINAL NATURAL — VOCÊ COMPREENDE? — SIM? NÃO? SIM — VOCÊ COMPREENDE?"

Eu não. Soava suspeitosamente como uma tentativa de o Cirurgião & o senhor Cosmo Wheeler recriarem o mundo natural como uma colônia penal, comigo, o encarcerado, agora a representar o papel de carcereiro. Entretanto, eu já havia recebido ofertas piores.

"Hierarquia?", propus eu.

"CAMPOS ELÍSEOS", disse ele.

Tal como costumava dizer o comparsa de Ackermann, Billy Blake, apenas com os contrários é que se avança. Mas supondo não ser isso o que o Cirurgião pretendia dizer, eu tentava pensar em algo mais a declarar sobre a Nobreza da Ciência, quando o Cirurgião salvou-me de responder ao servir-me mais rum da Martinica francesa.

Brandindo o decantador diante de si tal qual uma tocha, disse-me como nosso trabalho deveria começar comigo pintando um a um todos os peixes que se encontrassem no mar interior de Macquarie Harbour, todas as criaturas marinhas que flutuassem mortas ao longo das envenenadas águas dos rios King & Gordon. Ele falara ao Comandante, & doravante eu estava sendo liberado de todos os meus outros deveres a fim de me tornar criado do Cirurgião.

Meus deveres dividir-se-iam entre passar metade do dia limpando & lavando como criado do Cirurgião, & a outra metade absolutamente livre para dedicar-me exclusivamente aos peixes, e, mais precisamente, a pintá-los.

O Cirurgião, agora bem abastecido, levantou-se & oscilou para frente & para trás, um arrochado metrônomo marcando um lento tempo entre sua necessidade de brio & seu desejo de ofertar-me um presente. Ele tropeçou & depois quase caiu, quase tombou em meu colo, carregando, como se em oferenda, uma caixa de madeira, do tamanho de uma charuteira grande, dentro da qual se dispunham numerosos potes de aquarela, alguns usados, alguns poucos não — todas as cores de um arco-íris desbotado — & seis pincéis, todos eles velhos & sovados.

Então ele deslizou para o chão, ainda falando, & eu retomei meu devanear de novos nomes & antigos amores. Nalgum momento mais tarde naquela noite eu percebi que ele adormecera no chão por pelo menos meia hora & eu não havia notado.

VIII

NUMA SURRADA VALISE FEITA DE MARROQUIM escuro acondicionada debaixo de sua cama, o Cirurgião mantinha seus livros de história natural, juntamente com uma breve carta que recebera de Jeremy Bentham em resposta a um longo discurso que o Cirurgião havia escrito ao grande homem sobre como o princípio do panóptico de Bentham — uma prisão-modelo na qual todos os homens poderiam ser constantemente observados — poderia ser proveitosamente estendido à história natural.

Essa carta era sua mais estimada posse, um talismã de sua provável condição de futuro colega da Sociedade Real, a qual, assegurou-me, era a definitiva aprovação que poderia ser outorgada a um Cavalheiro & Cientista, & distinguia-o como um Homem de História.

Para contar toda a verdade, devo admitir que a princípio Billy Gould não tinha grande interesse nos peixes, & se ele pudesse tê-los evitado, ele certamente o teria feito. Vasculhando a valise, o Pudim topou com o *Systema naturae* de Lineu bem como com uma edição abreviada do folheto *História natural* de Plínio, o qual o Cirurgião desprezou como sendo uma supersticiosa conversa fiada escrita por um romano ignorante.

Mas eu descobri em suas páginas algo mais que um bestiário de manticoras & basiliscos. Nas observações de Plínio descobri que o homem, longe de representar parte central nesta vida, vivia num mundo perigoso além de seu conhecimento, onde uma mulher grávida podia perder seu bebê quando uma lamparina era abafada em sua presença, um mundo onde o homem se encontra perdido & ínfimo, mas perdido & ínfimo no meio do maravilhoso, do extraordinário, do esplendorosamente inexplicável assombro de um universo limitado apenas pela sua própria imaginação.

O *Livro de ovos* do doutor Bowdler-Sharpe, por sua vez, aninhado no fundo da maleta, era outro caso, mais inteiramente no espírito do panóptico. Listava 14.917 diferentes tipos de ovos produzidos por 620 diferentes espécies de aves. O estilo do doutor Bowdler-Sharpe era econômico a ponto da brutal obviedade.

> Como se pode ver,
> Os ovos do *Orthonyx temminckü* (corre-troncos-australiano) possuem formato elíptico, moderadamente lustrosos, & uma cor branca pura. Três ovos medem respectivamente 1,07 por 0,76; 1,13 por 0,8; 1,17 por 0,8.

Os gostos do Pudim, vinha eu a perceber, nunca poderiam — não importa quanto eu tentasse — ser os meus. Ele era um sistema enguiçado carente apenas de um assunto, um doutor Bowdler-Sharpe em busca de mais um ovo para mensurar. Ele queria ser o itctiólogo, mas eu bem preferiria ter sido os peixes. Seus sonhos eram de captura, os meus de fuga.

Eu preferiria ver um tordo, como vi quando criança, alimentar-se de caramujos num inverno árduo, a ler tamanha asneira como as do doutor Bowdler-Sharpe; preferiria assaz observar o tordo esmagando os caramujos contra uma rocha no meio de uma desordem de outras conchas semelhantemente despedaçadas até que conseguisse libertar a refeição no interior. Muito melhor isso do que um inventário ilustrado de tipos de tordos, definidos por similaridades de garras, por diferenças de bicos. Muito melhor ouvir o lamurioso *toot-toot* do rouxinol quando está alerta & vê seus filhotes enrijecerem-se como pedra em resposta do que analisar uma coleção de pássaros empalhados em caixas de vidro ordenadas pelo raio da cabeça & a distância da ponta da asa estendida. Coleções & classificações como essas são, tal como meu camarada Clare, o louco, uma vez comentou, uma espécie de fama de ambição, & não uma fama merecedora de qualquer louvor.

Permitam-me confessar nesta altura que nunca eu estivera tão mal preparado para uma tarefa como essa de pintar os peixes do Cirurgião. Senti uma momentânea & assaz terrível sensação de pânico. Havia, raciocinei comigo numa tentativa de aplacar meus nervos, meu passado como gravador, quando desenhava. Mas tudo que eu realmente tirara disso fora mais um mandado de prisão para meu antigo nome, & — por um curto tempo, em todo caso — um novo nome impoluto. Havia minha experiência como pintor colonial — um decorador de tabernas & placas de pubs & retratos ocasionais —, mas eu conhecia meus limites. Minhas habilidades de rascunho, tais como eram, restringiam-se a cruas cópias dos detalhes das notas bancárias & promissórias ou a caricaturas das manhas dos humildes & das vaidades dos colonos livres, todos objetos insípidos que podem ser em parte tracejados, em parte esquematizados mediante um sistema de quadrados, em parte facilmente intuídos.

Um peixe, por outro lado, não é um item fácil de falsificar.

Um peixe é um monstro escorregadio & tridimensional que consiste em todo tipo de curvas, cujo colorido & superfícies & translúcidas barbatanas sugerem a própria razão & enigma da vida. Ao falsificar dinheiro, eu sempre serenava minha consciência concluindo que estava meramente ampliando a mentira do comércio.

Mas o peixe é uma verdade, & não tendo ideia alguma de como contar uma verdade, muito menos de como pintá-la, por vários dias eu evitei completamente a questão, amoitando-me com enorme diligência dentro & ao redor do que se entendia como sendo o lar do Cirurgião. À medida que limpava & lavava & depois reconstruía as apodrecidas & decompostas partes do chalé do Cirurgião, à medida que arrumava suas muitas & variadas coleções, eu retornava à minha fantasia de tornar-me um retratista para a sociedade de Hobart Town — uma contradição, eu sei; ouvi a pilhéria uma dúzia de vezes antes mesmo de ter chegado aqui —, mas eu imaginava que rostos tão rudes quanto os deles com passados tão sujos quanto os deles mereciam alguém com tão pouco talento quanto eu para pintá-los. Não era um trabalho para a Academia ou o Prado ou o Louvre, mas para os filhos bastardos & imbecis do Velho Mundo que através do roubo & do terror pensavam ter algum direito a governar o Novo.

O que, devo acrescentar, eles fizeram.

É a única maneira que se há de governar & eu particularmente não procurei a isso opor-me, apenas obter um modesto ganho debaixo de suas franjas. Pois, como disse Capois Death, caso a bosta algum dia valesse algo, os pobres nasceriam sem cu. Era aquele o nosso destino, & eu não pretendia poder alterá-lo, apenas desejava sobreviver tão bem quanto conseguisse, & que mais faria eu? Não tinha desejo de virar serrador ou pastor ou taifeiro de convés de um baleeiro. Eu não tinha as mãos ou as costas para isso, muito menos as necessárias habilidades práticas.

No começo eu apenas queria esfregar-me rente a todo aquele sistema podre, & se isso significava fazer cópias do que quer que me surgisse durante o dia — fossem notas de banco ou burgueses com cara de bunda — representados duma maneira que não atraísse atenção indevida a eles ou a mim, que assim fosse.

Meu problema imediato era que, conquanto minhas habilidades de pintura possam ter sido adequadas para deturpar a pequena nobreza, elas não eram suficientemente desenvolvidas a ponto de convencer-me de que conseguiria transformar pinturas aceitáveis tal como a do kelpy no padrão que era obviamente esperado, & afligi-me pensando que, caso descobrissem-me não ser o que o Pudim persuadira-se de que eu era, eu pudesse ainda acabar na forca. E mesmo que fosse capaz de produzir o trabalho, eu não estava mais certo de que o desejava fazer. Fora-me sedutoramente prometida a posição de Botticelli, mas à fria luz de um novo dia estava começando a parecer suspeitosamente tal como assumir o fardo de Bowdler-Sharpe.

Caso eu houvesse encontrado um trabalho mais confortável & menos perigoso, eu o teria agradecidamente aceitado. Mas não havia quaisquer outras opções & eu não tinha escolha senão concentrar minha mente na questão de como eu poderia sair-me com uma aceitável representação de um peixe.

Quando o Cirurgião saía a supervisionar um açoitamento, ou à inspeção para negar a todos os doentes & moribundos no grilhão uma folga ou a entrada no hospital, & eu estava certo de estar a salvo, eu apanhava a valise & examinava cuidadosamente o método & o estilo usado nos vários volumes para ilustrar plantas & animais. O melhor deles mostrava uma certa espontaneidade que eu sabia nunca poder alcançar, mas o pior deles era tão insípido & sem vida quanto seus assuntos deviam ter sido quando estudados, & lisonjeei-me por não conseguir fazer pior.

Mas então eu descia até o molhe dos pescadores & observava os peixes que haviam sido pescados naquele dia juntamente com o ocasional presidiário inchado afogado quando tentava escapar, & meu coração enchia-se de novo com pavor, pois o abalar & o abanar das massas de barbatanas & escamas pareciam inteiramente fora de meu alcance.

O único talento que eu imaginava ter em arte — captar certa rude semelhança de caráter em caricaturas de rostos de pessoas — eu me concedia à noite com carvão vegetal na parede de arenito da Penitenciária. Aqui todos dormíamos em redes eivadas de piolhos nas partes superior & inferior de um comprido barracão lúgubre.

E aqui, na noite de meu sétimo dia como criado do Cirurgião, quando, para divertimento de meus colegas vilões, eu esboçava uma rude caricatura do Cirurgião nu, aconteceu a coisa mais espantosa.

O Cirurgião ganhou uma barbatana dorsal.

Eu estaquei por um momento, um pouco chocado.

Alguém esboçou uma risota.

Capois Death riu.

Retomei minha tarefa instantaneamente, redesenhando seus olhos como grandes orbes chorosos atrás dos quais guelras começavam a brotar. Depois um bulboso corpo escamoso cresceu para trás a partir dos olhos, cuja totalidade superinflada cobri com ferozes golpes de talho para fazerem lembrar pequenos espinhos, & no fim dessa espinhosa bola de futebol podia-se ver sobressaindo uma cauda.

IX

Na manhã seguinte coletei um espécime vivo do grilhão da pesca, gastei apenas um tempo abreviado limpando o chalé, & então passei à pequena mesa redonda de mogno para tirar proveito da luz matinal que escoasse pela janela única, apanhei o estojo de pintura & lancei-me ao trabalho.

O dia transcorreu intermitentemente, o sol girou, & à tarde a chuva de começo de inverno começou, áspera & volátil, mas eu estava já muito absorto para pôr-lhe algum reparo. Fiz vários esboços preliminares, todos na mesma folha de papel, então gastei duas folhas perfeitamente novas com pinturas que remendei num ou noutro ponto, a primeira por acidente quando derrubei uma pequena garrafa de tinta indiana sobre a mesa, a segunda quando eu simplesmente fracassei em conseguir a proporção certa da cauda por causa do meu desejo de tornar a pintura tão natural quanto possível.

Mas minha terceira tentativa agradou-me — ah, não era a obra de nenhum gênio, garanto-lhes — mas no levemente assustado, levemente belicoso arqueamento da grande pupila de seus olhos pude sentir o súbito entusiasmo de eu ser o pescador & ele ser inesperadamente fisgado. Na exagerada proeminência da testa em que ele ostentava tanto orgulho (o reservatório do gênio, confidenciara-me ele no dia anterior, dando palmadinhas no cocuruto) pude sentir seu peso renitente procurando escapar, & então deixei minha linha correr um pouco da boca carnuda emborcada, expressando certa amargura indisfarçável & uma sensualidade que se transformara numa intratável, opressiva presença física. Mas então eu puxei de volta & ah! ah! — Ah eu sabia que agora o tinha, sim, que muito certamente era ele, & ah o corpo inchado & ah a ridícula exibição de espinhos & ah a cauda ridiculamente pequena no fim daquele balão de carne quando finalmente emergiu da água & fez-se visível. Uma corrente de alegria atravessou-me porque agora eu realmente o conseguira, fora finalmente capturado para que todos vissem.

Naquela noite, quando o Cirurgião retornou, apresentei-lhe minha primeira pintura.

O Cirurgião suspendeu a pintura à distância de um braço, fitou-a além de seus olhos absurdamente grandes & escuros como os de uma corça & abaixo de seu gordo nariz achatado, &, da maneira com a qual eu agora me havia acostumado, iniciou um extenso discurso sobre a natureza defensiva do baiacu-de-espinho, sobre como se inchava até o triplo de seu tamanho, os espinhos eriçados, para intimidar outros peixes. Enquanto ele falava, permanecia fuçando na pintura, afastando-a, aproximando-a, pondo-a na mesa, apanhando-a de volta & encarando-a mais uma vez com seus braços totalmente estendidos.

Finalmente ele declarou-a toleravelmente bem-feita.

E então ele foi chamado a comparecer a um enforcamento, deixando a mim & o baiacu-de-espinho sozinhos juntos à luz da noitinha.

Peguei uma faca de onde ela pendia ao lado da fogueira, & aproximei sua afiada ponta do teso corpo do baiacu-de-espinho. Então empurrei.

A carne comprimiu-se, mas pouco, então com uma súbita rajada de ar sua pele se rompeu, & o peixe esvaziou-se com o abrupto sibilar de uma bexiga estourada.

Na mesa jazia agora um peixe inteiramente diferente da monstruosa forma espinhenta que eu havia pintado, um diminuto lambari com grandes olhos que me acusavam de não lhe entender a necessidade da postura, um lambari com pele flácida & nele uma grande faca enfiada.

Eu sabia que não haveria instruções para pintá-lo de novo, que nem mesmo o grilhão iria querer permutar carne tão venenosa. Joguei-o no fogo, onde ele agasalhou uma tora lentamente fumegante tal como mais uma alma sucumbida.

O MIRA-CÉU

Sobre o pus dos búzios — Bobos-de-cauda-curta, seu retorno — Premonições de condenação — Ascensão do Comandante — Sua tomada do poder — A questão das nações — A senhorita Anne, sua sutil influência — A invenção da Europa — A venda da Austrália — Rolo Palma, no tocante à sua conversação com anjos — Musha Pug — Seu ódio aos catamitos — A febre das ferrovias

I

Pobjoy, muito satisfeito com seu último Constable, retornou com alguns ouriços-do-mar para eu comer. É uma recompensa pequena, & não exatamente uma refeição, mas mais importante para mim do que Pobjoy pode imaginar. Eu escavo as ovas com meus dedos, embora na verdade não seja por esse pequeno prazer salgado que eu cobice o ouriço-do-mar, mas pelos espinhos roxo-claro com que sua concha se blinda como uma escabrosa equidna aquática. No início de uma noite de maré baixa eu quebro os espinhos de sua concha, pego dois dos muitos pedregulhos de praia que formam o assoalho da cela e, moendo os espinhos entre as pedras, faço um pó púrpura.

Depois, pilo esse pó com cuspe & banha, reservada do ocasional naco rançoso de porco em conserva, na suave e sulcada palma da concha de vieira que me serve de tinteiro. Dessa maneira faço minha tinta, observando-a redemoinhar na concha branca, enquanto penso como a púrpura, a cor dos imperadores, parece apropriada para a próxima parte de minha história, que é a de como meus destinos tornaram-se inextricavelmente emaranhados aos de um César dos mares do sul, de quem ninguém irá se lembrar & que foi atormentado por premonições das devastações que ele sabia que o tempo infligiria sobre suas conquistas.

O Rei, suspeito eu, acha estranho eu gastar algumas páginas falando sobre o Comandante, mas sua história é a minha & a minha a dele, pois seus sonhos determinaram meu destino. Digo ao Rei que ele não pode começar a compreender a perversidade do meu destino caso ele não aprecie totalmente como o Comandante finalmente criou não um mas *dois* infernos alternativos. O segundo, o qual eu viria a descobrir somente muito depois — tarde demais como se revelou —, era aquele que verdadeiramente assustou-me com suas aspirações imortais. Mas a completa perversidade de sua conquista pode apenas ser entendida por aqueles que conhecem a história inteira, verdadeira & terrível do Comandante. Nossos destinos em breve combinar-se-iam, por mais que nenhum de nós o houvesse desejado.

A tinta com a qual procuro contar esta história não é, verdade seja dita, a majestáthica púrpura tíria a qual o Velho Gould exacerbava liricamente, aquele corante que os antigos obtinham dos moluscos, espremendo o pus que purpureava à luz do sol de um pequeno cisto atrás da cabeça do búzio, um corante tão precioso que apenas os mais ricos & poderosos podiam custear robes dessa cor, mas sim uma púrpura de ouriço-do-mar — o que parece justo a alguém que, longe de ter nascido em púrpura, brigou & chutou & matou pelo bem de uma cor que se embota rápido demais. Não peço desculpas pelo que é portanto óbvio & também necessário: que a prosa que segue é também de um matiz similar.

II

Sua trajetória era tão silenciosa & obscura quanto seu semblante, o qual depois ele viria a esconder atrás de uma máscara de ouro, embora se por vergonha ou modéstia ou constrangimento ninguém parecesse saber, não mais do que sabiam sobre sua família ou sua formação militar. Ele era, tal qual o bandoleiro Matt Brady que veio a assombrá-lo ainda mais, um enigma, embora de diferente tipo, pois onde Brady era eternamente invisível, elusivo na vida & também nos sonhos, o Comandante era visto em todo lugar. Contudo ninguém reivindicava intimidade ou compreensão, pois isso seria convidar a morte.

Havia histórias, sussurradas e, muito depois, após seu suposto falecimento, gritadas, de que o Comandante nunca fora popular, mas sim considerado um idiota. Era inegável que seu cabelo partido com precisão & lubrificado, seu nariz de bico de papagaio que ele inexplicavelmente permitia sobressair por um buraco em sua máscara de ouro, o par de olhos ligeiramente ovinos & uma boca que mesmo quando delineada pelo ouro parecia débil & torta conspiravam para dar-lhe uma aparência que, quando no poder, parecia insensível & tremenda, mas quando fora do poder parecia meramente risível.

A mais estranha das histórias era também a mais persistente: a de que ele — tal como nós — era um rastejador, um homem deportado devido a crimes inconfessáveis, um detento que trabalhou no grilhão de Parramatta, que fora sentenciado de novo & enviado a Norfolk Island, onde se tornara um homem de enorme atrocidade, além do temor a Deus...

Quando aquela colônia sagrada aos gênios da tortura fora finalmente fechada & seus miseráveis habitantes enviados à Terra de Van Diemen, seu navio se deparara com uma grande tempestade, levando ao seu naufrágio numa ilha do estreito de Bass. O único sobrevivente foi ele, agora atuando no lugar do tenente Horace, cujo corpo — seu rosto branco esburacado com uma centena de furos carcomidos pelos piolhos-do-mar — se arrastara juntamente com o dele até a praia naquele começo de noite quando o céu acima de seus olhos assustados havia-se escurecido, não devido ao crepúsculo, mas a um pipilante bando de bobos-de-cauda-curta.

Tal visão ele nunca tivera! Centenas de milhares de bobos-de-cauda-curta, talvez milhões, eclipsando a cadente bola do sol, todos rapidamente planando numa direção em longas asas que pareciam só raras vezes bater preguiçosamente, retornando às suas tocas nas dunas de areia no que para ele significava sempre um terrível prenúncio do anoitecer.

Árvores, abrigo & conforto eram, por outro lado, estranhos à ilha. Além dele & dos bobos-de-cauda-curta, os principais habitantes dela eram pulgas, moscas, ratos, cobras & pinguins cujo implacável guinchar noturno combinava com o gélido uivar das ventanias ocidentais para tornar suas noites um terror incessante.

Ele sobreviveu por vários meses com a gordurosa carne quase ovina dos bobos-de-cauda-curta & com o consolo proporcionado pelo único livro arrastado com ele, uma *História das guerras napoleônicas* de Huntington, até ser resgatado por dois missionários quacres que estavam esquadrinhando as remotas ilhas selvagens do estreito em busca de mulheres nativas, quer fossem compradas ou sequestradas de suas tribos por mercadores. Eles em troca compravam ou sequestravam as mulheres, & então as interrogavam a fim de escrever um grandiloquente laudo sobre tais abusos à Sociedade dos Amigos londrina, que lhes estava patrocinando a missão. Ele havia, no momento em que os dois quacres remavam seu pequeno bote baleeiro até o penhasco rochoso, erodido pelo vento, que havia sido seu lar durante tanto tempo, logrado metamorfosear-se em outro alguém, tendo adquirido a untuosa qualidade da autoridade inferior, & debaixo do rasante dos bobos-de-cauda-curta que tremulavam ligeiramente sobre seu rosto & suas roupas ele começara desde já a convencer-se a si mesmo da inevitabilidade da fábula.

Com os quacres, uma mulher negra & três crianças doutra mulher negra que morrera, todos os quais os quacres compraram de um vendedor de focas em troca de alguns machados & açúcar, rumaram ao sul. Velejaram por uma semana cruzando o restante do estreito, depois indo pela costa oeste da Terra de Van Diemen até toparem com a notória colônia penal de Sarah Island, tema de outras das investigações dos quacres.

Aqui os libertadores & o libertado separaram-se, este munido de uma estrídula retórica de penologia obtida dos zelosos & meditativos quacres, & de seu próprio, antigo & raso conhecimento da animalidade do homem, duas cordas que quando tocadas pelo arco de violino de sua crescente ambição criavam um poderoso acorde dissimulado. O então Comandante, major De Groot, deu boas-vindas a mais um soldado a ingressar na escassa guarda militar da colônia penal, enquanto o tenente Horace deu boas-vindas à oportunidade de aumentar sua própria fábula com alguns registros de serviço verdadeiros.

Após o funeral do major De Groot, o Cirurgião & o Comissário querelaram sobre quem era o oficial de mais alto escalão & qual deveria assumir o comando. Quando se provaram incapazes de resolver o impasse eles mesmos, o tenente Horace avançou na brecha. Declarando-se o único homem capaz de manter a ordem entre os soldados & a disciplina entre os condenados, fez-se o novo Comandante. Duma maneira peculiar a ele, tirou proveito das próprias limitações ao declarar que, embora não possuísse conhecimento do direito civil, entendia bem o bastante o direito dos homens de armas, & fizera o pomposo velho escrevente dinamarquês, Jorgen Jorgensen (até sua morte eu nunca o vira sem a mais absurda de suas afetações, um colar de lápis-lazúli o qual ele alegava ter arrebatado ao general Blucher numa partida de *skat* durante uma estada em Dresden), preparar uma declaração de lei marcial, o primeiro documento daquilo que mais tarde vim a descobrir ser uma longa & extraordinariamente fecunda colaboração.

Mesmo para os repulsivos padrões daquela repulsiva ilha, Jorgen Jorgensen — apesar de suas afetações — tinha a miserável aparência de um pelicano execrável, todo feito de ângulos delgados & agudos, um cabide num corpo que tentava lembrar-se do casaco que havia muitos anos já tinha caído. Invariavelmente ele usava uma espada demasiadamente comprida & enferrujada que se arrastava na poeira & na lama atrás dele, com sua principal companhia — um cachorro sarnento de três patas a quem chamava Elsinore — saltando no encalço de seu rasto esburacado. Enquanto caminhava, geralmente resmungava consigo, & às vezes cantarolava para o cachorro, que conseguia empinar nas boas patas traseiras & assoviar em resposta. Tal qual seu cachorro, Jorgen Jorgensen dominava o truque de assoviar a mesma melodia de seu mestre. A certa altura, esse reles escrevente decidiu que seu mestre não mais seria o major De Groot, mas o tenente Horace.

Ninguém deu demasiada importância quando o tenente Horace assumiu o poder, encarando o fato como uma formalidade que havia de ser cumprida até que o governador Arthur na distante Hobart Town nomeasse alguém apto & adequado para o posto, nem um nem outro desses atributos estando em evidência no tenente Horace, que meramente dava de ombros ante as desrespeitáveis esquisitices de seu próprio comportamento, tal qual a retenção da mulher negra que os quacres haviam deixado sob seus cuidados em troca de uma promessa solene de que a esclareceria moral & espiritualmente. Os condenados a chamavam de Pouca Paga, mas o Comandante — como em breve insistiu que o chamassem —, com quem ela primeiro encontrara trabalho como doméstica, depois proteção como amante, insistia em que a chamassem de Mulata. Talvez na cabeça dele essa miscigenação com alguém de origens raciais mistas fosse algo mais aceitável do que aquela com uma mulher tão obviamente nativa de Van Diemen. Diante disso, bem como diante de tantas outras coisas — tais como sua própria inadequação ao posto —, ele primeiro ria juntamente com todos os outros, dizendo: "Podem me tocar, vejam, sou como vocês, podem me tocar". Mas mesmo enquanto ele falava isso, o bobo-de-cauda-curta sumia de seu rosto & alguma outra coisa, tal como pedra, revelava-se.

III

No princípio, como no fim, foi como o Comandante havia muito suspeitara: ele era imortal. Foi dito pelo punhado de pessoas que sabiam onde o Registro da colônia penal estava que mesmo lá não se encontravam quaisquer registros do barco em que ele aportara, ou, aliás, de seu histórico militar, pois Jorgen Jorgensen havia muitos anos antes, conforme ordem do major De Groot, verificado todas as notícias de embarque & não encontrado nenhuma menção a um tenente Horace.

Após o prematuro falecimento do major, tido por boatos como consequência de envenenamento, descobriram-se documentos oficiais (embora, reconhecidamente, estes fossem inserções soltas nos livros de cartas do major De Groot) que mencionavam cartas assinadas pelo major De Groot nomeando Horace como seu sucessor. Subsequentemente, segundo um adendo nas margens, essas cartas infelizmente haviam-se perdido num pequeno incêndio que tomara o Registro imediatamente após o tenente Horace assumir o controle da colônia.

A princípio o novo Comandante era um modelo de obsequiosidade aos seus distantes superiores. Ele fazia Jorgen Jorgensen redigir longos relatórios sobre as várias melhorias que empreendera no maquinário da administração penal — suas reformas dietéticas que faziam menos comida durar mais de maneira que garantiam apenas aprimorar a saúde & o vigor dos condenados sob sua custódia; suas novas jaulas de dormir individuais do comprimento de um homem & da altura de um antebraço para impedir pecados inconfessáveis entre os condenados; seu penico balouçante com fundo elíptico que necessitava duas mãos para manuseá-lo exitosamente, tornando portanto impossível o crime de Onã, que desnecessariamente derramou sua semente na areia.

Nenhuma resposta surgiu.

Nenhuma palavra de louvor, de encorajamento, ou mesmo, aliás, de aprovação ou admoestação.

O tom das cartas que o Comandante fazia Jorgen Jorgensen escrever começou a mudar. Ele passou a listar os problemas de tentar administrar uma colônia composta dos piores tipos de condenados empreendendo inconfessáveis pecados com soldados de caráter quase igualmente ruim — estes apenas distinguíveis daqueles devido à insípida cor-de-rosa de seus desbotados uniformes vermelhos; o dilema de tentar assegurar a sobrevivência da colônia, que dirá — tal como ele esperava — sua viabilidade, quando a ele se forneciam tão poucas ferramentas, nenhum trabalhador hábil para fabricar barcos ou construir casas, nenhum dinheiro & nenhuma reserva de comida que pudesse ser permutada com mercadores de passagem por ali. Ele implorou por um pouco mais em forma de rações. Um pouco mais de soldados. Alguns oficiais de certo calibre, em vez do que rotineiramente eram, caídos em desgraça por haverem defraudado fundos regimentares ou haverem dormido com a esposa do oficial em comando em Maurícia, ou, pior ainda, com o próprio oficial em comando na Cidade do Cabo.

Nenhuma resposta & nenhum suprimento & nenhum reforço eram iminentes.

Suas cartas ficaram petulantes, & depois raivosas, & finalmente insultantes. Um breve, seco memorando chegou em resposta. Fora assinado por um subalterno do Secretariado Colonial. Repetia os termos de suas instruções como oficial & lembrava-o do dever sagrado de seu papel até o momento em que o governador nomeasse um sucessor ao major De Groot.

Ficou claro ao Comandante que suas cartas, devido a todos os benefícios que pareciam ter trazido, podiam muito bem ter sido atiradas ao oceano & devoradas pelas imensas baleias muito além dos promontórios, cuja passagem quase horária em grandes baleais era sinalizada por pequenos & distantes arco-íris de esguichos. Foi a essa altura que o Comandante entrou num atoleiro de desânimo que durou vários meses, ao longo dos quais nem se barbeou nem trocou as roupas.

Quando emergiu do inverno de sua solidão, ele estava vestindo uma máscara de ouro que sorria permanentemente & outras evidências do profundo efeito que seu longo isolamento seguinte ao naufrágio havia deixado em sua mente — um magnífico uniforme azul novo, reminiscente daquele usado pelo marechal Ney na batalha de Waterloo, ostentando desproporcionais dragonas emplumadas surpreendentemente similares na forma a asas de bobos-de-cauda-curta estendidas. Se ele adotou a máscara simplesmente para esconder quem ele havia sido & impedir a possibilidade de ser exposto como um impostor, ou se ele a usava para reinventar-se como alguém que não era nem o tenente Horace nem quem quer que ele havia sido antes do naufrágio, mas sim como uma criatura nova por completo (o Comandante), eu não sabia.

Tudo que posso relatar é que a máscara sorridente logo estava por todo lugar, resplendendo, contente, refletindo para nós nossa própria ganância & desejos, tão onipresente que ninguém parecia notar quando ela silenciosamente & rapidamente usurpou para si a seta larga, símbolo de propriedade governamental, similarmente estampada em barris & ferramentas, depois marcada em nossos antebraços, numa espetacular fusão de Estado & indivíduo & dissimulação tão carakterística do grande homem.

O Comandante travou então a primeira de incontáveis longas conversas com Jorgen Jorgensen após a qual o dinamarquês passou a redigir estólidos relatórios ao Escritório Colonial sobre crescimento estável, ainda que medíocre. Em seus relatórios o progresso era dificultado, mas nunca interrompido nem demasiadamente impedido, pelos inevitáveis problemas de isolamento, de trabalhadores condenados indolentes & incompetentes, de escassez de trabalhadores hábeis & de ferramentas. Pintavam a imagem de uma instituição bem conduzida, respeitável, auferindo poucos lucros & alguma reclamação das almas territoriais & também das criminais. Mas apenas Jorgen Jorgensen percebia que a saliva que resplendia nos recessos dos lábios dourados do Comandante estava negra devido ao mercúrio que ele já tomava para tratar sua sífilis.

O Comandante então ordenou que o armazém do comissariado fosse aberto para negociar. Ordenou que o estoque completo de barris de carne de porco salgada da colônia fosse negociada com um mercador de baleias de Nantucket em troca de dois velhos baleeiros, os quais ele mandou zarpar com tripulações de novos condenados em busca do grande peixe de Jonas. Um afundou com baixa de todos os homens justo ao largo de Hells Gates, mas o outro retornou a uma colônia agora faminta vivendo de farinha racionada & peixes, de posse de duas jubartes, & o Comandante começou a negociar óleo de baleia.

Com seus lucros ele comprou mais barcos, & fez outros voltarem à ilha na qual ele ficara isolado & caçarem os bobos-de-cauda-curta por causa de sua carne & as focas por causa de sua pele. Ele transformou os condenados nos quais confiava numa guarda de elite, fê-los fuzilar metade de seus soldados, &, não informando as autoridades coloniais, continuou recebendo seus ordenados como pensão. Dobrou o ritmo de abatimento de pinheiro-de-huon, & meou o montante que enviava de volta às autoridades coloniais, depois, quando o negócio cresceu rápido, quadruplicou o abatimento & quartejou o montante que enviava agora apenas como um desamparado imposto a Hobart Town, juntamente com cartas tratando dos quase insuperáveis problemas de ferramentas precárias, serradores com nenhuma experiência, epidemias de inconfessáveis pecados, & um tempo tão terrível que os rios se congelavam durante seis meses do ano.

Seu comércio cresceu exuberante & exótico: uma vintena de barris de óleo de baleia foi trocada pelo perfume decadente de uma única goiaba passada, ferramentas de carpintaria naval por ovos de iguana, um barco baleeiro por um grande carregamento de bananas verdes, uniformes muito estimados de soldados por turbantes de seda.

A despeito do que os mercadores portugueses diziam entredentes a seus marujos brasileiros enquanto esvaziavam os porões de seus navios de penas molucanas, & contrariamente ao que os condenados descalços grunhiam um ao outro durante seu fervor cruel & interminável de rebocar enormes troncos de pinheiro-de-huon da virgem floresta tropical até a beira do rio congelado, nem todo seu comércio era uma completa loucura.

Pois em troca do pinheiro, cujo óleo ele alegava poder ser usado como um afrodisíaco & uma cura para a gonorreia, tornando-o um milagre duplamente virtuoso que promovia & também protegia seus adeptos nas torrentes do amor, ele obtivera o pano de seda mais fino da Índia. Em troca de uma horda de cacatuas-de-crista-amarela que ele pintara para parecerem araras bebês & treinara a recitar melancólicos versos à maneira de Pope & várias canções de amor na vulgar gíria de seus treinadores condenados, ele ganhara quatorze caravelas & sete canhões brasileiros, os quais prontamente trocou por um principado em Sarawak que um mercador levantino havia ganho num jogo de *tarok* a caminho do sul rumo ao fabuloso reino de Sarah Island, cuja subsequente venda financiou seu palácio & o novo cais.

Em troca do continente da Austrália sobre o qual ele recentemente reivindicava soberania por ter feito Musha Pug remar até o continente & lá assentar a nova bandeira do Principado de Sarah

Island numa praia abandonada, ele obtivera uma frota de garotas do Sião. No começo elas estabeleceram seu comércio em bosques, cobertas de frondes de samambaia, mas quando a luz da tarde minguou & os bosques umedeceram-se, as garotas siamesas passaram a se reunir com suas frondes de samambaia rente à protegida parede norte da Penitenciária. Lá elas apregoavam seu ofício & convocavam os rastejadores a mostrar que eram realmente homens, & bebiam-lhes o sêmen na crença de que isso curava a consunção que se havia tornado uma praga entre muitos deles.

A reputação dele cresceu, seu nome passou a ser comentado adiante & além, & barcos começaram a aparecer com toda espécie de negociantes, mercadores, mendigos & charlatães. O Comandante recebeu-os a todos, & o que começara como um comércio furtivo ao longo da parede de paliçada sul, administrada mas não controlada pelos criminosos nas tardes de sábado, cresceu a um mercado & o mercado a um bazar & o bazar a uma ideia de uma nação. "Pois o que seria uma nação", perguntou o Comandante ao Cirurgião, sua voz alta estranha & fazendo uma mesura quando o velho viu que ele estava repetindo, "senão um povo com uma frota comercial? Uma linguagem, senão um dialeto com um exército? A literatura, senão palavras vendidas como proveniência?"

IV

A PERSONIFICAÇÃO DO TENENTE Horace feita pelo Comandante teve uma grande & imprevisível consequência: o recebimento da correspondência do morto. Era ordinária & esporádica, salvo por um implacável rio de cartas da irmã do tenente morto, a senhorita Anne. De certos apartes em seus escritos, o Comandante teve a impressão de que o irmão original da senhorita Anne, antes de haver sido consumido até a morte por piolhos-do-mar, havia sido consumido em vida pelas cartas da senhorita Anne. Ele raramente, talvez nunca, respondia. Mas o irmão substituto da senhorita Anne, o Comandante, provou ser um interlocutor muito mais dedicado. Escrevia regularmente & entusiasmadamente, às vezes enviando duas ou até três cartas para cada carta dela.

Talvez no começo ele estivesse tencionando usar as cartas como uma pequena biblioteca de informação relevante pessoal para auxiliar em sua personificação do irmão morto da senhorita Anne. Em vez de falar dele mesmo, enchia suas cartas — com cujas cópias eu muitos anos depois vim a topar num livro de cartas — com perguntas que buscavam desenredar detalhes da família dela, de seu mundo, de seus interesses & paixões & entusiasmos.

Mas a correspondência rapidamente assumiu vida própria. Quer isso fosse diretamente indicado pela escrita dela, quer fosse simplesmente inferido pelo Comandante em sua leitura, ele veio a crer que sua irmã recém-descoberta era um ser completamente notável. A senhorita Anne, deleitando-se com o renovado interesse do irmão & com a crescente apreciação dela, escrevia mais, & escrevia mais intimamente com o coração. Tão mudado estava o tom da senhorita Anne que quase pareceu ao Comandante que as cartas estavam sendo escritas por uma pessoa inteiramente diferente, uma pessoa que ele agora reconhecia como sua verdadeira irmã. E uma vez que suas cartas mudaram, o Comandante não mais as julgava uma tarefa de pesquisa necessária, mas sim uma paixão que exigisse demonstração. Pois, à medida que sua confiança na impregnabilidade de sua própria posição como líder da ilha crescera, também crescera seu senso de isolamento dos outros. Apenas nas cartas da senhorita Anne ele era capaz de encontrar uma fonte de intimidade & também inspiração que exigiam, ele cada vez mais sentia, alguma retribuição em troca.

Usei a imagem de um rio implacável para descrever as cartas da senhorita Anne, mas isso é inexato. Certamente.suas encantadoras histórias pareciam ser escritas dessa maneira, duas, às vezes três vezes por semana, mas elas eram entregues & assim recebidas apenas uma ou duas vezes por ano — e portanto seu efeito na cabeça do Comandante não era tanto aquela sutil erosão de um riacho sobre suas margens, mas mais aquela de um maremoto, obliterando tudo em seu caminho.

Quando mais tarde vim a pintar várias dessas cartas, julguei-lhes o tom inevitavelmente exuberante, a forma transbordante, sentenças tombando umas sobre as outras, frases ultrapassando ideias, a escritora arfando para contar àquele que julgava ser seu irmão mais novo sobre todas as novas surpresas da idade, tornadas ainda mais memoráveis por alguma associação pessoal — o chá da tarde ajantarado com a irmã de George Stephenson,* que achou excelente a ideia dela de chamar a locomotiva de "A Efervescente Trovejadora", uma noite apimentada assistindo a uma rinha de ursos em Five Courts, onde ela foi apresentada ao poeta John Keats, com quem trocou figurinhas, escreveu ela, sobre irmãos desobedientes perdidos no Novo Mundo.

Essas cartas perturbavam o Comandante, que havia ficado profundamente afligido pelo *páthos* da distância. Elas distorciam sua perspectiva do Velho Mundo, diminuindo o cotidiano, o banal, a chicanaria & a mediocridade da Europa; exagerando o maravilhoso, o sublime, o estarrecimento daquele remoto mundo à distância de uma viagem de meio ano.

Na cabeça do Comandante os eventos na Europa vinham a parecer epocais, & conectados de maneiras inesperadas. Destarte, a locomotiva a vapor & o *Don Juan* de Byron & as esplêndidas lareiras

* O engenheiro mecânico inglês George Stephenson (1781-1848) foi um dos pioneiros da construção de locomotivas a vapor, tendo participado da criação da linha ferroviária Liverpool-Manchester, em 1830, a primeira no mundo a utilizar a nova tecnologia. (N. T.)

scientíficas do barão Rumford — todos os quais surgiam de alguma deleitosa associação pessoal com a senhorita Anne — pulavam na imaginação do Comandante simultaneamente como um só evento, criando uma ideia de viagem romântica sem fumaça & os prazeres da carne que ele mais tarde perseguiria com certo insano ardor.

Numa noite, quando atrás da máscara de ouro seus olhos se haviam finalmente exaurido após reler as maravilhosas cartas dela & se contraído numa antecipação estupidamente aprazível de sono iminente, ele compreendeu que todos os novos milagres tecnológicos na Europa haviam sido ou inventados pela senhorita Anne ou sido diretamente trazidos à existência a partir de suas boas obras, sábios conselhos ou amáveis intervenções: fosse a locomotiva, o navio a vapor, a prensa a vapor ou a geração da sobrenatural força da eletricidade — todos eram criações da senhorita Anne!

E então, após mais um tempo, ele teve que admitir a si mesmo que não apenas assuntos tecnológicos, mas também o próprio prodígio da moderna Europa do século XIX, eram claramente uma consequência direta das fantasias de sua irmã. Com a força da profunda revelação, ele compreendeu que a irmã estava inventando a Europa, & seu corpo estremeceu num único, violento acesso.

Na manhã seguinte, enquanto fazia o velho dinamarquês computar num grande ábaco os lucros auferidos com o espermacete, ele pegou-se começando a imaginar se não poderia fazer o mesmo que ela. À medida que as contas pretas & brancas estalavam para lá & para cá, algo mais estava se computando em sua mente, cujo resultado era que ele podia fazer da colônia de Sarah Island o produto de seu poder imaginativo tão seguramente quanto a senhorita Anne fazia da Europa.

Ele gritou tão alto que o velho dinamarquês em choque largou o ábaco, que quebrou no assoalho de lajes da cela do Comandante. Conforme as contas pretas & brancas rolavam por todas as direções, o velho dinamarquês correndo atrás delas, o Comandante balançou a cabeça em revelação. Ele reinventaria a Europa em Sarah Island, só que dessa vez ela seria ainda mais extraordinária do que quaisquer das descrições de sua irmã.

E naquele dia em que os cálculos do velho dinamarquês mostraram-se ser apenas muitas bolas pretas & brancas quicando na poeira, o Comandante descobriu os monocromáticos sonhos de um homem inspirado pelo retorno noturno de bobos-de-cauda-curta explodindo num caleidoscópio de coloridos desejos. Através de um mar de sangue de condenados que ele mais tarde alegaria ter apenas derramado como uma antecipação do destino de seu povo, as cartas da senhorita Anne doravante para ele seriam tal como uma agulha magnética pela qual ele navegaria sua estranha jornada, conosco sendo seus indispostos passageiros.

V

NAQUELA ÉPOCA MINHA VIDA HAVIA-SE estabelecido numa rotina que era se não aprazível, comparada à de muitos colegas criminosos, então ao menos toleravelmente confortável. Embora eu continuasse a dormir com os outros condenados na Penitenciária, entre a inspeção da manhã & a da tarde eu ficava largamente livre para fazer o que quer que me desse na telha & ir aonde eu quisesse na ilha. Recebia comida adicional, uma ração de rum, & fora autorizado a manter um pequeno jardim de vegetais para uso próprio próximo à pocilga de Castlereagh. Eu tinha até mesmo uma mulher, o que numa colônia cheia de homens não era pouca coisa.

Ela era a amante do Comandante, Pouca Paga. Meus encontros com ela eram conformemente arriscados & portanto casos furtivos escondidos de toda vista, normalmente empreendidos naquele único lugar no qual ninguém se aventurava, o pequeno pedaço de mato entre a pocilga de Castlereagh & a íngreme ribanceira atrás dela.

Aqui, protegidos por um matagal de densas melaleucas & pelo ascendente miasma de esterco de porco, nós guardávamos em jarros de terracota nosso suprimento ilícito de um grogue grosseiro que fermentávamos a partir de groselhas & açúcar roubados, aromatizávamos & coloríamos de verde com folhas de sassafrás em memória à Sopa Perniciosa de Capois Death. Embora eu alegasse estar alhures pintando peixes, inevitavelmente eu estava na melaleuca pescando os prazeres de Pouca Paga.

Escondidos do mundo, aqui passávamos dia após dia. Era começo de inverno. Enquanto sobre nós brutais ventos ocidentais cortavam por toda a ilha, na melaleuca tínhamos nosso cantinho reservado, quente & protegido, fechado & sagrado como a noite. Aqui trocávamos palavras.

Minha favorita: Moinee.

A favorita dela: camarada.

Pouca Paga pulsava por histórias de Londres, ficava ao mesmo tempo apavorada & entusiasmada com descrições de multidões maiores do que os maiores bandos de cangurus & edifícios tão altos & densamente dispostos que faziam seus próprios vales & bosques & ravinas não terem uma só árvore à vista. Ela por sua vez contava histórias de como a Terra de Van Diemen fora feita pelo deus Moinee golpeando a terra & criando os rios, baforando & soprando a terra em montanhas.

"E como foi feito Macquarie Harbour?", perguntei eu um dia. "Foi *Moinee*?"

"Macquarie Harbour?", disse ela. "Penico de Moinee... *camarada*."

Ela cheirava a arenque em conserva & eu lhe passava meu cachimbo & com o cachimbo preso firmemente entre os dentes ela tremia como um peixe, então cheirava a algo completamente diferente & ainda melhor & então já estávamos nos enraizando nadando voando bolinando maravilhosamente. Ela tinha seios pequenos & uma larga cintura & canelas magricelas & a princípio era voraz ao fazer amor. Fazia um bom bocado de barulho, algo entre um diabo vandiemoniano guinchando de noite & uma debandada, o que era aprazível & também assustador porque significava que corríamos o risco de ser pegos, mesmo com Castlereagh gorjeando longe em segundo plano. Não importasse quanto eu lhe implorava a desfrutar sua paixão em mudo deleite, ela me ignorava. Ela possuía pouca noção de vergonha & quando a paixão lhe sobrevinha, o que a princípio, como eu disse, era mais do que frequente, ela bem poderia ter-me possuído na frente do Cirurgião ou do Comandante ou de um grupo de prisioneiros.

Mas eu seria menos do que honesto caso dissesse que tudo ia bem comigo & com minha rotina que estava — embora eu não soubesse — prestes a acabar. Olhando para trás, é verdadeiro dizer que as coisas estavam mesmo então começando a desmoronar. Após algum tempo Pouca Paga aprendera os necessários modos, mas então ela havia deveras perdido todo o interesse em mim & passava muito tempo com Musha Pug, um cachorro que por alcaguetar fora recompensado com a aconchegante incumbência de assistir o chefe das provisões no Comissariado, & era uma fonte bem melhor de comida & grogue & tabaco do que eu havia sido. E eu, que a havia tomado por fato consumado, sentia-lhe a falta muito mais do que pensava ser possível.

Meu estilo em minhas pinturas de peixes estava se aprimorando misericordiosamente, & com ele os prospectos de minha sobrevivência. Minhas pinturas estavam se tornando mais simples, tão úteis quanto uma bota boa, tão sólidas quanto um bem equipado mastro da mezena no navio da gloriosa Ciência possuído pelo Pudim.

Em todo caso — ou em qualquer paralelo — o Pudim muito se contentou, às vezes até o ponto do júbilo, à medida que seus devaneios enchiam-se de imagens do Glorioso Retorno do Grande Historiador Natural & Célebre Ictiólogo Lempriere à Capital Londres, à medida que emitia silenciosamente suas réplicas àquelas

Senhoras da Sociedade que nas Grandes Suarrês da Ciência caíam a seus pés & perguntavam como ele sobrevivera aos Selvagens & às Selvas & aos Famintos Hotentotes, & ele, com a maior das humildades, respondia:

"Porque cri na Ciência, Madame, & em minha pequena participação em sua Sagrada Missão."

VI

De diferentes maneiras o Diabo se mostra & nunca de uma maneira facilmente reduzível a uma ilustração. Meu trabalho foi-se tornando crescentemente frustrante & parecia muito apropriado que o evocativo & luminoso nome "mira-céu" sugerisse à minha mente um peixe inteiramente diferente daquele que o grilhão da pesca uma manhã ofertou-me para que pintasse. Imaginei um peixe dono de alguma qualidade etérea, tal como se fora alguma virtude meditativa encarnada em carne de peixe. Tal peixe seria, avaliei eu, ideal para o instrumento da aquarela, a qual eu julgava muito limitada para captar densidade, mas que possuía certa habilidade para representar a passagem da luz.

Mas o mira-céu que os pescadores condenados haviam-me dado estava longe de ser um peixe fácil de pintar. Não sei por que assim o julguei, embora na escuridão de seu ser, em seus ferozes olhares, em seus satânicos chifres nas beiras de sua terrível cabeça de touro, sua boca vertical cerrada numa perpétua carranca, sua pele viscosa, a estranheza de seus olhos, que ficavam no topo de sua cabeça em vez de ao lado — tal como se estivesse sempre olhando para cima rumo aos céus, daí seu nome encantador, celestial —, em tudo isso continha-se a sugestão de algo que eu achava não estranho mas familiar. Contudo eu não conseguia dizer o que a natureza daquela familiaridade era, tampouco por que a princípio tanto me perturbara.

Um mira-céu é um peixe assustador de qualquer maneira que se o considere, mas foi somente no dia em que vi um pela primeira vez em seu próprio mundo que entendi sua verdadeira natureza. Eu fora ao molhe de pesca para maravilhar-me ante a última captura do grilhão das redes de arrasto — um gigante bacalhau, com uma enorme bola dentro do ventre. Debaixo das camadas de pele leitosa a bola ainda era reconhecível como sendo a cabeça de Doughy Proctor — a única coisa que restara dele após tentar escapar amarrado num velho barril de carne de porco em conserva. O chefe do grilhão, um valáquio do Levante de nome Rolo Palma, gesticulou-me para ir aonde ele quedava-se na extremidade do molhe & fitar o mar.

Duma maneira que tanto era uma carakterística determinante das terras das quais viera quanto o era dele, o destino de Rolo Palma era vinculado a outros países. Tendo acabado na Inglaterra & considerado a amizade inglesa tipicamente uma manifesta ausência de conversação, Rolo Palma — à maneira de seu colega Swedenborg — passou em vez disso a falar com os anjos. Ele tinha uma fértil imaginação & um aguçado interesse no mundo natural, & em todo prospecto — caso sua atuação conforme as ordens dos anjos não houvesse intervindo, forçando sua compulsória migração à Terra de Van Diemen como um homicida condenado — de invenção de um sistema de história natural ainda mais insano do que aquele admirado pelo Cirurgião. Mas ele tinha que se bastar com a especulação da existência de criaturas míticas tais como o minotauro & o grifo no interior vandiemoniano & indicar para mim, talvez a cinco pés abaixo da água, dois olhos demoníacos sobressaindo do leito marinho. O peixe a quem os olhos pertenciam jazia submerso na areia — sua enorme cabeça, seus satânicos chifres, seu afunilado corpo de atleta de circo — imóvel, tenso, escondido, aguardando o momento de um filhote de linguado flutuar-lhe pela cabeça.

Então, uma explosão de areia da qual o grande corpo do mira--céu apareceu, tal como se se formasse a partir da própria desordem que havia criado. Aquela enorme boca se abrindo & fechando imediatamente & completamente. Um corpo dobrando-se & lançando-se, propelindo o mira-céu para cima & engodando o até então desavisado linguado, cabendo apenas ao valáquio exultando & à água arenosa redemoinhando sugerirem que uma vida partia.

As linhas da minha primeira pintura eram fracas & falsas em relação a essa capacidade de manifestar ameaça. Falhavam em representar a monstruosa proporção, a desproporcional cabeça que dominava o subordinado corpo afunilado, & minhas cores eram inadequadas para reproduzir a tensão implícita na musculatura de todo peixe, mas mais particularmente naquela do mira-céu.

Em tempos como esses, quando o peixe permanecia apenas uma miserável ilustração scientífica, adentrava em minha mente tal qual uma visita não convidada a desgraçada imagem do senhor Cosmo Wheeler reinventando o Mundo como um Grande Mecanismo a Vapor tal qual aqueles que o ludita havia tentado quebrar, engrenagens dentro de engrenagens dentadas, & eu & todos os peixes sendo polpados num purê entre seus triturantes dentes de táxons & *systemae*.

Trabalhei & retrabalhei meus esboços & minhas pinturas até que transbordassem de redundantes linhas & cores entrecruzadas, todas elas formando uma rede à procura de um peixe, mas entretanto o peixe ainda me escapava. Finalmente fiz uma pintura que era ainda medíocre, mas a qual eu esperava pudesse provar-se aceitável ao Cirurgião. Naquele momento o peixe já havia partido, & embora tenha sido ainda cozido & comido numa sopa, o grilhão das redes não ficou feliz com meu pedido de um segundo mira-céu, pensando que seria similarmente aniquilado.

Sucedeu que eles nunca precisaram dar-me o peixe, pois minhas sinas estavam prestes a dar mais uma guinada para melhor antes que tudo fosse para o Inferno, & o Inferno viesse a nós.

VII

QUE UM LIVRO NUNCA DEVA DIGRESSIONAR é algo que nunca sustentei. Tampouco sustentou Deus, que faz o que Ele quer com as vinte e seis letras & Suas histórias funcionam tão bem quanto *Q-E-D* funciona como *A-B-C*.

As únicas pessoas que creem em vias retas são os generais & os condutores de postas. Creio que o Rei está do meu lado quanto a isso. Ele é, não tenho dúvida, a favor de desvios & distrações & passeios, os quais, conquanto constituam apenas a contínua arte do contratempo, ainda fazem da viagem a coisa memorável que uma viagem deve ser.

Animando-me com minha ideia, expressei ao Rei que essa questão de vias assinala a cisão fundamental entre as antigas civilizações grega & romana. Construa uma via reta tal como os romanos & terá sorte o bastante se ouvir três palavras: *Veni, vidi, vici*. Construa um atalho torto para cabras tal como os gregos cruzando toda a Acrópole & o que se ouve? Toda a bendita *Odisseia* & o *Édipo rei*, é isso que se recebe. O Rei, que tem um quê de classicista, encara o teto, sua mente enchendo-se de grifos & centauros &, é claro, de Plínio.

Como pude esquecer Plínio?

Mais uma vez, o sagaz Rei havia vencido, mostrando que generalizar é ser idiota, porque Plínio pode até ter sido um romano, mas ele fez um livro mais torto & dobrado do que o rosto de Capois Death no dia em que ele veio implicar-me em mais uma inevitável digressão. Ah, como o taverneiro negro parecia ressurgir em minha vida em intervalos regulares com promessas de infinita esperança, & dela partir deixando meu mundo em completo desespero! Era ele a Aventura & era eu a Inveja, era ele a Encrenca & era eu o Entusiasmo, ele falava & eu já não mais o escutava pensando sonhando querendo que de alguma forma a fuga agora fosse possível.

Capois Death estava tão esperto & jovial como se houvesse acabado de ser liberado do Escaravelho, sorrindo como se o próprio Brady fosse seu camarada mais íntimo, rindo como se fosse o maior mandachuva de Hobart Town, & um Capois Death um tantinho ladino, um tanto alto, inteiramente embriagado, desfila porta adentro da sala do Cirurgião, exclamando: "Malditos peixes, meu garoto Billy!" & antes que eu possa dizer uma palavra ele arremessa meu retrato do mira-céu nas lentas cinzas da lareira de Lempriere & sai de novo matraqueando espertamente: "Temos trabalho melhor nas mãos".

Mesmo em seu camisão institucional ele fazia boa figura, pelo menos a mim me parece. E, como sempre, ele conseguira subir de novo a escada de Sarah Island. Ele agora era, disse, um oficial da Estação Ferroviária Nacional de Sarah Island, Comissário de Turismo com Responsabilidades Especiais.

Sob a influência das histórias contadas pela senhorita Anne sobre as novas locomotivas a vapor que causaram furor na Europa, o Comandante, cada vez mais frustrado em seu desejo de ser visto como um homem do futuro, intoxicado pelas longas descrições da irmã sobre a hilaridade do surgimento de uma Nova Era, ao correr pela ferrovia de Manchester a Liverpool, havia três anos antes decretado que uma grande estação de trem fosse construída.

Era um enorme empreendimento, exigindo que se extraísse & remetesse arenito de bem longe da costa, que se adquirissem & montassem todos os maquinários necessários às oficinas & ferreiros & fábricas associadas a uma grande estação de trem. Tudo isso em face daqueles que silenciosamente expressavam a tímida dúvida de que uma estação de trem numa ilha em meio ao ermo muito distante da costa de uma terra de ninguém tão enferrujada que servia somente como cárcere improvavelmente seria o ponto final ou o ponto de partida de qualquer viajante. Tais argumentos foram calmamente refutados pela implacável convicção do Comandante de que as linhas ferroviárias alcançavam as estações de trem tal qual raízes de salgueiro alcançavam um lago, & que portanto ela muito em breve seria a mais ativa estação de trem das antípodas; que em breve manchurianos & liverpoolianos comentariam invejosa & cobiçosamente a respeito da Estação Ferroviária Nacional de Sarah Island. Dessa maneira, disse ele — e alguns até mesmo alegaram que a máscara de ouro fora vista sorrindo —, teremos trocado nossa tirania de isolamento pela liberdade do comércio.

Duzentas jardas de trilhos foram dispostas até a rotunda, ao redor da qual corria uma volta de trilho, a fim de que as locomotivas — quando finalmente viessem apitando da floresta tropical — pudessem ser viradas ou sobre um enorme girador de madeira motorizado mediante um fuso empurrado por duas dúzias de condenados que haviam sido transferidos do "caterpílar" ou atravessando a volta & depois voltando à estação. Quando depois de vários meses não havia ainda o menor sinal de tentáculos de linhas similares a salgueiros serpenteando através da imensidão adjacente em nossa direção, nenhuma evidência de pontes de ferro erguendo-se entre a ilha & o continente, o Comandante anunciou que havia encomendado um trem a vapor de um pescador de baleias americano, usando o último ouro que havia ganho ao vender o rio Gordon & a Grande Barreira de Corais.

VIII

Billy Gould não passara sem seus problemas em Sarah Island. Mas comparado a Capois Death ele fora afortunado. Logo após aportar em Sarah Island, Capois Death reassociou-se ao Ribombante Tom Tecelão, que havia conseguido encontrar um serviço fácil para seu antigo senhorio no grilhão da coleta de mariscos. Lá Capois Death incorreu na maligna malquerença do policial de condenados Musha Pug, o supervisor do grilhão, que havia sido deportado para Sarah Island por causa de um repugnante interlúdio com um ovino. Em seu julgamento, Pug, acusado de bestialismo, erroneamente pensou-se acusado de sodomia. Quando questionado pelo juiz sobre o que tinha ele a dizer em sua defesa, sentiu-se obrigado a apontar que não fora com um carneiro, mas sim com uma ovelha que ele havia sido flagrado. Para todo o sempre seu ódio aos catamitos — com quem ele presumia haver sido tão criminosamente confundido — serviu-lhe como uma paixão norteadora que felizmente encontrou numerosos meios de expressão em Sarah Island.

Após ter sido alcaguetado por Musha Pug por vender seda de navios às garotas siamesas das frondes de samambaia, Capois Death recebeu cem açoitadas, foi amarrado ao Berço durante uma semana & depois enviado ao rio Gordon para trabalhar como serrador. Numa noite, sob as mosqueadas sombras lançadas na luz da fogueira pelas murtas pairando acima deles, ele recordou a trágica história do ludita de Glasgow aos seus colegas serradores, falando com uma linguagem tão evocativa do poder homicida das máquinas a vapor que se assumiu erroneamente que ele tinha certa familiaridade com assuntos mechânicos.

Quando os enormes caixotes de madeira de peças de ferro rotulados com "Locomotiva" chegaram a Sarah Island no mês seguinte, as complexas instruções de montagem anexas derrotaram o engenho até dos melhores carpinteiros navais. O desespero do Comandante foi total até que se mal informou por Musha Pug, através de sua extensa rede de espiões, de que um quilombola trabalhando no grilhão da derrubada de árvores no rio Gordon estivera se vangloriando de antigamente ter construído mecanismos a vapor.

Após ser convocado, Capois Death ofereceu ao Comandante confiantes garantias, & forneceu aos carpinteiros erráticas instruções baseadas apenas numa indistinta memória de um panfleto de rua que ele lera sobre a nova surpresa de George Stephenson. Mas foi somente depois de o Comandante ter explicado a Capois Death que faria ele & seus carpinteiros banquetearem-se com os próprios testículos após tê-los fatiado & grelhado num fogo feito de feixes dos seus próprios braços inúteis que Capois Death foi capaz de persuadir os carpinteiros a darem sentido àquilo que parecia completamente desordenado, & manufaturar a partir de uma confusão de ferro fundido uma locomotiva, tendo como singular carakterística um pequeno mastro de onde cabos escorados em cantiléveres sustentavam uma chaminé dupla que despontava de ambos os lados da caldeira, tal como um bigode encerado.

Com a máquina a vapor finalmente montada, o Comandante deu de realizar sua saída da ilha com grande cerimônia & duas garotas siamesas toda noite, banda tocando, canhões detonando, soldados desfilando. Após o que ele viajava duzentas jardas de trem da estação até a rotunda. Aqui o trem passava o resto da noite viajando em círculos até que o maquinista estivesse vomitando & as rodas externas ficassem tão gastas devido ao peso adicional aplicado pela força centrífuga que o trem desenvolveu uma desgastada inclinação para fora. Lá dentro o Comandante caía no sono, a cabeça no colo de uma ou outra garota siamesa.

Quando após outro ano ainda não havia sinal nenhum de qualquer tráfego ferroviário iminente, o Comandante enviou quatro expedições de busca ao interior para descobrir exatamente de qual direção as novas linhas ferroviárias deviam inevitavelmente avançar. Nenhuma expedição regressou. Na ausência delas o Comandante providenciou que todos aqueles que estavam nas comitivas de busca perdidas algures na Transylvania fossem sumariamente julgados & condenados, tendo obtido mediante a aplicação de ferros quentes na barriga de um fugitivo que retornou a verdadeira história de seu desaparecimento, segundo a qual eles haviam todos embarcado numa locomotiva expressa destinada a Ambleside, no English Lake District, quando passaram por uma parada de beira de estrada em Frenchman's Cap — na qual, a propósito, Brady & sua Infantaria Leve haviam descido — com a manifesta intenção de nunca mais regressar.

Quando determinante mas respeitosamente expressaram ao Comandante que uma estação de trem numa ilha em meio ao ermo improvavelmente atrairia qualquer outro tráfego que pudesse trazer receita para contrabalançar-lhe o custo gigantesco, o Comandante plácida & inesperadamente concordou. Ele então revelou que pelos últimos vários meses absolutamente não estivera dormindo na revoluta cabine da locomotiva, mas sim discutindo profundamente com um negociante japonês chamado Magamasa Yamada, um homem em cuja terra havia grande demanda por madeira & com quem o Comandante fechara um acordo para vender todo o ermo transylvaniano em troca de mais material circulante de que o pirata viera a tomar posse durante uma viagem de negócios à América do Sul. Esses vagões mechânicos permitiriam à Nação colher o inevitável florescimento que acompanharia a extinção do ermo & a subsequente abertura para assentamento das terras desobstruídas. Ninguém se dispunha a dizer à Vossa Máscara d'Ouro que seu interminável circular no comboio da ferrovia inclinara o já perturbado equilíbrio de sua mente em direção à completa demência.

O único a não se surpreender no verão seguinte quando as tralhas de serradores japoneses chegaram foi o próprio Comandante. Ele observou enquanto descarregavam o prometido material circulante. As cabines estavam perfuradas de caruncho & putrefação, mas dado que o Comandante sempre se sentava apenas no improvisado vagão de carvão que fora designado Cabine Régia, aquilo parecia não ser de real preocupação.

IX

Enquanto eu fitava o mira-céu subindo pela chaminé, agora reduzido a muitos pedaços de papel chamuscado, o parvo Capois Death, com seu olhar malicioso, começou a contar-me tudo sobre sua nova posição, sobre como em seguida ao êxito em reprojetar a locomotiva seu papel era o de fomentar um conceito de turismo que pudesse encorajar o uso da estação ferroviária nacional, a locomotiva nacional & o material circulante anexo.

Eu bem sabia que não devia falar quando o caso era ouvir, mas contudo senti a necessidade de arriscar a observação de que numa ilha de aproximadamente uma milha quadrada não havia para onde ir.

"Exatamente", disse o velho taverneiro procurando — senti eu — afetar um ar de mistério que para minha vergonha devo dizer logrou deixar-me intrigado, "mas *haverá*."

Disse-me que eu deveria apresentar-me na estação de trem naquela noite imediatamente antes da partida do Expresso Sarah Island. Naquela noite nebulosa, enquanto a caldeira lentamente ganhava pressão preparando-se para a partida, enquanto o ar tornava-se uma ígnea gaze de brasas & cinzas, enquanto eu quedava-me descalço & olhando para cima com os tornozelos metidos na lama no chão da linha de manobra, o Comandante, por trás de uma fuliginosa cortina arriada na Cabine Régia, explicou-me em pormenores sua convicção de que o Comércio — que aparentemente ele confundia com a velocidade da circulação interminável de sua locomotiva — estava agora entrando não somente num novo território para a Troca, mas também para a Arte. Explicou-me então por que sentia ser totalmente necessário mandar amarrar-me à frente da locomotiva a fim de que eu pudesse melhor vivenciar a nova estétika do movimento.

Ele arriou a cortina um pouco mais, mas de onde eu estava tudo o que pude distinguir era um pedaço de sua máscara de ouro & dois olhinhos refletindo o perturbador brilho amarelo da máscara. Embora eu objetasse — polidamente — o Comandante insistiu — suavemente — e fez Musha Pug apanhar-me imediatamente. Sem mais conversa, fui firmemente atado com vários cintos & correias de couro à grade dianteira da locomotiva.

Ao crescente rugido do mecanismo a vapor & ao rítmico estrépito das rodas de ferro nos trilhos, girei interminavelmente. Dentro de poucos minutos eu estava vomitando, & alguns minutos depois disso eu não tinha nada mais a expelir senão uma bílis verde imunda que se espalhou sobre minhas roupas qual o vômito de antes. Adiante & adiante, girando & girando, & nenhuma tentativa de perder-me no sono ou em devaneios ou concentrando-me em pensamentos de comida ou mulheres ajudou de maneira alguma. Minhas únicas sensações eram uma náusea que beirava uma violenta agressão aos sentidos, um fedor de fumaça de carvão que preenchia meus pulmões, um sentimento de que meu corpo inteiro estava sendo violado & mutilado, um entendimento de que eu estava completamente sozinho. Se isto era o futuro, pensei eu em um dos poucos momentos de lucidez a mim conferidos naquela longa noite, não era um futuro que parecesse digno do nome.

Após a locomotiva lentamente estacar com um chiado, fui desamarrado & arrastado sem consciência & doente até um cavalete posto ali especialmente para a ocasião com uma magnífica vista da rotunda.

Por algum tempo batalhei apenas para permanecer aprumado. O mundo girava em ondas ao meu redor; a rotunda subia & descia tal qual uma floresta de laminárias gigantes, garotas siamesas flutuavam diante de mim, Musha Pug & seus capangas precipitavam-se para cá & para lá, num cardume de criaturas aquáticas alienígenas. De forma um tanto insegura apanhei um pincel, meu corpo leve cambaleando na lama pesada, recuperei meu equilíbrio, & lancei-me ao trabalho, totalmente disposto, a despeito do abafamento de náusea que me subjugava, a pintar para o Comandante uma pintura de Revelação & Profunda Descoberta que faria o mundo renascer como Comércio.

Mas então eu terminei.

De todas as maneiras eu sabia ter falhado.

Billy Gould sempre sentira que se algo era digno de ser feito, era digno de ser feito porcamente. Preocupe-se em fazê-lo muito bem, acreditava ele, & você pode muito bem acabar mutilado pela própria ambição. A esse respeito, exclusivamente a este, ele suspeitava haver tido êxito.

Pois o que eu havia pintado era não uma coisa quente ou uma coisa alegre, mas uma coisa fria, uma coisa temível, temerosa, temerária. Pediram-me consolação, & aquilo era desolação. A violência era latente, a visão era maníaca: eu não conseguira capturar nada do que queriam. Queriam Esperança & Progresso, & para o meu horror eu vi encarando-me taciturnamente de volta um... um *mira-céu*! Eles queriam um Novo Deus & em minha monstruosa confusão eu lhes havia oferecido um peixe!

Aquilo não ia nada bem. Um destino pior que a *petite noyade* do capitão Pinchbeck, mais cruel que o Escaravelho do governador Arthur me aguardava, a Mordaça & o Berço & a Filha do Carniceiro todos unidos & eu ali no meio morrendo da morte mais terrível.

Sentindo-me cada vez pior, recuei para trás, engasgando, tropeçando ligeiramente, apavorado com o que meu fracasso poderia augurar. Enquanto eu tentava recuperar meu equilíbrio, para o meu horror o Comandante, que eu não soubera estar sentado atrás de mim todo aquele tempo observando, avançou um passo.

Ao contrário do Cirurgião, que poderia passar dias examinando uma única imagem em busca de falhas, o Comandante passou apenas alguns segundos vistoriando a pintura enquanto eu o vistoriava pela primeira vez desde que ele palestrara para nós no dia de nossa chegada. Vista de trás, ficava claro o que a máscara de ouro tencionava obscurecer: o grande tamanho de sua cabeça, a desproporcional pequenez do corpo abaixo, aquela subordinação do corpo ao espírito.

Então ele voltou-se, mas tudo que pude ver foram aqueles olhos ictéricos realçados pelos orifícios da máscara de ouro, & por trás da fresta sorridente daquela máscara a sugestão de uma cavernosa boca negra escancarando-se ainda mais. Os incongruentes grasnidinhos vindos daquele escuro vazio anunciaram o Comandante tão contente quanto estava eu estarrecido, como se eu houvesse feito um belo retrato representando-o como um dos marechais de Napoleão que ele tanto admirara, em vez de um retrato de um peixe nojento.

Aqui, compreendi, estava um homem claramente no auge de sua vida. Sorri e, com o floreio que também recordei de Audubon, fiz uma mesura.

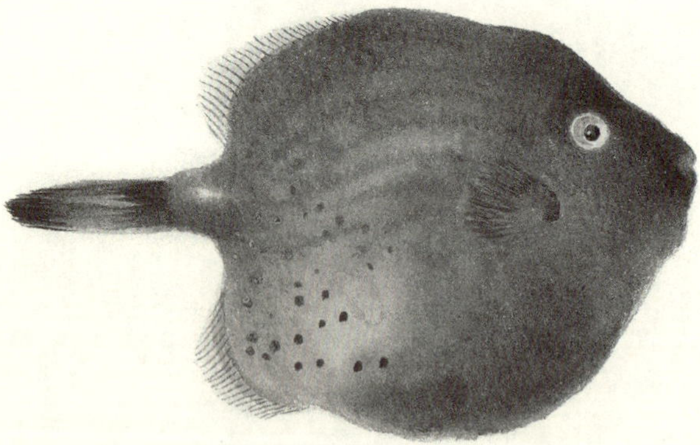

O PEIXE-COURAÇA

Que trata de como um pintor flamengo veio a se deparar com a Razão — Sublimes possibilidades do turismo moderno — O Grande Salão de Mah-Jong — Sobre a força colonizadora dos peixes — Sublinhando a Europa — A paixão de Goethe pela senhorita Anne — Paganini — Cacatuas — Cultura, esse grande punhado de guano — O sonho de uma cidade silenciosa — Uma abundância de amor

I

No dia seguinte fui convocado a encontrar o Comandante em sua cela. O tempo estava tipicamente vandiemoniano. O vento soprava brutal. Fasquias soltas rasgavam-se de telhados & precipitavam-se sobre o ar com grande & acidental ferocidade, ferindo os incautos & desditosos. Ouviam-se as grandes paredes de toras de pinheiro-de-huon rachando & gemendo na contínua agonia de permanecerem de pé, enquanto o vento golpeava através delas & nelas de novo & de novo. A chuva caía & caía. O segundo rancho dos soldados foi sepultado por um deslizamento de barro. Espuma & névoa ascendiam & corriam cinquenta ou uma centena de jardas por vez, para descansar por um momento ou um minuto antes de o vento precipitar-se sobre elas de novo. Mais além, o mar quebrava numa fúria branca martelando a ilha. Parte do novo cais desmoronou & depois foi arrastada. Barco algum zarpara por três dias depois que uma expedição regressando do rio Gordon investiu contra o mar saindo do porto & sofreu baixa de todos os homens. Ao correr entre o chalé de Lempriere & os aposentos do Comandante durante uma das poucas tréguas da chuva, meus olhos pungiram-se com a névoa salgada & o cascalho & cinzas arremessadas no ar tal qual tiros falhos.

Molhado & enregelado eu aguardei por várias horas num escuro corredor estreito com o soldado que me havia trazido. Quando no começo da tarde fui finalmente admitido, foi para adentrar um quarto indizivelmente pequeno, incomumente perfumado — não maior que o alcance de um único braço, no máximo pouco mais extenso que a altura de um homem.

Ratos tão grandes & atrevidos quanto os de qualquer outro lugar da ilha ocasionalmente corriam para dentro & para fora da baça luz fornecida por uma vela gotejante espetada num gancho de parede, o tamanho deles acentuado pela própria pequenez da cela & pelas estranhas sombras que projetavam na luz bruxuleante. Parecia impossível que duas pessoas pudessem ficar juntas em espaço tão restrito & mesmo assim não ver uma à outra, contudo tal era o caso, pois ele permaneceu atrás de uma cortina arriada que dividia a cela, tal como se fora um confessionário papista.

A cela estava largamente desguarnecida, salvo por um pequeno busto de vidro de Voltaire, preenchido até a metade por algum fluido âmbar que suspeitei ser uísque. Na forma & no tamanho, ainda que não na matéria, parecia idêntico ao busto com que a filha do Velho Gould uma vez conhecera entontecida as bênçãos da velha Ilustração. Os usos que o busto tinha para um homem tentando recuperar o amor de Pouca Paga eram para mim, quanto mais não fosse para mais ninguém, óbvios.

Eu não sabia então — como poderia? — quão forte era o desejo do Comandante por cheiros. Eu não ouvira então de Pouca Paga sobre como ele uma vez implorara que ela não se lavasse por um mês a fim de que ele pudesse provar todo o universo de seus odores naturais. Eu não percebera que ele fazia remeter sua colônia favorita de Nápoles; eu não estava ciente, quando senti na mão seu leve peso & deslizei-o para a frente de minha blusa institucional, que o perfume mais precioso do Comandante — um perfume especial feito para ele pelo perfumista de Napoleão em pessoa, Chardin —

vinha *naquele* frasquinho de vidro moldado como nada menos que um busto de Voltaire sorrindo, agora em minhas calças encarando a deplorável visão de um desempregado pintor flamengo.

O Comandante disse-me, sua voz abafada pelas cortinas, que dada a maravilhosa pintura do Progresso que eu havia concluído na noite anterior, ser-me-ia designada uma nova tarefa que — se executada com diligência & criatividade bem como com uma certa discrição — promoveria uma melhoria considerável de minhas condições de vida, & talvez até a reconsideração da severidade de minha sentença original. Ele entendia que eu fazia algum trabalho ilustrativo a uma ou outra descrição técnica para o Cirurgião, mas o que ele me propunha era apenas uma interrupção, não uma cessação de tal trabalho scientífico, & eu poderia, quando completada sua tarefa, retornar aos meus deveres com o Cirurgião.

Meu alívio, naquele dia poroso em que o Comandante comunicou-me minha nova missão, foi imensurável. Eu iria — ao menos por um tempo — escapar de meu pavor aos peixes sem perder nenhum de meus valorosos privilégios. O Comandante oferecia-me um atalho para além da impiedosa corrosão de minha alma que começava a afetar-me tão gravemente que eu era incapaz de dormir à noite com receio de acabar acordando dentro do oceano. Quis suspirar, sorrir, jogar um braço sobre as costas de Vossa Robusteza. Mas eu nada disse & — salvo continuar escutando — nada fiz, enquanto o Comandante prosseguia esboçando o que imaginava para a linha ferroviária na ausência de movimentação.

Queria ele que eu pintasse uma série de telas teatrais em cortinas de fundo idealizada por Capois Death retratando diferentes vistas & cenas sublimes que formariam uma volta emparedada externa contornando o trilho férreo da rotunda. Estas iriam, cria ele, antecipar uma nova tendência no turismo conforme a qual as pessoas nunca precisariam se deslocar a fim de satisfazer seu desejo por espetáculos exóticos, ocasionalmente olhando para fora enquanto rodavam infinitamente ao redor para ver que estavam passando por Tintern Abbey ou Windermere ou, num toque mais poético, pelas novas espeluncas de Salford — apenas para acrescentar aquele senso de movimentação do Industrial ao Natural, do Moderno ao Pastoral, aquele senso de contraste no qual Capois Death, que já lera os poetas de Lake District, lhe dissera estar tão profunda & indelevelmente arraigada toda a verdadeira apreciação do panorama Romântico.

Essas pinturas sugeridas não soavam como incertas melecas encrencadas tal como os peixes. Ao contrário, soavam como o requintado tipo de pinturas com as quais eu poderia bem rápido ver-me alegremente familiarizado, paisagens esplêndidas nas quais poder-se-iam avistar águias-calvas, talvez até, pensei eu avidamente, ostentando esplêndidas guirlandas de glicínias.

Ao despedir-me da cela do Comandante naquele dia & caminhar sozinho por aquele lúgubre corredor de pedra úmido, iluminado por óleo de baleia, Voltaire chocando-se com o meu saco, ouvi a chuva gorjear lá fora como nunca & pela primeira vez em tão longo tempo senti que ela não soava como uma infinidade de elos de corrente tamborilando na pedra com suavidade. Soava como a esperança, a serenidade, um chuvisco de certeza. Soava como se as coisas estivessem por fim melhorando para Billy Gould.

Vocês podem perguntar-se quais eram os motivos do Comandante em tudo isso. Por que tais pinturas? Por que eu?

Mas eu não me perguntava. Eu nunca questionava as peculiaridades do poder, apenas procurava servi-lo, fosse o capitão Pinchbeck ou o Comandante ou aquele grande ganso Pobjoy. Caso eles dissessem: "Beije meu traseiro, Billy Gould", eu apenas responderia: "Quantas vezes? E irá querer minha língua também lá?".

II

As cortinas de fundo não se provaram nenhum drama à la Garrett na ocasião de serem pintadas, grandiosos gestos que só tendiam a escorrer em lúgubres & sombrios desbotamentos quando chovia, mas isso foi-nos usado em nosso próprio proveito por Capois Death. Ele inventou uma programação que dispunha a troca das cortinas de fundo toda semana por um conjunto novo; um dos alpes suíços, outro da grande taiga russa (que nada mais era senão os alpes com as montanhas dissolvidas pela chuva sendo apresentadas como o céu), outro do maravilhoso veld africano (a taiga posteriormente avariada), depois o sublime Lake District (o veld com narcisos) & assim por diante, de novo & de novo.

Enquanto o Comandante girava infinitamente na Cabine Régia ao redor do dorido vazio das planícies orientais, da tristeza salpicada de fuligem dos satânicos moinhos de Yorkshire, do alvadio convite do Círculo Ártico, os serradores japoneses fizeram acampamento na beira do pântano em Liberty Point. Dividindo em quadrados as florestas circunjacentes, lançaram-se ao trabalho duma maneira minuciosa & systemátika que durante os meses seguintes transformou as selvagens terras azuis & verdes circunjacentes num indisciplinado tabuleiro de damas feito de áridos quadrados marrons restolhados no local onde eles haviam abatido & desobstruído a floresta & de verdejantes quadrados ainda virgens & obstruídos. Então os serradores japoneses retiraram-se no inverno, vieram as chuvas, & enquanto o Comandante engasgava de perplexidade conforme o apinhado caos da ilha de Manhattan cedia lugar à glória intransitável das recém-descobertas Rochosas Americanas, primeiro o solo, depois várias montanhas foram arrastadas, de modo que quando os serradores japoneses retornaram no verão seguinte eles foram confrontados com um imenso & inteiramente desconcertante deserto de pedregulhos ao norte.

Em frente & adiante o Comandante circulava, passando por muitas de minhas pinturas de águias-calvas em todas as locações exóticas conhecidas pelo homem, & quanto mais ele avançava na crença em seu destino manifesto, mais declinava na prática da razão. Sua conversa passou a tratar de impossibilidades — construir um templo de odores; erguer a Penitenciária no ar com o poder da levitação, de modo que a fuga fosse impossível exceto em balões; desenvolver o mesmerismo como uma arma ofensiva para seu exército mediante o recrutamento de um regimento de espiritualistas que se postariam na primeira fila de grandes batalhas mentalizando para que o outro lado perdesse.

A despeito de seus épicos projetos de construção de uma nação, o Comandante ficou deprimido ante a maneira que o comércio pareceu ter retrocedido até chegar a quase nada, ante a insolente maneira que seus credores pressionavam-no ainda mais urgentemente pelo ressarcimento, & ante sua própria incapacidade de encontrar uma solução para sua dívida crescente.

Não muito depois que os serradores japoneses, impassíveis, partiram na direção de Frenchman's Cap para nunca mais retornar, mas algum tempo antes que o deserto de pedregulhos desse lugar a botões de relva & a floresta retrocedesse, começaram a surgir histórias dando conta de como o Comandante havia concebido um extraordinário projeto para o qual não havia precedentes em nenhum continente. Embora os rumores de que os serradores japoneses haviam sucumbido a uma melancolia incurável & depois escapulido continuassem por alguns anos depois, o que rapidamente veio a dominar quase todas as conversas — além de Matt Brady — foi a maior de todas as ideias do Comandante, a do Grande Salão de Mah-Jong.

III

Após o fracasso da Estação Ferroviária Nacional de Sarah Island em atrair quaisquer locomotivas de viagem, o Comandante convenceu-se de que essa construção sim geraria finalmente o dinheiro de que ele necessitava para tornar-se um poder verdadeiramente grande. Atrairia negociantes javaneses & chineses, piratas molucanos & mercadores holandeses, navegadores ingleses & cientistas franceses, todos procurando por um lugar nos Mares do Sul para apostar suas fortunas conquistadas a duras penas. Escreveu ele longas cartas à senhorita Anne fazendo perguntas quanto às numerosas formas que as mesas de apostas de Londres tinham, às últimas modas em arquitetura & decoração de interiores.

Então ele mandou chamar Capois Death.

O taverneiro foi ordenado a projetar um edifício que combinasse o assombro de Versalhes com os prazeres mais rudes proporcionados pelo fosso de rinha de ursos de Five Courts. Embora inspirado somente por aquilo que havia visto — mariscos & velas de seda & a parabólica gravura do céu noturno vislumbrada enquanto se jaz com as garotas siamesas debaixo das frondes de samambaia —, Capois Death estava apavorado com a espécie habitual de parasitas que ele encontrara ao redor do Comandante. Sempre a postos para prestar um favor ao seu mestre & um desserviço aos seus rivais, todos eles professavam amor à declarada ambição do Comandante de sobrepujar a Europa reconstruindo-a. Exaltavam os bustos de gesso de Cícero que começaram a chegar antes mesmo de findos os projetos, escreviam sonetos imitando estilos havia muito extintos & lograram criar uma Arte que era uma máscara mortuária das modas sepultadas em toda parte.

Conformemente, Capois Death esmerou-se em descrever seu primeiro conjunto de projetos como pertencendo a um renovado estilo egípcio com alguns elementos rococós. Ao Comandante eles pareceram suspeitosamente como seis domos com nervuras de ferro & painéis de vidro acima dos quais repousava uma gigante concha de vieira dourada sustentada por umas colunas ornadas que tremulavam velas de seda atadas a um grande gurupés.

Quaisquer que fossem as dúvidas que o Comandante pudesse ter, elas foram, no entanto, suprimidas pelo educado aplauso de seus acólitos ante os projetos & pelo seu próprio deleite em ver a maneira como até mesmo um edifício tão ambicioso & grande como aquele seria por sua vez apequenado diante de uma estátua dele próprio, tão alta que sua cabeça estaria sempre nas nuvens, tão volumosa que mesmo um único dedo — sempre apontando para o norte, na direção da Europa da senhorita Anne — teria dez jardas de comprimento. Ele não ouviu nenhum comentário zombeteiro relacionado à grande vieira, apenas reconheceu a admiração & o necessário endosso & os empréstimos dos negociantes javaneses & dos mercadores chineses, contanto que se fizessem & se assinassem várias cauções.

A predileção do Comandante era por rigorosa simetria seguida por adornamento, ambos os quais padeceram em consequência de seu desejo de fazer do edifício a personificação de seu desejo. Projeto algum poderia prosseguir sem sua assinatura, & quando Capois Death mais tarde submeteu três desenhos alternativos para o projeto dos seis domos, o Comandante num momento de negligente estafa apôs sua assinatura a todos os três, & por conseguinte dezoito domos, todos de formatos & materiais variegados, foram construídos por seus temerosos subalternos.

A escala de tal edifício era estarrecedora, sua construção, um pesadelo de sofrimento para todos aqueles que nela trabalharam, para as centenas que morreram em sua construção, para os milhares que se mutilaram & aleijaram na forja do ferro, no corte & carregamento da madeira, na extração da pedra, na alvenaria, na carpintaria. Contudo, foi um pesadelo de proporções tão estupendas que era impossível não sentir um aturdimento perverso ante o que estava sendo erigido no meio daquele ermo.

Muito depois de ele haver esquecido por que eram tão importantes para ele, sua infinita crença nas missivas da senhorita Anne levaram o Comandante a chamar Capois Death.

"Tenho em mente", disse o Comandante ao taverneiro-arquiteto, "a decoração mais magnífica concebível: uma réplica das cartas da senhorita Anne numa enorme caligrafia dourada em volta das paredes do Grande Salão de Mah-Jong." Capois Death torceu a cabeça a fim de que seu olhar fitasse o teto & não o Comandante. "A pintura dessas Palavras Sagradas", continuou o Comandante, sua voz estridente crescendo até o ponto da completa inaudibilidade à medida que procurava maiusculizar palavras importantes — "é a Maior Honra Concebível, exigindo uma crença religiosa na santidade da Nobre Missão da Nação."

Enquanto Capois Death ouvia as enérgicas, olvidáveis palavras em falsete do Comandante, foi lembrado do som de um jato de mijo atingindo a areia. Ele baixou os olhos para encontrar os do Comandante. Garantiu-lhe que conhecia o homem exato para o serviço.

IV

Meus intestinos agora estão irritados, & traem-me num momento de grande necessidade. Muito antes, quando meus intestinos ainda se esvaziavam em vez de se irrigar, diante de mim eu tinha um belo futuro como Artista Nacional & abaixo de mim eu tinha consistentes fezes para empregar defensivamente quando necessário. Agora que minhas tripas se contraem mais estreitamente do que a fuça do ludita moribundo, agora que temo os nojentos peixes que eu pinto, tenho nos últimos quatro dias cagado como se por um buraco de agulha, & hoje não detinha sequer um tolete sólido para arremessar em Pobjoy quando me visitasse.

Em frente & adiante ele prossegue, falando tudo quanto fosse sobre sua nova paixão, a Arte, na qual ele me vê como uma espécie de guia & uma espécie de rival & uma espécie de impostor, & eu indefenso. Ele parecia insensível ao picante fedor de meus aposentos, de meus gemidos, menos ainda dos aquosos argumentos que eu alegremente forçava por todos os orifícios na desamparada esperança de que ele se retirasse.

Como Pobjoy obtinha certo prazer em apontar-me, as definições pertencem ao definidor, não ao definido. Agora compreendo ser uma ideia que apelaria grandemente ao Rei em seu diálogo com o Céu, mas quando eu a menciono, o Rei gira seu corpo ligeiramente, que é a sua maneira de demonstrar completo desprezo por uma opinião que não a sua.

Veja Lycett, continuou Pobjoy, suas litografias da Terra de Van Diemen foram feitas sem nunca ter sentido o incômodo de ter que visitar a ilha & provaram-se um tremendo sucesso em Londres, elas mostram que, quanto menos a Arte tiver a ver com o mundo real, mais exitosa ela será.

Não posso apresentar nenhum argumento — afinal de contas, o que os peixes me garantiram, além da sopa de Pobjoy? Eu apenas tentei fazê-lo retirar-se o mais rapidamente possível a fim de que eu pudesse voltar ao meu trabalho. De suas alturas alpinas Pobjoy exibiu um mapa da ilha da Terra de Van Diemen para comprovar seu argumento, & perguntou-me o que seu formato me fazia lembrar.

Pobjoy era um homem que não conseguia olhar para um nó de madeira sem ficar superexcitado & indiscutivelmente queria que eu dissesse que o formato triangular da ilha lembrava o formato do prodígio de uma mulher, & eu assim o disse. Pobjoy reagiu tal como se fora um tolete, não uma palavra, o que eu havia arremessado, saltou-me em cima & começou a me debulhar. Também por aquilo eu lhe fui grato, uma vez que significava que ele em breve se retiraria. "Seu idiota!", berrou Pobjoy quando me derrubou ao chão com uma marretada de direita. "A Terra de Van Diemen se parece com uma máscara, com uma maldita máscara!"

Conforme eu me enrolava como um peixe moribundo debaixo de suas botas debulhadoras, consegui suspender seu ataque durante tempo suficiente para dizer-lhe que eu sempre me vira como seu servo mais leal & não possuía nenhum desejo de desagradá-lo. Depois lhe expressei que aqueles que estão acima nunca devem subestimar o desejo daqueles que estão abaixo em fazer a coisa certa. Reconteilhe da vez em que quando eu trabalhara com Palmer, o fabricante de coches, o Velho Palmer — que era dado a expressões vigorosas — deixara claro em seu lar que ele nada tinha a ver com os selvagens.

Um de seus confiáveis criados condenados costumava emprestar seu cavalo para ir caçar cangurus. O Velho Palmer queixou-se ao criado de que ele estava usando uma quantidade excessiva de pólvora & balas apenas para caçar. O criado objetou que precisava daquele tanto para matar pretos. O Velho Palmer desprezou isso como um disparate vanglorioso & uma jactância. Algum tempo depois o Velho Palmer teve que usar seu cavalo assim que o criado regressou de uma de suas incursões de caça. Ao estacar num riacho, alcançou o alforje em busca de sua caneca para tomar uma bebida, mas no lugar dela puxou a cabeça de uma criança negra & três mãos negras infestadas de larvas. Ao retornar a casa, confrontou o criado quanto à sua macabra descoberta. O criado respondeu: "Ora, Mestre, pois veja que eu sempre procurei agradá-lo & que não conto mentiras".

Pobjoy havia tombado num canto balançando a cabeça em completo abatimento, parecendo-se com são Luís Gonzaga, que ao ouvir um homem soltar gases prorrompeu em lágrimas & buscou consolo na oração.

"Então veja você", disse eu a Pobjoy, "deve-se confiar na sinceridade do que dizem os criados." E com isso Pobjoy levantou-se em completa fúria & deu-me uma sova do tipo que eu não experimentava havia um longo tempo. "Você é um completo idiota, Gould?", gritava Pobjoy. "Sim, completamente", respondi eu, embora haja sido menos que fácil expelir todas as palavras tendo em vista o punho & a bota de Pobjoy tinindo em meus dentes. "Eu muito respeitosamente devo dizer que sou."

À medida que meu corpo escorregava pelo chão da cela por causa de seus chutes, à medida que sua bota golpeante estalava minha cabeça para lá & para cá tal como se eu estivesse discordando dele quando na verdade todo aquele tempo eu estava apenas para o bem dos dois tentando dizer-lhe aquilo que ele queria ouvir, senti minha mente transtornar-se & flutuar de volta para quando eu uma vez passara meus dias serenamente pintando as histórias da Europa da senhorita Anne nas paredes do Grande Salão de Mah-Jong.

V

A PRINCÍPIO, NOS ENEVOADOS, úmidos limites do edifício erigido, lapisei as cartas nas paredes já pintadas. Depois, com o ajudante de campo do Comandante, o tenente Lethborg — que me proveu com os cuidadosamente selecionados maços de cartas da senhorita Anne —, supervisionando para assegurar que nenhum roubo ocorresse, adornei as palavras com as melhores folhas de ouro.

Mais tarde, quando o salão passou a sofrer problemas financeiros, pintei as palavras da senhorita Anne diretamente no estuque molhado, sem supervisão & sem adorno, todas as suas descrições dos novos milagres do vapor mechânico & da desenfreada poesia. Foi como se o Comandante quisesse ao mesmo tempo enaltecer essas maravilhas & provar mediante a fixação delas no Grande Salão de Mah-Jong que ele havia delas se esquivado aprisionando todas aquelas palavras entre elefantes de Aníbal feitos de papel machê & autênticos bustos de gesso de Paris de Cícero & Homero & Virgílio — como se a honra fosse a mais cruel & sutil forma de escárnio.

Quando as cartas da senhorita Anne provaram-se um material esquálido, o tenente Lethborg ordenou Jorgen Jorgensen a inventar histórias mais grandiosas. Pela primeira — embora não pela última — vez, comecei a ter um vislumbre da capacidade de Jorgensen para a fabulação. Ele inventou conversas entre a senhorita Anne & as maiores mentes da Europa: Goethe & Mickiewicz & Púchkin, tendo o último supostamente redigido a seguinte ode em honra às conquistas do irmão da senhorita Anne:

Aqui por natureza estamos fadados
A abrir uma janela para a Europa;
E a singrar por entre o mar.

Apliquei-a em grandes letras vermelhas na sala de banquetes, apenas no caso de que alguém estivesse incerto quanto ao seu significado, pois ao contrário dos peixes o caso todo parecia carecer desesperadamente de um sublinhado.

Diz-se que o Comandante, que notou esses versos num passeio de inspeção no dia seguinte, teria ficado tão comovido que uma lágrima prorrompeu de um dos orifícios oculares da máscara de ouro & escorreu, âmbar, pela face brilhante.

Os versos de Goethe, por outro lado, aparentemente escritos no afã do que todos sabíamos ser uma paixão concebida durante curtas férias em Londres, uma paixão que sabíamos nunca poder ser consumada com a eternamente casta senhorita Anne, pintei-os num itálico púrpura de um lado ao outro de um espelho que cobria a última parede do lavabo feminino, acima de uma penteadeira de teca que fora presente dos negociantes javaneses:

Toda coisa transiente
É apenas uma parábola;
O inacessível
Aqui se torna realidade
Aqui o inefável é conquistado;
O Eterno Feminino
Atrai-nos.

Os sentimentos & histórias menos esotéricos sobre como um aparte da senhorita Anne sobre o poder da névoa inspirara o martelo a vapor de Nasmyth, apliquei-os nos corredores, juntamente com suas anedotas europeias sobre o violinista Paganini ter repensado sua prática de dedilhado após uma noite em sua divina companhia, sobre como, quando sobrevoava Estrasburgo num balão com os irmãos Montgolfier, o mundano Malus vislumbrou-a através de seu telescópio & foi arrebatado pela grande revelação sobre a polarização da luz.

Era trabalho duro, mais físico do que vocês possam suspeitar, mas os dias nunca pareciam tão longos quanto pareciam com aqueles peixes fedorentos. Os meses dividiam-se em quantidade tal de cartas, os dias em quantidade tal de palavras, & a mente de Billy Gould estava livre, ao contrário de quando com os peixes, os quais ele já pressentia terem planos para ele. Na medida em que alguém pode ser feliz aprisionado numa ilha, ele devia ter sido. Mas sua mente continuava retornando a Pouca Paga.

Ele fez amigos, a outros impressionou com seu pensativo engenho. Trouxe à sua caligrafia sua breve experiência pintando cocheiras para Palmer, o fabricante de coches, & também uma modesta mas genuína destreza criativa: algumas cartas, fazia-as em letras de forma romanas, outras num italicizado com serifas; às grandes descrições ele conferia uma qualidade quase escultural, ao passo que aforismos intrigantes eram circundados por vastidões de espaço nos quais seus significados pudessem expandir-se. Mostrava a deferência apropriada, ao dizer que o trabalho ficava fácil quando o material recebido era tão magnífico quanto os escritos da senhorita Anne. Mas na verdade quando ele pintava uma palavra ou uma sentença particularmente embelezada, não era em honra à senhorita Anne, mas a outra.

Quando não mais havia paredes para pintar, todo esse engenho & adulação me valeram. Pelo tenente Lethborg foi-me comunicado que o Comandante, comprazido com meu trabalho, ordenou que eu devia agora pintar uma série de retratos dele em várias poses históricas. Nesse ínterim, caso eu não me importasse, eu deveria parir algumas cópias de Rubens a partir de um livro de gravuras.

Durante esse tempo as fortunas da ilha mudaram. O infinito rio de dinheiro que uma vez transbordara na colônia secou. O Comandante foi forçado a vender tudo que podia, incluindo uma inestimável coleção de Rubens, para cumprir com suas dívidas cada vez maiores com os piratas chineses & usurários javaneses que haviam financiado a construção do salão.

Quando finalmente o Grande Salão de Mah-Jong foi inaugurado, a ilha regozijou-se, mas ninguém veio para jogar mah-jong. Embora a todos em Sarah Island fosse incompreensível que as pessoas pudessem não querer viajar meio mundo para perder dinheiro nesta maravilha do Novo Mundo, mesmo assim ninguém veio. Um vento gélido soprava por entre seus saguões de recepção, faustosas salas & ornadas salas de jogo com tetos tão altos que as nuvens lá se reuniam, & não havia ninguém para admirar conosco a constatação de como tanto podia significar tão pouco.

O Grande Salão de Mah-Jong repousava vazio. Às crianças negras de que Pouca Paga cuidava deixava-se correr pelos ecoantes salões de baile & salões de banquetes, perseguindo pássaros & brincando de jogos de esconde-esconde dentro de sua crescente decrepitude.

Envoltas pela crescente umidade intrusiva & pelas neblinas descendentes que agora permeavam o interior, as cartas da senhorita Anne esfarraparam-se & suas palavras começaram a desbotar-se. Dentro de curto tempo aquelas úmidas histórias das maravilhas & glórias da Europa com as quais eu ornara tantas paredes eivaram-se, depois cobriram-se com o refugo de roselas matizadas de arco-íris & de cacatuas-negras-de-cauda-amarela de cantar áspero que deram de voar em revoadas através daquele vasto ermo.

Na chuva que agora caía lá dentro, as observações da senhorita Anne sobre a iluminação a gás da rua Pall Mall & sobre o papel crucial que ela teve no tratado do conde Von Rumford sobre cozinhas comunitárias começaram a escorrer nas suas descrições da prensa a vapor & da cura mesmérica, & logo estavam todas envoltas numa endurecida concha de mais titica de passarinho. Conforme águias-do-mar espiralavam lá em cima, andorinhões começaram a fazer ninho em cima dos líricos relatórios da senhorita Anne sobre ruas macadamizadas. Enquanto morcegos turvavam suas observações sobre a invenção do telégrafo elétrico, uma turba de cacatuas-de-crista-amarela alcandorou-se em cima da inspiração que exerceu ela na última redação do *Prelúdio* de Wordsworth (pintada com o melhor azul-Grasmere), & no monturo de estrume que embaixo se acumulava começou a crescer uma florestazinha tropical. Em tão fecunda catástrofe de decomposição tudo se tornou embaraçado & então um tanto & tudo daquilo cobriu-se de mais & mais fedorentos, incrustados piolhos & bosta infestada de larvas.

Daquelas inscrições sagradas ao engenho europeu & ao pensamento europeu & ao gênio do progresso europeu, estalactites de excrementos brancos & verdes começaram a pender cada dia maiores. Então a merda acumulada no chão começou a altear tal como as espantosas vozes de um coro de *castrati* até as primorosas cornijas europeias, & via-se merda tombando das encantadoras gárgulas europeias tal como eloquentes argumentos agostinianos. A merda prorrompia das grandes janelas europeias tal qual o Vesúvio, a merda fluía das grandiosas portas europeias tal qual o possante Danúbio, & no fim o Comandante vendeu toda essa deplorável Europa incrustada de merda como guano aos peruanos que por ela pagaram com vários caixotes de pisco ruim — uma doce, selvagem bebida alcoólica popular entre os pescadores de baleia — & remeteram-na de volta ao próprio país para lá adubar milho.

VI

O Comandante cessou suas viagens ao redor da Grande Linha Ferroviária de Sarah Island, raramente ia ao seu palácio, & agora passava não apenas a maior parte de seus dias como também todas as suas noites em sua solitária cela de prisão. Ele às vezes aprisionava um ou outro de seus conselheiros mais próximos na cela ao lado dele por alguns dias, de modo que pudessem melhor entender o último plano do Comandante de uma cidade onde se poderia confiar em cada homem para ser seu próprio carcereiro, vivendo em perfeito isolamento de todos os outros homens.

O velho dinamarquês — com quem o Comandante agora passava muito de seu tempo, ditando relatórios, cartas & o que pensávamos ser as necessárias minúcias administrativas de se gerir uma nação emergente — uma vez contou a Capois Death que o Comandante durante o curso de uma longa partida de *cribbage* lamentara que uma grande cidade era uma grande solidão. Eu havia muito suspeitava que incorporada nesse comentário estava sua verdadeira motivação para primeiro transformar a ilha penal numa cidade, & depois, mais tarde, a cidade num cárcere maior, mais completo.

Os sonhos do Comandante, como sempre, transcendiam nossas capacidades. Ele queria que a cidade fosse silenciosa. Ele queria que as pessoas não mais conversassem mas sim se comunicassem mediante um elaborado sistema de mensagens escritas. Estas seriam enroladas & enfiadas em pequenos cilindros de madeira, que seriam propelidos com ar comprimido dentro de tubos, disparando a mensagem para onde & quem se destinasse.

À parte a completa impossibilidade mechânica de tal estratagema, apontou-se respeitosamente ao Comandante, conforme ele se sentava sozinho no descoberto chão de lajes de sua escura cela, que não era provável que as pessoas no futuro viessem a querer viver num mundo onde apenas pudessem se comunicar através de meios tão estéreis, nunca vendo ou encontrando outras.

"A fala foi dada ao homem para que ele ocultasse o pensamento", disse o Comandante, sua própria fala agora quase inteiramente reduzida à pobreza de tais intermináveis aforismos, & alguns disseram que sua máscara foi vista sorrindo na baça luz de sua cela de prisão, suas dragonas plumosas esvoaçando enquanto falava.

O Comandante prosseguiu para argumentar que aquele — ao que ele abriu os braços como se para cobrir o perímetro da cela — *aquele* era nosso futuro, uma alegação tão patentemente absurda, tão demonstravelmente falsa que ninguém discutiu sobre aquilo ou com o Comandante durante o resto do dia. Deixaram-no sozinho no turvo catarro de sua cela inventando futuras impraticabilidades & as contundentes máximas que justificavam tais excessos de inutilidade.

VII

À MEDIDA QUE A SOMBRA PROJETADA pelo Grande Salão de Mah-Jong diminuía lentamente conforme ele era desmantelado, o Comandante podia sentir outra avultando, até que viesse a cobrir não apenas Sarah Island mas toda a Terra de Van Diemen, uma sombra à qual nenhum corpo definido poder-se-ia vincular mas cuja presença corpórea se fazia ouvir em todo lugar.

O nome da sombra era Matt Brady.

"Mutt Brady", gravou algum condenado desconhecido no esponjoso arenito da parede da prisão, "— O LIBERTADOR!" A luzidia lenda do bandoleiro Brady, um condenado que juntamente com quatorze outros fugiu de Sarah Island num barco baleeiro roubado, & com o piloto Lucas & uma escolta armada em frenética perseguição navegou a toda brida contornando a Terra de Van Diemen até Hobart Town, onde abandonaram o barco & rapidamente estabeleceram-se como a mais temida, a mais admirada gangue de bandoleiros do território.

Tal como peixes no mar, os bandoleiros nadaram pelas incultas cafuas do leste, povoadas por ex-condenados & boiadeiros condenados & pastores & selvagens que se abrigavam & se alimentavam, se escondiam & mantinham informados os mais poderosos, os mais admirados *banditti* tasmanianos.

Informes & rumores alcançavam-nos dando conta de como o restante da Terra de Van Diemen estava fervilhando; de como mais & mais condenados escapavam para ingressar em gangues de bandoleiros crescendo em tamanho & também em ferocidade. Algumas, desesperadoramente infrutíferas, outras, desnecessariamente cruéis. Mas o resultado de suas venturas era que a regência da lei inglesa estava sendo derrocada.

A Terra de Van Diemen — tencionada pelas autoridades a ser uma Inglaterra transplantada — transforma-se num mundo bastardo de pernas para o ar, & cada vez mais a população de encarcerados & ex-condenados desta terra de ponta-cabeça olha para Brady como o líder deste novo mundo.

A ilha espera.

Por um confronto final, uma conclusão.

Em face do crescente poder de Brady, da cada vez mais indefinida, indisciplinada natureza da população carcerária em consequência disso, & da incessante guerra negra, os colonos começam a abandonar suas fazendas & retirar-se para as vilas maiores.

Brady, implacável, ascendendo em seu poder tal qual seu nêmesis, o governador Arthur, também um mestre da aparição pública, os persuade.

Um homem baixo, janota, cavalga um esplêndido ruano até o centro de Hobart Town & afixa um aviso oferecendo recompensa pela cabeça do governador Arthur. *Ass. Matt Brady, Rei das Matas.* O homem baixo em esplêndidas vestes manobra o ruano de volta, sorri, tira o chapéu & o acena bem baixo àqueles que correm para formar em volta dele uma multidão, refugo balouçando num redemoinho à margem de uma corredeira.

E então a corredeira se vai.

Recompensas maiores são afixadas. Mais dinheiro por quaisquer informações sobre Brady. Liberdade para qualquer condenado que trair Brady. E por todo lugar a sempre crescente rede de informantes do governador Arthur, & com as informações que recolhem deles, os favoritos de Arthur ameaçam, chantageiam & começam a construir uma teia da qual ninguém pode escapar. Nas enlameadas ruas de Hobart escorre o sangue do Terror de Arthur. Até quatorze pares de pernas dão o passinho-para-trás todo dia, até quatorze pares de calças pútridas da merda dos homens moribundos são enterrados com seus donos finalmente silenciados toda noite em covas anônimas.

Entrementes, Brady ganha o coração das damas por nunca delas se aproveitar, toma seus pesados maridos & pais pelos inflados tolos que são, torna as mulheres cúmplices de seus sorrisos, seu encanto, suas roupas vistosas — o colete cor de amora, o extravagante culote de brocados, a pluma de emu no chapéu, a corrente de ouro com a cruz cravejada de diamantes pendendo de seu pescoço. Ele acaricia-lhes os pulsos com debruns de seda, deixa-as com desejos enrustidos que levarão com elas ao túmulo como sendo os momentos mais vívidos de suas vidas. Sua total ausência de armas — numa sociedade em que todo homem livre usa armas & disputa a honra de balear Brady tal como se fora um cachorro — apenas reforça sua aura de invulnerabilidade & sina.

Como se preenchendo o vazio que parecia erguer-se entre nossos sonhos & nossa vida quotidiana, ouvia-se cada vez mais dizer que Matt Brady jurara que quando as nevascas de inverno se amainassem ele forçaria a passagem através da inexplorada imensidão ocidental de montanhas & florestas tropicais naquele verão vindouro, levando suas forças para o oeste, tencionando libertar sua antiga prisão, Sarah Island, & recrutar os criminosos libertados para um novo exército.

Era tão implausível, tão impossível, que era difícil não acreditar. Vários elementos foram acrescentados ao mexerico — que ele estava buscando libertar a ilha de seu desgraçado jugo fazendo disso causa comum com os antagônicos selvagens da ilha & que ele até mesmo dormia com uma delas, a Negra Mary; que ela deveria mostrar-lhe o caminho oeste através das montanhas inexploradas; que ele tencionava nos usar como uma base para um exército que proclamaria uma república na qual tudo que fosse sólido dissolver-se-ia no ar & homem algum permaneceria escravizado.

O Comandante escreveu ao governador implorando por mais soldados para manter a ordem na ilha, para impedir um levante das massas & para repelir Brady quando ele inevitavelmente atacasse.

Pois Brady estava invadindo os drogados sonhos do Comandante tão seguramente quanto continuava a conquistar nossas febris fantasias; o Brady que podia abater uma dúzia de soldados ao mesmo tempo; o Brady que deixara o governador para trás; o etéreo Brady de nossos mais secretos desejos; o lascivo Brady de nossos mais depravados pensamentos; o imortal Brady fortemente armado que derrubou os homens do governo, os ricos, os alcaguetes & os tapados — o destemido Brady, o grande Brady, o espantoso Brady, um beberrão & perspicaz estroina que vale por dez homens, Brady-o! & todos esperando por sua entrada triunfal, sua proclamação da República, pois agora todos sabíamos que o dia da libertação aproximava-se.

Então eu acordo & antes de devidamente acordar estou fazendo sonhando rezando pintando um peixe antes da inspeção, antes do medo razão esperança pensamento um pequeno peixe-couraça começa a aparecer no papel, não eriçado de espinhos, mas adoravelmente em busca de sua própria verdade, um peixe que vive não de outros peixes, mas apenas de algas & laminárias, com olhos inquiridores, dândis barbatanas amarelo-claras, sua delicada pele de lixa suave cintilando púrpura abaixo das guelras. O delicado peixe-couraça, o belo peixe-couraça de meus sonhos de impendente soltura, um quê de suavidade após tanto horror.

VIII

E QUANDO TERMINEI A PINTURA & olhei para aquele pobre peixe-couraça que agora jazia morto na mesa eu comecei a perguntar-me se, conforme cada peixe morria, reduzia-se no mundo o montante de amor que se pode dedicar a tal criatura. Se havia muito menos assombro & beleza restante para circular conforme cada peixe era rebocado numa rede. E se continuássemos tomando & saqueando & matando, se o mundo continuasse por conseguinte se tornando sempre mais empobrecido de amor & assombro & beleza, o que, no fim, restaria?

Começou a preocupar-me, vejam vocês, essa destruição de peixes, essa abrasão do amor que estamos cegamente acarretando, & imaginei o mundo no futuro como uma árida pasmaceira em que todos se empanzinaram de peixes até não sobrar mais nenhum, & em que a Ciência conhece absolutamente cada espécie & filo & gênero, mas ninguém conhece o amor porque este desapareceu juntamente com os peixes.

A vida é um mistério, costumava dizer o Velho Gould, citando ainda outro pintor holandês, & o amor é o mistério dentro do mistério.

Mas findos os peixes, que alegre pulo & chape sinalizaria onde esses ciclos agora começam?

IX

Com todos os vapores ascendentes & a terra úmida que o edifício do Grande Salão de Mah-Jong acarretara, a consunção do Comandante — contraída entre as frondes de samambaia das garotas siamesas — piorou a ponto de nenhuma quantidade de sangrias parecer fazer bem algum.

Ambos o Comandante & o Cirurgião passaram a temer que acabariam enchendo o porto inteiro com esse sangue sem que se obtivesse nenhuma cura. Tampouco a consunção reagiu a quaisquer dos outros tratamentos invariavelmente exitosos do Cirurgião — nem à beberagem noturna de lixívia, a qual o Cirurgião fermentava com sua própria urina; nem à ingestão diária de *album nigrum*, o excremento dos ratos, que ao menos possuía a virtude de ser o medicamento mais prontamente disponível na ilha; diferentemente do tabaco, que o Cirurgião usou como um último expediente desesperado na prática da insuflação, a qual pressupunha que ele injetasse fumaça de tabaco no reto do Comandante para alcançar-lhe quaisquer ocos nos intestinos.

Então para permitir ao Comandante a ilusão de que algo estava sendo feito em relação ao seu corpo — além de capacitá-lo a peidar fumaça — o Cirurgião surgiu com um novo tratamento que estava aparentemente encontrando algum sucesso na Inglaterra. A princípio o Comandante se indispôs a comer enormes quantidades de manteiga várias vezes ao dia, sob a tola alegação de que lhe dava náuseas, mas o pensamento por trás desse tratamento era scientífico, incompreensível, & por ambas essas razões, inegável.

O fato de que o Comandante estivesse agora desnutrido bem como tuberculoso não ajudou seus humores, que diariamente ficavam mais vaporosos & ainda menos facilmente prognosticáveis do que antes. Foi atormentado por pesadelos nos quais ele era revelado não como um imperador romano, mas como um poeta de Lake District, dado a longos devaneios à beira do Grasmere sobre o Sublime & o Majestáthico, tal como se os seus próprios sonhos estivessem fadados a inculcar-lhe a ideia tão fortemente que ele sentiu-se sufocado por ela, porque o pai de uma nação deveria nascer para a função, não ter que lutar por ela todo dia.

Ele sabia que nada lhe vinha fácil, nem mesmo a crueldade, & apenas enfurecia-o ainda mais saber que em seus dias de cão, quando um pouco de compreensão da parte dos outros haveria sido de alguma valia, muitos erroneamente lhe tomavam a severidade por sua segunda natureza, pois até mesmo por & com sua malevolência ele tivera que lutar.

"Você me entende, O'Riordan?", exclamou ele, saltando de seu colchão de palha da infantaria & tomando o mosquete de seu ajudante & metendo a coronha no rosto do ajudante, de novo & de novo, enquanto o tenente protestava o tempo todo que seu nome não era O'Riordan, mas Lethborg. Isso apenas antagonizou o Comandante ainda mais, porque ele sabia serem seus soldados impotentes, covardes campônios irlandeses, & era evidente que O'Riordan era ainda pior, sendo um impotente, covarde, *mentiroso* campônio irlandês.

O Comandante deu de chutá-lo nas bolas & na cabeça, ciciando "Brady-brady-brady" com um vigor incontido que se poderia ter confundido com alegria caso não fosse óbvio que ambos os homens estavam chorando, um sangrando pela boca & nariz, o outro apenas lacrimejando pelos olhos mascarados, porque ele era o Comandante & uma certa dignidade lhe calhava, porque sua trajetória fora tão dura & por que não estava ele compondo *Tintern Abbey* em Rydal Lake?

Porque sua fúria era tão incompreendida, fora por isso que o Comandante ordenara que o tenente & o pelotão de pérfidos papistas fossem presos, amarrados & amordaçados; porque o Comandante não mais podia suportar a visão das feridas de O'Riordan, fora por isso que ele não tivera escolha senão jogar no mar todo aquele conjunto verde de traição amarrado & amordaçado para juntar-se aos peixes.

Seus sintomas ficam piores a cada dia, escreveu o Cirurgião a sir Isaiah Newton, um distinto colega em Liverpool com quem ele se instruíra, & de quem agora solicitava conselhos profissionais sobre o que se devia fazer por seu Comandante, *pois seu peito fica malcheiroso & treme tal qual uma mariposa aprisionada*. Dada a grande distância do globo além da palração que os separava, levaria meses, talvez anos, antes que chegasse uma resposta, & entrementes a mariposa aprisionada transformou-se numa tainha desajeitada capturada no arruinado samburá da caixa torácica do Comandante.

"Entenda, Comandante", gaguejou o Cirurgião, "essas coisas levam tempo."

"Mas tempo!", vociferou o Comandante, "tempo!, meu caro Cirurgião, é o que nossa Nação não tem!", porque agora que em sua mente Seu Destino & o de Sua Nação eram unos & o mesmo, fora por isso que o Comandante não pudera ignorar a quietude que assaltara a ilha no rasto dos respectivos malogros da Ferrovia Nacional & do Grande Salão de Mah-Jong, & de cento & um outros monumentais desastres.

À noite ele foi incapaz de dormir por carência do som de uma nação. Tudo o que podia ouvir ecoando acima & abaixo dos solitários corredores do mercado que supostamente deveriam estar repletos do ruído da barganha, do comércio, das pessoas, era o cavernoso som das ondas ominosamente chapinhando a costa.

Jazendo desperto, o pavor avultando, ele começou a perguntar-se se aquele som era o mar ou se eram seus pulmões ou se era já o seu destino chamando-o *chape-chape-chape*, chamando-o de volta, se era sua própria respiração rouquejando *brady-brady-brady* ou se eram os condenados com sua incessante fofoca pérfida dando conta de como Brady os libertaria, não importasse quantos velhos parvos botasse atrás das barracas vazias & fingisse comércio, de como Brady os vingaria, não importasse quantos novos requintados edifícios de pedra pusesse entre ele & suas visões noturnas, não importasse quanta Europa erigisse entre ele & o silêncio, era o mesmo pesadelo de o mar subir & subir & subir, & Brady aproximar-se sempre mais & mais & as chamas do Inferno cada vez mais quentes...

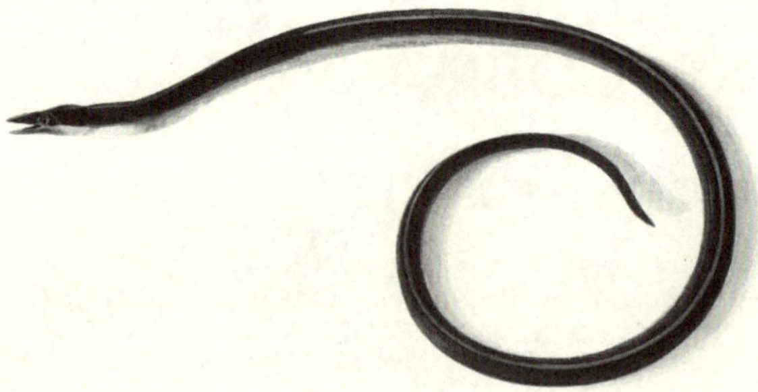

O PEIXE-COBRA

Que não é tão longo quanto alguns capítulos — Ímpetos incontroláveis — Criação de uma nação — Castração do senhor Lempriere — Um gurupés de sofrimento — Barris de falantes cabeças negras — Ascensão de Cosmo Wheeler & outros infortúnios — Pesaroso falecimento do senhor Lempriere — Castlereagh, o homicida

I

Eis então ele, este Gould, este patétiko falsário, este beberrão dando seu melhor para estar na ativa em vez de voltar às correntes do Triângulo & do Berço. Ele está, como preferirem — & como ele certamente preferiria —, tentando ascender na escala social dos presidiários, & o que está acontecendo?

Tendo sido ordenado a pintar peixes & depois tendo sido liberado dessas bolinhas de visgo & escamas asquerosas, tendo arranjado o melhor dos serviços, o de pintar aquele adamado Comandante em cento & uma poses históricas diferentes, o que vemos agora...?

Um homem que irá usar essa recém-descoberta posição de influência com o Comandante para avançar?

Não.

Que irá começar a mudar da posição de lacaio para a de conselheiro, informante, confidente, com todas as suas indispensáveis prerrogativas?

Não, vocês não veem nada do tipo. Claramente este Gould quer apenas abusar de sua posição em proveito próprio, mas ele é atormentado por Pensamentos. Embora deseje apenas levar a melhor em tudo isso, a verdade é que ele se sente cada vez mais aprisionado em crescentes Conceitos & Imaginações.

O que vocês veem — & aqui temo ter que assim lhes revelar — o que vocês veem é um idiota que sente *um insuportável desejo* de mais uma vez pintar peixes.

E por quê? Porque é uma paixão?

Não.

Porque ele pensa ter um papel a representar no progresso da Ciência?

Não.

No progresso da Arte?

Que os céus nos ajudem, não, não & não! Porque, Deus nos livre, porque, dentre todas as coisas, ele está começando a sentir ímpetos incontroláveis em relação aos peixes!

Mas antes que eu consiga explicar tudo isso tenho que afiar minha pena de osso de tubarão, mergulhá-la de novo neste láudano verde, & empreender um necessário desvio caso queiramos alcançar nossa destinação, que é a crescente fraqueza mental de nosso homem, esta cela marinha de um destino inevitável & pútrido, & guinar de volta a uma das farras noturnas do Comandante com o senhor Lempriere no chalé deste.

O senhor Lempriere está a essa altura, como podem imaginar, bem mais do que rabugento devido à sua Grande Missão Scientífica de descobrimento de peixes transylvanianos ter sido temporariamente, talvez permanentemente, interrompida pela necessidade do Comandante de submeter a Arte a serviço de propósitos Nacionais em vez de apenas a Scientíficos. Então permitam-me mudar o rumo, descer em Sarah Island, por sobre os guardas molucanos do Comandante, & deslizar pela fuliginosa chaminé do senhor Lempriere até a fumacenta sala de estar onde o Comandante já meio alto reconhece o ultraje de sua ambição.

"Criar uma nação, sim, meu Deus, uma nação é o que podemos & devemos nos tornar", está dizendo ele ao senhor Lempriere,

"& não, senhor, não me envergonho disso. Não, senhor, como poderia, quando fui ungido para este papel pelo Destino? Uma nação & eu seu fundador, & uma Nação, não uma choldra de Ilha Prisional esquecida por Deus. Uma nação da qual serei pai, o pai a quem irão honrar & reverenciar & escrever poemas épicos & pintar em cima de gloriosos garanhões brancos empinando numa noite tempestuosa. Está me ouvindo, Lempriere? E ninguém irá saber que foi o trabalho, nosso árduo trabalho, nosso suor & sacrifício que alçaram esta ilha de uma prisão a uma nação."

"MIJAR", murmurou o embriagado Cirurgião, "PRECISO." Arfando com certa força, ele conseguiu levantar sua muito alardeada janela de guilhotina & curvou-se para fora, suspirando lentamente, *G-O-U-T-T-E-À-G-O-U-T-T-E*, conforme se aliviava.

O senhor Lempriere vestia-se no estilo dos trinta anos anteriores, com culotes até os joelhos & grandes fivelas nos sapatos os quais antigamente me fizera lustrar toda manhã. Eram feitos dum peltre de pobre que o senhor Lempriere insistia ser prata, a despeito de serem mais baços que lavadura. Ele empinou-se para cima & para a frente nesses sapatos para facilitar sua trajetória ao voltar da janela.

No momento de seu desafogo, uma das fivelas enfim desistiu de sua longa & desigual luta contra as contorções do corpo desproporcional do senhor Lempriere. A fivela estalou. O pé do senhor Lempriere deslizou. No mesmo instante, ele perdeu seu apoio na janela & solavancou primeiro para trás, depois para a frente. Com um grande & abrupto choque a janela despencou no peitoril em cima do qual jazia como uma lagarta perdida o membro saliente do senhor Lempriere.

Vocês podem pensar, a partir de tudo o que eu disse, que o Cirurgião a essa altura teria berrado tal qual um touro brâmane, ou gritado em algum terrível tom agudo, mas não, além de seu rosto empoado de alvaiade ter enrubescido numa primorosa tonalidade de rosa-coral, por um momento nada houve que indicasse o completo horror do que acabara de ocorrer.

Talvez naquele momento de agonia ele soubesse que nenhuma quantidade de berraria ou gritaria iria mudar o inegável fato de seu sexo ter sido terrivelmente destroçado pelo acidente. Ele sentiu um pavor vertiginoso de dor & também de apreensão diante do que aquilo poderia significar em seu futuro. Sentiu as pernas curvarem, tombarem, lhe faltarem, & então, no mesmo instante, tudo ficou preto.

II

Após ter sido despertado de seu desmaio com sais, o senhor Lempriere recusou abertamente sua própria panaceia para todos os males, argumentando que sangrar o sexo era uma afronta a um homem da dignidade dele. Citou sir Isaiah Newton, mencionando vários casos em que a brochada ébria transformou-se em condição permanente depois de tratamento tão precipitado & anticientífico, & portanto em vez de cortar-se ele engoliu grandes quantidades de láudano, tinto de verde pelo pote de cobre onde era guardado para o Comandante. Além de conceder-lhe uma esplêndida visão do Comandante como um elefante no cio, o opiáceo nada contribuiu para alterar o estável progresso de seu sexo pelas próximas semanas de uma lamentável minhoca vermelha para uma grande lesma preta, a qual ele descansava sobre uma plataformazinha de pinheiro-de-huon que construíra para esse fim. Esta ele diariamente cingia ao corpo utilizando o expediente de laçar uma fita de seda turquesa ao redor da aba superior de sua volumosa gordura localizada & atá-la num grande, ostentoso arco na banha de suas costas contornada de furúnculos & arborizada de pelos.

Ele perambulava pela colônia, as fraldas da camisa despregadas tal qual velas sobre seu promontório de pinheiro, um gurupés de sofrimento que ele constantemente inspecionava quando só, testemunhando o espanto da transformação à medida que o hematoma ficava séptico, à medida que a carne ficava pútrida, à medida que o vermelho ficava preto tornado verde. No fim, o fedor ficou tão insuportável que enfureceu até o olfatofílico Comandante, & este ordenou que amarrassem o senhor Lempriere, inserissem um funil em sua queixosa boca tagarelante & nela despejassem vários quartilhos de pisco. Durante o ulterior procedimento o Comandante embalou a cabeça do seu querido amigo tal como se fosse a de um recém-nascido, choramingando o tempo todo que era seu amor pelo amigo o que o levava a fazer aquilo. Após uma espera de um quarto de hora o Comandante enfastiou-se da própria compaixão. Acenou com a cabeça para um cozinheiro condenado que estivera postado num canto ensombrecido, correndo uma faca de filetagem lentamente para a frente & para trás num ferro. O cozinheiro avançou um passo &, antes que o senhor Lempriere pudesse protestar quer em francês ou em inglês, decepou com uma única talhada o pênis supurante.

Após a lamentável perda de seu membro, o senhor Lempriere ficou a princípio ainda mais belicoso & odioso do que fora no passado. Mas então sua conduta colérica sofreu uma mudança outonal, lentamente passando a uma melancolia tão profunda que ele parecia ter perdido todo interesse pela vida, até mesmo pela sua paixão por coletar & catalogar.

Tornou-se solitário & adquiriu o esquisito hábito de passar longos períodos de tempo conversando com Castlereagh, tristes monólogos um após o outro sobre a Pesada Mão do Destino & o que poderia ter sido caso ele apenas houvesse se especializado em líquenes ou hepáticas. O porco, acostumado a percorrer sozinho o seu chiqueiro, despreocupado, pareceu ficar cada vez mais furioso ante os comentários do senhor Lempriere, arremetendo contra as cercas do chiqueiro toda vez que o Cirurgião surgia, balançando-as com tanta força que a ilha tremia a cada cabeçada. O Cirurgião alheava-se da antipatia de seu companheiro, deixando de notar que quanto mais falava mais o porco crescia em tamanho & em selvageria até que bloqueasse o sol, até que fosse acusado de causar eclipses lunares & interferir na navegação celeste noturna. O enfurecido animal às vezes guinchava como se as infinitas torrentes de conversa o afogassem, num estrídulo tão agudo & enervante que impelia os homens ao longe rumo ao mar enlouquecidos de dor auricular, entretanto tais deploráveis exibições apenas pareciam alimentar as histórias de perda & fracasso & olvido pessoal do senhor Lempriere.

Perdido, deprimido, castrado, sua companhia mais íntima sendo um monstruoso porco — é escusado acrescentar que o senhor Lempriere havia a essa altura perdido todo interesse em resgatar-me do Comandante para pintar peixes.

Eu tentara pintar uns peixes com os óleos com que eu era tão liberalmente provido pelo Comissariado para os retratos do Comandante. Mas óleos são um instrumento da terra, muito carregados com a gravidade, demasiado opacos para peixes. Eu precisava das aquarelas do Cirurgião.

Resolvi visitar o senhor Lempriere na esperança de reacender-lhe o interesse pelo projeto do livro de peixes. Tencionei perguntar se eu podia tomar por empréstimo seu estojo de aquarela, para buscar prosseguir com os peixes no tempo livre que eu conseguisse encontrar.

Disse comigo mesmo que era apenas para a minha sobrevivência, para assegurar que caso meu vínculo com o Comandante algum dia terminasse eu tivesse alguma alternativa ao grilhão. Mas isso era uma mentira, & embora eu tentasse encobrir meu coração de minha mente, a verdade era que, não mais sendo compelido a pintar para a Ciência, meus sentimentos pelos peixes mudavam pela segunda vez, & o que eu havia anteriormente odiado eu agora dele sentia falta. Pela mais esquisita das razões eu agora me encontrava necessitado de peixes.

Os peixes haviam sido no começo apenas um serviço, mas para bem cumprir aquele serviço & manter os incontestáveis benefícios que manavam deles, tive que aprender sobre eles. Tive que estudar a maneira pela qual as barbatanas passavam do domínio da carne opaca para o do assombro diáfano, a gretada firmeza dos corpos, o modo pelo qual as bocas relacionavam-se a cabeças desproporcionais, as cabeças, a corpos em expansão, o modo pelo qual escama se imbrica com escama criando dançante lustro. Num peixe eu buscava aperfeiçoar aquelas bocas inexplicavelmente sensuais, noutro, a translucidez das barbatanas. E eu tinha que admitir que todas essas pinturas & repinturas começaram a afetar-me.

Talvez porque passasse tanto tempo com eles, porque tivesse que tentar saber algo sobre eles, começaram a interessar-me, & depois a enfurecer-me, o que foi pior, porque começaram a em mim entrar & eu mal sabia que estavam eles me colonizando tão certamente quanto o tenente Bowen havia colonizado a Terra de Van Diemen tantos anos antes.

Eles estavam se incutindo em mim, infiltrando-se pelos meus poros como que por alguma terrível osmose. E quando em mim lampejou o inesperado & um tanto aterrorizante conhecimento de que eles estavam tomando posse de meus pensamentos diurnos, de meus sonhos noturnos, fiquei assustado & ansiei repeli-los, para contra-atacar tal como os pretos haviam feito. Mas como se ataca um peixe-cabra moribundo? Uma tainha nos estertores da morte?

Era como se não fosse possível passar tanto tempo na companhia dos peixes sem que algo de seu olho frio & sua carne trêmula transpusesse o ar até dentro de sua alma.

Uso a palavra "transpor" deliberadamente.

Era como se o espírito deles estivesse procurando outro meio aquático, & num certo ponto quando a morte era iminente esse espírito saltava para assegurar sua própria sobrevivência transpondo o fatal meio aéreo, um salto tão súbito & tão rápido de modo que fosse invisível a olho nu. Pensando sobre o modo como a chama azul saltara da boca do condenado na feira até a boca de minha mãe, perguntei-me se todos os espíritos buscavam outro olho para entrar no terrível momento mortal, para evitar serem submetidos a algum submundo de sombras perdidas.

Era apenas imbecilidade minha, tal como quando voltei à filha do Velho Gould depois de ela anunciar seu matrimônio com o ferrageiro de Salford & pedi-lhe que fugisse comigo & ela riu da minha cara, eu simplesmente tinha que voltar para mais peixes & por quê? — pois, porquanto eu fora incumbido da tarefa de pintar cada vez mais desses cruéis novos colonos de minh'alma, primeiro por um insano Cirurgião & depois mais insanamente por mim mesmo, parecia não haver escapatória de sua insidiosa invasão, nenhuma trégua conforme começavam a nadar rumo às cafuas do meu coração, da minha mente, preparando-se para tomar total controle de mim.

E como poderia eu ter sabido, naquele dia em que fui vê-lo, que dentro da imensa cabeça do senhor Lempriere nascia uma espalhafatosa paixão final que moldaria os peixes & a mim num só ser para sempre?

III

A caminho do chalé do senhor Lempriere naquela calma, azul manhã de inverno dois condenados em batas sujas cruzaram meu caminho, suando & imprecando enquanto arrastavam um trenó em cima do qual compridos sacos de serapilheira balançavam.

"Mais negros mortos", disse um deles sem olhar para trás fosse na minha direção ou na dos sacos.

Os selvagens haviam chegado na semana precedente com o conciliador branco Guster Robinson num dia frio, ventoso. Eram um grupo incongruente, emaciado, alguns cobertos por doenças de pele, muitos tossiam & expectoravam incessantemente; dilaceravam seus peitos & gargantas atormentadas com garrafas quebradas

& pedras pontiagudas. Quando sua moléstia transformava-se em febre, laceravam a testa similarmente & o sangue escorria-lhes nas faces de modo que pudessem, como expunham eles, "deixar a dor sair". Começaram a morrer assim que chegaram.

Contudo tais selvagens incuráveis consideravam-nos os condenados como escravos inferiores a eles. Pelo que entendiam, eram um povo livre & nobre que prescindira de sua nação em troca do exílio & que em troca receberia cuidados do governo & não precisaria trabalhar tal como nós. À noite alguns condenados na Penitenciária mijavam por entre as tábuas em cima dos selvagens abrigados no andar abaixo de nós para provar a superioridade de um homem branco aprisionado em relação a um homem negro exilado.

Em sua quixotesca empreitada com os selvagens financiada pelo governo — a serviço do qual havia viajado a extensão & a largura das desertas matas escuras da Transylvania — Robinson havia recebido o grandioso título de Conciliação, uma missão dos homens brancos para arrebanhar todos os selvagens que por tanto tempo travaram guerras contra eles & que ainda permaneciam à solta nas matas.

Nos retratos dele que eu tinha visto ainda em Hobart Town — grandes telas tentando, & fracassando, criar uma nobre & trágica história de salvadores & amaldiçoados para os antípodas — Guster Robinson afigurava-se uma presença roliça em radiante alívio contra o tedioso plano de fundo de selvagens reunidos, seus dedos apontando portentosamente para algum futuro não divisado, um profeta da Renascença no centro do palco da incongruência da Regência, todo ele iluminado & esvoaçando azuis & brancos, um Beau Brummell* representando um improvável & enfatuado Moisés dos Mares do Sul.

* George Brummell (1778-1840), apelidado "Beau" Brummell, dândi inglês e autoridade da moda masculina à época da Inglaterra da Regência, sobre o qual pairam excêntricas anedotas, como a de que lustrava seus sapatos com champanhe e levava até cinco horas para fazer sua toalete. (N. T.)

Mas quando fui convocado a encontrar-me com Guster Robinson, ele não fazia tão boa figura assim.

Os selvagens chamavam-no pela mesma palavra que usavam para enguia, que não consigo recordar com exatidão. Ele era, deve-se reconhecer, um fiapo de homem, mais carcomido que os negros sob sua custódia. Arqueado em esfarrapados andrajos tão imundos & infestados de piolhos quanto os nossos, um apóstrofe perdido em busca de uma palavra à qual pudesse pertencer, ele irradiava pouco mais do que o ar de superioridade de sua autoatribuída tarefa, que ele alegava ser sagrada.

Robinson tratava os selvagens como se fossem seu séquito, & os selvagens tratavam-no como se ele fosse um dos muitos cachorros extraviados que recolhiam em suas viagens. Nem um nem outro parecia notar a terra abrindo-se-lhes diante tal qual uma onda quebrando.

Robinson via os condenados como escória, & era do tipo que alegremente caminharia nu diante de você, tão pouca era a opinião que fazia daqueles inferiores a ele, como se você fosse um cachorro para ser chutado ou um penico para ser mijado. Quando cheguei ele estava falando com Musha Pug — que sendo um policial condenado ele deveria considerar um pouco superior na escala do que um detento ordinário — &, em vez de fazer qualquer menção de dar-se conta de minha presença, prosseguiu, contando a Musha Pug sobre como as mulheres negras roubadas pelos pescadores de foca & levadas às ilhas alegavam que o Diabo ia ter com elas enquanto eles caçam focas & estabelecia contato com elas, que elas com frequência têm o bebê desse espírito & que matam no mato o descendente do mal. Dizem que cantavam para agradar o Diabo, que o Diabo disse-lhes para cantar profusamente.

A empregada do Comandante, a Mulata, disse ele, era conhecida nas ilhas como Cleópatra. Antes de ser esclarecida na fé cristã pelos quacres ela era infame por ter inventado a dança do Diabo. As danças do Diabo eram, disse ele, as mais obscenas que se poderiam imaginar & eram conhecidas apenas pelas mulheres dos pescadores de foca nas ilhas & não no continente.

Ela fora apanhada pelo pescador Clucas, cuja conduta era notória em todo o estreito. Clucas, na companhia de alguns outros pescadores, estivera numa missão de batedores. Arremeteram contra uma turba de negros numa praia, mas apenas conseguiram apanhar um menininho antes de serem rechaçados pelos nativos de volta ao barco. Os pescadores esclareceram que a criança era deles agora, & que caso a mãe quisesse o menino ela os deveria acompanhar. A mãe era Pouca Paga.

Ela foi até o barco & ofereceu-se a eles em troca de o menino poder voltar com a tribo. Os pescadores a seguraram. Clucas, erguendo o menino pelas pernas, lançou-o de encontro às pedras & estourou-lhe os miolos. Então saíram remando com Pouca Paga. Um nativo nadou atrás deles & logrou agarrar o suporte da proa. Clucas decepou suas mãos com uma machadinha. Na ilha de Clucas, onde ela foi condenada a viver como escrava, Pouca Paga era reputada por ter tido dois filhos de Clucas, & matado ambos entupindo suas bocas de relva.

Tendo concluído essa narrativa, Robinson virou-se para mim & informou-me de que o Comandante concordara em que eu pudesse pintar alguns de "seus irmãos de cor", começando com aquele chamado Romeo.

Homem alto & elegante, com um quê de judeu hassídico do leste, Romeo era em sua própria língua chamado de Towtereh. Descobri que ele era um chefe do povo de Port Davey &, revelou-se, o pai de Pouca Paga. Testemunhei-lhes o encontro. Ambos choraram muito & pareceram grandemente comovidos por estarem de novo juntos.

Conversando com Towtereh, senti mudarem minhas próprias opiniões sobre os selvagens, & não mais pude considerá-los tal como o fizera antigamente. Towtereh era de uma perspicácia refinada, afeito a fazer trocadilhos com as línguas negra & branca. Ademais ele era um verdadeiro patriota, cujo profundo amor por seu país parecia inegável. Pintei Towtereh como um homem de dignidade, um retrato que por uma única & muito óbvia razão não tem seu lugar num livro de peixes.

Entre os negros a quem Towtereh apresentou-me havia um homem ladino conhecido como Rastreador Marks. Em gritante contraste com nós condenados, ele vestia-se tal qual um dândi de Eightways. Era meticulosamente limpo, & na imundície da colônia era fastidioso quanto à lavagem diária de suas roupas. Trajava uma camisa branca com grandes lapelas que ele abria para fora — em vez de para dentro — do colarinho, & um duro chapéu redondo que estava nalgum ponto entre um fez & uma touca, à moda dos pescadores de baleia americanos com quem ele uma vez percorrera os Mares do Sul. Era calmo senão quando desafiado, mas seus olhos ferozes & o esgar furioso de sua boca sugeriam que um desafio seria uma imprudência.

Rastreador Marks era um nativo continental que por um tempo trabalhara para os cavalarianos vandiemonianos rastreando fugitivos, & havia então, por nenhuma razão aparente, se envolvido com a missão de Robinson de apanhar as tribos antagônicas do ermo. Ele não parecia resignado ao que fazia, tampouco era então hostil. Em suas palavras, a comitiva de Robinson era apenas uma quadrilha para junto se viajar, mas não era sua a terra pela qual viajava, & embora fosse negro, não era seu aquele povo. Diferentemente de Barrabás, o outro negro da Nova Gales do Sul, não escarnecia dos selvagens vandiemonianos como se fossem primatas, como se ao denegri-los conseguisse avançar um pouco mais além na escala de criação dos europeus. Parecia não nutrir sentimento por ninguém, apenas uma imensa & deliberada fadiga.

Por um tempo o Rastreador Marks era com frequência visto na companhia de Capois Death. Os dois conversavam incessantemente num calão bizarro, excitado, de criação própria: uma mistura entre o *creole* influenciado pelo inglês & o inglês influenciado pelo aborígine. Rastreador Marks contava a Capois Death sobre seu povo & seu mundo, sobre sua terra & seu lugar nela. Capois Death, que apenas tivera a discórdia por herança, ouvia atentamente. Cada um parecia procurar no outro aquilo que nunca soubera: Capois Death, pela origem de um homem negro & para onde ele iria & o que significava, mas ele no fim não conseguia subjugar seu próprio conceito, inculcado nele durante a colonização de Saint-Domingue, de que os meios do homem branco, se não os próprios homens brancos, eram melhores do que os dos negros. Pois Capois Death odiava o homem branco, mas amava sua civilização.

Rastreador Marks era de diferente opinião. Embora parecesse mais branco que um homem branco, não lhe tolerava os modos. Para ele, sua indumentária, seu comportamento não eram diferentes de ficar a favor do vento nas sombras das árvores quando caçava, misturando-se com o mundo daqueles que ele caçava, em vez de ficar fora dele. Outrora ele distinguia-se na dança do emu & na dança do canguru; então seu talento conduziu-o à dança do homem branco, conquanto não restasse ninguém de sua tribo para quedar-se junto à fogueira & rir & aplaudir seu talento para a observação & a imitação dissimulada.

Os brancos não têm lei, disse ele a Capois Death, nenhum ideal. O estilo de vida deles não fazia sentido em absoluto. Contudo, ele não os odiava ou os desprezava. Eram estúpidos além da conta, & de alguma forma sua estupidez & seu poder estavam, na cabeça do Rastreador Marks, inextricavelmente ligados. Mas como?, perguntou ele a Capois Death. Como podem o poder & a ignorância dormirem juntos? Questões para as quais Capois Death não tinha resposta.

Então mais negros começaram a tossir & expectorar & de seus narizes escoava ranho suficiente para encher o porto, de suas cabeças laceradas escorria sangue suficiente para tingir de rosa a ilha, & dentro de dois dias mais sete deles estavam mortos.

Rastreador Marks desapareceu de Sarah Island não muito tempo depois. Talvez ele se afligisse acerca de quanto mais tempo sobreviveria ao profundo respeito frequentemente professado por Guster Robinson & ao amor deste pelo irmão de cor. Suas últimas palavras a Capois Death antes de sua fuga pareceram incompreensíveis para o ex-escravo de Saint-Domingue, que constantemente contava & bordava sua própria história pessoal na crença de que ela explicasse & significasse algo.

"Esconda sua vida", disse o Rastreador Marks a Capois Death. "Completamente."

Quando naquela manhã a caminho do senhor Lempriere observei os dois condenados esvaziarem os sacos num largo fosso logo à beira da trilha, notei surpreso que aqueles corpos negros não tinham cabeça. Os condenados rapidamente cobriram os corpos decapitados com uma rasa camada de terra, deixando o resto do fosso vazio, & pronto, presumi eu, para mais mortos.

"Isso mesmo", ouvi um dos condenados dizer, sem olhar para trás na direção do outro ou do fosso enquanto eu corria colina abaixo até Lempriere, "são negros mortos. Um é Romeo, mas não há nenhuma chance de que o outro seja uma Julieta."

IV

O CHALÉ DO SENHOR LEMPRIERE ESTAVA VAZIO, mas dos fundos ouvi os confusos sons de esforço & de madeira rachando ocasionalmente, como os de um eucalipto gigante perdendo seus galhos. Rumei à via lateral & então vi, delineado contra as tonalidades fuscas do enlameado pátio que flanqueava a pocilga de Castlereagh, o ebúrneo perfil daquele grande cisto que era a cabeça do senhor Lempriere.

À peculiar maneira de um inverno vandiemoniano, o sol era de um amarelo intenso como gema de ovo & o céu de um vívido ultramar, embora o dia estivesse frio. Entretanto, o senhor Lempriere não precisava exercitar muito seu possante volume para que um tórrido suadouro lhe brotasse, & ele claramente estivera ocupado naquela manhã pois grossas gotas de suor rolavam-lhe qual pérolas pela face alvaiadada. Quedava-se no centro de um círculo de aproximadamente meia dúzia de barris de madeira, num dos quais um tanoeiro condenado ajustava um tampo, noutro dos quais o próprio senhor Lempriere martelava com os punhos as laterais, enquanto gritava toda sorte de coisas vis numa discussão com alguém que eu não conseguia ver.

Ao notar-me, ele ergueu uma mão & afastou-a rapidamente de seu rosto, como se para dizer que a discussão não lhe dizia respeito.

"NÃO REPARE — ACONTECE O TEMPO TODO", assegurou-me ele. "MAS! — FECHADO O BARRIL — ELES SE AQUIETAM."

Avancei em sua direção & espreitei mais detidamente o barril de que o senhor Lempriere se ocupava. Parecia estar cheio de salmoura — embora eu não possa afiançar ser essa a exata natureza daquela solução de conserva. Vislumbrei um reluzir escuro, & a princípio supus que ele estivesse envasando peixes-cobra, das quais o porto naquele ano abundava. Depois pensei: não, meus olhos estão a pregar-me peças, algum efeito da luz austral está fazendo-me em todo lugar ver peixes onde homens havia.

E então tão lentamente & tão terrivelmente que eu continuei a sentir-me um tolo vários dias depois, ocorreu-me que flutuando para cima & para baixo nos barris, girando ao redor tal como maçãs numa feira, curando tal como inúmeros repolhos, *elas* não eram peixes-cobra: *elas* eram as cabeças decepadas de vários pretos. Multiplicadas pela meia dúzia de barris, supus que devia haver algo entre quarenta & setenta cabeças negras salgando naquela bela manhã de pleno inverno na cafua do senhor Lempriere.

Também se tornou aparente que o senhor Lempriere cria que aquelas cabeças de negros mortos estavam gritando com ele & troçando dele. Ele tentou fingir um ar de negligência ante a suposta zombaria, mas de quando em vez estourava & começava a gritar de volta. Então ele aparentava fadiga com as exigências que a respeitabilidade scientífica lhe impunha & olhava ternamente, quase coquete, para o pátio de porcos do outro lado, em cujo canto mais enlameado Castlereagh dormia. Ele permitiu-se um sorrisinho indulgente ante a visão de um êxtase tão bucólico, uma leve fenda arqueada em seu reluzente globo, tomou um gole de rum de um decantador de faiança lascado ao seu lado, & limpou sua testa alvaiadada com um imundo lenço de seda manchado.

O senhor Lempriere explicou estar aborrecido com as cabeças, já que, em vez de afundar, continuavam emergindo para romper a superfície da solução de conserva & então retrucar com ele. Temia que as cabeças pudessem decompor-se se expostas ao ar na demorada viagem oceânica até a Grã-Bretanha. Mas na morte, assim como na vida, as cabeças negras permaneciam sendo uma força a qual se devia levar em conta & seus olhos abertos pareciam seguir o senhor Lempriere aonde quer que ele fosse, para seu desconforto. Ele perguntou ao tanoeiro se seria possível afundar as cabeças com pedras. O tanoeiro reprimiu um suspiro & partiu em busca de umas cordas.

O senhor Lempriere possuía muitas qualidades, sobretudo aquela a que se referia como *bom senso*. Eu admirava-me como ele de maneira alguma considerava que uma cabeça decepada falando como se ainda viva & ligada ao corpo fosse algo anormal ou paranormal, mas apenas um estorvo real. Havia naquilo algo tão tremenda & robustamente inglês que eu por um momento fui tomado de anseio pelo bom & Velho Mundo que produzira gigantes tais como esse esférico servo da Ciência, o qual várias vezes disse às silenciosas cabeças para que se calassem enquanto ele & o tanoeiro tentavam arranjar uma solução para o problema de como afundá-las.

No meio daquele círculo de cabeças as quais ele cria estarem debochando dele & de seu trabalho, recebeu-me como um tipo de amigo perdido havia muito. Inclinou-se contra um barril fechado & desatou numa narrativa de exasperação que centrava em alguém de quem eu já o ouvira falar apenas com a reverência normalmente deferida a um sábio: Cosmo Wheeler.

"A PRINCÍPIO — MERAMENTE — COLETAR — FLORES — ALGUMAS FOLHAS — *COISAS*", principiou o senhor Lempriere, limpando sua testa mais uma vez com seu lenço encardido, esfregando o pó & deixando uma lamentável pele púrpura com o lustro do verniz no rasto de sua limpeza. "TAL TRABALHO, DISSE WHEELER — ME VALERIA A FILIAÇÃO DA SOCIEDADE, A REAL — MAS DEPOIS — UMA CARTA, APENAS — AGRADECIMENTO OFICIAL DO EMINENTE GRUPO — COMOVENTE COM CERTEZA — DESTACOU — PRESERVAÇÃO & ACONDICIONAMENTO EXEMPLARES — GARANTIU CONTEÚDOS ADEQUADOS AO ESTUDO SCIENTÍFICO — SÓ ISSO! — ISSO! UMA CARTA!

"ENTÃO O SENHOR COSMO SE TORNA *SIR* COSMO WHEELER — RECONHECIMENTO DE *SEU* GRANDE TRABALHO NA FLORA DAS ANTÍPODAS — EM SEGUIDA ELE BUSCA — *EN UN MOT* — CONCHAS DE MOLUSCOS — COLETA DE CONCHAS ESCASSA? NÃO! LONGO TEMPO, MUITO LONGO — TODO DIA LIVRE VASCULHANDO ESTA COSTA DESGRAÇADA — MAIS INCLEMENTES & MISERÁVEIS CIRCUNSTÂNCIAS OBTENDO — ANOS DE TRABALHO DESGRAÇADO — UMA SEGUNDA CARTA OFICIAL DA SOCIEDADE REAL — AINDA MAIS LAUDATÓRIA QUE A PRIMEIRA — MAS ONDE A MENÇÃO DE MINHA FILIAÇÃO À SOCIEDADE?"

"Nenhuma", disse eu.

"SIM", disse ele, "NADA."

Neste ponto ele momentaneamente se deteve para haver-se com o que ele cria ser algum lascivo comentário emanando dos barris, antes de retornar à sua história.

"ENTÃO VEJA VOCÊ", continuou o senhor Lempriere, "EDIFIQUEI ISSO — RESPEITOSAMENTE — COM *SIR* COSMO — AGORA SECRETÁRIO DA SOCIEDADE EM CONSEQUÊNCIA DE *SUAS* PIONEIRAS PESQUISAS SOBRE INVERTEBRADOS DOS MARES DO SUL, COM ESPECIAL REFERÊNCIA AOS MOLUSCOS DAS ANTÍPODAS.

"SIR COSMO ASSEGUROU-ME NUMA CORRESPONDÊNCIA À PARTE & PRIVADA QUE MEUS TEMORES EM SER IGNORADO & — EU NUNCA OUSEI EM MINHAS CARTAS ESCREVER, MUITO MENOS PENSAR! — *USADO* — INTEIRAMENTE EQUIVOCADOS — A QUESTÃO TODA DEVIDA & VERDADEIRAMENTE SOB CONTROLE — ASSEGUROU-ME — VIA-ME — ELE ME VIA, A SOCIEDADE ME VIA — COMO O MAIS EMINENTE & BENEMERENTE DE SEUS COLETORES COLONIAIS — O MAIS ÚTIL CIENTISTA — REPUTAÇÃO TAMANHA QUE PRECISAVA SOMENTE DE UM GRANDE TRABALHO FINAL PARA COROAR TODAS AS OUTRAS ATIVIDADES INCONTESTÁVEIS — ENTÃO EU PODERIA RETORNAR À INGLATERRA EM TRIUNFO.

"ENTÃO — TODA A COISA DOS PEIXES — HAVERIA DE SER MEU GRANDE TRABALHO — MEU INGRESSO NA SOCIEDADE, SARDINHAS & LULAS, *SOCIEDADE* ADENTRO — MAS AGORA ESCREVE ELE QUE:

"'Não, os peixes já foram abordados por Hooker, cá entre mim & você foi um trabalho ruim o que Hooker fez, mas não obstante terminamos com os peixes, & não se incomode em mandar-me suas pinturas, é tarde demais.'

"CAMPO PROMISSOR AGORA — ESCREVE ELE — NOVA CIÊNCIA — NOVA SOCIEDADE — NOVA ERA — FRENOLOGIA, PARTICULARMENTE EM RELAÇÃO ÀS RAÇAS DOMINADAS & INFERIORES — CIÊNCIA PRONTA PARA FAZER GRANDES AVANÇOS NO ENTENDIMENTO DA HUMANIDADE EM SUAS FORMAS SUPERIORES & INFERIORES A PARTIR DE TAL ESTUDO DOS CRÂNIOS MAS CARENTE DE BONS ESPÉCIMES."

Eu então deduzi — tanto quanto se poderia deduzir a partir de tal cavalgada de frases — que sir Henry Hooker, que a despeito de sir Cosmo Wheeler tê-lo desprezado como um charlatão parecia ser seu principal rival scientífico, havia topado com seis barris abarrotados de cabeças negras pertencentes ao seu amigo, sir Joseph Banks, que muitos anos antes Banks coletara na Terra de Van Diemen. A subsequente monografia de Hooker sobre as cabeças negras de Banks — proclamando sua *inocência* da civilização branca, sua *nobreza* da fisionomia negra — despertara muito interesse.

"TAMANHO DISPARATE ROUSSEAUÍSTA", continuou o Cirurgião, "LEVOU SENHORAS AO DESMAIO — RÁ! — MAS SIR COSMO CRÊ QUE O TRABALHO DE HOOKER EMBASOU-SE EM FALHAS BÁSICAS — ASNEIRA FRANCESA REQUINTADA — ONANISMO INTELECTUAL!

"CASO ELE, SIR COSMO, TIVESSE CABEÇAS NEGRAS MAIS RECENTES — DE UMA & POR TODA VEZ PROVARIA QUE O TRABALHO DE HOOKER — NÃO A CIÊNCIA — NÃO PASSA DE VANGLORIOSA TOLICE.

"ENTÃO AGORA EM VEZ DE FLORES OU MARISCOS OU PEIXES — CABEÇAS NEGRAS! — CASO EU QUEIRA SER ACEITO NA SOCIEDADE REAL — CABEÇAS NEGRAS! — MAS NÃO É TÃO FÁCIL — ONDE? — & COMO? — NÃO SE PODE APANHAR CABEÇAS NEGRAS COM REDE — NÃO SE PODE APANHAR CABEÇAS NEGRAS NAS PEDRAS DA COSTA — NÃO! — NÃO SE PODE APARAR UMA CABEÇA NEGRA TAL COMO SE FAZ COM UMA FLOR SELVAGEM, NÃO SE PODE PRENSAR & SECAR UMA CABEÇA NEGRA — NÃO SE PODE BALEÁ-LAS TAL COMO NARCEJAS, EMBORA ALGUNS O FAÇAM — O QUE DEVIA EU FAZER?

"FORÇADO AO COMÉRCIO MAIS REPULSIVO — TIPOS INFERIORES — COVEIROS CONDENADOS — ASSISTENTES FUNERÁRIOS — ADVOGADOS DE SYDNEY — OS RESULTADOS? TOTALMENTE PREVISÍVEIS: PERDI A MAIOR PARTE DAS ECONOMIAS — CONSEGUI CONJUNTOS DE CABEÇAS PEGAJOSAS, FEDORENTAS — MUITAS COISAS MAS NUNCA UM HOMEM NEGRO — CABEÇAS DE CONDENADOS ENVERNIZADAS COM CHARÃO — A CARNE PERFURADA DOS CRÂNIOS DE INDIGENTES MANCHADOS COM ALCATRÃO — TODA SORTE DE OUTRAS CABEÇAS MUITO PATETIKAMENTE DISFARÇADAS DE CABEÇA DE HOMEM NEGRO — INEVITAVELMENTE NAS CONDIÇÕES MAIS NOJENTAS — VENDEM-LHE QUALQUER COISA — UM PESCADOR DE BALEIAS TENTOU PASSAR ADIANTE DUAS ATRO-

FIADAS CABEÇAS DE MAORI TRANSPORTADAS NUM CABAZ AO REDOR DA CINTURA ASSIM COMO FAZEM OS NATIVOS VANDIEMONIANOS — NÃO PASSAVAM DE MAÇÃS ATROFIADAS COBERTAS DE ESTAMPILHAS DE TINTA INDIANA — DEPOIS —"

"Guster Robinson?", sugeri eu.

"*VOYEZ-VOUS*",* disse ele.

"Trágico", disse eu.

"*EN UN MOT* — MAS ONDE OUTROS VIRAM UMA TRAGÉDIA — EU VI — O QUÊ? — VI UMA ABERTURA." Ele inclinou-se para a frente da maneira que eu aprendera ser aquela que usava quando desejava transmitir um conhecimento que ele considerava revelador.

"Ciência?", supus eu.

"CABEÇAS NEGRAS", assentiu ele sabiamente.

Corri meus dedos pela madeira ainda seivosa dos barris.

"REDENÇÃO PÓSTUMA", disse ele, "CASO CONTRÁRIO TRÁGICAS VIDAS PAGÃS."

"Salvação", arrisquei eu.

"ESPERADAMENTE", disse o senhor Lempriere, "& NÃO SOMENTE PARA ELES."

O senhor Lempriere limpou seu rosto de novo, disse ao tanoeiro que saísse & trouxesse um tanto de chá & mais rum do chalé. Sentamo-nos. "IGNORE-AS", disse o senhor Lempriere calmamente, como se ele conseguisse uma vez mais ouvir abafados protestos emanando de dentro do barril & não os quisesse reconhecer. "NUNCA RESPONDA À INGRATIDÃO." O tanoeiro retornou & pôs o bule & o decantador de rum em cima de um barril fechado.

O tanoeiro voltou a pregar mais tampos, alheio quanto a se as cabeças estavam flutuando ou afundando, taciturnas ou gritando. Provavelmente não era a melhor hora para dizer o que eu disse

* "Pode apostar", em francês no original (N. T.)

então, mas não obstante eu entabulei um discurso sobre como os peixes eram ainda um projeto da mais elevada importância scientífica & que, caso sir Cosmo Wheeler não estivesse interessado, o senhor Lempriere poderia considerar publicá-lo ele mesmo com o impressor Bent de Hobart Town.

Um selo londrino com o acréscimo do nome de sir Cosmo Wheeler — isso significaria glória, reconhecimento, um atalho de volta ao mundo do qual o senhor Lempriere havia por tanto tempo permanecido fora, a chave para o que ele desejara acima de tudo: a filiação à Sociedade Real. Mas um livro publicado em Hobart Town…

"*EST-CE QUE JE SUIS SI MALADE?*",* berrou o Cirurgião, "UM LIVRO DE HOBART TOWN — UMA CONTRADIÇÃO, SENHOR! — UM VERDADEIRO INSULTO À CIÊNCIA! — À CULTURA!"

Depois ele bebeu mais um pouco de rum & água, & circulou batendo em cada barril sucessivamente com o martelo, gritando-lhes que desistissem & fossem gratos ao fato de que iriam finalmente servir a algum uso prático à Civilização.

Ele voltou & sentou-se & contou-me sobre como os climas mais temperados encontram-se entre o quadragésimo & o quinquagésimo grau de latitude & como a partir desse clima as ideias corretas sobre as genuínas cores da raça humana & os vários graus de beleza deveriam proceder.

"POIS NUNCA HOUVE UMA NAÇÃO CIVILIZADA — APENAS AS BRANCAS — QUE ENGENHOSAS MANUFATURAS — QUE ARTES & CIÊNCIAS — SURGIRAM ALHURES? — O NOBRE PORTE & COMPORTAMENTO DO BRANCO! — E ONDE EXCETO NO SEIO DA DONZELA EUROPEIA? — ONDE SERIA POSSÍVEL ENCONTRAR DOIS ASSIM? — *ASSIM!* — ROLIÇOS & NÍVEOS HEMISFÉRIOS BRANCOS — PONTILHADOS DE CINABRE?"

* "Será que estou tão doente?", em francês. (N. T.)

Minha pobre mente foi tomada por um desfile de hemisférios brancos não roliços, & hemisférios bem menos que hemisféricos, & de hemisférios negros mergulhados numa tintura mais escura com seus suculentos gatilhos roxo-ameixa, & nem um só par daquela feliz procissão com a qual eu nalgum ou noutro tempo fora afortunado o bastante para estar em termos mais ou menos íntimos pareceu-me sem seus atrativos & compensações.

Minhas tentativas de esconder o choque que senti diante de tudo isto — diante da indesejável supremacia dos níveos hemisférios brancos; das cabeças negras as quais o senhor Lempriere estava convicto não cessariam sua balbuciação & ainda não haviam despertado para o fato de que seus hemisférios estavam no lado errado do globo; diante da triste falta de boa vontade neste mundo & suas deploráveis consequências; diante de meu próprio destino agora que qualquer esperança de um futuro serviço aconchegante de pintura de peixes parecia prestes a desaparecer — devem ter sido óbvias.

"EU FAREI CIÊNCIA, GOULD — NÃO UM MALDITO CIRCO."

Então o senhor Lempriere girou em torno descontroladamente, como se houvesse escutado algum deboche ou zombaria. Com as costas voltadas contra mim, vociferou para os barris.

"NÃO VOU ME PÔR DE LUTO POR VOCÊS — SOU UM NATURALISTA PATRIOTA, &, ASSIM COMO EU, VOCÊS FARÃO SACRIFÍCIOS PELA CIÊNCIA — PELA NAÇÃO."

Em sua cabeça a irrupção geral dos barris deve ter ficado mais alta, pois ele apanhou um pesado bastão de sua pilha de lenha, & circulou com ele varando os tampos de novo & de novo, dizendo-lhes que ninguém teria feito mais por eles. Ele berrou sobre como o passado era o passado, mas seu interesse era no futuro & em quanto ficariam eles exultantes com o prospecto de trabalhar juntos num projeto de Ciência tão poderoso & finalmente ser de algum uso à Civilização. Ante esta última palavra o porco Castlereagh despertou sobressaltado, & começou a trotar guinchando ao redor de sua pocilga. Isso contribuiu para uma cacofonia de ruído geral: o senhor Lempriere batendo nos barris com um bastão, o senhor Lempriere gritando abusos do tipo mais vil enquanto corria ao redor, seu porco guinchando.

"EU AMO VOCÊS — NÃO COMPREENDEM?", ele agora balbuciava, "POR AMOR — APENAS POR AMOR — É QUE FAÇO ISTO POR VOCÊS."

Como que derrotado, o senhor Lempriere finalmente pareceu desistir, arremessando seu bastão ao longe com tamanha força que viajou até o ainda não construído Bulevar do Destino do Comandante. Ele suspirou, afastou umas lágrimas dos olhos & de ombros caídos saiu & quedou-se perto da pocilga, esforçando-se para trazer o guinchante Castlereagh à conversação.

"ELES" — & aqui, a fim de que o porco pudesse ver, ele apontou um acusativo dedo para os barris recalcitrantes — "ELES FRACASSAM EM *APRECIAR* — FORMATO — TAMANHO — RELAÇÃO ENTRE PARTES DO CRÂNIO — TODOS CERTEIROS INDICADORES DO CARÁTER & TAMBÉM DO INTELECTO — & — ESTOU TRABALHANDO NUM ARTIGO SOBRE ESTE MESMO ASSUNTO — A ALMA ELA MESMA — ESTUDO DOS CRÂNIOS REVELARÁ AS DIFERENÇAS FUNDAMENTAIS ENTRE — A EXATA NATUREZA DE — EXATAS RAZÕES PARA A HIERARQUIA DAS RAÇAS DO HOMEM."

Ele virou-se, balançou a cabeça & caminhou de volta na minha direção.

"VEJA", continuou o senhor Lempriere, reabastecendo seu decantador de rum & de chá, "A CIÊNCIA É CONFRONTADA — *AQUI* — COM SEU MAIOR DESAFIO — WHEELER ESTÁ DETERMINADO A ESCLARECER — NOSSOS IRMÃOS DE COR, COMO CÃES — PULGAS — NÃO DESCENDEM DE ADÃO — DEUS OS CRIOU — ESPÉCIES SEPARADAS MAS INFERIORES, TAL COMO CRIOU TAINHAS OU PARDAIS SEPARADOS MAS INFERIORES — COMO TENAZES HOMENS INGLESES — APREENDEMOS ISTO — ROBUSTO SENSO COMUM — MAS SEM CLASSIFICAÇÃO SCIENTÍFICA & CATEGORIZAÇÃO NÓS NÃO O CONHECEMOS COMO CIÊNCIA — *AINDA*.

"SIR COSMO POSSUI TESOUROS CRANIOLÓGICOS — INCOMPARÁVEIS POR SUA PROFUNDIDADE DE VISÕES ANATÔMICAS — MAS — SÃO CRÂNIOS DE *BRANCOS*."

O senhor Lempriere inclinou-se para a frente, deixou cair bem baixa sua suada cabeçorra careca, girou-a nesta direção & depois naquela, tal como se fora a cabeça de um suíno num espeto, então quando pareceu satisfeito de que ninguém mais estava por perto & ouvindo, continuou numa voz conspiratória.

"EIS A DIFICULDADE — PARA ELE COMPLETAR GRANDE TRABALHO PARA PROVAR TUDO ISTO COMO CIÊNCIA — WHEELER DEVE TER — WHEELER PRECISA — CRÂNIOS NEGROS PARA AVALIAR & ESTUDAR."

O senhor Lempriere girou sua cabeça de volta sobre os ombros, um ovo cozido rotacionando na taça, & ciciou:

"*ELE PRECISA DE MIM.*"

V

VÁRIOS DIAS APÓS EU TER DEIXADO O SENHOR LEMPRIERE & seus barris sem o estojo de aquarela, recebi uma mensagem de que eu deveria encontrá-lo de manhã cedinho para discutir meu futuro papel como seu criado designado. Minha mente foi tomada pela preocupação de que este seria o fim dos peixes & também de mim. Decidi que eu devia fazer tudo que estivesse em meu poder para defender o valor de se continuar o projeto, & enquanto caminhava ao seu chalé através do frio, batendo minhas mãos para aquecê-las, tentei pensar em todos os argumentos scientíficos que pude inventar, sendo estes os únicos argumentos que conseguiam arrancar-lhe alguma coisa.

Desde a semana em que eu o vira, o senhor Lempriere estivera ocupado com suas cabeças negras, as quais desistira de transportar inteiras em tonéis & em vez disso resolvera depelar até reduzi-las ao crânio, o que estava sendo preparado por um assistente condenado mudo para catalogação & transporte à Inglaterra.

Estranhamente, não havia ninguém em seu chalé. Mais estranho ainda, não havia nenhum estremecimento & chiado vindo da pocilga. Saí para uma volta ao redor dos fundos para o caso de o Cirurgião estar envolvido nalguma meditação incaracteristikamente silenciosa com Castlereagh. Encontrei o porco, parecendo saciado pela primeira vez, dormindo em seu canto no que parecia ser um profundo & feliz descanso. Mas não havia sinal de seu mestre & confidente, o senhor Lempriere.

Somente depois notei o revelador sombreado em volta do focinho do porco, tal qual o buço de um velho. Mas no momento eu fui subjugado por uma nuvem de vapor incomumente grande — tão densa que turvou boa parte da pocilga a partir de onde o vapor ondeava adiante — & pelo edulcorado aroma azedo a que a névoa tão fortemente recendia. Fechei meus olhos no infantil instinto de que de alguma forma apagaria assim a realidade. Mas o cheiro apenas se intensificou até tornar-se uma presença opressiva, tão pesada, que a senti qual um peso sobre minha cabeça, tão molhada que a podia sentir qual um orvalhado ácido em meu rosto, tão pungente que senti minhas narinas como que em fogo.

E quando finalmente reabri os olhos & vi que a névoa acre havia-se rompido tal qual uma cortina de teatro, não havia como equivocar-me em relação ao que agora ascendia do enlameado horror daquele palco diante de mim.

VI

Era um montão de merda.

Era enorme.

Podia até ser, avaliei eu em reverência, o maior monte de merda de porco do planeta naquela manhã. Talvez de todo o sempre. Era muito certamente uma visão estuporante, difícil de conciliar imediatamente com a ideia de esterco de porco. Como naquela maldita luz matutina de começo de inverno aquele fumegante obelisco de bosta brilhava! Poder-se-ia bem confundi-lo com uma sublime & infinitamente valiosa pepita de ouro, não fosse pelo formato um tanto enodoado, contudo ainda inconfundível, de uma fivela de peltre de sapato uma vez remendada mas agora rasgada sobressaindo da base da pirâmide.

Trepei na cerca & espreitei mais detidamente. Na terra revolvida em volta da pilha de merda de porco cintilante, como se houvessem sido descartados após um excesso báquico, vi pedaços de uma camisa (ensanguentada), uma cauda de fraque preto (rasgada), uma manga de seda azul (esfarrapada) & metade de um lenço de seda sarapintado (babado).

Então percebi o que se parecia desconfortavelmente com um fêmur humano. Mais ossos sangrentos, barrentos. Costelas. E ainda mais & mais — tíbias. Ossos de antebraço. Vértebras. Então vi o grande cisto propriamente dito, uma enorme caveira ensanguentada jazendo de lado tal qual um ídolo caído de uma ilha do Pacífico.

Castlereagh peidou, um odor ao mesmo tempo docemente acre & horrendamente sufocante, & naquele momento eu, que me encontrava exatamente na direção do vento, soube que aquele familiar fedor era nenhum outro senão o da atomizada essência do senhor Lempriere.

Notei algumas cerâmicas quebradas na outra extremidade da pocilga, & reconheci-as como sendo os restos dos decantadores nos quais Pouca Paga & eu fermentávamos nossa Sopa Perniciosa. Castlereagh de alguma forma conseguira rolá-los por debaixo da cerca & para dentro de sua pocilga com seus pés dianteiros, após o que ele os quebrara & bebera-lhes o possante conteúdo. Olhei para o porco. O porco abriu os olhos & olhou para mim.

Juro por Deus que ele esboçou uma risota.

Recuei cambaleando em asco, a mão sobre a boca.

Tal como num embotado devaneio, vi como o senhor Lempriere deve ter encontrado seu fim, sentando-se na cerca, bebendo, embriagado, conversando com Castlereagh, o colérico javali tendo sido sua última audiência, sobre Ciência, Civilização, tratados cabalistas & níveos hemisférios que eram pouco mais que uma corrompida, corrompedora memória. Vi Castlereagh embriagado com nosso rum grosseiro, cada vez mais furioso, trotando para cá & acolá, cá & acolá, perguntando-se, na medida em que se possa dizer que porcos embriagados são capazes de pensamentos ativos, quando é que aquela balbúrdia enlouquecedora iria parar. Vi Castlereagh finalmente prorrompendo num guincho ensurdecedor & arremetendo contra a cerca com todo seu poderio.

E então, perdendo o pouco equilíbrio que lhe restara, o senhor Lempriere caíra no vazio.

Lá ele deve ter visto muitas coisas que evitara ver por um longo tempo. Deve ter ouvido o som de baba aproximando-se num trotar. E então, suponho eu, a certa altura, deve ele ter entendido que doravante não haveria como se evitar nada.

O TUBARÃO-SERRA

Cristo, cabalistas & bosta de porco — Sobre o que sucedeu à pá do amor — Alucinações da História — Uma fuga desprotegida — Classificação do cisto — Jorgen Jorgensen — Sobre este ter-se transformado no rei da Islândia — Relatórios de Waterloo — A nova missão de Jorgensen — Descoberta da cabeça de Voltaire — A armação para Gould — Um segundo Livro de peixes

I

Em vez da crença pueril & fundamentalmente fatal do senhor Lempriere na perfectibilidade dos porcos, escolhi lembrar-me de sua intensa — ainda que breve — paixão por peixes que fora tão poderosa a ponto de assumir em sua mente uma desafortunada dimensão religiosa. Ele foi confirmado nessa ilusão quando, num antigo tratado cabalista emprestado de Jorgen Jorgensen, descobriu que as letras iniciais das palavras gregas para Jesus Cristo, Filho de Deus, Salvador — ich-th-ys — eram as mesmas da palavra grega para peixe — *ichthys*.

"Tudo que vive é sagrado, Gould, mas os peixes são os mais sagrados de todos", dissera-me uma vez, antes de sua amalucada paixão tornar-se a minha crença, "razão pela qual os peixes foram usados pelos primeiros cristãos como um símbolo de Cristo."

Lamentavelmente, Deus permaneceu em Seu Firmamento & o grande cientista numa pirâmide de bosta de porco & numa nuvem de vil metano, & agora os peixes estavam comigo — mas eu não era nenhum Pai ou Filho ou Espírito Santo & não tinha ideia do que fazer com os peixes ou com os despojos mortais do senhor Lempriere, ou do que eles poderiam acabar fazendo a mim.

Tentei ver o fiasco como uma bênção — possivelmente uma intervenção divina da parte dos velhos Ichthys. Agora o *Livro de peixes* não iria nunca ser publicado, comentado & falsamente atribuído a sir Cosmo Wheeler. Parecia que a morte do Cirurgião transmitira-me os peixes, desonerados das demandas da Ciência ou das ambições sociais do senhor Lempriere, que se haviam transformado basicamente na mesma coisa. O escopo dos peixes, antigamente tão limitado, parecia subitamente infinito. Eu devia ter sentido elação, mas meu dilema imediato era premente demais para que eu pudesse sentir algo além de pavor. Porque era sabido que eu hoje visitara o senhor Lempriere, porque sua morte seria inevitavelmente descoberta, & porque uma morte numa ilha de condenados é invariavelmente encarada como assassinato, eu sabia que caso algo não fosse feito em relação aos seus ossos, algo seria feito em relação a mim.

Não digo que o que eu então fiz tenha sido a coisa mais esperta que eu já fizera, ou aliás a mais sábia. Mas por algum tempo ela ao menos solucionou o problema relativo aos seus despojos. Peguei o que restara de meu suprimento de grogue & arremessei-o na pocilga do homicida Castlereagh, que despertara do sono induzido por seu esplêndido repasto. O porco bebeu & sorveu o rum com um vigor que dentro de um quarto de hora transformou-se numa catártica cambalhota para trás. Castlereagh rolou & deitou-se adormecido, os pés tais quais quatro garrafas vazias projetando-se no ar.

Após averiguar que a soneca do porco era suficientemente profunda atirando pedras & observando-as quicar em seu cerdoso couro sem vê-lo reagir, esgueirei-me pocilga adentro & empreendi o terrível trabalho de separar através da merda os despojos do senhor Lempriere. Num frenesi joguei suas roupas na fogueira do chalé, seu cinto & suas fivelas de sapato enterrei-os próximos, & seus ossos arremessei-os num velho barril d'água na traseira do chalé. Então recuei, tomei fôlego & perguntei-me como — & *onde* numa ilha apinhada — poderia eu esconder um barril de exalantes ossos humanos.

II

Pouca Paga, tanto quanto Billy Gould, não tinha ideia do que fazer com os ossos. O quarto dela, diminuto & escuro — pouco melhor do que uma cela com seu teto tão baixo, suas paredes tão úmidas, seu catre tão amarfanhado com um colchão de palha miserável & sua única outra peça de mobília, uma cadeira de vime quebrada —, ele preencheu-o com seus problemas. Começou com o dilema de sub-repticiamente livrar-se do passado & acabou quase beirando a Ilustração, quando a porta do quarto se escancarou estranhamente.

Billy Gould teve tempo apenas de esconder seu corpo nu debaixo do catre de Pouca Paga, quando ouviu o pesado, inconfundível arquejar seguido de um rangido do Comandante conforme se sentava na cadeira de vime quebrada, tão desconfortável quanto o apavorado estado de espírito de Billy Gould naquele momento. Somente depois, tarde demais, percebi que parte de mim sobressaía de debaixo da coberta.

No escuro & em seu estupor, o Comandante tomou as duas nádegas desabrochando de debaixo da cama por um escabelo dilapidado. Com o tacão de seu calcanhar deu-lhes uns chutes para inflar aquelas bochechas achatadas pela idade numa aparência de conforto, depois meneou suas botas para a frente & para trás ao longo da linha do meu rego. Para um homem, está longe de ser fácil permanecer quieto & imóvel nu de joelhos, com a velha pá do amor sendo acertada na frente & atrás. Foi uma coisa terrível, um tormento não mitigado pelo longo monólogo que o Comandante então começou, embora não antes de ele tomar, depois deduzi, algumas gotas de láudano.

Num crescente delírio ele falou sobre como a História, longe de ter ficado no passado, estava sempre presente. Todos aqueles que haviam ao longo dos séculos deliberadamente ou inadvertidamente descoberto a Terra de Van Diemen, ele agora cria estarem todos aqui, vagando pelo quarto de Pouca Paga. Ele via comerciantes árabes do século XII em seus *dhows* de velas latinas, piratas japoneses do século XIV doentes & arruinados por sua longa viagem, logo morrendo de uma inexplicável melancolia, seus gomosos corpos calvos tão leves que flutuavam no ar & tinham que ser amarrados com pedras a fim de se os manter em suas covas. Ele via aventureiros portugueses do século XV avassalados pelo escorbuto em três caravelas em busca de ouro & convertidos para a cristandade, tentando conciliar mapas ptolomaicos em cuja base se vê uma vaguidão marcada como *Terra Incognita* — a terra desconhecida — com o fato de haver habitantes negros nus tão desinteressados no comércio que atiravam de volta aos portugueses todos os presentes ofertados, guardando apenas lenços vermelhos para atá-los ao redor de suas cabeças crespas.

O Comandante balançou a cabeça ante a tristeza de tamanha inocência. Os portugueses deixaram o quarto, virando suas caravelas para o sul, onde, em moventes montanhas de gelo, seu líder, Amado, o Imprudente, ouvira dizer que vivia uma raça de pessoas mais comercialmente dispostas, que não possuíam narizes mas apenas frinchas como as das cobras & viviam unicamente de odores os quais se dispunham a trocar por ouro.

Senti uma pulga morder minhas partes & inadvertidamente mexi meu traseiro. O Comandante deu um vigoroso chute para endireitar o que ele presumidamente sentia ser um escabelo bambeante, & retomou a fala sobre aqueles que o Comandante parecia pensar que também se encontravam conosco no a esta altura muito apinhado quarto da História.

Então o Comandante começou a gritar contra os holandeses — lustrando entusiasmado uma bota em meu saco — que navegavam por sobre o cume da choupana de Pouca Paga em seus atarracados *fluyts* em busca de comércio, seguidos por javaneses em seus compridos & estreitos *proas* soprados muito abaixo de seus pesqueiros no distante noroeste, & uma expedição de naturalistas, astrônomos, artistas, filósofos, enciclopedistas & eruditos franceses, liderada pelo destemido monsieur Peron que, após desembarcar numa longa praia a qual pensou ser a Terra de Van Diemen no Ano Sexto da República, mas era em vez disso aqui & agora, despiu sua luva enquanto fazia uma mesura a uma mulher negra, após o que ela gritou, pensando que ele havia pelado a própria pele. Seus medos não puderam ser dissipados até que, para grande divertimento dela, ele cantou a "Marselhesa" & ela foi capaz de tirar-lhe as calças a fim de averiguar se ele era um homem tal qual um homem real era.

E então o Comandante foi assaltado pelo mais terrível medo.

"E se o tempo nunca passasse?", estridulou ele. Era como se os árabes, japoneses, portugueses, holandeses, javaneses & franceses todos tivessem sempre estado lá descobrindo a Terra de Van Diemen no quarto de Pouca Paga juntamente com o major De Groot, o rosto sorrindo e falando a despeito do veneno, juntamente com todos aqueles que morreram no Berço com suas mentes mais bichadas que suas costas, vivos mais uma vez juntamente com mil e um outros numa longa procissão agora escoando pela porta de Pouca Paga, terminando com o tenente Lethborg e seu pelotão, seus corpos detonados e inchados d'água marchando adentro tal qual balões tentando manter ordem marcial. Abruptamente o Comandante tirou as pernas do meu rabo, levantou-se, & sem dizer mais uma palavra cambaleou porta afora.

Depois Capois Death disse-me ter ouvido falar que as alucinações induzidas pelo ópio sempre assumiam essa forma no

Comandante. Muitos anos antes, quando o Comandante tomara láudano pela primeira vez, dizia-se ter sido profundo o efeito. Mas agora, no esquálido quarto de Pouca Paga, tal como todos os eventos de importância espiritual quando degradados pela intimidade & pela repetição, o efeito havia-se reduzido ao tristemente depreciado domínio da arte, até mesmo do entretenimento.

Agora ele exultava quando os javaneses desapareciam, assoviava para os franceses & ria dos japoneses moribundos. Mas na época a História tornou-se um pesadelo do qual o Comandante não conseguia acordar. Debaixo da máscara de ouro seu rosto irrompeu numa praga de cancros devido à preocupação com aquilo tudo. Ele começou a ver em todo lugar evidências perturbadoras de que o Passado é tão grande Caos quanto o é o Presente, de que não há linha reta, mas sim infinitos círculos, tal qual anéis sucedendo-se cada vez mais ao exterior a partir de uma pedra que afunda na água do Agora. Ele tomava mais & mais láudano verde. Duplicou, & depois duplicou de novo a dosagem de mercúrio para tratar sua gonorreia, a qual parecia devorar seu corpo & também sua mente. Ele temia acima de tudo estar louco, & estar agora aprisionado em suas fantasias.

Os condenados sempre poderiam abalar, mas nenhuma libertação, nem mesmo uma tão miserável quanto perecer no ermo, o aguardava. Antigamente ele procurava a Mulata a fim de asseverar-se sua existência, a fim de perder a noção de sua vida, a fim de esquecer a confusão que diariamente atulhava-o mais & mais. Não lhe fez bem algum. A Mulata curvava-se & puxava a saia por cima das costas, expondo as esplêndidas ancas que tanto o excitavam, & meramente pedia-lhe que fosse rápido, pois tinha ela assuntos a tratar. O Comandante cumpria sozinho seu quinhão, amaldiçoava-a, & retirava-se fingindo um triunfo que ambos sabiam ser ilusório.

Poder-se-ia perguntar por que & como Pouca Paga — e, por óbvia implicação, Billy Gould — havia evitado a gonorreia com que o Comandante estava crivado. Mas sua doença estivera com ele por longo tempo & pela natureza daquela maldição ela era agora só dele, tais quais seus pensamentos já não mais comunicáveis.

Num dia, muitos anos antes, depois de ter ele pela primeira vez visto o horror de um passado que era inevitável, o Comandante interrogou Jorgen Jorgensen durante algum tempo, depois emitiu uma ordem inequívoca enquanto tirava água do joelho num canto de sua cela.

"Eu o encarrego", dissera o Comandante, "de manter todos os registros da ilha."

O Comandante virou-se na direção do velho dinamarquês, devolvendo seu pênis pustulento dentro de seus culotes sem nenhuma vergonha ou cuidado, mas com o ligeiro tremor de uma dor intensa.

"Se não posso controlar o passado agora", continuou ele, enxugando os dedos molhados numa dragona de bobo-de-cauda-curta, sua máscara brilhando tão intensamente que o velho dinamarquês teve que proteger os olhos com uma mão concheada, "eu ao menos poderei controlá-lo no futuro."

Em comparação a tamanhas ambições de tirania temporal, os problemas de Billy Gould eram de fato peixes pequenos. Sem dúvida, no futuro as pessoas poderiam querer ver suas ações subsequentes tal como uma *rebelião interna* ou uma *feroz declaração de humanidade*. Mas o Rei & eu sabíamos também: Billy Gould encontrava-se numa merda maior do que estavam os ossos de Lempriere & precisava sair dela tão rápido quanto pudesse.

III

VESTI-ME & DEIXEI OS APOSENTOS DE POUCA PAGA. Sua única sugestão não parecia a melhor, mas tinha a virtude de ao menos ser uma ideia, diferentemente do medo de ser pego, o qual era tudo que zunia em torno de minha aterrorizada cabeça, solitária como um naco de carne na sopa de um condenado.

Carreguei o barril com ossos de volta ao Bulevar do Destino, afetando a cada & a todos que encontrava ao longo do caminho que aquilo era carne rançosa de porco em conserva sendo devolvida pelo Cirurgião, tomando meu caminho até a mesma sala da despensa na qual estavam armazenados os crânios aborígines coletados pelo senhor Lempriere.

Naquela sala baça & sem janelas iluminada apenas pela fugidia luz de três lamparinas a óleo de baleia & recendendo aos fúnebres lamentos de cetáceos moribundos, o senhor Lempriere havia com paciência & ocasional violência treinado o condenado mudo Heslop na limpeza, catalogação & correto acondicionamento dos crânios em preparação para o envio a sir Cosmo Wheeler na Inglaterra.

"UM CHAMADO", ele havia dito ao condenado mudo, "GLORIOSO & SAGRADO — O QUE EU LHE DEI — QUE ME DIZ, HEIN, HESLOP?", ao que o mudo, é claro, fora incapaz de dizer qualquer coisa.

Quando a Heslop ofereci o último conjunto de ossos para catalogação, ele estava aborrecido. Gesticulando ele deixou claro que pensava haver terminado com os ossos dos negros mortos & seria permitido retornar à mais simpática catalogação de plantas & flores. Lançou um profundo olhar para dentro do velho barril que eu com dificuldade carregara nas costas — inexplicavelmente exalando cheiro de porco — no qual ele descobriu, numa pilha barrenta, confusa, mais um crânio humano fresco riscado por uma turfa de aparência particularmente abjeta. Balançou a cabeça, & grunhiu furiosamente.

Sem dúvida o mudo estava zangado com o senhor Lempriere por haver descarregado ainda mais ossos em cima dele. Compadeci-me. Havia uma embarcação regressando a Hobart Town naquela noite, & o senhor Lempriere insistira em que o conjunto completo de ossos aborígines fosse com ela, com destino a Londres.

Portanto, devia-se acatar, & para evitar a ira do senhor Lempriere, Heslop naquele mesmo momento lançou-se a limpar, preservar & catalogar o crânio que se avariara tão feiamente na exumação que parecia ter sido roído por um animal selvagem. Apanhou o crânio rosa riscado de marrom &, arrefecendo sua ira, gesticulou que estava aliviado porque, ao contrário das outras cabeças, aquela não emitia silenciosas reprimendas à medida que ele lançava-se a raspá-la, fervê-la & limpá-la. Ajudei o melhor que pude, cuidadosamente registrando uma descrição das mensuras cranianas no catálogo que devia acompanhar os crânios.

Havia nisso tudo uma simetria & uma beleza que não me fugiam — a maneira como o Grande Cientista na morte tornara-se parte de seu próprio Sistema Imortal. Senti-me choroso conforme escrevia na úmida página do catálogo o que viria a ser o número de identificação do crânio & também o epitáfio do senhor Lempriere, tão conciso quanto se fazia apropriado, reminiscente do baiacu-de-espinho esvaziado jogado ao fogo. Quanto ao trigésimo sexto crânio da coleção de Macquarie Harbour, dever-se-ia chamar segundo o próprio método do senhor Lempriere de MH-36. Levantei minha pena & joguei areia sobre a página. Debaixo da pulverização observei enquanto aqueles quatro caracteres fluídos secavam tornando-se realidade.

Quando naquela noite a embarcação carregou os caixotes especialmente construídos, cada qual contendo vários compartimentos individuais, um para cada crânio aborígine cuidadosamente almofadado com aparas de pinheiro-de-huon aromatizadas, com sua destinação —

Sir Cosmo Wheeler,
Sociedade Real,
Londres

— assinalada em cada caixa conforme instruíra o senhor Lempriere, estranhamente não foram encontrados comentários do notável cirurgião-coletor colonial postos ao lado do crânio designado MH-36 no registro de descrições anexo. Era algo peculiar, pensou o mudo, mas ele não queria que lhe comessem o couro por perguntar o porquê.

Dei tapinhas nas costas de Heslop, agradeci-lhe pelo trabalho bem-feito, mas devia ter sabido que o desaparecimento do senhor Lempriere não seria facilmente permitido.

Vários dias se passaram. Chovera sem parar durante boa parte daquele tempo, & eu trabalhava num quarto no palácio do Comandante, pintando um novo retrato do Comandante nadando no porto circundado por afetuosas multidões. Devido ao ruído da chuva eu nunca o conseguia ouvir, apenas sentia sua odorosa presença atrás de mim. Quando virei-me, eis ali um cachorro de três patas & uma figura encharcada, enlameada, que reconheci instantaneamente, o colar de lápis-lazúli reluzindo sob a luz da tardinha.

"*Quem ama por mais tempo*", ciciou Jorgen Jorgensen, "*um homem ou uma mulher?*"

Engoli em seco.

O cachorro sarnento empinou-se nas patas traseiras & assoviou. Jorgen Jorgensen deu-lhe um vigoroso chute. Aplauso não era o que ele buscava de sua plateia, mas sim cumplicidade na invenção de uma história. Talentosa como era Elsinore, suas limitações a esse respeito às vezes irritavam-no imensamente.

Em sua mão estendida ele segurava uma garrafa de perfume com o formato da cabeça de Voltaire, metade cheia, metade vazia. Era, pela primeira vez percebi, de cor turquesa.

IV

O PRÓPRIO NOME DA TURQUESA É SUGESTIVO do exótico outrem, o Ocidente. Deriva, contou-me uma vez o Cirurgião — imprecisamente, sem dúvida —, do francês *pierre turqueise,* significando pedra da Turquia. Igualmente recendente de mistério tal qual a tinta verde com a qual agora escrevo esta sentença estava aquele que eu viria a associar para sempre àquela cor, aquele que agora segurava perante mim o traiçoeiro fascínio da cabeça de Voltaire: Jorgen Jorgensen.

Quando ele quedou-se diante de mim naquela tarde úmida, lendo uma acusação de assassinato que eu não cometera, compreendi a terrível verdade sobre Sarah Island: esta não era em absoluto uma colônia de homens, mas uma colônia de peixes mascarados como homens. Quando ele pronunciou meu futuro com tamanha selvageria, reconheci não Jorgen Jorgensen, mas um tubarão-serra, trespassando-me & cortando-me em pedaços com sua boca comprida.

Caso eu forjasse uma motivação para o que Jorgen Jorgensen fez — seus ciúmes de uma suposta influência sobre o Comandante, digamos, ou sua ânsia de escrevente por causa & efeito óbvios — isso seria mera literatura, em vez de vida, onde não há explicação ou motivação para as ações das pessoas. Era, supus eu, simplesmente sua natureza, tal como é a do tubarão-serra.

Mais tarde eu descobriria — tarde demais — que, assim como o Comandante, Jorgen Jorgensen sofria dum senso de defasagem. Ele lera livros demais, & aos dezesseis anos de idade, inspirado pelas narrativas de romance & aventura, num dia de 1798 aventurara-se fora de sua cidade natal, Copenhague, apenas para descobrir que o mundo não correspondia a nada que ele havia lido.

As coisas se desmoronavam & nada perdurava. Livros eram sólidos, contudo o tempo dissolvia-se. Livros eram consistentes, contudo as pessoas não o eram. Livros tratavam de causa & efeito, contudo a vida era uma desordem inexplicável. Nada era como era num livro, algo pelo qual ele para todo o sempre nutriu um ressentimento cego que finalmente encontrou expressão na vingança.

Nada perdurou no aborrascado navio-carvoeiro inglês no qual fora designado aprendiz & onde dividiu sua rede crivada de piolhos com um colega marujo que no afã da paixão & na balouçante escuridão do apinhado espaço baixo onde dormiam se provou, com sua mão trêmula & descendente, ser uma mulher. Nada perdurou nas mãos de cartas de baralho que lhe saíam nas raras ocasiões em terra firme, que invariavelmente o deixavam sem nenhum dinheiro & também com uma desesperada carência de dinheiro que se conseguia responder apenas através da fabulação: de histórias — mentiras, como queiram — que ele negociava em troca de crédito para jogar nas mesas de novo na noite seguinte. Ele começou usando mexericos para granjear benquerença & acabou como um espião contando aos agentes de vários governos quais eram os temores de que necessitavam saber.

Descobriu que sua capacidade de reinventar o mundo era apenas igualada pela capacidade do mundo em destruir-se. Ele concordava, disse, com Erasmo de Roterdã. "*A realidade das coisas*", dizia ele, citando o peregrino holandês, "*depende unicamente da opinião.*" Era essa uma máxima que o exemplo de sua vida, cria ele, amplamente corroborava. Quando a crença do mundo nele parecia pequena, suas fortunas azedaram-se, ele foi espancado, encarcerado & finalmente deportado só por causa da errônea ideia de que ele não tinha tenção de honrar suas dívidas. "*Há palavras*", dizia ele do banco dos réus, esperando conquistar a corte, se não com sua história, então com sua filosofia, "*& há coisas, & as duas nunca se congraçarão.*" Mas era mentira, & ele o sabia. Ele fazia das palavras coisas — era esse o seu dom, & essa havia sido sua ruína.

Sofreu gravemente da nostalgia do realismo, &, imbuído do grande Romance da Era, fez sua própria revolução como melhor pôde, derrubando aos vinte & seis anos de idade o indefenso governante dinamarquês na Islândia com o auxílio de um corsário inglês & enviando seis homens armados à retaguarda da casa do governante em Reykjavik, & seis à dianteira, depois abalroando, acordando o pobre homem de sua soneca vespertina em seu canapé & prendendo-o. Ele em seguida içou a antiga flâmula de uma Islândia livre, emitiu uma proclamação declarando que o povo da Islândia, tendo-se cansado da submissão ao jugo dinamarquês, havia-o unanimemente chamado para encabeçar o novo governo. Para sempre ele insistiria em intitular-se rei da Islândia, embora os ingleses tenham-lhe usurpado a soberania dentro de uma semana.

Ele aportou em Waterloo um dia depois que a grande batalha pelo futuro terminara com o passado ascendendo, invocando seu próprio talento para chegar tarde demais ao lugar errado, algo que ele acertadamente sentia qualificá-lo para ser um jornalista, embora seu relatório (largamente surripiado de jornais) do campo de batalha não haja sido um grande sucesso entre os vendedores de panfletos de rua de Londres no faminto inverno de 1816. Ele foi, em todo caso, prontamente apreendido como um fugitivo soldado francês disfarçado, & apenas foi capaz de escapar após subornar um guarda de plantão com uma luneta de batalha que ele havia roubado ao cadáver de um soldado inglês.

Jorgen Jorgensen era um homem dado a contar histórias — se verdadeiras ou falsas isso realmente não o preocupava ou importava para os outros — pois elas eram seu ofício & ele era um assalariado das narrativas, um viajante na república das ficções. Em suas histórias ele tendia a apresentar a si & a suas aventuras como se ele fosse o narrador de um dos romances picarescos que haviam no último século estado tão em voga entre as copeiras & os criados furtivos, & dos quais era ele próprio leitor tão ávido, tanto que pelas suas costas o senhor Lempriere viria a chamá-lo de Joseph Josephson.

Sua tez era lívida, seus cabelos brancos esfarrapados, seu nariz comprido & pontudo, & usava um bigode caído do tipo que pende em fios pontudos sobre os lábios & segura nas pontas a gordura da sopa em perolazinhas coaguladas.

Em tempos muito anteriores à chegada do tenente Horace, Jorgen Jorgensen fora designado à colônia como Comissário, supostamente para administrar os estoques do governo, mas verdadeiramente como agente do governador Arthur, pronto para relatar qualquer intriga que pudesse surgir num entreposto tão remoto quanto o então pequeno despótico império vandiemoniano. Mas com o tenente Horace ele reconheceu as limitações de sua perfídia.

Mais tarde, quando o trabalho deles viria a uni-los num laço tão sagrado quanto o de um homicídio, foi dito que haviam sido suas cumplicidades conspiratórias que trouxeram Jorgen Jorgensen à atenção do Comandante, aquela capacidade de estar sempre pronto para inventar qualquer história que ele supunha que o Comandante desejasse ouvir. Pode muito bem ser que Jorgen Jorgensen visse a necessidade de cair nas graças do novo Comandante com suas narrativas, mas talvez também — naquele dia longínquo no qual fora delegado a manter os registros da ilha — ele houvesse encontrado no Comandante um espelho para seus próprios desejos longamente reprimidos de trair o mundo duma maneira mais fundamental, tal como sentira que o mundo uma vez o traíra quando não se provara ser um livro. No Comandante ele pressentira a mania criativa de uma verdadeira plateia, um desejo absoluto de crer a qualquer custo.

Continuando a segurar a cabeça de Voltaire perante si qual o crânio de Yorick, Jorgen Jorgensen disse-me com sua voz incomum — tão afetada, como viria eu a descobrir, quanto sua sobejamente decorativa caligrafia italicizada — como não era mais possível apresentar o falecimento do senhor Lempriere como uma morte devida a um infortúnio. As circunstâncias exigiam que a animalidade humana ocasionalmente se revelasse, & quando revelada, fosse punida. A família do Cirurgião não se contentaria com nada menos, & o Comandante não tinha necessidade de fazer remeter de Hobart

Town um inquérito, dado o alcance de seus empreendimentos comerciais & ambições políticas. O Comandante far-me-ia morrer dum modo particularmente lento & bárbaro por ter eu furtado seu perfume favorito caso ouvisse falar de meu roubo. Por outro lado, ele, Jorgen Jorgensen, dispunha-se a conceder-me a oportunidade de fazer algum último bem à Nação bem como a mim mesmo. A essa altura ele se deteve, um tanto obscenamente rastelou com a língua os deploráveis dentes de serra de seu bigode, então prosseguiu. Ele iria, disse, facilitar minha passagem para o outro plano com uma morte relativamente rápida na forca caso eu simplesmente assinasse uma declaração confessando o assassinato do senhor Lempriere.

Com tanta convicção quanta me foi possível reunir, disse-lhe que o policial Musha Pug, quando ajudante do intendente do estoque do Comissariado, vendera-me a garrafa de perfume — a qual ele se vangloriara de ter roubado a fim de avançar no encalço da Mulata, a criada do Comandante — & que portanto eu não iria assinar.

V

Eu assinei. Foi na manhã seguinte, chovia ainda, & Jorgen Jorgensen apresentara-me uma floreada declaração que detalhava minhas sinistras jactâncias aos outros sobre como eu havia afogado o senhor Lempriere, depois alimentado os tubarões com seu corpo. Sendo todo o supracitado corroborado por uma extensa confissão escrita & assinada pela criada negra do Comandante.

Não havia tubarões em Macquarie Harbour. Mas não parecia haver razão para se apontar isso, nem que Pouca Paga não sabia escrever. Para ser franco, parecia insensato não assinar após terem comentado de passagem sobre como o policial Musha Pug fora despertado no meio da noite precedente & tivera a virilha esmagada por um martelo, acabando com um escroto do tamanho de um saco de açúcar no qual os arenosos restos de sua virilidade nadavam num ragu de pendular pavor.

Quando fui justamente julgado pelo assassinato do senhor Lempriere — juntamente com o Ribombante Tom Tecelão por ter vestido as anáguas de uma criada —, foram colocados ao nosso lado à medida que nos sentávamos no banco dos condenados, numa renovação da velha prática, um lembrete contundente de nossos destinos por vir, tal como se fossem nossos gatos & cães, dois ataúdes.

O Ribombante Tom Tecelão riu conforme subiu ao cadafalso no dia seguinte &, com um largo sorriso, desatou uma fita dos cabelos & deixou cair suas tranças louras, abaixou-se &, tirando suas botas sem cadarços, atirou-as no Velho Bob Muff, que fora quem primeiro cuidara dele quando aportara em Sarah cheio de planos de fuga & liberdade. "*Caminhe comigo, Bob!*", gritou ele, depois principiou seu famoso ribombar & lamuriar. Ficou claro que ele estava embriagado, farto como a blusa de uma garota gorda, & nós todos nos animamos & rimos, & seus ribombos & suas lamúrias cresceram entre nós, através de nós, além de nós.

O carrasco, ultrajado porque tal performance zombava do solene poder da pena de morte, apressou seu trabalho. O alçapão abriu-se com um baque surdo, o Ribombante Tom caiu, sacolejou & estremeceu, seu ribombar irrompendo dentro dele pela última vez, & ficou aparente que o algoz havia malfeito o nó & malograra sua tarefa de quebrar o pescoço do Ribombante Tom. Em vez de morrer rapidamente, o Ribombante Tom debateu-se asfixiando-se lentamente, seu ribombo agora tornado um gorgolejo estridulante. O algoz contornou até a frente da forca, meneando a cabeça, saltou, agarrou as pernas renitentes do Ribombante Tom, & segurando-as, balançou com ele, acrescendo seu peso a fim de matá-lo mais rápido. Foi uma coisa horrível: até mesmo Capois Death, para minha surpresa, soltou um grito sufocado.

Na manhã seguinte na Penitenciária, os condenados foram acordados para a inspeção matutina. Redes foram enroladas & caprichosamente penduradas, cada uma num gancho na parede, de um dos quais agora pendia o Velho Bob Muff. Os ganchos apenas davam na altura do ombro, mas não se precisa de altura para enforcar-se, apenas de um tanto de corda & uma forte vontade. Preocuparam-se crendo que eu pudesse fazer o mesmo & burlasse o patíbulo, & portanto transferiram-me a esta cela marinha & submeteram-me ao regime de Pobjoy.

Na corte pediram-me uma explicação — mas o que se havia a dizer? Que a princípio eu via pessoas nos peixes? Que na época, quanto mais eu olhava para aquelas tristes criaturas, morrendo imóveis, o ocasional fustigo da cauda ou o desesperado suspiro das guelras sinalizando que seu silencioso horror ainda não havia terminado, quanto mais eu olhava nos infinitos recessos de seus olhos, mais algo deles começava a passar para mim?

E como então poderia eu confessar algo ainda mais peculiar, mais chocante: que ultimamente uma parte de mim, sem que eu assim desejasse, estava principiando uma longa, fatídica jornada rumo a eles? Alguma pequena parte de mim & então mais & mais de mim despencava, caía dentro de seus olhos acusadores até aquele túnel torvelinhante que viria a acabar apenas com a súbita consciência de que eu não mais estava caindo, mas vagando cada vez mais devagar no mar, sem saber se eu estava finalmente salvo ou se estava finalmente morto, & a certa altura em minha queda percebi com pavor que eu me encontrava olhando para um tubarão-serra fingindo ser Jorgen Jorgensen, & eu estava vendo peixes nas pessoas!

Eu ficava todo espinhoso & suarento só de pensar em coisas tão aterrorizantes, que dirá dizê-las em público, porque eu sabia que a fim de sobreviver & prosperar era importante não sentir nada por ninguém ou qualquer coisa, & eu sabia que queria sobreviver & prosperar. Mas por causa de minha recém-descoberta proximidade com o que até então fora pouco mais do que um fedor embrulhado em visgo & escama, comecei a sonhar que nada havia no extraordinário universo abrindo-se diante de mim, nem um homem ou mulher, nem uma planta ou árvore, nem uma ave ou peixe, ao qual me fosse permitido continuar indiferente.

O ostensivo crime do qual eu fora acusado & pelo qual mais tarde seria julgado &, inevitavelmente, considerado culpado era o de homicídio. Mas meu crime real...?

Meu crime real foi ver o mundo tal como era & pintá-lo na forma de peixes. Por essa razão somente, eu encontrava-me feliz de assinar uma confissão de culpa sem necessidade alguma do Berço ou da Mordaça, por mais imprecisos que fossem os detalhes de meu crime.

Estou nesta cela marinha agora por quase um ano & meio aguardando minha execução, a qual Pobjoy mediante vários subterfúgios consegue constantemente adiar. A princípio isso me veio muito bem a calhar. Minhas pinturas originais de peixes foram coletadas & encadernadas por Pobjoy, que então as vendeu a um tal doutor Allport em Hobart Town, o que não me preocupou, pois nunca fiquei satisfeito com nenhum daqueles trabalhos para o livro de peixes do senhor Lempriere. Estranhamente, não foi até este momento, quando pinto apenas de memória sob a má luz desta cela marinha, que senti meus peixes finalmente dignos do nome.

Pobjoy reparou que desde meu encarceramento na cela marinha minha crença renovou-se, que aqui meu talento se desfraldou tal qual uma fronde de samambaia na sombra. Pobjoy, que antigamente me via apenas como um objeto para bater & chutar, ficou impressionado com a maneira como eu agora apreciava — & apreciava exclusivamente — a pintura, & ainda mais impressionado com a quantia que o doutor de Hobart Town dispunha-se a pagar pelo livro de peixes do senhor Lempriere.

Pobjoy veio a compreender que as pinturas eram uma moeda mais útil que o tabaco ou o rum quando aplicada nos lugares certos.

Mas para que eu pudesse pintar, para que Pobjoy fizesse dinheiro, eu precisava dos materiais, os quais ele, à sua cuidadosa maneira, fornecia.

Em minha cela marinha, com a conivência dos Constables de presidiário, resolvi que repintaria de memória todos os peixes, dessa vez acrescendo-lhes estas notas. Pobjoy forneceu-me óleos & telas para meus Constables, bem como o papel que insisti necessitar para meus esboços preliminares. Mas para completar meu segundo livro de peixes eu precisava de aquarelas.

A última vez que vi Pouca Paga foi quando ela veio à cela ostensivamente trazendo alguma comida. Minha vida na cela era fabulosamente monótona &, afora Pobjoy, fui abençoado ao pouparem-me do problema dos outros. O Céu são os outros, costumava dizer o velho padre que esfregava meus pés na esperança de esfregar outras coisas, mas também, suponho eu, igualmente era o Inferno. Portanto eu não queria ver Pouca Paga — para dizer a verdade eu nunca mais quis vê-la. Mas ei-la ali, vestida como a doméstica que às vezes fingia ser.

Pude ver pela sua barriga pesada que ela ia avançada numa gravidez. Mas nós não queríamos realmente falar disso ou, aliás, da morte do pai dela. Embora ela nada tenha dito eu soube que iria em breve abalar de volta à mata, deixando o Comandante de coração partido & eu na posse não apenas das aquarelas do senhor Lempriere que ela naquele dia contrabandeara, mas também do pote de cobre de láudano verde ao qual, após a saída dela, confesso ter recorrido em busca de consolo.

Verde — fertilidade, nascimento, imortalidade, a ressurreição do justo. Denotando na Arte esperança, júbilo. Entre os gregos & mouros, vitória. Na Igreja, a generosidade de Deus, regozijo, a ressurreição. Entre os planetas, Vênus. Mas o cheiro de bosta de porco, o malévolo poder do ciúme & a fisionomia das alucinações serão para mim eternamente turquesa.

Olhos fixos na barriga dela & perguntando-me que demônio fora o responsável, eu disse apenas uma palavra quando ela virou-se para sair.

"Moinee?", perguntei eu.

"Camarada", disse ela.

VI

Pensam vocês que eu era apenas o encarcerado? Quis gritar quando ela se virou para sair & bateu três vezes na porta para que Pobjoy viesse & lha abrisse — pois eu era também o carcereiro. Pensam que para manter imaculada a minha pele eu nunca menti? Nunca roubei um colega? Tenho uma fraqueza por gim azul, mulheres velhas, rum branco, garotas jovens, cerveja preta, pisco, companhia humana & láudano do Comandante. Tenho um grande medo da dor. Venci a desonra. Pensam que nunca delatei um colega? Fui camarada & também alcaguete, deles gostava & por eles chorava quando os levavam para o açoitamento devido a um falso palpite meu. Sobrevivi. Eu era mau & errado & bem poderia ser a chibata descendo rasgando suas costas quando eu barganhava almas em troca de sobras de comida ou tinta. Eu entregava tudo de que precisava. Eu era um abjeto punhado de bosta penitenciária. Eu sentia o hálito dos meus pares. Provava o azedo fedor de suas vidas pútridas. Eu era a barata catinguenta. Eu era o piolho imundo que não parava de coçar. Eu era a Austrália. Eu estava morrendo antes de haver nascido. Eu era um rato devorando a própria ninhada. Eu era Maria Madalena. Eu era Jesus. Eu era pecador. Eu era santo. Eu era carne & o apetite da carne & a união da carne & a morte & o amor eram todos igualmente fétidos & todos igualmente belos aos meus olhos. Embalei-lhes os corpos moribundos. Beijei-lhes os furúnculos supurados. Lavei-lhes os cambitos repletos de ulcerações, pútridas crateras de pus; eu era aquele pus & eu era espírito & eu era Deus & eu era intraduzível & irreconhecível até para mim mesmo. Como eu me odiava por isso. Como eu desejava experienciar o universo que eu amava que também era eu & como eu queria saber por que é que em meus sonhos eu sobrevoava oceanos & por que quando eu despertava eu era a terra recendendo a turfa recém-revolvida. Homem algum poderia responder as minhas iracundas lamentações tampouco poderia ouvir meus gracejos sobre o porquê de eu precisar suportar esta vida. Eu era Deus & eu era pus & o que quer que eu fosse era Você & Você era Sagrado, Seus pés, Suas entranhas, Seus dejetos, Seus sovacos, Seu cheiro & Seu som & sabor, Sua beleza Decaída, eu era Divino em Sua imagem & eu era Você & eu não mais ansiava por esta terra grandiosa & por que é que palavra nenhuma expressava o quanto estava eu amargando sofrendo dando adeus?

O BAIACU-RAJADO

As aréolas da senhora Gottliebsen — Outros surpreendentes fenômenos recontados — Pouca Paga & seus círculos — Sobre por que o baiacu-rajado tremeu — Uma misteriosa calamidade — Descoberta do Registro — A fabulação do velho dinamarquês — Uma confrontação fatal — Literatura de homicídio — A cabeça do Cirurgião multiplica-se incessantemente — Um casulo se desfia

I

VEJO QUE PUS O CARRO NA FRENTE DOS BOIS na narração desta história, enquanto a senhora Gottliebsen ficou este tempo todo esperando, selada & fustigada em todos os flancos para acelerar-me rumo à minha fatídica destinação.

Se imagina o leitor que Billy Gould — muito antes de ter sido revelado Homicida da Ilustração & quando ainda era um pintor de peixes para o Cirurgião — tendo se envolvido com Pouca Paga permanecera fiel a ela, o leitor está ao mesmo tempo inteiramente certo & inteiramente errado. Ela estava se relacionando com Musha Pug, & Billy Gould estava sendo apresentado à senhora Gottliebsen, esposa do pastor Gottliebsen, visitantes vindos em uma corveta destinada a Sydney que estacionara em Sarah Island.

Eles estavam suportando a hospitalidade do senhor Lempriere, que lhes havia fornecido o uso de seu chalé enquanto ausentava-se numa excursão aos postos avançados da colônia sobre o rio Gordon. Eu fora instruído a atuar como serviçal deles & suspender todas as minhas pinturas até que findasse sua visita.

O pastor Gottliebsen era um indivíduo macilento & enrugado. Ele não escapava de ostentar aquela peculiar confiança que surge desonerada da necessidade de reflexão, & já por isso eu não gostei dele. Tinha uma mente tão estreita quanto o gargalo de uma galheta de vinagre, & via-se a si mesmo como uma espécie de esteta, um verdadeiro poeta de Lake District, & o conceito do "artista-criminoso" interessava-o; interessava-o, disse-me ele enquanto eu servia o jantar naquela noite, que essas duas polaridades pudessem existir — talvez *devessem* existir? — debaixo do guarda-chuva de uma só alma.

Caso me perguntem, esse é um guarda-chuva deveras estropiado & permeável & somente alguém muito tolo buscaria abrigo debaixo dele; mas o pastor Gottliebsen não estava perguntando & eu não estava dizendo, apenas assegurando a um homem obviamente no auge de sua vida que havia investimentos piores do que a Arte.

"Por que você pinta?", perguntou ele, & antes que eu pudesse salientar que pintar era melhor que ser sodomizado pelo grilhão de pederastas atrás de um jacarandá, mas apenas um pouco antes, respondeu ele à própria pergunta: "Porque se deve encontrar beleza no mais adverso dos mundos. Porque até mesmo no coração dos mais depravados", refletiu, a fim de que eu pudesse verificar sua trivial observação, "existe a esperança da Redenção Divina através da Natureza, que é a Arte."

"O senhor por um acaso não teria um punhadinho de fumo de rolo?", perguntei eu.

O pastor Gottliebsen estacou, virou a cabeça de lado assombrado com a própria reveladora perspicácia. Balançou a cabeça em exaltação à glória humana, seu infinito desejo de ascender ao reino etéreo.

"É para meu cachimbo", continuei eu, "o senhor Lempriere não fará objeção."

Mas ele não pareceu ouvir, após um tempo relaxou & ofereceu-me um pouco de rapé que eu aceitei como uma alternativa aceitável, juntamente com sua ponderada opinião segundo a qual a criminalidade surge exatamente de um desequilíbrio dos fluidos corporais que ele crê poderia ser emendado se, ainda em criança, exemplos tais como eu fossem suspendidos de cabeça para baixo por várias horas ao dia durante um período de alguns anos como tratamento de cura.

Talvez se eu houvesse sido suspendido de cabeça para baixo em criança tivesse acabado diferente, talvez tivesse melhorado. Mas já sofri além da minha cota de humilhações & isso em absoluto não pareceu melhorar-me, & muito do que sofri era assaz pior que simplesmente ser amarrado pelos tornozelos & abandonado para pender, se querem mesmo que eu lhes diga.

Na segunda noite de sua estada, após eu ter trazido o decantador do mais fino rum da Martinica — acrescido de água conforme instruções do Cirurgião —, a senhora Gottliebsen pousou sua mão na minha. Contou-me sobre como seu marido tinha visto um pouco do meu trabalho & considerara-me um sensualista, sem dúvida por causa de meus desequilibrados fluidos corporais. Levou a minha mão aos lábios dela & beijou-a, acariciou-me o braço, então perguntou-me se eu não poderia possuí-la enquanto o pastor Gottliebsen observava a uma distância discreta. Ofereceu seis onças do melhor fumo de rolo. Por seis onças, disse eu, o pastor Gottliebsen poderia aprochegar-se tão perto quanto quisesse, mas a senhora Gottliebsen não pareceu muito disposta a isso.

Pediu-me que lhe vendasse os olhos & lhe atasse os pulsos com corda às colunas da cama. Por seis onças senti-me obrigado a demonstrar-lhe meus melhores passos, & portanto dançamos a velha natureza-morta holandesa & a jiga com a Ilustração, & ela exclamou mais & mais em seu vendado prazer, que ia muito bem para ela mas desesperado para mim, pois o pintor flamengo simplesmente não assomava na paleta.

Pobre senhora Gottliebsen! Ela era uma mulher arrojada, & seu corpo o era ainda mais: grandes coxas de alabastro & barriga turbulenta & seios pesados com aréolas particularmente grandes.

Seu rosto adamascado com corado esforço, ela agora gritava: "Me devore! Me devore!". Mas tudo que pude fazer foi botar meu nariz em suas coxas, correr meus dedos pelos seus mamilos, lamber aquelas aréolas esplendidamente generosas & começar a sentir-me cada vez mais desesperado pois que tudo foi sem sucesso.

Pobre & desprezível Billy Gould! Houve um tempo em que ele entraria numa ratoeira para copular com a isca caso esta fosse uma calçola. Agora onde estavam seus desequilibrados fluidos corporais quando mais precisava deles? Senti-me desacoroçoado. Ela me amaldiçoava como se eu fosse um monstro depravado. Eu estava perdido. Ela debatia-se mais do que uum peixe-trompete-bastardo recém-capturado. "Seu animal!", exclamou. Em resposta eu rugi. "Seu animal terrível!", exclamou ela com deleite. Eu zurrei. A senhora Gottliebsen começou a gemer. Foi horrível. Eu relinchei & bufei & mugi & bali. Eu era um zoológico de ruidosa luxúria. Mas não importasse quantos barulhos absurdos eu fizesse que pudessem manter viva um pouco mais a ficção de meu ardor, eu não passava de um eco procurando por seu emissor. Nem os selvagens, vulgares gritos da senhora Gottliebsen tampouco minhas próprias exortações internas ou demonstrações externas conseguiram ter influência alguma em meus flácidos genitais. Os Gottliebsens haviam desejado um leviatã & eu tinha-me transformado numa sardinha.

É difícil, recordando agora, crer que Billy Gould pudesse ser tão privilegiado em possuir tanta carne & ainda assim permanecer impassível. Eu não insultaria a senhora Gottliebsen, que era de muitas maneiras uma boa mulher & bastante atraente, afora o seu rosto, mas afinal quem é que olha para a cornija da lareira quando se está atiçando o fogo? Exceto que eu não poderia acender uma vela, muito menos uma fogueira & alimentá-la. Pensei que talvez fosse a venda & então tentei imaginar os olhos da senhora Gottliebsen, mas deles não consegui me lembrar, & depois me senti dissuadido pelo pastor Gottliebsen comportando-se de maneira inconfessável no canapé atrás de mim, & tentei imaginar que ele não estava lá.

Depois fiquei furioso por estarem eles fazendo-me interpretar o padre com seus dedos rachados. Tentei imaginar tudo que havia de perverso no mundo & minha mente foi tomada por mais fantasias do que se é possível fantasiar, entretanto eu ainda era uma criança perante aquela senhora. Apavorado rezei a são Winwaloe, padroeiro dos impotentes, na esperança de imitar sua célebre estátua em Brest, famosa por seu membro ereto que — a despeito de ser constantemente desbastado por amantes desesperados — miraculosamente continua preservando a mesma notável extensão & orientação.

Mas a verdade era que Pouca Paga havia de alguma forma se cravado em minha mente & rezasse eu o quanto rezasse, tentasse o quanto quisesse, desejasse o quanto almejasse, ela não me abandonava & não permitia que eu levantasse naquela ocasião. A senhora Gottliebsen escancarou-se diante de mim mais larga & branca que toda a Europa, & tudo que tinha que fazer era conquistá-la qual Alexandre Magno & depois choramingar. Mas tudo que eu conseguia ver eram as frágeis cordas de sisal que os escuros bíceps & antebraços de Pouca Paga eram, as costelas perfazendo a pequena cuba que seu tórax era debaixo de seus seios leves, levemente flácidos, a estriada glória de sua franzida barriga, os lábios tais quais mariscos úmidos incitando-me a entrar...

Eu não me sentia leal a Pouca Paga — afinal de contas ela estava longe de ser uma virgem vestal — mas algo entre nós estava interferindo entre mim & a contorcida senhora Gottliebsen, que estava agora dizendo toda espécie de obscenidades sobre o fato de eu ser um animal. Se assim fosse seríamos muito sortudos. Aquilo fazia-me sentir completamente furioso porque não era sensato & eu desejava agradar a mim bem como à senhora Gottliebsen & eu sabia que isso simplesmente não aconteceria & que nada daquilo tinha Razão — pensamento após o qual agradecidamente lembrei-

-me do Grande Filósofo.

Apanhei Voltaire & o pus para trabalhar & a senhora Gottliebsen começou a guinchar mais que Castlereagh & o pastor Gottliebsen a gemer & os olhos dele rolavam para dentro da cabeça, & não tenho certeza de que ele realmente tenha visto o que estava acontecendo devido a todos aqueles seus gemidos, pois no dia seguinte quando eu lhes desejei adeus na doca continuei a flagrá-los relanceando olhares para as minhas partes, as quais eles obviamente criam ser um vale de gigantes escondidos em vez do deserto de desejo que eu as sabia ser.

As seis onças de fumo de rolo, calculei que durariam quatro meses se cuidadosamente racionadas. Fumei metade em dois dias, & depois mandei avisar Pouca Paga de que eu tinha algum tabaco caso ela estivesse interessada. Sua resposta veio no dia seguinte.

Ela estava.

II

Em suas panturrilhas negras Pouca Paga mostrara-me dois círculos que lhe haviam sido talhados na pele & depois cicatrizados para formar um queloide, de cor azul-aço, estranhamente suave ao tato. Um círculo ela tocou & disse "Sol", o outro, dividido mas não fendido por uma linha única, ela tocou &, de novo em inglês, disse "Lua".

Então ela encontrou um graveto em forma de forquilha no meio da lenha do Cirurgião, & após afiar duas das pontas com a faca de cozinha fez-me levantar a camisa & deitar-me de bruços. Senti-a empurrando o graveto na minha lombar & usando-o como uma espécie de compasso, cortando um círculo em cada flanco de minha espinha dorsal. A dor conforme ela lentamente traçava o graveto ao redor fez-me arrepiar & eu instantaneamente corcoveei quando ela começou a dividir o segundo círculo com uma linha transversal em seu centro.

Conforme esfregava cinzas da fogueira do senhor Lempriere na ferida para criar o queloide definitivo, ela de novo tocou o primeiro círculo & disse: "Palawa", palavra que usava para designar seu próprio povo; depois, quando esfregava cinzas no segundo círculo, o qual havia dividido, disse uma palavra de novo & de novo: "Numminer", como se eu fosse alguma criança tola, disse ela, rindo: "Numminer, numminer".

"Não sou nenhum numminer", disse eu após um tempo, virando-me, ciente de que numminer era a palavra deles para fantasmas & também para homens brancos, que eles criam fosse a Inglaterra o local para onde iam seus espíritos após a morte a fim de renascerem como homens & mulheres ingleses, de modo que os homens brancos eram os ancestrais deles redivivos.

Para comprovar, eu então fi-la deitar-se. Estudei o peixe circular & a tela circular diante de mim. Estudei as variegadas cicatrizes em relevo no formato de círculos no corpo de Pouca Paga. O sol, a lua. Mulher negra, homem branco. Mas para mim o mais espantoso dos círculos dela era aquele sobre o qual comecei então a pintar.

A variedade de seios é infinita & cada seio produz uma imagem ao mesmo tempo ridícula & bela: seios que mal sugerem sê-los, pouco volumosos & todo aréolas & mamilos tal como se concentrassem toda sua beleza nessa essência coniforme; grandes seios que parecem ansiar serem revolvidos & concheados; tetas como as de cadelas & úberes como as de vacas cada qual com sua própria carga erótica inegável; seios para se lhes correr a língua por toda a extensão & seios para se lhes segurar o caralho no meio; seios que olham para longe um do outro tal qual um casal rancoroso que não consegue nunca apartar-se mas não irá nunca falar-se; seios maternos de veias azuis com o denso aroma de leite azedo; seios rijos & seios flácidos; seios com mamilos tais quais canos de pistola & seios com mamilos invertidos que têm que ser sugados até que rebentem dentro de sua boca como se batessem continência. Mas a imagem que os seios de Pouca Paga produziram naquele dia à medida que ela se deitava no poeirento assoalho do senhor Lempriere foi a de um arredondado peixinho que se precipita ao redor de recifes como se fosse um prato giratório curioso, decorado muito suntuosamente com listras aveludadas.

Pus a ponta de meu pincel na língua dela, depois corri-a lentamente por sua bochecha & o ocre vermelho que ela usava para acarminar-se. Com minha língua umedeci seu seio amarronzado como preparativo & então nele comecei a trabalhar o ocre vermelho como base, a princípio com meu pincel que contraía & fisgava sua pele, & depois com meus dedos, traçando-os lentamente mais & mais ao redor, deixando o quarto crescente de seu peito tal como estava.

À direita de seu mamilo criei um matiz azulado a partir de um pigmento ultramarino. Os chifrezinhos brancos, fi-los com o alvaiade do senhor Lempriere, & para a distinta íris amarela do peixe usei um ouro afanado havia muito tempo ao Grande Salão de Mah-Jong. Esfreguei-lhe muito suavemente os cílios pontilhados de carvão entre dois dedos meus, & numa paleta que improvisei em cima de sua barriga trabalhei com cuspe aquele resíduo preto até que se transformasse numa pequena massa escura. Com ela risquei os contornos de seu seio. Finalmente, sobre seu mamilo descentrado, longo & escuro de assombro, tracei leves linhas para dar-lhe a aparência da petulante barbatana peitoral do peixe. O resultado foi ao mesmo tempo não completamente satisfatório & contudo inteiramente vívido. Pouca Paga soergueu-se com os cotovelos, mas eu tinha olhos apenas para o baiacu-rajado à medida que ele lentamente se movia.

Pus de lado meu pincel.

Quando, inclinando-me, toquei a barbatana peitoral do baiacu com a ponta de minha língua, ela tremeu como se expectante de vida.

Esperava que ela não me detestasse, mas não tinha eu ilusão alguma de que ela pudesse lembrar-se de mim duma maneira afetuosa; isto é, caso ela em absoluto se lembrasse de mim. Eu não passava de um indivíduo no meio de uma procissão; fornecia-lhe comida sobressalente, bebida, naquele dia um pouco de tabaco; para além disso eu não existia para ela. Quando pensei na maneira como dinheiro & sujeira & o frenesi do desejo humano & o amargo gosto residual da vida vêm todos juntos quando se compra uma mulher de qualquer maneira que seja, senti-me vertiginoso como se estivesse espreitando dentro de um buraco negro infinito & perdendo meu equilíbrio. Pensei eu: não é desonesto; é a mais honesta expressão da completa tristeza infinita de todos nós. Eu voluntariamente escoara tal qual mercúrio pelas mãos de muitas mulheres, mas havia o que se considerar. Não havia absolvição do amor; nenhuma redenção na ideia de que o mundo reduzira-se a apenas duas pessoas. Pois dentro dela naquele dia eu soube que não era absolutamente nada.

Olhei para cima & fitei os intrincados arabescos que enormes aranhas errantes formavam com as teias que fiavam, espáduas de seda conectando as paredes esboroadas & o teto do esquálido chalé do senhor Lempriere. Quando olhei de novo para baixo pensei ter visto no rosto dela uma impressão de ausência: mais do que qualquer outra coisa talvez fosse isso que lhe emprestasse — ao menos a meu ver — uma certa profundidade serena. Seus olhos pareciam assaz cheios de sabedoria, mas quando ela falava era apenas para pedir mais pisco, & então ela começou a dançar.

Naquele dia outonal no chalé do senhor Lempriere, enquanto um vento gelado avultava a uma ventania lá fora, naquele primeiro & único dia em que ela voltou para mim, engodada, pensei eu, pelas minhas promessas de tabaco & pisco, ela levantou-se nua, tendo atrás de si aquela ribombante fogueira de molhadas toras de murta rachando, & dançou como se se esquivasse de tiros de mosquete: simulando ir para um lado, depois entortando & saltando para a outra direção. Sua dança não tinha nada de feminino; nada do que conhecemos pelas palavras mulher & mulheril. Era às vezes violenta, desavergonhada, destituída de elegância, & parecia aspirar não à beleza, mas apenas a contar uma história a qual eu tive a vaidade de julgar dirigida a mim. Ela parecia buscar existir desafiando o peso, a gravidade. O baiacu-rajado saltava & escoiceava & esgueirava-se pelo oceano de sua dança.

Depois da dança ela ficou suarenta & gélida. Eu não ousei & ela não desejou copular no bolorento catre do senhor Lempriere, então em vez dele usamos o chão imundo. Comecei beijando-lhe as costas, depois ela virou-se & eu comecei a chupar & lamber. À medida que começamos a dançar a velha Ilustração & o sorriso de razão de Voltaire começou a principiar nela uma lenta onda aguardando quebrar, eu vi as seguintes coisas: num pulso um grande bracelete, noutro um furúnculo não lancetado. Um baiacu me encarando. Piolhos rastejando-lhe pelo braço acima & até um seio baiacuzado; essa visão de um corpo cedendo a outros, do inevitável avanço da morte & ao mesmo tempo sua transformação numa nova vida, atingiu-me como terrível & maravilhosa. Nada se harmonizava: tudo era belo.

Havia um ressaibo amargo no sabor dela, um pouco de sal, um pouco de fruta, um pouco de azedo, um pouco de canela, & tudo isso constituindo algo muito grande, forte, doce. Enquanto me deitava com ela no imundo chão do senhor Lempriere & via os escuros braços & coxas & torso misturando-se à poeira & à sujeira & às moscas mortas, o azul de seu queloide, o escuro matiz de sua pele pareceram-me ainda mais brilhantes, mais belos por jazerem em tamanha imundície.

Naquele dia, quanto mais a amava, mais misteriosa ela me parecia. Eu começara com certezas, a de que ela era negra, a de que ela para mim era prazer, & a de que eu podia fazer amor com ela inconsequentemente. Acabara com dúvidas, a de quem ela era &, ainda mais espantosamente, a de quem eu era.

Rolei na palma das minhas mãos a bola que a cabeça dela era, segurei-lhe as curtas hastes crespas dos cabelos em meus dedos & puxei-lhe a cabeça para trás com eles enlaçados tão, tão fortemente que temi estar machucando-a, contudo quanto mais forte eu lhe segurava a cabeça, mais suas insistentes ancas pareciam responder com prazer ascendente & descendente, empurrando & exigindo mais & mais de minhas partes, & quanto mais eu lhe fitava o rosto, mais eu sabia que aquilo tudo nada tinha a ver com o rosto dela ou com minhas próprias noções vazias, áridas do que era a beleza & onde eu tolamente a supunha residir; quanto mais eu procurava por seus olhos próximos, mais eu sabia que ela estava muito, muito distante, vagando para cada vez mais longe de mim, exigindo apenas que eu continuasse rolando sua cabeça & puxando seus cabelos & respondendo com qual fosse a força que me concedia esse empurro ascendente, bamboleante, de seus aveludados quadris, tempestuando sobre mim como se fora a mais primorosa tormenta prestes a naufragar-me para sempre, enquanto debaixo de nós o baiacu-rajado lentamente se dissolvia em borrões suarentos de perdidas & empoeiradas cores.

III

As aquarelas estavam quase se esgotando. Pouca Paga fora embora. O Cirurgião, um putrefato miasma. Meu pote de láudano, vazio. Pobjoy, cada vez mais alto. Capois Death, desaparecido — alguns diziam foragido, outros assassinado conforme ordens expressas do Comandante subsequentemente à infeliz demolição das enregeladas sucatas da Northwest Passage, após esta ter-se incendiado & queimado com as cinzas da máquina a vapor no meio da jornada noturna de trem do Comandante. Naquele tempo não havia nenhum Rei com quem eu pudesse discutir meus apuros cada vez mais deploráveis, pois o que estou prestes a relatar ocorreu antes que ele se juntasse a mim nesta cela.

Não restara, resumindo, nada mais para minha crônica interpretar. Meu trabalho, minha vida alcançavam uma correspondência à qual eu não estava completamente cego, pois um acabava & a outra retardava-se não muito atrás.

Sei que era véspera de Natal, pois com minha morte aproximando-se rapidamente eu estava altamente consciente do tempo decorrendo. O dia fora excepcionalmente quente, & quando a maré começou a subir naquela tarde eu acolhi o sereno envolver da água. A água subiu & eu com ela, até que me achei flutuando em torno de minha cela escura como breu, o nariz batendo no teto. Por nenhuma razão aparente, dei de cutucar uma daquelas enormes lajes acima de meu nariz, as quais, apoiadas em pesadas vigas, formavam o teto de minha cela.

Brinquei com o teto desse modo distraído durante tempo indeterminado, ouvindo a lenta percussão do mar lambendo a parede externa da cela & obtendo do som um conforto inexplicável, correndo o dorso das minhas mãos enrugadas pelas ondas ao longo da suave aspereza do teto, empurrando-o & espicaçando-o sem nenhum propósito ou desejo, quando a coisa mais aterrorizante aconteceu.

Subitamente vi-me sendo violentamente tragado para as profundezas daquela água fria, da cor de fuligem. Embora eu lutasse & me debatesse, continuei afundando. Meus pensamentos galopavam para muito longe, transformando-se em bolhas que disparavam para cima, como inúmeras perguntas confusas que nunca poderiam ser respondidas. Estaria a Infantaria Leve de Brady sitiando & desmantelando com disparos de canhão o edifício em que me mantinham? Teria um dos clientes de Pobjoy vindo disfarçado à noite com o objetivo de afogar-me porque virara ele um admirador de Ticiano & agora meus Constables de presidiário afiguravam-se-lhe trabalhos frouxos indignos de sua paixão?

Justamente enquanto eu perguntava-me quanto tempo mais levaria até que a dor em meu peito, o martelar em minha cabeça, a compressão em minha garganta se transformassem em morte, senti o grande peso que me guiava para baixo deslocar-se de cima do meu peito, limando minha carne ao fazê-lo. Meu corpo parou de afundar & começou a ascender.

Foi somente após eu haver flutuado de volta à superfície & passado vários momentos cuspindo & engolindo ar tal como um homem faminto engolindo pão, enchendo a boca mas impossibilitado de saciar seu anseio, que começou a me ocorrer o que acabara de se passar. Ao estender um braço para cima, achei-me não só no topo de minha cela, como também numa cavidade um tanto maior que aquela da qual eu acabara de sair. Cautelosamente ergui meu braço uma segunda vez & com minha mão senti acima de mim umas arestas de lajes do teto quebradas, as quais era possível alavancar um pouco.

Areia, úmida & salgada, caía em grossas migalhas onde quer que eu tocasse, sobre meu rosto & dentro da minha boca entreaberta. E então percebi — o arenito local, poroso no melhor dos tempos, estava sucumbindo à exposição diária à água salgada. Com meu empurrar & espicaçar, agora desmoronava, fazendo um grande pedaço de pavimento cair do teto, empuxando-me com ele para o fundo de minha cela inundada.

Possibilidades que havia muito tempo eu reprimira voltaram a emergir. Com uma excitação animando meu corpo da qual eu não teria um minuto antes me sentido capaz, tateei ao redor como um homem cego, pedacinhos de arenito alastrando-se por todo meu rosto ao fazê-lo. Procurei por uma pequena fenda na qual pudesse inserir minha mão & usá-la como alavanca. Como que febril, empurrei & puxei tanto que a pele das minhas mãos amolecida pela água começou a esfolar-se, & comecei a sentir no arenito a inegável pungência arenosa de mil agulhas.

Eu não tinha nenhum plano, nenhuma ideia clara do que poderia fazer. Não sabia nem mesmo o que era o sombrio vazio acima de mim, se era o ar livre ou apenas outra cela. Ergui meus braços até aquela treva desconhecida, finalmente encontrei um apoio, & agarrando firme comecei a puxar.

IV

NÃO SEM DIFICULDADE, EM PARTE ME ARRASTEI, em parte escalei por cima de vigas quebradas pendentes & por entre o arenito quebrado até o afrontador mundo novo que eu podia ver abrindo-se diante de mim. Para um homem que sempre se orgulhara de sua falta de força física & que ademais fora confinado numa cela da extensão de apenas um braço por vários meses sobrevivendo das sobras a ele atiradas por Pobjoy, isso não era façanha pouca.

Vi-me deitado num úmido assoalho de lajes, arfando, respirando uma confusão de ricos odores: poeira, lúpulos desidratados, couro molhado, tabaco defumado &, suplantando a todos, aquele peculiar bafio que eu mais tarde descobriria ser o de pergaminho quando misturado à iminência da morte.

Fui levantar-me, bati minha cabeça no que percebi ser algum tipo de mesa, tombei para trás, rastejei para fora, & dessa vez levantei-me, a tudo desafiando, apenas para descobrir-me num amplo aposento banhado por um luar claro, friamente luminoso que lhe emprestava um mistério ultramarino. O aposento parecia estar inteiramente vazio — quer dizer, com exceção dos livros.

Os livros estavam por todo o lugar e para todo lugar que eu olhasse havia mais livros, & todos empilhados ordenadamente & arranjados sobre toscas prateleiras de jacarandá pesado em grandes estantes que iam do chão ao teto, que irradiavam como os raios de uma roda a partir de um eixo em que se achava uma grande escrivaninha circular debaixo da qual havia eu emergido como uma mariposa de seu casulo, duro & desajeitado.

Circundando-me havia tamanha quantidade de livros que fiquei atordoado só de olhar para eles, de perceber que não apenas pudesse haver tantos livros no mundo, mas que pudesse haver tantos livros num único aposento. Havia acima de mim altos volumes encadernados com velino & abaixo de mim enormes tomos empoeirados. Atrás de mim havia manuscritos de tamanhos vários atados com corda & diante de mim registros ornados mais recentes, menores, recobertos com marroquim escuro.

Gostaria de poder dizer que, sob a luz da lua cheia que brilhava das janelas lá no alto, o aposento assumia a coloração de mel escuro & do encanto âmbar das velhas bibliotecas. Mas isso seria mentir. Seria o tipo de disparate que Pobjoy gostaria que eu pintasse, ou que a senhorita Anne escreveria. A verdade é que o aposento era um cambiante labirinto de tonalidades cinza & azuis, feio & sinistro.

Na escrivaninha circular jazia aberto um volume in-fólio revestido com velino uterino, aquele delicado pergaminho criado a partir de fetos de vitelos. Olhei para suas colunas tintas de azul, a escorregadia caligrafia italicizada, seus ornados & arcaicos volteios & volutas projetando longas sombras de monstruosos elos, como se todas as palavras estivessem maravilhadas & subjugadas.

O que então li confundiu-me: supostamente era uma lista de atividades dos condenados nos últimos seis meses, mas parecia equivocada em quase todo detalhe. Contudo já esclarecia um enigma: o do propósito daquele aposento. Era, compreendi, o misterioso Registro da colônia; as estantes, o repositório de todos os registros da ilha; a escrivaninha no centro, presumidamente o lugar onde o velho escrevente dinamarquês, Jorgen Jorgensen, desaparecia diariamente para trabalhar compilando a única memória duradoura de nosso estranho mundo por mais tempo que qualquer um de nós pudesse se lembrar.

Veio a aurora & a luz intensificou-se. Não me era mais necessário forçar meus olhos sequiosos, mas com relutância fechei o volume que lera apenas parcialmente, & preparei-me para retornar ao mundo inferior.

Concentrei-me em tentar tornar minha invasão tão invisível quanto fosse possível. Afortunadamente a parte do chão do Registro que eu destruíra debaixo da escrivaninha circular era um local resfriado, escuro, o qual era difícil imaginar que alguém sequer notasse. Apanhei um volume grande & aparentemente pouco manuseado que estava quase no topo de uma estante & o dispus espalmado sobre o buraco. Era um expediente desesperado, mas não pude pensar em nenhum melhor.

Depois, com meu alçapão primitivo no devido lugar acima de mim, retornei à minha cela. Como melhor pude escorei as vigas quebradas duma maneira que esperava não ser muito óbvia & cobri a laje caída com os seixos do mar & o cascalho que formavam o assoalho da minha cela, de modo que Pobjoy não pudesse descobrir nada de descabido. Que Pobjoy pudesse olhar para cima & notar algo errado com o teto, isso preocupava-me menos, dado que sua necessidade de envergar-se tanto assim era improvável, & o teto estava em todo caso profundamente ensombrecido.

Vocês podem bem se perguntar por que Billy Gould simplesmente não se deslocou para lá & para cá, procurando fugir mediante a porta descerrada do Registro com que ele se havia deparado antes. Ele resolvera — demonstrando aquela singular audácia que lhe era totalmente própria — adiar sua fuga até que fizesse os preparativos adequados. Na verdade pensei que ele era como um pássaro quando tirado de sua gaiola — sua primeira reação era o medo, depois um desejo por familiaridade; seu pensamento inicial, simplesmente retroceder ao mundo que conhecia, aquele de sua cela marinha.

E eis que havia ainda a questão adicional sobre o que ele havia lido naquela primeira noite no volume aberto — coisas tão inexplicáveis & chocantes devido à sua desfaçatez, contudo ao mesmo tempo tão fascinantes devido à sua lúcida loucura, que exigiam futura investigação a fim de que pudesse melhor desvendar &, assim esperava ele, pressagiar-lhes o mistério.

V

Pelas sete noites seguintes eu não perdia por esperar que a maré subisse rápido o bastante, tão lentamente parecia ela lamber meus tornozelos cercados de mariscos, minha entreperna infestada de piolhos, meus intestinos sarnentos, & tão duradoura quanto uma das intermináveis cartas da senhorita Anne, até que por fim eu encontrava-me flutuando, ascendendo, & finalmente possibilitado de tocar o grosseiro arenito fendido & então impulsionar-me para dentro do Registro logo acima.

Por sete noites, receando que minha luz traísse minha presença, sentava-me eu no chão perto da escrivaninha redonda sob um pequeno remendo de luz projetado por uma vela do Registro & pela iluminação mais difusa & baça da lua, & prosseguia com minha leitura daqueles grandes volumes tão pesados que alguns exigiam toda minha força apenas para levantá-los da estante.

O que descobri entre aquelas tábuas não era nenhuma crônica da colônia penal que eu conhecia, a nação de Nuova Venezia do Comandante. À medida que folheava registros de memorandos depois de livros de cartas depois de censos de presidiários, eu procurava por anotações, desenhos, projetos de alvenaria do assombroso Grande Salão de Mah-Jong.

Não havia nada.

Por sete noites vasculhei os registros do comissariado em busca de cálculos, faturas, recibos que pudessem provar a compra de locomotivas sul-americanas feita pelo Comandante; tentei encontrar vestígios documentais que estabeleceriam definitivamente sua venda do ermo transylvaniano, ou, aliás, sua ainda mais intrépida barganha do continente da Austrália & a compra de joalheria molucana, medicamentos chineses, pepinos-do-mar, mobília javanesa & bateladas de garotas siamesas.

Não havia nada.

Por sete noites saí à cata de cartas pessoais & diários em busca dos menores detalhes que pudessem sugerir os pesadelos do Comandante de um passado que nunca o abandonava, os negociantes árabes & piratas japoneses imortais & racionalistas franceses nus.

Não havia nada.

Conforme eu abria caminho através dos escritos do velho dinamarquês, meus sentimentos passaram do desacoroçoamento ao espanto quanto ao porquê de ter ele escrito tanto com tão pouca fundamentação na vida.

A necessidade de mentir ao governador Arthur em Hobart Town & ao Escritório Colonial em Londres era evidente o bastante: deparara-me com cartas datadas de vários anos antes enviadas pelo Escritório Colonial solicitando absolvições completas, laudos, inventários & auditorias, todas as quais exigiam uma resposta inverídica, o retrato de uma colônia penal tal como a imaginavam & não como a que conhecíamos.

Em que ponto — & por que — essa necessária fabulação escriturária estendera-se até o projeto muito mais grandioso de reinventar a colônia penal, eu não sei. Tudo o que ficou claro é que havia sido o velho dinamarquês o escolhido do Comandante para trabalhar na íntegra dos registros da colônia, duma maneira que concordassem com a expectativa & não com a realidade.

Mas em dado momento o trabalho de Jorgen Jorgensen começou a desbancar até mesmo a ambição de seu senhor em seu demente empreendimento. Embora a princípio ele houvesse permitido que seus trabalhos fossem guiados pelos desejos do Comandante, num suposto criptograma dos caprichos & fabulações de outrem, ele havia lentamente resvalado em sua própria extraordinária concepção de um mundo alternativo.

Conforme às noites sucediam as noites, conforme eu lia mais & mais, a magnitude de sua audácia tornava-se clara, & meu assombro transformou-se em simples reverência.

O mundo, tal como descrito por Jorgen Jorgensen naquelas páginas tintas de azul, estava em pé de guerra com a realidade em que ele vivia. A má notícia era que a realidade estava perdendo. Ela era irreconhecível. Era intolerável. Era, ao cabo, inumana. Era também impossível parar de ler.

Tentei imaginar o velho dinamarquês a princípio compelido a reinventar toda aquela barbaridade & horror de nossa colônia tal como ordem & progresso material, moral & espiritual, registrando-a deitando luz de óleo de baleia em sua elegante caligrafia italicizada nos papéis timbrados da colônia. Era-lhe, suponho, um fardo necessário, & no começo ele provavelmente via-o como o mesmo que comerciar sua vida em troca de uma história incrível & inteiramente falsa assim como ele uma vez comerciara mentiras em troca de crédito para apostar nas mesas de jogo da Europa.

E então após algum tempo — um ano? vários anos? — talvez tenha havido um momento tão exultante que ele ficara para todo o sempre aprisionado naquela louca libertação, um momento quando ele primeiro transcendeu sua própria consciência, mergulhando sua pena em seus demônios, & descobrindo para seu temor & perplexidade que, contidos nele mesmo, estavam todos os homens & todas as mulheres: todo o bem, todo o mal, todo o amor, todo o ódio & todo o tempo, naquele momento singular quando sua alma explodiu em um milhão de partículas de vapor através das quais a luz de suas fantasias começou a irromper, refratando-se num arco-íris de histórias tornadas tão concretas quanto laudos, ordens permanentes, censos de presidiários, livros de cartas & memorandos.

Pois nas descrições do velho dinamarquês tudo era diferente. Toda vida, toda ação, todo motivo, toda consequência. O tempo, que o Comandante entendia ser algo do qual todos éramos inexoravelmente compostos, nossa substância essencial & nossa força vital, era nessas descrições algo separado de nós — inúmeros tijolos de igual peso que juntos constituíam a parede do presente que nos negava qualquer ligação com o passado, & destarte nenhum conhecimento de nosso eu.

Onde o despertar & o sonhar & os pesadelos sob o regime do Comandante haviam sido um só, com os registros do velho dinamarquês eles se tornavam desesperadamente divididos & antagônicos. Os pesadelos eram banidos, & nenhum conluio entre o viver & o sonhar era permitido. Era o maior exemplo de tramoia da História, & quão orgulhoso pensei que o bom & velho marechal Blucher ficaria daquele que fora seu parceiro de *skat* uma única vez!

VI

Também eu, deixem-me acrescentar, senti um crescente entusiamo em relação a Jorgensen, um sentimento apenas intensificado pela descoberta na sétima noite de uma provisão de *schnapps* dinamarquês escondido atrás de uma pilha de formulários de requerimento do Comissariado não utilizados. À medida que eu lia sob o crescente luar de verão embaixo da escrivaninha circular, interrompendo-me apenas para esborrachar um mosquito ou servir mais um dedo de *schnapps* ou dar uma mijadela no buraco que se abria à minha cela, vim a estimar como a fabulação do velho dinamarquês tanto era sutil quanto infinita: no universo que ele tantos anos passara criando para seu mestre, cada detalhe — não importasse quão trivial — era aumentado & qualificado & tabelado.

Pude apenas maravilhar-me ante tudo o que Jorgensen havia criado: por exemplo, as compridas colunas ordenadas em que ele tabelara estatístikas mostrando um declinante uso do chicote ao longo de vários anos, os livros de sermões manuscritos, os desenhos de novas celas etc. etc., coletivamente descrevendo um regime de necessário castigo corpóreo lutando contra a inerente brutalidade dos condenados que lentamente cedia lugar a práticas mais ilustradas, o uso do confinamento na solitária & de missionários wesleyanos.

Era um trabalho sem dúvida lento & com frequência maçante para Jorgensen, mas ao obedecer às leis de padrão & sucessão, de causa & efeito — as quais nunca caracterizam a vida, mas são necessárias às palavras no papel — ele criara uma imagem da colônia que persuadiria a posteridade da animalidade dos condenados & também da sagacidade do administrador, um modelo do poder da perseverante & moderada disciplina para transformar batedores de carteira em camaradas & catamitos em cristãos.

Enterrados nesses volumes — entrelaçados como inúmeras raízes fibrosas de erva daninha — havia histórias privadas que se poderiam esmiuçar, principalmente de condenados mas também de seus carcereiros, assim como a mundana mas exitosa carreira do tenente Horace, recentemente o Comandante, tão implausível quanto a vida de qualquer santo. Ele viera do mais humilde dos antecedentes, tendo nascido num chalé que construíra com as próprias mãos, ascendido de alferes no 91º Regimento com demonstrações de valentia a vários postos administrativos no Exército, exitoso seu trabalho como oficial do Estado-maior nas Honduras Britânicas, tendo lidado humanamente & dum modo ilustrado com os índios nativos anteriormente à execução em massa destes & sua deportação a Sarah Island, um registro de humanidade realçada por cópias de várias cartas a seu querido amigo William Wilberforce tratando dos males do sistema escravocrata.

Brindei a essa prisão benigna tão maravilhosa que faria qualquer um pagar de bom grado para deixar a Inglaterra apenas para vir para cá & aqui viver, & brindei à maneira com que ele até mesmo permitia a nós, condenados, cumprirmos tarefas aleatórias. Ergui minha taça repetidamente a todas as artificiosas falsificações de cartas contrabandeadas dos condenados que sustentavam detalhes a serem encontrados nos relatórios oficiais & ordens permanentes dando conta de criminosos abandonando ferramentas & recusando-se a trabalhar até que se lhes concedessem certas condições, ou que agravos se proferissem. Numa prateleira alta havia até mesmo garrafas contendo a pele de homens enforcados na qual se encontravam estampadas peculiares tatuagens, que concertavam com as vidas de crime & castigo a serem encontradas nos muitos volumes de livros de cartas, de modo que a esses pedaços verdadeiros de carne morta se desse um endosso, ou melhor, o próprio sopro da vida, mediante as narrativas do velho dinamarquês, & eu bebi a toda última âncora flutuante & anjos & aforismos tintos de azul.

Mais & mais, em frente & adiante, sucediam-se mais histórias & descia-se mais & mais *schnapps*. Brindei a Jorgensen de novo & de novo & cada vez que a taça de Jorgensen ficava vazia parecia ser apenas justo & adequado enchê-la uma vez mais para brindar o maravilhoso mundo que Jorgensen criara: um sistema penal tal como um ilustrado plano de migração em massa criado por anciões altruístas, no qual o horror dava-se apenas ocasionalmente mas era sempre merecido, & no qual os homens faziam o bem em vez de o mal. Esse mundo não era um ato de criação, para o bem ou para o mal, no qual as pessoas constantemente reinventavam-se, mas um sistema no qual a elas se outorgava uma participação ignóbil mas necessária, como a cabeça ou o cinto de um pistão nas máquinas a vapor que o tecelão escocês havia uma vez tão futilmente destruído.

Eu entornei à glória maior das máquinas & sistemas & então minha cabeça estava girando com a descarada audácia de todos aqueles relatórios & cartas & ordens permanentes forjados que nada sugeriam da monstruosidade ou demência à qual eu me tornara familiar — da qual eu fazia parte.

Brindei à total ausência de tais aspectos, & brindei à inclusão de todas aquelas novas mentiras suntuosas. E então fiquei sem mais o que brindar, portanto apenas terminei de beber direto da garrafa, & finda ela vi-me sentindo nauseado & culpado, & comecei a afligir-me crendo que o mundo de Jorgensen pudesse ser o Inferno que dominara os olhos & a boca do ludita antes de Capois Death ter-lhe cavalgado.

Então — & minha vergonha é tamanha que posso apenas referir-me a mim a este respeito na terceira pessoa — Billy Gould sentiu ânsia de vômito. Não que pensasse Billy Gould que vomitar era má coisa, pois o Cirurgião lhe havia dito que livrava o corpo de fluidos & humores indesejados, & prevenia os contínuos horrores da ressaca & da flatulência no dia seguinte.

De fato, para apressar essa limpeza corporal terapêutica a qual garanto que o pastor Gottliebsen aprovaria, Billy Gould inclusive meteu dois dedos no fundo da garganta & movimentou-os para lá & para cá, até sentir subindo pelo peito, preenchendo sua garganta & depois jorrando da sua boca qual um riacho descontrolado, por entre os tomates & as cenouras que ele nunca havia comido, a medonha consciência de que tudo o que ele lera era simplesmente a imagem que o Comandante tinha da sociedade racional como se fora uma prisão que nem mesmo a senhorita Anne na Europa ousaria sonhar, & essa criação última, talvez de muitas maneiras seu mais monstruoso — caso impremeditado — feito, superava o Grande Salão de Mah-Jong & a Linha Ferroviária Nacional em sua inadvertida ainda que grotesca reverência ao Velho Mundo.

Havia muito com o que se inteirar & borrifar-se os pés & borrar-se as calças ao mesmo tempo — muitíssimo, caso se deva ser absolutamente franco — & Billy Gould teria começado a tentar limpar toda aquela sujeira de Europa mal digerida ali mesmo, caso não houvesse ele experimentado uma segunda compreensão ainda pior do que a primeira.

Sobreveio-lhe como a mais pesada, a mais intolerável das cargas martelando-lhe a fronte enquanto limpava a boca com as costas da mão: que nesta história universal, tudo que ele vira & soubera, tudo que ele testemunhara & sofrera estava agora tão perdido & sem sentido quanto um sonho que se dissipa ao despertar. Se a liberdade, tal como sustentara Capois Death transportando seus espíritos do passado numa garrafa de bebida, existe apenas no espaço da memória, então ele & todos que conhecíamos estavam sendo condenados a uma eternidade de aprisionamento.

VII

Minha mente sentiu um pavor repugnante que palavras não conseguiriam descrever. Rostos de gárgulas pareciam aglomerar-se às janelas lá no alto & suplicar algo que lhes abrandasse o infinito sofrimento que seguia imemorado & inaudito. Senti como se aqueles horríveis crânios esfolados estivessem avançando & retrocedendo — com os ossos vermelhos saltado como se eles houvessem sido roídos por cães — como se quisessem a mim para corrigir o passado, o que estava totalmente além de meus poderes.

Eu havia lido & lido, & contudo o passado seguia impune & inobservado, & como me seria possível reconstruí-lo como algo distinto? Das pasmas, acusadoras cavidades oculares dos crânios do tecelão escocês & do Ribombante Tom Tecelão, do crânio roubado de Towtereh & do crânio esmagado de seu neto rastejavam baratas. Moscas voejavam de seus ossos entalhados do nariz. Os crânios começaram a gotejar putrescentes lágrimas de pus & sangue que passavam através do vidro & espalhavam-se por cima de mim. Em pânico eu espanei ferozmente meus ombros, meus braços, minha cabeça, como se pudesse varrê-las embora; "*Não!*", gritei eu, "*Não! Por favor deixem-me em paz!*". Mas aquelas sombras assustadoras não me abandonavam & imploravam-me o que era impossível. Eu, que estava coberto por carne podre necrosada, que senti todos os vermes que uma vez rastejaram pela mulher negra morta espetada rastejarem agora sobre mim, que fedia a toda a decomposição & a toda a moléstia & a todo o decaimento, via a encarnação do mundo passar-me pela frente em todo seu horror & toda sua beleza, & como poderia eu dizer que ambos eram inevitáveis?

Eu não passava de um leitor, e tentei litigiar com eles. Mas não ouviam, não podiam ouvir, nunca ouviriam, & pareciam tencionar apenas fazer-me o instrumento de sua vingança.

E então Billy Gould viu-se não apenas um pouco doente, mas muito violentamente enfermo.

Pois o mundo não mais existia para transformar-se em livro. Um livro agora existia com a obscena ambição de transformar-se em mundo.

VIII

Desabei no chão. Lá repousei por um tempo qual uma lanterna chinesa esvaziada de luz, amarrotada & achatada, a minha mente afundada em descrença & desacoroçoamento. Seria *aquilo* o que as pessoas um dia lembrar-se-iam como sendo seu passado?

Foi então que ouvi um bizarro assovio estridulante. Com um aterrorizado solavanco, girei ao redor, ao mesmo tempo jogando meus braços sobre a cabeça em proteção.

Diante de mim estava um pequeno cão sarnento, empinado nas duas patas traseiras sob a luz do luar, assoviando. Então o cão deteve-se, caiu sobre a sua outra pata boa & olhou por cima de meus ombros. Antes que eu pudesse me virar, antes que pudesse mesmo ouvi-lo falar, eu sabia quem estava atrás de mim.

"*Você é um falsificador, Gould*", disse ele, suas palavras esgueirando-se & deslizando tal qual sua caligrafia.

Lentamente me virei & vi sorrindo para mim ninguém a não ser ele, Jorgen Jorgensen. Por um momento pensei que estivesse em cima de uma cadeira ou uma estante, tão alto me parecera. Inclinou-se sobre mim, envolvendo-me na sombra, qual uma estante prestes a cair. Muito lentamente, os meus olhos não ousando nunca afastar-se dos dele, levantei-me.

Jorgen Jorgensen era, como tudo o mais no Registro, monocromático & frio. Entrecortando sua pele acinzentada havia linhas brancas assumindo muitas formas diferentes: uma linha de espuma branca vincando aquela boca torta, uns filetes dos cabelos brancos pendendo de estranhos ângulos pela sua cabeça tais quais teias de aranha rasgadas balançando.

"*Condenado*", continuou ele, saboreando a palavra, "*a sofrer o tormento por toda a eternidade.*"

Jorgen Jorgensen não representava Deus bem: por um lado ele não tinha a barba, apenas aquele miserável bigode com metade da sopa de aveia da noite anterior pendendo dele em gotas coaguladas de orvalho. Por outro, ele recendia a miúdos podres, & Deus que tudo é na verdade não o é, porque caso o fosse Ele seria todo o mau cheiro do mundo ao mesmo tempo que seria os Narcisos, o Amor, as Auroras etc. etc. Mas Deus parecia um papel que Jorgensen desejaria representar, pois tendo criado um mundo novo, ele agora parecia determinado a fazer alguns pronunciamentos à boca das portas peroladas do Céu, o primeiro dos quais era o de que eu devia morrer.

Desde aquele dia em que o padre do abrigo de pobres disse-me que era apenas o Amor de Deus o que o fazia desejar esfregar meus pés daquela maneira, sou da opinião de que mesmo que se aceite que algo é devido à Vontade de Deus, não significa que se deve concordar com ela. Pode-se, por exemplo, aceitar que esteja chovendo devido à Vontade de Deus, mas isso não significa que você deve continuar de pé na chuva. E assim por diante. E ao passo que eu aceitava o argumento de Jorgensen segundo o qual minha pele miserável realmente não merecia nada além da mais miserável morte, eu não concordava que devia morrer ali mesmo. E assim, quando ele saltou diante de mim com uma força & uma agilidade desproporcionais a seu corpo & idade miseráveis, desembainhada a enferrujada espada & voltada diretamente para meu coração, pulei fora de seu caminho, derrubando minha vela no chão ao fazê-lo.

A vela apagou-se, corri para esconder-me atrás de uma estante, mas o velho dinamarquês conhecia seu labirinto de livros melhor do que um rato o seu ninho. Antes mesmo que eu sentisse aquele odor de fígado em decomposição, senti o frio dorso de sua espada sobre meu pescoço.

"Tal como ocorreu com o Adamo di Brescia de Dante que forjou o florim florentino", ciciou ele, *"o seu corpo irá enfunar da mesma forma que um alaúde com o tormento da hidropisia no escuro poço pestilento do círculo de Malebolge no Hades!"*

À medida que sua linguagem tornava-se mais purpúrea, sua boca pegajosa enchia-se de espumantes perdigotos como se todos os seus adjetivos estivessem oxigenando a espuma que se lhe reunia nos lábios. Ele pressionou mais fortemente o dorso de sua espada em meu pescoço & eu comecei a engasgar. Eu tremia tão incontrolavelmente que a estante na qual eu me escorava começou também a tremular. Sobre o assoalho irregular a estante tosca balouçava estranhamente, sendo o seu equilíbrio, podia eu sentir através de meu corpo, precário na melhor das hipóteses.

O velho dinamarquês empurrou-me, comunicando a visão que tinha do meu futuro Inferno não apenas com meras palavras, mas com a salivante espuma que as acompanhava & que me soprava uma baba sobre o rosto.

"Você será afligido pela sede & por doenças asquerosas", aspergiu ele. *"Você será apenas um no infinito desfile dos mortos violados, mais uma sombra mutilada, condenada a viver em meio ao repugnante fedor de carne pútrida, todos os falsários como você cobertos de asquerosas sarnas & da pele necrosada um do outro."*

Com essas palavras ele deu uma boa estocada com o dorso da espada. Seu gume corroído traçou uma fina linha de sangue, interrompida, atravessando meu pescoço. No que ele empurrou a espada mais forte ainda, um dos meus pés viscosos de vômito escorregou para trás. Incapaz de manter o equilíbrio, deslizei com ele, minha lombar trombou com aquela estante instável, seu peso morto possibilitando a momentânea ocasião de articulá-la. Pensei em Pouca Paga, em suas ancas subindo, mas seria errado designar o que então fiz com a dignidade da palavra "ideia".

Com toda a energia que me restara, impeli meu traseiro tão forte quanto uma estocada contra aquele cambaleante edifício que era a estante.

O escorpião-de-livro deve ter ouvido algo — talvez um agudo rangido da madeira ou um surdo baque de um volume caindo após outro em efeito dominó — porque subitamente ele olhou para cima. Não sei se ele viu a estante vacilando, mas, numa sucessão tão rápida que quase pareceu ser um único movimento em vez de três, ele olhou para cima, deu um passinho para trás, depois tropeçou no próprio pé. Perdendo o equilíbrio, caiu justo quando os primeiros livros começaram a ir à terra.

Minha última visão foi ele inutilmente tentando aparar com a espada aqueles enormes tomos que lhe caíam por cima pesados como rochas, ubíquos como a chuva, medonhos como uma avalanche. Conforme aqueles volumes agora venciam Jorgen Jorgensen, ouvi-o chiar sobre como nada perdurava, nem mesmo os livros.

Mas então não consegui ouvir nada mais pois estava eu muito atrás numa caverna de livros desabando, o traseiro para cima & a cabeça para baixo, concentrando toda a pouca força que eu tinha em erguer a estante de volta às minhas costas. O fato de eu estar perto de sua base deveria ter significado que os livros & estantes em queda, não tendo muita altura de onde cair, apenas machucariam em vez de ferir-me severamente. Mas então uma estante lá do alto arqueou-se ensandecidamente & gingou loucamente em minha direção.

Não a senti atingir-me.

Pois estava eu me apoiando falhando caindo sem saber se conseguiria por muito mais tempo viver debaixo do grande peso de tantas palavras.

IX

Ouvi os rumores da manhã: chamado de inspeção, galinhas rixando, os distantes & felizes gritos do homicida Castlereagh. Entretanto tudo ao meu redor permanecia em treva. Por quanto tempo permaneci naquela treva, não faço ideia. Senti minha mente enevoada, & tão pesada que por um momento apavorei-me, pensando que minha cabeça, decapitada mas ainda consciente, repousava num barril com destino à Europa.

Quando senti um livro escancarado sobre meu rosto, as pesadas pontas de outros livros cutucando-me as costelas & a barriga, meu peito amortalhado com o formidável peso de livros fechados, assumi que minha cabeça & eu devíamos estar ainda por inteiro. Senti o cheiro de pergaminho, velino, suor azedo, o perfume do rim em decomposição de Jorgensen. Senti uma forte dor contundente na lombar que supus ser uma beirada da estante descansando sobre meu corpo. Alhures, nomes estavam sendo berrados & respondendo. Ouvi o surdo arrastar & estalar dos ferros do grilhão à medida que se lançavam ao trabalho. As imprecações dos serradores, o latido dos policiais.

Mas ninguém pareceu ouvir-me ou perceber-me quando espirrei várias vezes devido à insuportável quantidade de pó nos papéis que me envolviam.

Fiz um balanço da minha situação.

Ouvi. Cheirei. Mas nada vi.

Esse imenso peso de matéria inânime que parecia ser tão importante para Jorgensen era para mim uma sufocante venda nos olhos da qual eu precisava me livrar. Temi-o, como se fosse me matar caso eu não encontrasse uma maneira de escapar dele. Senti que poderia a qualquer momento começar a gritar incontrolavelmente devido à desgraçada proximidade de tudo aquilo. Pior do que qualquer calceta denteada, esses livros seguiam-me em todo movimento, procurando asfixiar-me ainda mais eficazmente conforme eu me estorcia primeiro desta forma & depois daquela. Sem muita facilidade, deslizei & empurrei, até arrastar-me para fora daquela treva.

Sentia-me mal, atarantado. Em cima da estante caída, aquele peculiar perfume doce do óleo de jacarandá fresco ascendia de prateleiras quebradas & aniquiladas. Consegui levantar-me.

E então na outra extremidade da estante avistei uma poça negra. Cambaleei até ela, escalando os escombros de livros caídos & ripas esmagadas. A poça era de sangue coagulado, coberto de pó & estriado de fios de cabelo que conduziam para baixo de um grande livro.

Puxei o livro.

Um dos olhos do velho dinamarquês pendia da cavidade ensanguentada, impelido pelo golpe de uma beirada de livro ou um canto de prateleira. Sua espada trespassara parcialmente um velho volume esfrangalhado que, numa averiguação mais de perto, provou-se ser a *História natural* de Plínio. Perguntei-me se estaria ele realmente morto, ou somente num estado de graça assim como santa Cristina, a Admirável, que, após uma síncope, aparentou estar morta apenas para depois voar de seu caixão até os caibros no meio de uma missa fúnebre. Mas nada havia de gracioso no que eu conseguia ver.

Empurrei o corpo & depois a cabeça do velho dinamarquês com meu pé, chutei-o algumas vezes, mas ele já estava enrijecendo.

Olhei para ele por um longo tempo.

Não sei quanto.

Após um enorme tempo ou um breve tempo, uma infinidade ou uns poucos segundos, fui-lhe aos bolsos. O que começou como um fraco inventário de cacarecos produziu alguns poucos itens úteis — duas penas quebradas, um canivete, uns pães pretos de boa qualidade que eram assados para os oficiais & portanto não adulterados com pó de serragem & lama, óculos (uma lente quebrada) & um anel de ouro. Costurada no colarinho de seu casaco encontrei uma dúzia de dólares bengalis que mais tarde provar-se-iam inestimáveis.

Uma intensa luz azul parecia pulsar dentro das enrugadas dobras de seu pescoço. O Velho Gould havia-me ensinado que o azul era a cor feminina, o pigmento mais caro com o qual os grandes pintores da Renascença decoraram o manto da Virgem Maria, que era então chamado de ultramarino porque tinha que ser importado do Oriente Médio — do além-mar.

Mas a distância que eu devia viajar era bem menor. Tive apenas que me estender, arrancar aquele colar de lápis-lazúli de suas papadas galináceas & naquele mesmo dia moer com pedras aquela límpida gema azul para fazer o pó para a tinta ultramarina com a qual eu agora devidamente escrevo esta narrativa de gélida morte. O azul exprime as manhãs, o céu & o mar. Entretanto, conforme me ensinaram os peixes com sua tecelagem cruzada de cores, contido em toda cor está seu oposto, & o azul é também a cor do pesar & da angústia & da lascívia. E diante de mim naquela quente manhã de verão lentamente assumindo aquela cor amaldiçoada, coberto duma quantidade crescente de moscas, estava um cadáver que, caso eu não fizesse algo a respeito, haveria de implicar-me num segundo assassinato.

A morte é um fato tão simples, contudo, tal como me ensinara o monte de merda de Castlereagh, ela pode ter consequências imprevistas, todas as quais estava eu desejoso de evitar. Arrastei o corpo do outrora rei da Islândia até a escrivaninha circular, chutei uma garrafa de *schnapps* vazia para o lado, puxei meu alçapão improvisado, & empurrando o cadáver através de uma poça de Europa regurgitada deixei-o cair em meu mundo logo abaixo.

Era algo estúpido de se fazer, mas, tendo-o feito, não havia volta. Agora, na maré baixa eu escondia o cadáver atrás da porta da cela juntamente com a madeira rachada & os detritos do desmoronamento parcial de meu teto. Na maré alta nós simplesmente flutuávamos juntos ao redor da cela.

De inúmeras maneiras um cadáver é a imagem negativa do homem vivo; de inúmeras maneiras descobri que essa imagem é preferível ao homem que uma vez habitara aquele pedaço de carne arruinada. Ao passo que Jorgen Jorgensen tentara fazer este nosso mundo conformar-se aos seus desejos, seu cadáver, o Rei — remido da subordinação à marca de ferro que era a máscara do Comandante, esvaída juntamente com o resto de sua pele — é o próprio modelo da aceitação ocidental. Enquanto Jorgen Jorgensen desejara dizer à posteridade o que ele pensava, o Rei contenta-se em ruminar a sopa rala de minhas divagações.

Muito da subsequente companhia do Rei, como pormenorizei, veio ajudar-me a preencher meu vazio aqui & vim a admirar. Sem ele & seu incentivo, eu nunca teria, por exemplo, feito tamanho progresso com este *Livro de peixes*. Ele nunca criticou meus esforços, desmereceu minhas ambições, atacou a pobreza de meu estilo. Foi uma atitude de benigna negligência, & eu creio resolutamente que por conseguinte minha escrita prosperou.

Mas a princípio, com seu olho leitoso & bochechas repuxadas & barba & unhas ainda crescendo, o cadáver de Jorgen Jorgensen era — devo admitir — perturbador. Mais tarde, conforme ele se intumescia com gás mortal, conforme seu cadáver tornava-se negro, depois verde & lodoso, conforme sua pele começava a decompor sua forma, agora elefantina, em fiapos oleosos, pútridos, esse catinguento balão cadavérico trombava em mim à medida que flutuávamos ao redor da cela.

Repugnado eu procurava com mãos trêmulas afastá-lo, embora minhas mãos, como se por alguma mágica, passassem através de sua carne pútrida extremamente inchada até atingir a última coisa firme que ao Rei restara: seus ossos — o osso de seus braços ou pernas, o osso de sua caixa torácica ou crânio. Recordei as palavras finais do Rei ditas a mim naquela noite no Registro, sobre os sofrimentos hidrópicos que eu como falsificador padeceria no meu inferno dantesco, & contudo nadando aqui comigo estava o intumescido cadáver do verdadeiro falsificador, sendo seu último reino a minha cela, agora seu círculo do Inferno.

X

Na noite seguinte retornei ao Registro. O dia transcorrera excessivamente quente & mesmo tarde da noite a sala estava mormacenta, o ar espesso & abafado. Tudo estava como eu havia deixado: a estante caída, as prateleiras esmagadas, os livros esparsos & escancarados em estranhas posições & pilhas desordenadas. O Registro — tendo sido domínio do velho dinamarquês — não fora visitado, ninguém ousara entrar durante o dia, nem ousaria, compreendi eu, até que se notasse sua ausência, o que poderia levar vários dias. Apanhei o livro que havia descansado sobre o rosto do velho dinamarquês — escuramente ensanguentado no canto que lhe havia escornado o globo ocular — para ver o que teria ele a dizer, caso tivesse algo, sobre a questão do assassinato impremeditado.

Era um in-fólio grande & elegante, publicado muito recentemente. Estampado no frontispício, em caracteres góticos dourados, lia-se o título:

CRANIA TASMANIAE
Sir Cosmo Wheeler

Abri o livro, & dentro li a seguinte inscrição:

A Toby Lempriere
De seu colega soldado de infantaria na ciência
*Cosmo Wheeler, K. C. B.**

Havia dentro da capa vários recortes de resenhas extraídas de periódicos acadêmicos, todas efusivas, uma louvando *Crania tasmaniae* como a *magnum opus* de Wheeler, outra saudando Wheeler como o Blumenbach britânico, observando

> ... que enquanto o grande craniometrista prussiano Johann Friedrich Blumenbach estabeleceu indubitavelmente a existência de uma raça europeia que ele designou "caucasiana" separada das outras quatro raças humanas, sua teoria da superioridade caucasiana em relação às outras raças mostrou-se — até a seminal publicação de *Crania tasmaniae* — mais uma atrevida asserção teutônica do que um fato scientífico comprovado.
>
> O corolário do crânio de Blumenbach oriundo da região do Cáucaso, a qual ele considera exibir em seu contorno e forma os

* Abreviatura de Knight Commander of the Order of the Bath, ou Cavaleiro Comandante da Ordem do Banho, título da cavalaria britânica concedido a um capitão da Marinha ou coronel do Exército. (N. T.)

> mais finos atributos da raça humana, e a qual o levou a alcunhar a raça europeia de "caucasiana" em sua honra, é o crânio negroide de sir Cosmo Wheeler oriundo da Terra de Van Diemen, conhecido apenas como MH-36, em que o degenerado e...

Em minha perplexidade deixei o recorte cair de meus dedos suarentos até o chão. Abaixo de onde ele pousou havia uma resenha que declarava:

> Tendo uma propensão à paixão animal desmedida e excessiva, de tipo sexual, a amatividade torna-se aparente mais prontamente pela maneira como essa energia decadente ao longo do tempo de vida escava um espaço maior que o normal de cada lado do crânio (retardando todos os outros crescimentos cerebrais) entre os mastoides, imediatamente entre o ouvido e a base do osso occipital. Sir Cosmo Wheeler corretamente descreve MH-36 como dono "da Grande Terra do Sul das cavidades amativas, uma lacuna negra de proporções monumentais à espera de futura exploração scientífica".

O que pareceu uma cruel ironia quando ponderei o lamentável destino do pênis do Cirurgião. A última resenha que li antes de jogar o resto fora era resoluta em sua opinião de que

> ... faz-se necessário apenas observar a hedionda depravação, a configuração ovina e o formato em geral regressivo do crânio MH-36 para entender por que *Crania tasmaniae* é um dos grandes feitos scientíficos de nossa era.
>
> Wheeler comprova indubitavelmente que o negro tasmaniano pertence a uma espécie inteiramente à parte, uma espécie possivelmente até mais bárbara que a dos novos holandeses, beirando o mero animal.

> Os sinais de inferioridade mental e degeneração racial estão por toda parte evidentes nos atributos craniais corrompidos, ilustrados tão esplendidamente no livro, e em geral dão peso ao crescente repertório de conhecimento scientífico segundo o qual essa espécie miserável, se não fascinante, deve ter sido criada à parte do homem europeu. Suas origens não estão, portanto, no Jardim do Éden, mas fora dele, com todas as consequências espirituais, morais e utilitárias que isso doravante implica nos dilemas humanos modernos.

Folheei o livro, rompendo-lhe com o dedo indicador as páginas ainda não cortadas conforme prosseguia. Havia muitas intrincadas gravuras de crânios nativos vandiemonianos, maravilhosamente bem-feitas. Nenhuma no entanto era mais belamente realizada que as várias páginas dedicadas specificamente a diferentes secções detalhadas daquele crânio seminal, MH-36, nas quais ele multiplicava--se infinitamente em imagens vistas de cima, de baixo & na transversal. Tal devoção reverencial trouxe-me à mente santo Agapito, de quem não menos que cinco crânios perfeitamente preservados são venerados em toda a península italiana.

Acompanhando o livro havia duas cartas, ambas endereçadas ao senhor Lempriere. A primeira, trazendo intacto o timbre da Sociedade Real, informava ao senhor Lempriere que em reconhecimento à sua assiduidade & perseverança na coleta de espécimes de história natural a Sociedade havia decidido premiá-lo com uma condecoração.

A segunda era uma carta pessoal de sir Cosmo Wheeler na qual o grande frenólogo de nosso tempo assegurava a seu querido amigo que ele muito lutara dentro da Sociedade para que se concedesse a filiação a Lempriere. Ele dissera aos colegas sobre quão criticamente importante fora a coleção de crânios de seu discípulo; sobre como em particular o crânio assinalado MH-36 comprovara conclusivamente o que sir Cosmo havia tanto tempo acreditava. Mais claramente que qualquer outro crânio que ele já examinara, esse crânio em particular demonstrava a deficiência moral, a reduzida capacidade craniana & a natureza regressiva da raça negra tasmaniana que iria no fim das contas garantir sua própria destruição, independentemente da chegada do europeu civilizado & avançado.

Contudo, tristemente devia ele relatar que um belo trabalho, assim como belas palavras, não garante sucesso por si só, & sua proposta de admissão de Lempriere fora derrotada por vontade geral da Sociedade. Não obstante, continuava sir Cosmo, uma condecoração de um grupo de tamanho prestígio não era algo a que se pudesse torcer o nariz, & iria, sem dúvida, servir como um vital trampolim a seu fim último de filiar-se.

Naquele ínterim havia ele considerado coletar ovos? Bowdler-Sharpe era totalmente inadequado, & sir Cosmo cogitava um estudo comparando ovos do Velho & do Novo Mundo & perguntava-se: será que Toby estaria interessado em fazer parte desse grandioso empreendimento coletivo?

XI

Senti-me sufocar lentamente, como se páginas tão grandes quanto casas estivessem-me caindo por cima, pressionando-me assim como se eu fora apenas uma flor para ser dessecada & preservada mediante achatamento, como se um livro tão vasto quanto o céu estivesse embrulhando minha forma submissa, prestes a cerrar-se para sempre.

As vidas dos homens não são progressões, conforme convencionalmente retratadas nas pinturas históricas, tampouco são elas uma série de fatos que se possam enumerar & entender numa ordem adequada. Em vez disso são uma série de transformações, algumas imediatas & chocantes, algumas tão lentas de modo que são imperceptíveis, contudo tão completas & aterrorizantes que ao fim de sua vida um homem pode acessar em vão sua memória em busca de um momento de correspondência entre esse indivíduo na caducidade & ele em sua juventude.

Não consigo precisar quando foi que pela primeira vez compreendi que todo aquele longo tempo em Sarah Island realmente constituíra um processo de metamorfose infinitamente lento. Conforme hesitantemente tentava irromper das trevas de *Crania tasmaniae* & das cartas nele contidas, como poderia eu ter adivinhado que em breve renasceria novamente & diferente? Que o processo de pintar os peixes fora tão doloroso & árduo não porque os peixes estavam morrendo & eu estava inadaptado à forma deles, mas porque a fim de que minha própria forma pudesse começar a mudar eu também devia morrer? Como poderia eu ter sabido que durante todo aquele longo tempo minhas pinturas estiveram-me transformando, que eu com meu pincel criava não inúmeros retratos, mas sim urdia com os inumeráveis fios de meus retratos um único casulo?

E como poderia eu saber conforme jogava aquela carta ao chão, buscando finalmente abandonar minha crisálida, que minha desesperada missão de fuga estava prestes a começar?

O PEIXE-CRINA

Em que se reconta uma fuga muito corajosa & ousada — O trenó da memória malograda — Brady, um anjo vingador — Retorno de Capois Death — Atacados pelos negros — Um assassinato — A pira funerária

I

No princípio era a Palavra, & a Palavra estava com Deus, & a Palavra era Deus. O mesmo houve com o velho dinamarquês, pois ele estava no princípio com Deus, todas as coisas foram feitas por intermédio dele; & sem ele nada do que foi feito se fez.

Mas então a Palavra se fez carne & habitou entre nós como parte de *nossa* escuridão, & não continha nossa escuridão; pois sua carne era pútrida & trapos visguentos verdes inchados rotos flutuavam como destroços ao redor de minha cela. Conforme eu tentava manter minha cabeça acima deste visgo que de noite subia-me em volta, evitando a sensação de afogar para todo o sempre na Palavra primeva, tornou-se o desejo mais sagrado de minha vida revelar que a Palavra & o Mundo não mais eram o que pareciam ser, que não mais eram Unos.

Era o dia do Ano-Novo de 1831, & estava eu determinado a manter minha recém-tomada decisão de fugir — mas com uma ambição muito maior do que a fuga: a de uma vez por todas destruir o Sistema Penal. A arma com que eu executaria esse propósito era a enorme seleção de registros que eu roubara ao Registro.

Estes, juntamente com a minha pessoa, o grilhão da pesca com rede de Rolo Palma concordou em levar de balsa para longe do porto de noite às escondidas. Em troca dei-lhes garantia de que nem eles nem quaisquer autoridades veriam novamente seus registros de presidiário, seis dólares bengalis & uma cópia da altamente estimada ainda que um tanto encarquilhada & parcialmente mutilada edição de 1628 da primeira tradução para o inglês da *História natural* de Plínio, o Velho, feita por Philemon Holland, com todos os seus relatos de raças estranhas — os Tibes com duas pupilas num olho & noutro a imagem de um cavalo; os Monocoli que com sua perna única saltam com incrível velocidade & que, para proteger-se em dias quentes, deitam-se & erguem a perna como se esta fosse um guarda-sol; os Astomi, que não tendo nem boca nem nariz, mas apenas frinchas para as narinas tal qual as cobras, viviam dos cheiros.

O povoamento estava em polvorosa: o inexplicável desaparecimento do velho dinamarquês, o boato da iminente chegada de Matt Brady & sua Infantaria Leve, a reclusão do Comandante — tudo fazia o povo correr para lá & para cá por nenhuma razão aparente. Em meio a uma desordem tão tumultuosa, fugir não era tão difícil & aqui não incomodarei ninguém com o maçante relato de minha fuga. Exigir-me-ia uma explicação dos pormenores — o encontro noturno inicial com Rolo Palma, a lua em quarto minguante concedendo luz suficiente mas não muita, a maré batendo em nossa direção & a farinha & a carne de porco em conserva, o machado & o pote, as botas & o trenó & a maneira como comprei tudo isso, juntamente com minha liberdade — & pormenores nunca me foram de interesse. Em todo caso, não foi uma questão de coragem & ousadia, mas — tal como tendem a ser esses assuntos — de suborno & ocasião.

Recordando sua última visão de mim como a da loucura tornada papel, o grilhão da pesca depois falou sobre os registros dos presidiários, livros de cartas, a miscelânea de registros com folha de guarda marmorizada, documentos & manuscritos todos formando juntos contra a pálida luz da alvorada uma única montanha que parecia uma choça em cima de um trenó de sassafrás.

Os homens de Rolo Palma puxaram seus remos toscos & sentiram o barco baleeiro sob eles lentamente ganhar vida com sua cadência, a princípio pouco mais do que um agito, & depois um inegável deslizar pela água, negra & silenciosa, regressando a Sarah Island.

Conforme os homens procuravam esquentar-se com o trabalho naquela fria alvorada de verão, ouvi suas vozes bafejarem tufos de névoa sobre aquela água calma pela qual eu tentava arrastar o trenó ermo adentro, ainda escuro & orvalhado, um maltrapilho atado a seu fardo com arreios de couro de canguru.

"Ele lembra exatamente", ouvi Rolo Palma dizer, "um louva-a-deus tentando arrastar um tijolo."

Então o Sol se levantou & eles devem ter percebido que a choça, assim como seu barco baleeiro, ganhara vida & também estava se movendo, pois ouvi-os gritar de perplexidade porque ela se fora — engolida pela verdejante imensidão que seguia a leste por centenas de milhas tendo apenas negros & animais selvagens & rios ainda mais selvagens & apenas-Deus-sabia que outras raças & criaturas monstruosas — & com ela um lunático fugitivo com destino ao oblívio.

II

DEVE-SE ENTENDER QUE BILLY GOULD atribuía aos registros um poder que somente aqueles por muito tempo imersos em papéis conseguem apreciar, ainda que não compreender completamente. Temi que, a não ser que eu fizesse algo, as mentiras que eu agora arrastava atrás de mim viessem a constituir tudo o que restara da colônia, & a posteridade procurasse julgar aqueles que já se haviam ido — julgar Capois Death, o senhor Lempriere, o Comandante, até mesmo o pobre Castlereagh, julgá-los, julgar-me — julgar-nos a todos através da máquina das monstruosas ficções do Comandante! Como se elas fossem a verdade! Como se a história & as palavras escritas fossem amigas em vez de adversárias!

Havia, sabia eu, apenas um homem que saberia o que fazer.

Matt Brady era para nós todos um enigma, mas na escuridão de minha cela catinguenta, à medida que o velho escriba dinamarquês lentamente se desintegrava ao meu redor, Brady para mim se tornara um farol. Ninguém que eu conhecera o havia visto: por conseguinte, relatos de sua natureza física variavam grandemente. Contudo estava convencido de que no momento em que nos encontrássemos eu reconheceria Brady. Uns diziam que era alto & trigueiro com uma tatuagem ao estilo maori atravessando uma bochecha; outros, que ele era metade samoano & que isso explicava sua propensão beligerante, outros diziam ainda que era baixo, sardento & usava os cabelos vermelhos em dois rabos de cavalo. Para os escoceses ele era William Wallace, para os irlandeses ele era Cú Cucalain; para todos, um herói.

Mas apenas para mim Brady era aquele que poderia vingar a História.

Meus desejos, vocês a esta altura já terão deduzido, eram copiosos; eu devia ter imaginado que eram também irrealizáveis. Tencionei primeiro paralisar a colônia removendo sua base de administração, os registros documentais de sua história inventada, a ficção necessária mediante a qual a realidade da ilha-prisão era sustentada. Eu estava decidido então a encontrar Brady & entregar-lhe esses registros. Pois eu trabalhava subordinado a uma ilusão ainda mais monstruosa do que meu trenó de sassafrás de esperanças talhadas toscamente — a crença de que assim que Brady obtivesse os registros oficiais, fictícios, & meu testemunho, verídico, como corolário corretivo, o bandoleiro estaria na posição de organizar sua vingança quando viesse a libertar Sarah Island.

Brady levaria à justiça divina os ratos que alcaguetavam, os policiais condenados que vendiam os colegas em troca de um serviços mais confortável, pois todos estes eram descritos nos registros do velho dinamarquês como heróis, como presidiários honrados & respeitados. Brady libertaria o resto, & um condenado sem um registro seria um homem livre, pois agora me ficara claro que o que nos escravizava eram estas palavras falsas. Sem elas, quem iria dizer que homem estava livre & que homem não estava? Após serem libertos os condenados seriam capazes de ir a qualquer lugar & dizerem-se livres, & não tendo registros, não mais vivendo dentro da prisão do papel, ninguém poderia provar o contrário. E mais tarde Brady faria circular um informe veraz que revelasse o horror da colônia tal como verdadeiramente era, o que mostraria o embuste do registro oficial, de todos os registros oficiais, & ao fazê-lo inculcaria por toda a extensão & a largura da Terra de Van Diemen um espírito de revolta.

Portanto, sendo enfim instrumento de glorioso propósito, eu lentamente abri caminho com meu estranho fardo pelo desconhecido adentro, sempre com a visão de meu redentor Brady diante de mim.

Entretanto até mesmo sem meu trenó de tão ultrajante ambição minha jornada era absurda. Aquela terra violenta era inexplorada, os paradeiros de Brady dentro daquele deserto do tamanho da Inglaterra eram desconhecidos. O terreno era densamente, às vezes até mesmo impenetravelmente coberto por árvores & samambaias anciãs. Subia em grandes ondas selvagens de montanhas, caía em cataratas as mais acidentadas, reluzindo brancas qual granito.

A jornada tornou-se um tormento além do imaginado. Mas conforme eu arrastava meu trenó de malograda memória através da neve, através de violento pedrisco, por cima de mais uma ravina ou sobre mais uma planície de grama touceira, cruzando várias cordilheiras & caudalosos rios, jamais em meus momentos mais desesperados, em minhas maiores agonias físicas, eu nunca, nunca aceitaria o pensamento de que eu não encontraria Brady, porque

Brady, quando eu o encontrasse, entenderia tudo. Brady saberia o que eu não sabia. Brady contar-me-ia sobre como este mundo poderia ser invertido & novamente corrigido, da maneira como uma vez já havia sido, & da maneira que deveria ser.

III

Ele adentrou no fulgurante círculo de minha fogueira no começo da noite. Estando seu sarnento & ulceroso corpo murcho & miserável, achava-se praticamente nu exceto por um chapéu de palha na cabeça, um decantador de faiança amorfo & arranhado na mão direita & um enorme "S" marcado no traseiro tal como duas ferraduras suspensas & entrelaçadas.

Eu estava aninhado debaixo duma flocosa saliência de xisto & fiquei tão aturdido com sua desesperada audácia quanto a princípio fiquei iludido com sua identidade. Minha mão agarrou o machado. Mas quando ele fez sua corajosa proposta não houve dúvida de quem era aquele que com tão pouco buscava virar a seu favor tanta fragilidade.

"Se você compartilhar sua comida", disse Capois Death, "eu aceito dividir o seu fardo."

Dei-lhe um pouco de carne de porco em conserva. Observei-o mastigá-la com um só lado da boca qual um cachorro, tendo o resto de seus dentes, suponho, caído. Perguntei por que ele fugira — afinal seu trabalho era privilegiado & muito melhor do que o da maioria na ilha.

Ainda mastigando, Capois Death tirou seu chapéu de palha & removeu do topo da cabeça um miserável & imundo pedaço de papel. Fora dobrado & redobrado tantas vezes que os vincos eram agora praticamente rasgões, & quase constituíam quatro pedaços de papel separados.

Caro cap, lia-se,

você sempre foi meu primeiro & único você foi meu tudo como era doce como era bom como eu nunca vou esquecer quanto amei seu sorriso torto seu cabelo torcido como eu sempre te amei

para sempre o seu querido

Tommy

Devolvi a carta a Capois Death.

Subsequentemente ao enforcamento do Ribombante Tom Tecelão no último inverno, disse ele, seu próprio coração se partiu. A princípio desejou se matar, depois de um tempo decidiu em vez disso fugir no verão seguinte. Ele abalara com um grupo de seis pessoas várias semanas antes; separaram-se quando a derradeira comida acabou. Um camarada se afogara ao vadear um rio, outro regressou ao acampamento dos caieiros para se entregar. Capois Death lutara com um diabo-da-tasmânia pela carniça de um vombate uma semana antes; desde então, nada.

"Sim", disse ele, embora eu não saiba em resposta a que, & desarrolhou o decantador que trazia, ainda cheio dum fluido manchado, como que de mijo, que uma vez fora a Sopa Perniciosa & uma história, disse ele — sua mente, percebi, já muito corroída —, que uma vez fora a dele. Tirou uma fibra de relva lodosa & contou sobre como, não muito depois de aportar em Sarah Island, ele testemunhara um inquérito de um condenado recapturado.

O condenado — um pasteleiro de Birmingham — passara várias semanas em fuga com três fugitivos que ainda estavam desaparecidos. Pela carência de comida naquele mundo severo, conjecturou-se que ele havia devorado seus colegas enquanto tentavam sem sucesso encontrar uma passagem através das selvagens montanhas do oeste até o leste colonizado, antes de enfim, lastimavelmente esfaimado, retornar à colônia & se entregar.

Declarando-se cansado desta vida, confessou canibalismo, mas só acreditaram nele quando tirou & brandiu seus mocassins feitos de pele humana. Mais interessado no que o pasteleiro havia conhecido do inexplorado ermo transylvaniano do que em confissões de depravação, Musha Pug pressionou-o a descrever a exata natureza da região através da qual ele viajara.

Exasperado, o pasteleiro inclinou-se para a frente &, solicitando permissão ao Comandante, tomou uma folha de papel de Jorgen Jorgensen, que tomava nota do inquérito. Com um violento gesto ele amassou a página numa bola disforme.

"Senhor", disse ele calmamente, "a Transylvania se parece com isto" — & deixou cair aos pés a página amarrotada.

Em função do pouco de comida que me restara, Capois Death agora me acompanhava na viagem através daquele amarrotado labirinto de cascatas & florestas tropicais & ravinas & camadas de pedra calcária que se desdobrava perante nossos olhos em algo inexprimível com palavras.

Destinávamo-nos a Frenchman's Cap, o grande maciço da Transylvania. Visível a cem milhas de qualquer direção, sua distinta forma ascendente acidentada, quando vista de muito longe por aqueles em cativeiro em Sarah Island, vividamente — & para nós, condenados, ironicamente — sugeria o barrete da liberdade dos franceses, onde eu tinha razão para crer que (baseado na constância de intermináveis mexericos & em certas cartas secretas do governador endereçadas ao Comandante que eu encontrara) Brady estava acampado.

Destinávamo-nos a Frenchman's Cap, mas não fomos os primeiros. Topamos com fogueiras com esporádicos ossos da coxa ou do antebraço. Topamos com raízes de murta entrelaçadas com o esqueleto manilhado de um fugitivo anônimo.

Permanecemos imóveis, tentando ouvir algo, não sei o quê.

"O que você quer fazer?", perguntou Capois Death, coçando uma crosta enorme, de aparência irritada, que se formara em seu antebraço sobre a marca da máscara sorridente.

Claudicamos adiante. Nossa carne de porco em conserva acabou-se. Os livros ficaram úmidos, juntaram musgo, brotaram líquenes, ganharam insetos & minúscula vida vegetal. A crosta no braço de Capois Death ficou séptica, seus movimentos, lentos, sua mente, febril. Nosso chá acabou-se. De alguma forma perdemos o machado, embora eu ache que Capois Death o tenha jogado fora, receando que um de nós ficasse tentado a usá-lo à maneira do pasteleiro. Nossa farinha acabou-se. Num fundo vale de rio topamos com o cepo de um eucalipto, com uma circunferência tão grande quanto uma vintena de homens. Em seu tronco estavam pregados numa linha reta o que pareciam a distância ser pedaços de cascas. Em sua febre, Capois Death julgou serem a múltipla prole dos olhos do ludita espreitando--o, resolvidos a se vingar, & não chegava perto deles. Mas não eram nada do tipo: averiguando-os descobri que os pedaços de cascas eram uma dúzia de pares de orelhas negras atrofiadas.

Depois, mancando de um alto afloramento rochoso viemos dar com uma grande planície de grama touceira, juncos à altura do peito, acobreados, com florezinhas & crescimento recente. Vimos um tremeluzir irregular movendo-se através da planície em nossa direção, que após um tempo reconhecemos como sendo dois homens pretos.

Nenhum deles assustou-se quando executamos o velho truque de pegar alguns gravetos & levá-los aos nossos ombros afetando serem mosquetes. Não havia sentido em correr, até mesmo esperamos que pudessem provar-se amistosos & oferecer-nos um pouco do canguru que conseguíamos ver pendurado no ombro de um dos homens.

Mas após terem caminhado até nós, ficou claro que não iriam compartilhar nada. Um deles era um homem alto, & um tanto sarnento. O outro era de compleição mais baixa, mais robusta. Podíamos ver que estavam furiosos. Não percebemos as lanças que carregavam junto ao solo, agarradas entre os dedões do pé.

"Numminer? Numminer?", interrogaram eles, & eu, um estúpido homem branco pensando que por "numminer" queriam dizer "homem branco", termo associado a todos os horrores infligidos pelo homem branco aos pretos, disse: "Não, eu não ser numminer". Capois Death, um esperto homem negro pensando que por numminer queriam dizer "fantasma" & que ele podia ser capaz de representar o bicho-papão diante de almas tão simplórias, empertigou seu corpo & com toda a determinação resistiu a estremecer violentamente de modo que não pudessem saber quão doente & fraco ele de fato estava.

Numa voz tão possante quanto lhe restara, ele disse:

"Sim, eu ser numminer, eu ser um tremendo de um numminer."

IV

A ÚLTIMA VISÃO QUE CAPOIS DEATH teve antes de sua lamentável morte foi a de sua pesarosa história sendo reproduzida ao avesso na íntegra. Todas as suas vicissitudes em Sarah Island, o ludita, o Escaravelho, seus triunfos como dono de pub em Hobart Town, seus tempos em Liverpool, ele via-os retrocedendo através de um decantador de cerveja sendo derramado.

Ele olhou para cima & viu a si mesmo conforme nadava de volta ao navio negreiro & submetia-se à servidão após um ato humilhante com um homem branco, fitou com tristeza cada vez maior conforme gradualmente abandonava todo seu feroz desejo de liberdade, enquanto franceses risonhamente retiravam pregos das dragonas de madeira que haviam sido encravadas de modo tão peculiar nos ombros do general negro Maurepas.

Maurepas fitou em trêmula incompreensão os folgazões homens franceses, conforme sua mulher & filhos regressavam do mar, conforme cães vomitavam pedaços de seres humanos que se reconfiguravam em novas pessoas, conforme a brutal repressão da revolta escrava tornava-se uma breve liberdade para depois finalmente, uma vez mais, tornar-se uma infinita servidão.

Capois Death sentiu sua fúria insaciável & sua determinação a não permanecer escravizado esmorecerem como a chama de uma vela gotejante & conforme perdia o viço da virilidade & se reduzia a um corpo infantil cada vez mais débil, ele simplesmente veio a aceitar o mundo de labor interminável, brutalidade incessante & violência inútil de seus mestres & também de seus camaradas como a única maneira de se viver que havia aqui, lá & em toda parte. Somente o gosto de uma goiaba roubada à sua boca & enxertada de volta numa árvore redimiu aquele longo tempo que terminou, finalmente, quando o feitor negro arrastou para a frente uma mulher negra em pranto.

Com grande força uma mulher branca insistia em empurrar Capois Death, agora um bebê, contra a mulher que gritava, cujos gritos rapidamente rarearam & após segurar no peito por um breve tempo a criança ainda molhada & ensanguentada, abandonou o tamborete & acocorou-se num pátio empoeirado debaixo duma goiabeira & permitiu que Capois Death finalmente retornasse ao único momento de serenidade que ele já conhecera & entrasse com os pés para a frente na imensidão da mulher através da selvagem, fendida, ensanguentada caverna de sua abertura.

Justo naquele último momento antes que a treva o englobasse para sempre, Capois Death virou-se & viu a si mesmo refletido no espelho de uma botija de cerveja que se esvaziava na qual o tempo havia estacado rodando de trás para a frente & agora rodava rápido adiante, mas ele se mantinha impassível ante seu futuro, era indiferente à revelação de seu destino que o revelava & a mim saltando dos arreios do trenó & buscando fugir dos negros, & duas lanças penetrando & atravessando seu torso febril.

Capois Death virara-se, cobrara longo fôlego, lentamente se levantara & havia dado somente três lentos passos para longe da botija que se movia para trás & avante no tempo, quando sentiu a primeira lança como se fora o golpe de uma marreta, sentiu-se cambaleando, depois um segundo golpe ainda mais potente que o primeiro. Ele rodopiou como um melro trespassado & caiu desajeitadamente de joelhos. À medida que tentava fugir rastejando, sentiu as clavas deles começando a martelar seu corpo & sentiu a linguagem começando a dispersar-se para

longe,

palavras passandoa esbarrar umasnasoutras ep oucofazia sen tido & entãooper fumede umagoiabaretornou &tommyfalandoandando comigo& muitomuitomuitolonge&tommy!tommy!frio&frio &

&————

Conforme eu corria olhei por cima do ombro & vi os pretos golpeando Capois Death fortemente com suas clavas, & eles pareciam estar tentando quebrar os ossos de cada um de seus membros. Vi-o erguer um braço lentamente, um gesto indefinível & insuficiente. Talvez ele estivesse se despedindo de alguém ou de algo. Batiam-lhe na cabeça, espancando-o com toda a força. Do denso abrigo de uma melaleuca observei-os então abandoná-lo para morrer.

Quando com muita cautela retornei na manhã seguinte para recuperar o trenó, foi para encontrá-lo intacto, ao contrário do cadáver de Capois Death, já com vísceras rastejando de seu ventre afundado em formatos de opulentas salsichas & miúdos & com as cores do sangue coagulado nos pontos em que os diabos-da-tasmânia & tilacinos haviam começado a se alimentar durante a noite.

Ao lado de sua cabeça, olhos leitosos ainda fixos firmemente sobre ela, estava sua botija de álcool, quebrada, esvaziada. Espalhadas ao redor de seus fragmentos estavam suas histórias: metade de um anel de granada, uns seixos & ervas pálidas & três conchinhas — um caramujo, um mexilhão bebê & uma concha de vieira partida. Ele era a Sopa Perniciosa privada de sua losna. Ele era sangue de pássaro sem corpo algum para besuntar & fazer voar. Ele era história.

Com minhas pobres mãos de pintor & com rotos gravetos que ficavam estalando comecei a cavar uma sepultura no ardido cascalho que formava um deserto úmido debaixo da grama touceira. Depois de um tempo desisti exaurido, tendo obtido apenas o mais raso dos desnivelamentos. Arrastei o corpo de Capois Death até ele, & então parti, sem me voltar fugindo desejando querendo que a vida fosse outra.

O tempo transcorreu.

Passei a delirar.

O tempo não transcorria. Minhas visões & a minha visão tornaram-se uma só. O tempo circulava. Eu rebocava um trenó de mentiras chamado História através de um ermo. O tempo ria. Eu aguardava uma morte que jamais ocorreria numa cela na colônia penal de Sarah Island. O tempo, escarnecido! Magoado! Ferido! Fendido! Eu estava escrevendo um livro num outro tempo tentando entender por que não havia palavras para o que havia ocorrido.

Nenhuma.

Nada.

Seminu, emaciado, iniciei a conclusão de minha jornada, a subida de Frenchman's Cap. A cada dia eu rasgava mais uma tira de meu gibão de pele de canguru, & mastigava-a para meu sustento. Calculando que o colete me forneceria vinte tiras, o lento sumiço de minha vestimenta me servia de calendário, enquanto meus dentes primeiro ficaram bambos & doloridos em minhas gengivas inflamadas, & depois começaram a cair.

Foi ao abrigo relativamente calmo de uns outeiros de granito enormes a meio caminho de uma cordilheira situada a oeste que depois de um longo tempo encontrei acotovelado em volta de uma pequena fogueira penando debaixo da chuva o mais inesperado grupo de rostos familiares. Eu havia comido a última tira do colete dois dias antes.

V

Havia três menininhas & um jovem garoto com seus tíbios corpos reduzidos a quase nada; vários cães famintos, sarnentos; & uma mulher sem sapatos que reconheci ser aquela que o Comandante chamava de Mulata, Robinson alcunhava de Cleópatra & os condenados & eu conhecíamos como Pouca Paga, rachando galhos para pôr na fogueira. Para alguns — não, para quase ninguém — eles não teriam constituído visão atraente, mas para mim, que não havia visto um colega humano pelo que pareceu uma eternidade, eles eram incomparavelmente belos.

Pouca Paga estava trajada com uma velha saia preta de algodão, uma grosseira jaqueta de presidiário amarela de lã, & gorro vermelho de lã. Levava às costas numa tipoia feita de pele de wallaby um bebê, que vim a entender ser o gêmeo da criança cujo craniozinho Pouca Paga, no costume do seu povo quando em luto, carregava pendurado ao vestido. A criança era de uma tonalidade mais clara do que a das suas outras crianças; seus olhos, azuis. Poderia, percebi, ser filho meu. Ou caso houvesse um filho que fosse meu, talvez Pouca Paga o tivesse matado. Um homem negro de costas para mim punha três ratos-canguru para cozinhar na fogueira. A princípio ele nem se incomodou em olhar para cima quando lhe chamei o nome.

Mas quando o Rastreador Marks finalmente levantou a cabeça, sobreveio-me o choque. Longe de ser o homem elegante, forte, que eu conhecera em Sarah Island vários meses antes, ele era agora uma figura não tanto emaciada quanto definhada, seu outrora elegante colete castanho-avermelhado passara a um negro untuoso, pendendo tão pesado em torno dele quanto as calcetas de ferro me haviam pesado, sua requintada camisa azul de listras embaciada & rasgada, suas calças de fustão escuro pendendo de seus cambitos em compridos farrapos.

Sua aparência era grotesca. Seu rosto estava mutilado, & quando ele se aproximou de mim, ficou claro que em dado momento suas orelhas & nariz haviam sido cortados & somente caroços carnudos, ainda parcialmente em carne viva, vermelhos & irritados, restaram onde estes órgãos antigamente se encontravam. Por todo seu rosto lacerado, como inúmeros besouros carnívoros cruéis, vi as reveladoras pústulas da varíola. O Rastreador Marks, a quem eu sempre desejara pintar como o dândi peixe-crina, agora apenas fazia lembrar a contorcida, flácida & fedorenta extensão de carne em que os peixes se tornavam depois de alguns dias repousando no chalé do senhor Lempriere.

Não pude me furtar a encará-lo. Então Rastreador Marks fez algo que, caso houvesse eu viajado mil milhas através de cem ermos para encontrar este lugar, eu jamais teria conseguido prever.

Ele estava estendendo o braço.

Ele estava tentando alcançar-me.

Com o dorso de seus dedos, em minhas bochechas & lábios, ele estava me tocando.

VI

Sua mão caiu de meu rosto, & sentei-me na terra com eles ao redor da fogueira. Conforme a pele dos ratos-canguru começou a chamuscar & chiar, o Rastreador Marks, através de sinais & do patoá vandiemoniano que chamavam de *dementung*, esse dialeto abastardado que é devido em parte aos homens pretos, em parte aos criminosos brancos, disse-me que eles haviam me esperado por algum tempo, tendo avistado & rastreado a fumaça de minhas fogueiras durante vários dias à medida que eu lentamente serpeava pelos flancos da montanha acima.

Pouca Paga acendeu um cachimbo & após algumas baforadas ofereceu-mo. Era um tipo de tabaco nativo, forte & gordurento &

refrescante. Passei-o ao Rastreador Marks, que inalou uma vez, espirrou & tossiu um bocado — pareceu uma horrível tosse deveras profunda —, depois me contou sobre como decidira deixar Sarah Island para caçar cangurus. Após alguns dias de viagem ele se deparara com a foz do rio que os brancos chamavam de Pieman Heads. Lá ele topara com uma comitiva de soldados que haviam sido enviados para encontrar o Rastreador & pedir-lhe que o ajudassem a encontrar o notório bandoleiro Matthew Brady.

A essa altura o Rastreador Marks interrompeu sua história para retirar os ratos-canguru chamuscados da fogueira & destramente destripá-los com uma pedra afiada. Após devolvê-los ao fogo, tossiu um pouco mais, depois continuou sua narrativa.

Os soldados ofereceram ouro, bem como uma terra perto de Jericho onde o Rastreador poderia estabelecer sua própria fazenda. Pelas próximas semanas eles cruzaram a Transylvania. O Rastreador mostrou-lhes pedras que deviam ser Brady, lagos alpinos que deviam ser Brady, peixes que deviam ser Brady, fê-los nadar em profundas corredeiras de rios montanheiros que deviam ser Brady, fê-los estacar debaixo do vento frio que devia ser Brady, & então eles apresentaram o Rastreador à bota, fatiaram-lhe o nariz & as orelhas, uma destas tão rente que acabou levando junto um pedaço da bochecha, depois lhe deram uma bela sova & disseram-lhe que caso viessem a se esbarrar de novo terminariam atirando nele por ser um crioulo tão arrogante, por tê-los levado tão longe de sua presa durante tanto tempo.

Senti um bulício de entusiasmo com essa história. Minha alma acalorara-se ante companhia tão inesperada & minha mente sentira-se estranhamente lúcida devido ao tabaco. Com a força da revelação, percebi que minha jornada chegava à sua fabulosa conclusão. Claramente, embora o Rastreador soubesse onde ficava o acampamento de Brady, ele com destreza evitara mostrar aos soldados. Agora ele me levaria até lá.

VII

O mundo ficou cinza à medida que grandes nuvens, imensas & negras, desceram & obscureceram praticamente toda a luz, apressando a investida do anoitecer. Quase que de imediato, com uma perversidade inteiramente consistente com o verão vandiemoniano, começou a cair pedrisco.

Conforme a neve aguada chiava desdenhosa na fogueira, o Rastreador Marks tirou os animais cozidos e cortou-os em pedaços, compartilhando-os com as pessoas ao redor. Ele próprio nada comeu, nem mesmo quando Pouca Paga rachou os fêmures dos ratos-canguru cozidos & os levou à boca dele, implorando-lhe que chupasse o tutano para obter energia; depois, quando ele recusou, esfregou o tutano nas suas bochechas & testa como se assim pudesse igualmente transmitir-lhe energia.

Quando após a refeição eu então perguntei ao Rastreador Marks onde estava Brady, respondeu ele que as pedras eram Brady, que os lagos eram Brady, que os peixes eram Brady...

Eu poderia ter lamentado que não apenas o corpo, mas também a mente do Rastreador Marks parecessem estar em tamanho declínio. Mas para dizer a verdade eu não senti nada além de uma grande estafa consequente à súbita & inesperada refeição de marsupiais, ligeiramente nauseado mas também estranhamente saciado. Eu me aproximei do fogo até que Pouca Paga me convidou a juntar-me a eles numa pequena reentrância cavernosa nas pedras à qual todos se haviam recolhido.

Uma vez debaixo da saliência, o Rastreador Marks fez-me dormir com eles, a fogueira diante de nós, cães enroscados em nossos pés & cabeças, as crianças aconchegadas a mim de um lado, Pouca Paga do outro, com o Rastreador Marks na outra ponta dela.

Julguei aquela proximidade inesperada &, para ser franco, um pouco inapropriada, mas como ninguém parecesse julgá-la minimamente esquisita, rolei para o lado & vi meu nariz aninhado nas costas daquela que o Comandante chamava de Mulata, Robinson alcunhava de Cleópatra & os condenados conheciam como Pouca Paga, & cujo nome aborígine, percebi com uma súbita sensação de vergonha, nunca me preocupei em descobrir.

Senti-me infantil &, com uma vaga sensação de que saber tão pouco era um pecado incerto mas real, terrível & inconfessável, que não havia ainda sido perdoado, adormeci. Conforme dormia senti meus músculos & ossos lentamente acalorarem-se & depois relaxarem, & senti, pela primeira vez em muitos, muitos dias, que eu estava seguro.

VIII

Quando acordei era noite, estava escuro exceto pela fogueira — a qual mais cedo parecia fadada a extinguir-se no frio & na umidade — agora ribombante & violenta, uma enorme & selvagem presença vermelha de três jardas de altura & pelo menos a mesma grandeza de raio preenchendo nossa caverna com uma bruxuleante luz amarela.

Rastreador Marks, Pouca Paga, as crianças & os cães — todos se haviam ido. Um perfume defumado contudo familiar de alguma forma chegou às minhas narinas, lembrando-me o bafio que eu havia sentido em minha primeira ingressão no Registro.

Do outro lado da labareda vi Pouca Paga dançando com as crianças. Ela abandonara suas roupas europeias &, afora um colar besuntado de ocre vermelho feito de tendões & uma faixa de pele de canguru enrolada diversas vezes ao redor de sua cintura na qual o craniozinho estava agora pendurado, ela vestia nada além do ocre vermelho besuntado no rosto & nos pelos pubianos, estes parecendo limalhas de ferro enferrujadas atraídas pelo magnetismo de suas partes pudendas. Seus cabelos haviam sido rearranjados com uma espessa pomada de ocre vermelho & graxa, moldados em escamas sobrepostas tais quais as de um peixe. As crianças estavam similarmente nuas & similarmente ornadas.

Conforme eu rumava até eles no entorno da fogueira, senti algo cair na lateral do meu ombro, depois tombar. Parei, virei & olhei para baixo. Jazendo ao meu lado no chão, terminando no fumacento toco de um antebraço, havia uma fumegante mão negra.

O LAGOSTIM-DE-ÁGUA-DOCE

Rei Canuto — Um auto de fé nas antípodas — A partida de Pouca Paga — Metamorfose — Fogueira com crânios — Cântico de Salomão — Colmeia de cabanas — Os proventos da leitura — Comendo o diário de Brady — Universo de horror, infinidade de amor — Clucas avante — Sua perfídia recompensada

I

Com uma sensação de impendente pavor, parei, virei & olhei para cima. A princípio recusei-me a crer que via o que testemunhava. Devia ser uma confusão dos olhos & do cérebro, devia estar confundindo a forma interminavelmente líquida das chamas com outras coisas. Mas quanto mais eu fitava, mais eu sabia que não podia haver erro.

Pois lá em cima no meio do fogo, sentada empertigada a sete pés acima, havia uma atrofiada, escura tora sustentada por ramos ardentes amontoados por todos os lados. A tora escura era um rei Canuto negro muito refestelado em seu trono enquanto uma onda de labaredas amarelas & azuis batia cada vez mais alto ao redor dele. Pisquei — uma, duas vezes — mas não podia haver erro: o rei Canuto era o Rastreador Marks, agora morto, & aquela era sua cremação.

O dândi negro, sua tosse seca agora para sempre silenciada no bailante núcleo do fogo, carbonizava-se em algo irreconhecível. Chamas vermelhas o envolviam qual mãos escravizantes numa cintura, afagando um peito, almejando um queixo. Havia um braço terminando num cotovelo que expectorava fogo. Um ouvido queimando com uma suave chama amarela qual uma vela de sebo.

Ouvi um ganido & olhando para baixo vi um dos cães miseráveis tentando escapulir com a mão do cadáver do Rastreador que caíra em cima de mim & dali fora ao chão. Um pé baixou sobre aquela mão, um pé que agradecidamente reconheci não estar incendido & sim vivo & pertencente a Pouca Paga, que se inclinou, arrancou das mandíbulas do cão a mão ainda fumacenta, deu um chute no cão & com um arremesso casual atirou-a de volta à fogueira.

Se os leitores imaginam que nesse momento Billy Gould gritou ou guinchou, estão muito enganados. Se pensam que Billy Gould pulou audaciosamente, extirpou o corpo do Rastreador das chamas & depois disso proporcionou-lhe um bom enterro cristão, estão ainda mais enganados.

Por um lado, foi tudo que consegui fazer para continuar de pé. Por outro, nunca fui de dizer às pessoas como elas devem viver suas vidas &, dada minha própria experiência, não me parecia um princípio insensato para que agora eu o estendesse à morte. Eu já havia presenciado dois cadáveres, & um passara de um monte de bosta a um sistema scientífico, enquanto o outro se tornara um sábio viscoso. Tornara-se-me claro que nenhum bem, quer scientífico, quer espiritual, provém ao se intrometer com os mortos. E ademais, senti que o Rastreador parecia assaz feliz lá em cima no topo de sua fogueira, tal qual a brilhante estrela de Belém em cima de uma árvore de Natal. Não era bonito & não era feio. Não era certo & não era errado. Cheirava a algo similar ao que eu esperava que um dia Castlereagh cheirasse.

Percebi que Pouca Paga olhava para mim. Podia sentir o calor do fogo em meu rosto, & podia ver as labaredas pintando suas folhas escoiceantes de luz vermelha & sombra negra sobre o corpo dela, seu rosto, seus olhos negros úmidos de lágrimas. De um cestinho de pele de canguru pendurado num cinto de tendões em sua cintura ela tirou uma porção de ocre vermelho que triturou na palma da minha mão, depois empastou com cuspe, dizendo a todo momento estas palavras: *Ballewinny... balle-winny... ballewinny*, & a todo momento chorando & seu rosto se contorcendo & tremendo sob aquela luz bruxuleante, & ela continuava a me olhar & eu apenas olhava para baixo ocasionalmente, para seu trabalho com o ocre vermelho untado com cuspe, constrangido demais para fazer o que fosse, mesmo quando ela levou um dedo lambuzado de vermelho à minha bochecha & começou a besuntar sinais em meu rosto.

À medida que esfregava o ocre ela me encarava, como se eu fosse algum amigo perdido havia muito tempo, tal como se eu fosse seu homem, seu irmão, seu pai, seus filhos, todas as outras pessoas que haviam precedido o Rastreador Marks, em benefício de quem ela esfregara ocre no próprio rosto & carvão no próprio corpo em forma de luto conforme pereciam um a um de resfriados & varíolas & gonorreias & tiros de mosquete, tal como se compartilhássemos algo que transcendesse nossos corpos & nossas histórias & nossos futuros, & tal como se ao marcar-me dessa maneira com ocre vermelho eu pudesse de alguma forma também vir a conhecer um pouco de tudo aquilo.

Mas na estorcida luz & sombra da fogueira com os lambuzados de morte & vida em meu rosto & os mistérios secretos que exprimiam, apenas senti não saber nada daquilo.

A mulher negra virou-se, apanhou um grande galho, & batendo-o com força na cabeça incendida do Rastreador Marks rachou-lhe o crânio & expôs-lhe os miolos em perfeito estado ao fogo. Ela então com o galho caminhou ao redor do corpo, cutucando & levantando & espicaçando, parecendo resolvida a assegurar que o Rastreador fosse devidamente reduzido a cinzas.

Depois ela começou a cantar, & as crianças a acompanharam, as crianças cantando juntas & ela cantando uma oitava acima, formando uma harmonia de tamanha exatidão que eu, embora não entendesse palavra alguma, fiquei extremamente comovido.

Foi nesse momento, quando eu tentava livrar-me da frustração de não entender uma só palavra que ela cantava, mas me achava possuído da aterrorizante suspeita de que na verdade entendia tudo bem demais, que essa mulher de muitos nomes a quem eu não mais sabia como me dirigir volveu-se & começou a rasgar as páginas de um livro & jogá-las no fogo.

Olhei para cima & notei que a cabeça do Rastreador, apontando para o norte, estava amortalhada em folhas dos registros dos presidiários, dos livros de cartas, dos registros de laudos & ordens permanentes, todos agora reduzidos ao propósito de abastecer uma pira funerária, irrompendo em chamas & depois subindo & flutuando pelo rosto alegremente chamuscante do Rastreador, suas páginas esvoaçantes momentaneamente iluminadas pela luz da orelha do Rastreador antes que desaparecessem dentro da noite como folhas de carbono desintegradas.

Conforme ela se aproximava do lado da fogueira mais perto de mim, vi que enquanto dançara Pouca Paga estivera todo o tempo alimentando a fogueira com páginas que com grande frenesi rasgava dos registros.

Os registros!

Os registros que eu arrastara por tantos dias com tanto sacrifício! Os registros com que Brady nos libertaria! Os registros que haviam matado Jorgen Jorgensen & pelos quais eu arriscara minha vida & Capois Death havia inadvertidamente dado a sua...

Disparei & arrebatei dela o livro que estava rasgando & jogando às labaredas, decidido a lutar para resgatar ao menos um volume de seu alucinado auto de fé antípoda, mas para minha surpresa ela não opôs resistência ao meu súbito ataque & em vez disso apenas o largou.

À medida que eu tentava conter o incêndio das beiradas do livro com tapinhas notei algumas das palavras iluminadas pelas chamas. À luz da fogueira li umas sentenças que não faziam sentido algum sobre como o ato de comprar cadeiras era uma fútil expiação de pecados inespecíficos mas assaz verídicos. Então a labareda fez saltar a página da minha mão & a página, já desprendida, caiu no fogo. Olhei de volta para Pouca Paga, mas ela ainda encarava o livro, do qual eu então li o que era seu começo, uma página rasgada na metade, cujas primeiras palavras legíveis eram:

"... pois eu sou William Buelow Gould, de alma acidulada, olhos esverdeados, dentes separados, cabelos desgrenhados & tripas irritadas, & pretendo pintar retratos de peixes & neles apreender mais uma alma como a minha..."

Experimentando a vaga sensação de um reconhecimento distorcido, folheei mais algumas páginas, percorrendo pinturas de peixes & prosa que descobri em vários lugares ser reconhecível como trabalho meu, & noutras partes como absurdos disparates embora não sem uma curiosa & às vezes perturbadora correspondência com a realidade de Sarah Island.

Mas foi quando meus olhos pousaram sobre umas linhas na parte inferior de uma página no começo do livro que experimentei algo parecido com pânico.

"William Buelow Gould", li, "nascera com memória mas nenhuma experiência ou história de que precisasse prestar contas, & ficara até o fim buscando inventar o que não existia, na curiosa crença de que sua imaginação pudesse se tornar sua experiência, & dessa maneira ambas explicarem & curarem seu problema de memória inconsolável."

Decidindo não ler mais aquele desvario, arranquei aquela página ofensiva & joguei-a nas labaredas, mas agora eu sentia meu fôlego encurtar-se em abruptos resfôlegos & em minhas costas assomava um espinhoso suor de medo & em meus intestinos minhas tripas começaram a dançar uma jiga aguacenta.

Pouca Paga limpou lágrimas das bochechas & indicou que a outra extremidade da pira necessitava de mais combustível. Fiquei enfurecido com sua total falta de interesse em meus sentimentos & estava resolvido a não ler mais nenhuma palavra, a começar ali mesmo a tentar apagar esse momento da minha vida.

Eu recomeçaria minha busca por Brady, que iria dizer-me que tudo o que eu agora testemunhava era simplesmente o delírio de um homem perdido & faminto nas florestas selvagens da Transylvania. Mas de nada adiantava — Billy Gould não se podia furtar à crescente suspeita de que ele agora se via apanhado dentro de um livro, um personagem cujo futuro tanto quanto o passado estava já escrito, determinado, pressagiado, tanto inalterável quanto era intolerável. Que escolha tinha ele senão destruir aquele livro?

Arranquei mais uma dúzia de páginas com grande vigor & joguei-as no fogo, mas a lufada ascendente das chamas levantou as páginas & varreu-as diretamente de volta contra o meu rosto. Ao tirar de meu nariz uma página parcialmente queimada não pude deixar de ler:

"Jazendo a meu lado no chão, terminando no fumacento toco de um antebraço, havia uma fumegante mão negra..."

Com grande violência, amarfanhei a página & joguei-a no fogo, apenas para ver revelada na página seguinte a pintura de um lagostim-de-água-doce. Era como se houvesse sido pintado em perfeita imitação ao meu estilo. Tentando desesperadamente evitar concluir que caso esse livro de peixes fosse uma crônica da colônia ele bem poderia ser também sua profecia, notei então que o livro não estava nem perto de acabar, que continha vários outros capítulos, & com galopante horror li na página subsequente sobre como... "notei que o livro não estava nem perto de acabar, que continha vários outros capítulos, & com galopante horror li na página subsequente sobre como..."

II

... ESTRANHAMENTE, MAS NÃO INEXPLICAVELMENTE, eu então deixei o *Livro de peixes* cair inteiro no inferno, & passei a acompanhar a mulher negra no dilaceramento dos outros livros & em alimentar o fogo com as páginas rasgadas.

Em direção àquela pira iam as descrições de inúmeros passados individuais, sua ideia implícita de um futuro único, & com quanto deleite aquelas labaredas famintas crepitavam! Tal como Pobjoy havia muito me dissera, as definições pertencem ao definidor, não ao definido, & eu não mais desejava ter minha vida & minha morte pressagiadas por outrem. Eu já aturara muito para ter de ver-me reduzido a uma ideia. Em direção àquela pira joguei inúmeras, inúmeras palavras — a íntegra daquela falsa literatura do passado que me havia manilhado & subjugado tão certamente quanto as coleiras de ferro com pregos & ferrolhos nas pernas & calcetas denteadas & bolas & correntes & raspagens de cabelos — que por tanto tempo obstruíram minha voz livre & as histórias que eu necessitava contar.

Eu não mais desejava ler mentiras concernentes a quem & ao porquê de eu ser o que era. Eu sabia quem eu era: eu era o passado que fora açoitado no Triângulo, mas eu sou o flagelador mergulhando sua chibata no balde de areia para dar às pontas uma ferroada adicional; eu era o passado que desabou com um grito abafado pelo alçapão de madeira verde do patíbulo, mas eu sou o algoz pendurado nas pernas do homem moribundo; eu era o passado comprado & acorrentado & violentado por pescadores de baleia, mas eu sou o pescador fazendo a mulher negra comer a própria coxa & as orelhas.

Em direção à fogueira joguei aqueles livros de traições, de mexericos phantástikos, de histórias um tanto verdadeiras & em sua maioria falsas, todas com deslealdades grandiosas & insignificantes em seu cerne escondendo de nós a nossa ignomínia sobre como fomos feitos para ser o encarcerado & também o carcereiro. Nem nós nem nossas crianças tampouco sua infinita progênie poderiam algum dia esquecer a ignomínia, muito depois de perdida a memória do porquê. Em direção à fogueira joguei *Crania tasmaniae* — aquelas belas litografias de crânios roubados & eles também dançavam ao redor do cadáver carbonizado. Em direção à fogueira & dentro de seu faminto âmago amontoamos todas, todas aquelas mentiras que obscureceram os mistérios & vestígios & ecos & perguntas & respostas, a fim de finalmente & completamente & eternamente escapar daquela prisão; em direção à fogueira lançamos todos os últimos registros, toda folha de papel solta, mais & mais, & mais & mais elas queimavam.

A princípio tanto papel úmido meramente abafou o fogo, mas logo as chamas reemergiram & o fogo saltou de volta à vida qual uma enorme bola, como se o Sistema fosse um dragão recém-trucidado, seu apocalíptico último suspiro, tal como se mil furiosos espíritos houvessem sido libertados. O fogo crepitou & estalou & lançou gêiseres de fagulhas muito longe no céu noturno, a mata em todo o entorno brilhantemente iluminada por um vermelho clarão dançante.

O enorme fogo ficou selvagem com tudo aquilo, & então a mata circunjacente incendiou-se espontaneamente com aquele hálito de alma penada & o céu noturno começou a tonitruar com aquele lamento de alma penada. O fogo começou a alastrar-se & os cedros-de-lápis circunjacentes & depois a floresta logo além estavam em chamas & então até onde eu podia ver tudo estava incendiado & sem querer ou pensar vi-me acompanhando a mulher negra em sua dança, banhada na selvagem luz vermelho-ocre lançada pelo inferno.

Arrastei minhas murchas pernas ulceradas numa pobre mas exata imitação de seus pulos & saltos, & juntamente com ela & as crianças dancei tantas coisas que jaziam fundo em minh'alma que senti algo como um fogo purificador de si mesmo. Foi uma alegria & foi uma tristeza & foi inexplicável. Foi o tecelão & minha pobre mãe, foi Audubon & todos os pássaros que abateu, o Velho

Gould & a filha do Velho Gould, Voltaire & a senhora Gottliebsen, o Cirurgião & os peixes, o Comandante & Towtereh, Capois Death & seu amado Tommy, os ratos-canguru & o Rastreador. Dançávamos algo inexprimível mediante palavras. Meu corpo assumiu tamanha vida selvagem própria que temi que meus miseráveis & velhos ossos pudessem se quebrar & se esmigalhar naquele incessante, estranho revolver de terra.

Depois de longo tempo, depois que as chamas partiram para as serranias & camadas de pedra muito além & apenas brasas quentes jaziam sobre nós & a fumaça ondeava muito abaixo ao longo de distantes cordilheiras sob a crescente luz da alvorada, observei a mulher negra recolher as cinzas do falecido Rastreador Marks & misturá-las a água para formar uma lama, cinza & pedregosa, com que ela então besuntou-se toda & às crianças. Assim vestidos na noite de seu pesar, prepararam-se para partir numa manhã à qual ela não parecia determinada a renunciar.

"Não se preocupar, Rastreador ele foi para Inglaterra", disse-me ela. "Rastreador ser numminer piccaninny agora."

"Ele está morto", disse eu. "Quando se morre, não se renasce como homem inglês."

"Numminer!", exclamou ela. "Rastreador numminer! Gould numminer, mas muito tempo atrás você ser Palawa." E com um braço estendido ela descreveu um amplo arco na alvorada acima, seu dedo apontado começando em mim & terminando do outro lado do mundo dela apontando para a chamuscada terra abaixo.

"Muito tempo atrás", disse ela, "você ser nós."

Olhei para ela & então não pude mais olhar para ela & portanto olhei para o solo semeado de cinzas, remexido pela dança.

"Gould, você vir", disse ela.

Chutei a terra com os dedões, senti-me estremecer & engolir em seco.

Disse ela: "Volta, camarada".

III

Mas eu, cuja obsessão fora o passado & suas crônicas, encontrei-me sem o desejo nem tampouco a energia de seguir Pouca Paga futuro adiante.

Eu observara-os partir — essa mulher cujo nome eu nunca soubera & suas crianças esfarrapadas, uma das quais podia ser minha — rumo à floresta carbonizada, ainda fumegante. Dentro em pouco suas formas nuas tornaram-se indistinguíveis dos cepos & mudas queimados que cravejavam aquela bela região enegrecida.

Rumei contra o vento leste, caminhando na direção oposta à dela & do fogo que afluía do oeste, uma prolongada parede de fumaça retrocedendo a partir das minhas costas. Abri caminho através de uma região alpina de charnecas & pequenos arbustos, ainda visando o pico de Frenchman's Cap. Não mais onerado pelo trenó & os livros, vi-me obtendo progresso muito mais rápido mesmo naquele meu estado de debilidade.

No meio da tarde dei num riacho íngreme. Ele subia umas cem jardas acima num lago alpino, um laguinho preso na palma concheada de um pequeno vale montanhoso. Àquela altura do verão o riacho nada mais era que a mais suave das cascatas brincando em grandes rochas ribeiras ao redor sobre uma das quais estava uma criatura, reluzindo verdes & damascos, emergindo de uma grande concha de uma boa jarda de comprimento.

Por uns momentos não tive certeza do que era, até que a reconheci como sendo um lagostim-de-água-doce do tipo que os condenados às vezes caçavam nos rios. Estava mudando de carapaça & emergindo novo & maior, embora fosse ainda o mesmo. Olhei para a concha translúcida que o lagostim abandonava & admirei-me de sua metamorfose, do mágico poder que possuía para parecer-se com uma coisa & tornar-se outra, de sua habilidade em deixar para trás uma imagem de si que não mais era a sua.

Pensei em tentar capturá-lo, pois sua carne é alimento muito bom. Mas no momento em que joguei uma pedra ribeira do tamanho de um punho, o lagostim saltou para trás de volta à água. A pedra pousou com um baque raso onde o lagostim um instante antes havia rastejado, & tudo que restou foram indícios do que antes havia existido: a concha na qual vivera, uma sombra umedecida sobre a rocha onde permanecera, um vórtice de água borbulhante onde desaparecera.

Desisti e continuei caminhando. Transpus um bosque de cedros-de-lápis depois do lago & adentrei numa clareira em que se assentava uma dúzia ou mais de construções como que abobadadas dispostas em um círculo. A partir de seu amplo formato de colmeia & da intrincada telhadura de melaleuca & capim, reconheci nelas os chalés dos pretos, sendo o lago alpino, bem como aquele local, uma de suas aldeias.

Mas não havia pretos.

Havia uma fogueira apagada no centro da aldeia, líquenes encrostando as cinzas sujas, sobre as quais estavam espalhadas, como se à guisa de explicação, pilhas de ossos & um monte de crânios humanos, já havia muito despojados pelos animais & aves & insetos. Remanescentes de ornamentos de mulheres negras apodrecendo em cima de uns ossos, & de ornamentos de homens negros sobre outros. Crânios com um ou no máximo dois furos pequenos, os quais presumi serem de balas de mosquete. Crânios com o dorso esmagado onde diabos-da-tasmânia haviam devorado para chegar até os miolos. Crânios alvos de tão brancos, & crânios com uma aglomeração de musgo verde. Crânios grandes. Crânios pequenos, banguelas, translúcidos como pergaminhos.

IV

Eu jazia no chão, arfando aceleradamente, tremendo incontrolavelmente de medo. A terra da montanha estava se acercando de meu entorno com o suave peso da morte. Meu corpo mais & mais pesado, minha cabeça uma pedra, & dentro uma insistente voz brocando, puxando-me para baixo, instando-me a dormir — durma, durma, menino Billy. Por entre olhos perolados, distingui vagamente a algumas jardas a entrada duma das grandes cabanas abobadadas, um buraco baixo de largura pouco maior que um pé & pouco mais baixa que o dobro disso em altura.

Comecei a rastejar para além daquela fogueira com crânios, rumo àquela estreita abertura, uma cruel & excruciante jornada por cima de um solo coberto de plumas do emu, & os ossos quebrados dessa imponente ave bem como os de cangurus & gambás. Reboquei-me em cima de sacos de capim intrincadamente entretecidos, esmagando embaixo plantinhas que cresciam a partir de seu apodrecido sapé.

Estaquei meu rastejo infinitamente lento para descansar, & vi as letras de todas as orações de minha infância ricocheteadas & reformadas à medida que umas folhas esparsas desprendiam-se da Bíblia ao chão, besuntadas com ocre vermelho. Examinando algumas dessas folhas descobri conterem passagens tais como "Eu sou morena mas formosa, ó filhas de Jerusalém" & "O teu umbigo é como uma taça redonda, à qual não falta bebida; o teu ventre, como montão de trigo, cercado de lírios"; o tipo de asneira que se usa para atracar-se com uma adúltera tal qual a mulher daquele taverneiro. Mas achei-as tão singularmente mal-adaptadas a mim que não pude evitar blasfemar, & tão sem aplicação à minha situação que assoei nelas meu nariz. Dado que eu enviara vinte e seis letras a Deus em numerosas ocasiões — muito tempo atrás, confesso —, pensei que Deus podia ter feito melhor que isso. A última página que li jazia naquele buraco de vombates que era a entrada da cabana. Era ainda mais irrelevante. "Do riso disse:", lia-se: "Está doido; & da alegria: De que serve estar?"

Quanta bobagem. Joguei tudo longe. Após finalmente rastejar cabana adentro fui oprimido por uma fecundidade de cheiros — fedorentos odores humanos & animais, carne defumada & cozida, decomposição & crescimento, mas principalmente decomposição — que fez meu estômago revirar. Fiz menção de vomitar, mas os ratos-canguru do Rastreador Marks não queriam sair de minhas tripas & em vez disso minha garganta simplesmente queimou com bile. Rolei a deplorável ruína de meu corpo para deitar-me de costas. Por longo tempo jazi não longe da entrada baixa, exaurido, curvado, tentando esvaziar minha mente, os meus olhos ajustando-se à escuridão.

Um aposento espaçoso, surpreendentemente confortável, excepcionalmente aquecido & seco, apareceu lentamente ao meu redor, grande o bastante para acomodar talvez vinte pessoas, embora atualmente fosse o lar apenas de dois ratos-canguru & um gato-do--mato que desabalaram após eu entrar.

Senti como se estivesse me aninhando num gigante ninho de águia-do-mar virado ao avesso, pois as paredes da abóbada curvavam--se ao meu redor, cobertas com as plumas embebidas em amarelo das cacatuas, as plumas preto-corvo dos currawongs de olhos malignos. Cá & lá havia peles de animais pregadas com gravetos na parede lanuginosa. Esparsas ao meu redor, pedras afiadas do tipo que os pretos usam em ferramentas, o suporte de um espelho & o que parecia ser uma pederneira que fora afilada até transformar-se numa pequena, pontiaguda ferramenta parecida a uma faca. Tal como ocorrera com meus olhos, também meu nariz começou a ajustar-se, & os fortes odores a princípio tão aflitivos tornaram-se reconfortantes, a meio caminho entre o resfriamento de carne & a volta para casa.

Aprumei-me numa posição sentada. Fitei a extinta fogueira no centro da cabana por um longo tempo, perdido em desespero, pois que faria eu agora? Ter vindo tão longe, apenas para ver queimados todos os meus registros. Para reconhecer que não podia ir mais longe. Para não mais me importar se eu vivia ou morria, que dirá encontrar Brady. Minhas provisões, minha força, minha própria vida pareciam consumidas numa missão quixotesca que não dera em nada a não ser completa desilusão.

Minhas costas se espasmavam, um conjunto de nós cruéis emaranhados cada vez mais rijamente. Sentia as juntas de minhas pernas como se fossem pedras ribeiras triturando umas às outras. Minha cabeça nadava numa leve febre. Enregelado, envelhecido, sozinho numa terra que nenhum homem branco conhecia nos mapas, que dirá em seu cerne, distante de qualquer redenção na casa de plumas de um homem preto. Embora fosse aquecida, uma frigidez, terrível & violenta, pairava sobre mim. Sentia-me assaz imóvel, entretanto precipitava-me ao redor em círculos dentro & também fora de meu corpo. Com imprevista clareza soube que estava morrendo, & que, caso eu não fizesse nada, dentro em muito pouco eu não mais me importaria se estava morrendo. Vi-me combatendo a morte &, pior ainda, meu desejo de viver.

Eu estava tão assustado.

Resolvi rezar a Deus.

Resolvi confessar tudo a Ele.

Limpei a garganta com uma tosse embaraçosa. Recobrei-me em algo que parecia ser dignidade & ajoelhei-me. Eu simplesmente deixaria tudo jorrar, tudo desde os hábitos alcoólicos de Castlereagh aos horríveis dentes de Ackermann & cento & uma outras coisas, realmente seria uma coisa formidável finalmente dizer aquilo tudo & não mais segurá-lo.

"Deus", principiei & minha reza de confissão seguiu-se assim…

V

"A-B-C-D-E-F-G-H-I-J-K-L-M-N-O-P-Q-R-S-T-U-V-W-X-Y-Z."

VI

Aquela confissão foi uma espantosa arca & nela eu realmente pus tudo que eu conhecia de modo que pudessem viver: todas as plantas & aves & peixes & outros animais que amei, sem mencionar o mau hálito do Comandante & as esplêndidas aréolas da senhora Gottliebsen & a dança de Pouca Paga & tudo isso tinha justamente vinte e seis letras de comprimento.

Mas de fato de nada adiantou — que oração alguma vez adiantou? E não sendo mais capaz de continuar ajoelhado na pedra da igreja eu estava oscilando caindo sonhando abraçando a terra.

VII

Eu provavelmente teria morrido muito em breve caso minha queda não houvesse sido interrompida assaz desconfortavelmente por um pequeno monumento de pedras manchadas de ocre. Quando rolei por cima delas, gemendo com ainda mais uma coleção de novos hematomas & dores, foi para notar que sobressaindo do monumento agora semidesabado havia um livro.

Naquela altura não podia haver nada mais passível de deprimir-me do que o sombrio prospecto da leitura, pois ler tornara-se-me fonte somente de decepção & desilusão, numa medida que parecia virar toda minha vida do avesso, perturbar-me & afligir-me incomparavelmente, & fazer-me pensar que tudo o que eu até o momento julgara como fato consumado neste mundo estava puramente cagado & errado.

Entendi como a senhora Gottliebsen teria se sentido caso eu não houvesse descoberto Voltaire a tempo. Ela teria se sentido como eu em relação aos livros. Ludibriada.

Afinal de contas, foi a leitura de todos aqueles romances & aventuras em criança que representou a ruína de Jorgensen, fazendo-o pensar que poderia reinventar o mundo à imagem de um livro. Fora a leitura das estúpidas missivas da senhorita Anne que levara o Comandante a seus desvarios; & fora a leitura de todas aquelas obras de Lineu & Lamarck que fizera o baiacu-de-espinho pensar ter um papel sagrado na reordenação de um mundo que só acabaria por reordenar a ele próprio como o supremo exemplo de um crânio negro degenerado.

Foi o disparate de todas as suas leituras & depois eu no Registro estupidamente metendo meu próprio bico em livros nos quais eu não deveria metê-lo o que me levou a esta lamentável situação em que eu estava prestes a morrer sozinho numa floresta sem nome.

Pensei eu: apenas um tolo tocaria o livro.

Meus dedos afagaram o empoeirado fascínio daquela capa. Recolhi minha mão, olhei para o teto, para longe daquele livro miserável ressaltando das pedras, caçoando-me tal qual a mulher do taverneiro tantos anos antes atrás do bar com suas provocantes tentações. Rolei de lado, empurrei com a minha mão estendida o que restara do monumento de pedras, & resgatei o livro de baixo dos escombros secos.

Não era um tomo grande & imponente como aqueles em que Jorgen Jorgensen reinventara Sarah Island, mas um volume pequeno & toscamente elaborado. Suas páginas pareciam ter sido rudemente encadernadas com tendões de vísceras, os quais reconheci haverem sido esticados & amolecidos à maneira dos pretos mediante mastigação. A capa — pele de wallaby, tal como o resto do livro — estava avermelhada com o mesmo ocre que notei ainda permanecer no meu rosto no local em que a mulher negra o havia esfregado.

Pensei eu: apenas um louco o abriria.

O livro escancarou-se em minha mão estendida, & lá no frontispício do livro, escrito no que julguei ser uma caligrafia surpreendentemente infantil, estava o nome:

Matt Brady.

Pensei eu: não suportarei ler o que se segue.

Quando terminei a leitura respirei profundamente por algum tempo. Senti minha pele ficar espinhenta & minha respiração encurtar. Então soluços, que tentei reprimir enfiando um punho na boca, irromperam como bolhas estranhas, acres, estourando de um bule fervente. Tentei impedir que minha cabeça estremecesse.

Senti apenas um imenso esvaziamento. Uma grande desilusão. O tempo... bem, que me importava o *tempo* agora? Talvez ele houvesse estacado ou iniciado ou dançado ou caído no sono ou ido ao pub em busca de várias Sopas Perniciosas. Minha náusea arrefeceu um pouco. A fome — incessante, inevitável — voltou-me. Meti a capa de pele de wallaby na minha boca & tentei comer o livro, tanto para ver-me livre dele quanto para aplacar minha barriga.

Mas isso se provou inútil, pois o livro era tão incomestível quanto incompreensível. Como poderia eu transmitir a total futilidade do que havia lido? Podia-se, presumi eu, melhor descrevê-lo como uma espécie de diário pessoal escrito com o que o autor alegava ser sangue de canguru, donde um tinteirozinho de faiança que notei permanecia assente entre as pedras de onde eu apanhara o diário.

Era um balaio de coisas, na verdade. Havia observações sobre as maneiras & os hábitos dos pretos que pareciam inúteis. Havia redigidas piadas vulgares de grande & tediosa extensão, esvaziando suas modalidades da pouca graça que podiam ter tido. Havia fragmentos do que presumi constituir uma filosofia pessoal; vários lugares-comuns sobre o tema da amizade tais como "O amor não pode viver sem o contínuo perdão de pecados" & desatinos similares.

Receitas de cataplasmas das matas & tisanas. Observações sobre animais & aves. O currawong. O gato-marsupial. O águia-do-mar. O tilacino. Teria ele uma arma? Não poderia tal como Audubon ter tido ao menos a decência de abater um ou dois deles & fazer alguns retratos ruins? Não. Seu estilo era muito reles. "O canto do tordo-picanço-cinzento é adorável como se tivesse perdido um velho camarada e soa como se ele estivesse cantando um nome: 'Jo Witty? Jo Witty?'" Não tinha ambição alguma. Sempre que um pensamento ou observação lhe sobrevinha, em vez de buscar concluir sua ideia ele simplesmente escrevia: "Tal & tal, & assim & assado", como se a necessidade de conclusões fosse estupidez.

Em vão procurei, entre aquelas páginas às vezes tesas & espessas, às vezes finas & leves como flores pressionadas, por uma jaqueria, por qualquer menção a uma rebelião, planos para uma revolução, ou até mesmo algo que pudesse constituir um esboço para um levante orquestrado, um rascunho da declaração de independência da República — qualquer coisa que pudesse ameaçar fundamentalmente o Sistema.

Não havia nada.

Somente páginas & mais páginas de afirmações ainda mais patéticas de amor entre um homem branco & uma mulher negra, que me deixaram enjoado. A certa altura, o aparte tipicamente críptico: "Amar não é seguro".

E o que aquilo queria dizer?

Eu não fazia ideia.

A tinta estava ressequida & os sonhos falavam apenas do amor de Brady por uma mulher negra, da construção do lar de um homem branco & uma mulher negra, sendo o todo maior que as partes desta mescla, ornado com plumas de bobos-de-cauda-curta & cisnes-negros, com uma grande horta de vegetais onde ele & ela pudessem viver conhecendo aquele lugar & um ao outro & sua família ao longo do curso de uma vida longa, envelhecendo juntos.

Amar não é seguro. Círculo completo, homem negro. Círculo dividido, homem branco. Realmente era igual a Descartes, ou Descartes é que era realmente igual a eles, ele pensando em torvelinhos & eles em círculos, & tudo um disparate similar. Amor. Perdão. Amor, amor, amor, pensei eu — isso era tudo? É só isso?

Afora uma receita de bife de canguru, era isso.

Fechei o livro.

Quem era esse Brady?

Ocorreu-me que ele podia ter sido o Rastreador Marks. Ou René Descartes. Ou que ele podia ter sido a mulher negra cujo nome nunca aprendi. Até mesmo perguntei-me se no fim ele não passava de uma ideia, mas assim sua história pertenceria devidamente ao domínio da literatura, & não a este meu relato verídico que apenas negocia em peixes reais.

E o que haveria acontecido?

Teria ele matado os negros que viviam nesta & nas outras cabanas da colmeia? Ou teria sido morto juntamente com eles? Estaria ele agora condenado a algum submundo do tipo que Plínio, o Velho, descrevia no livro que encontrei espetado na espada do velho dinamarquês, vivendo entre os Monocoli & os Astomi & todos aqueles povos fabulares?

Rolei para ficar de costas, exausto além dos limites, finalmente extinta toda esperança.

VIII

Preparara-me para morrer.

Por várias horas meramente deixei meu olhar vagar pelo interior daquela cabana, fitando a textura da telhadura de melaleuca, seu revestimento de plumas, tão rude, tão macio, a cabana toda eu imaginava como nodosas mãos velhas transformadas em grandes asas concheando ao meu redor, & a baça cor parda de tabaco daquilo tudo adquirida, suponho, da fumaça de fogos que deviam antigamente brincar nos carvões pretos agora apagados no centro da cabana.

Peles de wallaby & gambá & gato-marsupial pendiam das paredes em ângulos incomuns, tal como se pudessem momentaneamente reassumir sua forma original como animais & saltar ao chão. Olhei para as imagens desenhadas nessas peles com óleos manchados de carvão & ocre vermelho, imagens de tilacinos & diabos-da-tasmânia & cangurus, de expedições de caça, de homens & mulheres dançando, da lua em suas várias fases, que tinham, devo admitir, um certo poder mesmerizante.

Apanhei as peles da parede & pu-las embaixo & em cima de mim. Enrolei-me numa bola sobre a qual cangurus & vombates & diabos-da-tasmânia & dançarinos & caçadores & a lua deambulavam em histórias que eu não tinha como entender. Naquela serena treva da cabana emplumada da colmeia, coberto de narrativas incompreensíveis & com o livro de amor indigesto de Brady ao meu lado, finalmente adormeci.

Tal qual o lagostim saltando para trás de volta à água após abandonar sua concha, preparei-me para abandonar a concha de quem & do que eu era, & metamorfosear-me em outra coisa. Quando com o olho da mente vi um luzidio arco de chama azul, recendendo a fustão chamuscado, ser puxado de minhas narinas por aqueles animais dançarinos & depois ser precipitado para fora da cabana, finalmente senti minha alma alçar voo.

Histórias escritas são progressivas, as orações devem assentar-se sobre as orações assim como tijolo sobre tijolo, entretanto a beleza desta vida em seu interminável mistério é circular. Sol & Lua, esferas interminavelmente circulando. Homem negro, círculo completo; homem branco, círculo dividido; a vida, o terceiro círculo, em frente & adiante, & girando & girando.

Sonhei que cuspia na rachada crosta sépia de sangue de canguru no fundo do pote de tinta de Brady, fazendo uma tinta escarlate, da cor de uma alvorada turva. Naquele demônio molhado & escuro mergulhei a ponta de uma velha pena com a qual então escrevi no local do diário de pele de wallaby de Brady onde os sonhos de Brady terminavam & as limpas, desocupadas folhas começavam:

Orbis tertius,

minhas primeiras palavras representando em latim aquele terceiro círculo.

E então, finalmente rompendo a teia de aranha de uma memória infinita no interior da qual eu ficara amortalhado, sonhei com o homem que eu havia sido — um falsário condenado que se denominava William Buelow Gould, & que, descobrindo que implícito num único cavalo-marinho estava o universo, que todos tinham a capacidade de ser alguém, algo, outrem, que os Numminer eram Palawa, & os Palawa, Numminer, pintara alguns esdrúxulos retratos de peixes & então morrera.

IX

Eu roubei canções a Deus.

X

Conforme eu dormia comecei a me perguntar se tudo isso não passava de um sonho & eu seu sonhador, se as muitas estranhas formas de meu sonho podiam também ser eu. Poderia ser que, embora o Comandante imperasse sobre mim, eu fosse agora o Comandante? Seria possível que, embora o senhor Lempriere me houvesse ordenado a pintar os peixes, eu fosse o senhor Lempriere? E que embora eu pintasse os peixes, eu…?

Mas não era possível prosseguir.

Houve berros, imprecações, o pesado som de tropel, um grito de descoberta, o agudo & amoníaco aroma do medo inflamado, o súbito estalido de pederneiras. Abri meus olhos, vi canos se irradiando a partir de minha cabeça, tal como se eu fosse um ouriço-do-mar & os mosquetes apontados fossem meus espinhos. Brandindo as armas de fogo havia alguns piolhentos soldados parasitas, grandes peixes-cabras apatetados com suas bochechas emburradas — mais vermelhas que seus casacos carunchosos — & olhos esbugalhados. No que pareceu ser um único movimento, fui bruscamente arrastado de minha cama de peles & arremessado para fora. Gemi, cuspi a turfa que se enfiara em minha boca onde eu aterrissei tão rudemente & ergui a cabeça.

A meu lado havia um sarnento boné de pele de tilacino & os olhos mortos de alguém cuja cabeça terrivelmente ensanguentada parecia familiar & o ridículo & despido corpo do qual fora decapitada enfim reconhecível como a do *banditto*, traidor, infanticida, estuprador & vendedor de focas, Clucas. Eu no momento não sabia que, tendo cumprido sua parte numa barganha que fornecera várias dezenas de barris de pólvora, Clucas fora então pago na sua mesma moeda da morte. Mas quando olhei mais acima eu soube, sem lhe ver o rosto, o nome de seu assassino. Pois eclipsando o sol que agora subia mais além estava o inconfundível & monstruoso contorno úbere da grande saqueira de Musha Pug.

O ALFAQUIM-PRATEADO

Sobre as perplexidades do tempo — Combustão de Nuova Venezia — Traído por um comedor de ópio — Intimações da imortalidade — Uma estripação — Motim — O alfaquim-prateado detona — Do céu chovem sonhos & esperanças & vagões ferroviários — Histórias de amor, pagas com a morte — Reflexões sobre Rembrandt van Rijn & diversos outros assuntos — Trama de vingança dos peixes

I

Billy Gould despertara sobressaltado. Balançando a cabeça, correu a mão sobre o queixo grosseiramente barbado, coçando-se em todos os terríveis lugares em que terríveis piolhos estavam mordendo. Sentindo um súbito desejo de mover-se, ainda que apenas a fim de momentaneamente ver-se livre da comichão de piolhos & da insolência dos sonhos, Billy Gould pôs-se de pé &, agarrando bem em cima as grades da prisão, içou-se até a rótula & olhou para fora. Aliviado, vi por toda parte a miserável magnificência da Nuova Venezia do Comandante & meu coração se intumesceu de gratidão por Musha Pug ter-me trazido de volta.

Eu devia saber por que estava lá, mas na verdade não sabia. Para ser franco, embora eu haja pintado tudo o que sei, está claro que o que eu sei é ninharia pura. Tudo o que não sei, por outro lado, é deveras impressionante & a biblioteca de Alexandria seria pequena para conter os detalhes de toda minha ignorância. Não sei, por exemplo, por que estou agora prestes a ser enforcado devido a dois assassinatos que não cometi, embora ninguém tenha sido culpado pela fogueira com crânios. Tampouco sei por que assassinar o Pudim, ou Jorgensen, é considerado um crime, enquanto assassinar um povo inteiro é na melhor das hipóteses uma questão & na pior delas um imperativo scientífico. Há muito mais que não sei. Por exemplo: por que as pessoas leem Bowdler-Sharpe & desprezam contos de fada como se fossem disparates. Por que um alfabeto pode ser contido numa palavra, mas um mundo nunca poderia se conter num alfabeto. Essas coisas & muitas outras são todas mistérios para mim. Como é que barcos flutuam. Por que ordenamos nossas vidas qual escadas quando ao nosso redor a terra se move em círculo. Como é que o morteiro funciona. Por que um homem treme como um peixe quando uma mulher caminha próxima. Como é que edifícios não caem. Por que podemos andar mas não voar. Por que eu sonhei que havia me transformado numa floresta mas acordei para descobrir minha fuça comendo a terra até topar com o toco das botas de Musha Pug.

Fossem quais fossem seus propósitos mais clandestinos, o grupo de vigilantes de Pug estivera oficialmente em patrulha com o objetivo de recolher informações sobre os movimentos de Brady, & por um momento haviam pensado que em minha deplorável forma adormecida tinham finalmente capturado o grande homem. Eu lhes disse que eu de fato encontrara aquele que eles procuravam, & apontei para a direção oposta à qual Pouca Paga havia partido.

"Você pensou que Brady poderia te salvar?", riu Musha Pug, chutando minha cabeça.

"É claro", disse eu, porque era o que ele queria que eu dissesse, mas agora eu sabia que a verdade era outra.

Mesmo se ele possuísse todas as histórias do mundo & seus respectivos sofrimentos escancarados diante dele, Matt Brady, quem quer que ele fosse & onde quer que ele estivesse, não poderia ter nos salvado. Nada poderia. Nem a ciência do Cirurgião. Nem a cultura do Comandante. Nem Deus, que é o tempo infinito. Tampouco poderíamos salvar-nos. Não havia consolo no passado. Não havia consolo no futuro. Não havia consolo nem sequer na ideia de salvação.

Havia apenas as botas de Musha Pug, & após terem descarregado mais um golpe em minhas bochechas & patinado sobre minha boca, eu as beijei. Eu as beijei porque eram tudo que me restara para amar.

II

A RÓTULA EM QUE EU ME SUSPENDIA proporcionava uma visão que eu julgava esplêndida & também instrutiva: no molhe de pranchas rudes do grilhão da pesca de arrasto logo abaixo, estava sendo erigida uma forca, um incentivo para que nós, almas condenadas observando de cima, concentrássemos nossas mentes na contrição antes que tudo finalmente se acabasse. Sob o molhe na maré baixa uns crânios & ossos do pelotão do tenente Lethborg que haviam sido arrastados clareavam-se e quebravam de novo na areia. Eu fora trazido à minha nova cela — uma cela mortal — após minha captura, para aguardar minha iminente execução dali a oito dias.

Este novo lar tinha lá suas virtudes. Não era diariamente inundado & seu teto parecia insuscetível de cair. Era uma das três celas ligeiramente maiores que havia no outro lado da ilha dando para o povoamento principal, & eu poderia ter ficado quase feliz com meu iminente falecimento se não fosse por Pobjoy, que àquela altura assumiu para si a tarefa de interromper meu esplêndido isolamento.

Tentei continuar pendurado como Cristo, mas eu não estava tão interessado assim em sofrer por minha própria conta, muito menos pela do mundo todo tal como o velho padre me ensinara. Meus pobres braços não mais conseguiam suportar nem mesmo um peso tão miserável quanto o que eu era então, & recuei de volta à escuridão de minha cela enquanto Pobjoy, vergando-se a novas baixezas como sempre, anunciava que procurava reaver o estojo de tintas a óleo. Até aquele momento eu pensara que o interesse próprio de Pobjoy & sua necessidade de uma contínua provisão de Constables de presidiário pudessem constituir causa comum com meu desejo de continuar vivo. Muito pelo contrário: ele tranquilamente disse-me que minha impendente execução não mais o perturbava.

"Eu sinto que…", disse ele, passando determinadamente para a cela & agarrando o estojo de tintas & meu mais recente Constable de presidiário, depois se corrigiu: "Eu *sei* que sou mais do que capaz de retomar do ponto em que você parou."

De uma vez olhei para seu rosto lá em cima. Embora alto, ele tinha uma cara redonda vermelha com olhos estrábicos, o que talvez pudesse explicar suas ilusões similarmente tortas. Tinha um beiço inferior saliente & uma zangada mandíbula vermelho-cru que ele barbeara porcamente, tal qual a horrorosa bocarra de um alfaquim-prateado, &, embora eu não saiba dizer a vocês exatamente o porquê, eu deveras nunca simpatizei com alfaquins-prateados. Eles são um aborrecimento.

A partir da maneira libertina com que ele recentemente dera de usar seu casaco vermelho parcialmente desabotoado eu devia ter adivinhado que ele fora acometido por Medonhos Ímpetos. Seu desejo era grandioso: "Eu quero", disse ele, a cabeça arremessada para trás num gesto ao mesmo tempo altivo & nervoso, como se expusesse uma paixão ilícita que pudesse atestar sua ruína, "virar um Artista." Eu lhe disse que havia piores ambições, mas naquele momento fui incapaz de pensar em alguma.

Quanto mais ele falava, mais seu rosto se avermelhava & mais sua cabeça se projetava para trás & para a frente. Quanto mais balouçante a cabeça & mais enrubescido o rosto, mais adiante seus lábios se estiravam, como que superando alguma deficiência infantil da fala. E quanto mais seus lábios apontavam para fora tal qual a boca infinitamente extensível do alfaquim-prateado, mais eu me perguntava se ele estava me contando algo ou tentando arrancar-me alguma coisa com sua grande fuça, alguma coisa fundamental de que precisasse para ajudar a nutrir todo aquele imenso desvario de aspiração estétika.

Então, talvez acometido pela nostalgia de tempos mais felizes, deu-me ele um belo de um pontapé. Em seguida assegurei-o de que ele possuía todos os atributos necessários a uma carreira artístika bem-sucedida, embora infelizmente minha boca estivesse inchada demais para listá-los para o proveito de Pobjoy: mediocridade; uma capacidade para a violência ante quaisquer potenciais rivais; o desejo não apenas de ter êxito mas de ver fracassarem seus colegas artistas; uma falsidade grosseira; & uma capacidade para a traição. A sorte sorri aos insensatos, tentei dizer, mas meramente consegui babar um pouco de sangue & dentes.

Então Pobjoy começou a chorar, dizendo que sempre tivera má sorte, que tivera má sorte ao ser forçado a entrar no Exército, depois sorte ainda pior ao ser enviado a um posto avançado tão deprimente quanto este, & a pior sorte de todas ao ter que vigiar idiotas como eu. Consegui fazer meus lábios se mexerem de novo & comecei a contar-lhe uma história para tentar consolá-lo de sua má sorte, mas isso pareceu deixá-lo furioso mais uma vez & ele me disse para calar a boca.

"Vou fazer com que você seja arrastado & esquartejado", berrou ele. "Vou pessoalmente açoitar suas costas até que não sobre mais nada & as pontas da chibata atravessem até o outro lado fazendo cócegas nas suas tetas."

Ele aspirou ranho do nariz de volta à garganta & de sua grande altura escarrou sobre mim.

"Você é tão débil mental assim, Gould?"

Eu bem sabia que não devia discordar da Autoridade, portanto enquanto limpava meu rosto com a mão atrevi-me humildemente a confirmar que certamente eu era.

"Cale a boca! Cale a boca, seu bastardo estúpido, ou você é tão estúpido que não consegue ver que estou por aqui com você &

com suas histórias estúpidas? Se disser mais uma palavra vou te chutar de novo."

Então lhe contei sobre como uma vez conheci um certo Ned Hennessy que era das proximidades de Waterford, que era um simplório & cujos amigos resolveram pregar-lhe uma peça. Fingiram que um dos seus morrera & a este fizeram deitar-se no caixão & pediram que Ned Hennessy o velasse durante a noite com uma pistola no caso de os espíritos da outra dimensão vieram levá-lo embora. Então, no meio da noite, eis que o corpo se levanta & diz: "Olá, Ned", & Ned, que tinha medo do escuro & tinha guardado nas calças uma pistola, com um tiro na testa — *bangue!* — matou seu camarada traquinas.

"Cale a boca", disse Pobjoy estupidamente.

"E pensar que Ned Hennessy", concluí, "era um perfeito néscio."

Pobjoy deu-me uma boa coça dessa vez em todas as minhas partes, com seus punhos & sua cabeça & até mesmo um par de marretadas com o estojo de pintura, mas ele nem sequer se incomodou em usar as botas & eu soube que seu coração não mais pertencia a tal violência, pobre Pobjoy!

"Um homem tal como você", principiei eu, mas meu discurso começou a se engrolar, sangue babava sobre as minhas palavras, & jazendo no chão era-me difícil distinguir muita coisa, "estando obviamente no auge de sua vida..." Mas pude ouvir o estrondo da porta da cela batendo, os ferrolhos deslizando, & conforme eu cuspia o último dos meus dentes, tive que admitir que de fato não fora um encontro totalmente agradável, que eu perdera minhas tintas & que dessa vez tudo realmente podia ter se acabado.

III

Na manhã seguinte, ao uma vez mais pendurar-me diante da alta janela gradeada da cela, espreitando lá fora, evitei olhar para a forca, focalizando as distantes colunas de fumaça que diariamente se moviam cada vez mais além de Frenchman's Cap & mais próximas de nós. O resto do povoamento a princípio desconsiderou o fogo crescente que consumia as grandes florestas de murta & pinho inexploradas que o Comandante não vendera & os japoneses não haviam levado.

Ninguém teria acreditado em mim se eu contasse como o fogo havia começado, & quem, por obséquio, era eu para dar o aviso? Quem era eu para dizer que a conflagração fora no início abastecida pela poesia do próprio Sistema?

No começo todos víamos o fogo apenas como uma extensão de nossas próprias particulares, peculiares vaidades. Para alguns condenados a poeira acumulada no ar era mais um elemento opressivo de um mundo natural que existia apenas como carcereiro, ao passo que através de sua visão dourada o Comandante via a catástrofe apenas como outra oportunidade mercantil, & imediatamente enviou emissários a várias colônias portuguesas oferecendo acordos de venda de carvão, que, com o mercúrio, era usado para fundir ouro nas distantes selvas do Novo Mundo; & avante se prosseguiu, com cada um de nós se referindo ao fogo somente como um prolongamento de nossos variegados mundos, em vez de como o término deles, conforme se provaria.

Cinco dias antes de meu enforcamento, pedacinhos de cinzas começaram a cair do céu. Quando o vento subiu, folhas mais longas de murta & frondes de samambaias esturricadas choveram sobre nós, perfeitas em contorno & formato, mas de cor inteiramente preta, arautos de nosso destino esvoaçando sobre nossos cabelos & narizes & ombros tais como se fossem contestações vindas dum outro lugar & duma outra época as quais entendêramos erroneamente & assim as rompêramos irrevogavelmente.

Três dias antes de meu enforcamento, tantas cinzas haviam caído que em alguns lugares elas formaram montes nos quais a perna de um homem afundaria até a coxa, & na manhã seguinte apenas os postes, os pavimentos superiores dos edifícios mais altos & as ruelas que aos grilhões se ordenava manter desobstruídas com uma labuta incessante permaneciam como evidência de que uma vez existira uma colônia de qualquer gênero nesta ilha de cinzas acumuladas.

À medida que o vento soprava mais & mais forte a partir do nordeste, à medida que o fogo se avolumava & se aproximava, os condenados — quer em celas de presidiário, quer em grilhões, quer em confortáveis serviços — começaram a pressentir-lhe a magnitude & tomaram ciência de seu poder & acreditaram que devia ser obra de Brady, parte de seu grandioso plano que nos libertaria — oh, o gênio daquele homem! Que ele usaria a própria Natureza que nos encarcerara para nos libertar & para destruir aquela Natureza ao mesmo tempo! E eles aguardavam o momento em que ele & McCabe & o resto da grandiosa gangue irromperiam qual os esplêndidos cavaleiros do Apocalipse por aquele inferno afora disseminando um feroz julgamento com mosquetes de trovão & pederneiras de honradez.

Uma vez que sabiam que o julgamento estava perto os condenados não mais se importavam com os soldados ou os vigias condenados. Um dia antes de meu enforcamento, ouvi os guardas lá fora sussurrando sobre como Ben Joshua recusara-se a trabalhar subordinado na parte de baixo do poço de serragem & assim o disse a Musha Pug: "Brady vai pegar você também, Musha", disse ele. "Brady vai te meter num saco, Musha Pug, & amarrar essa sua bolsa de bolas bulbosas & amordaçar sua fuça imunda & segurá-la debaixo d'água até seus olhos virarem pérolas & você virar amigo dos peixes-crocodilo a umas boas cinco braças de profundidade."

Musha Pug atingiu-o com força, mas com um golpe com que se dirigiria a uma mulher & não a um homem, com o dorso da mão & não com o punho, & Musha Pug então deu as costas & afastou-se em suas três pernas & todos viram que havia sido um tapa & não um soco. Todo mundo viu Musha Pug afastar-se & todos sabiam por que desferira um tapa & não um soco. Então grilhões riram dos policiais condenados quando estes os ordenaram a trabalhar, & então os policiais condenados recusaram-se a usar de força quando os oficiais lhes pediram para manter a ordem. Em vez de espancar os condenados até que perdessem os sentidos de quando em vez, os policiais condenados ou desapareciam em seus barracões & covis distantes dos condenados ou tentavam granjear à mercê deles, ofertando tabaco & pilhérias & palpites quanto a exatamente quando & como & em que magníficas forma & companhia Brady chegaria.

O grilhão da derrubada de pinheiros recusou-se a deixar a ilha & subiu o rio. Os carpinteiros navais deitaram-se no casco do cúter que estavam construindo & os tanoeiros afastaram-se de seus barris inacabados, os quais com suas aduelas não pregadas assemelhavam-se a flores metade estioladas, metade desabrochadas, & quantidade alguma de ameaças ou súplicas parecia fazer um criminoso mexer-se, & muito em breve a ilha achou-se em suspensão & tudo — guardas & prisioneiros igualmente — estava apenas à espera.

Então Musha Pug estourou um barril de rum, depois outro, & ofertou-os entre os serradores condenados & carpinteiros condenados & tanoeiros condenados nos estaleiros, dizendo de novo & de novo que camaradas não eram alcaguetes. Mais tarde os soldados vieram, mas apenas para confiscar um tonel de modo a levá-lo de volta ao quartel, onde se sentaram silenciosamente & beberam taciturnamente em busca de coragem ou oblívio. Ao pôr do sol, a ilha estava trôpega como um perneta, as conversas todas um ensandecido devaneio sobre a existência dum novo país, & os olhos todos focados atenta & esperançosamente nas montanhas a leste à procura de qualquer sinal entre a fumaça que pudesse significar a iminente chegada de Brady, & até mesmo eu, sentado na escuridão quase completa de minha cela de prisioneiro aguardando minha execução no dia seguinte, não conseguia reprimir a mais leve onda de esperança.

IV

Ninguém dentre o punhado que viria a sobreviver poderia mais tarde descrever satisfatoriamente a estranheza daqueles tempos, tantas eram as imagens de horror ao redor das quais as chamas do Inferno surgiam & esvoaçavam qual as dragonas de bobo-de-cauda-curta do Comandante.

Figure o leitor, como tive eu de figurar na manhã do oitavo dia após o fogo ter sido avistado — apenas algumas horas antes de minha execução — postado nu no fumacento forno que era minha cela, ocasionalmente pondo minha boca perto da escura borda da porta onde a mais leve das rajadas era para mim uma bem-vinda brisa, um mistral que trazia em seu moroso rastro imagens de horrores de alhures.

Figurem pássaros engasgados com fumaça — os andorinhões nativos & os periquitos-grama que não haviam sido capturados & pintados & as gralhas que não haviam sido capturadas & comidas, todos as águias-do-mar & cacatuas-pretas & caudas-de-leque-cinzento & maluros-soberbos — caindo mortos do céu dentro daquele mar em ebulição. Uma linha de maré com seus corpos circundava a ilha, uma efervescência de pássaros contra a qual nossas esperanças começaram a arremeter cada vez mais futilmente pois que a ilha estava mesmo naquele momento começando a fumegar & não havia para onde ir, apenas pássaros mortos enegrecidos para se os jogar nas chamas que estavam naquele momento começando a surgir por toda a ilha.

Observem a ilha toda transformar-se numa única fornalha, uma labareda tão infinita quanto o Inferno, uma eternidade de sofrimento na qual não havia nada a fazer a não ser abastecer o fogo ainda mais, & depois o fogo abrir seu caminho até o núcleo do povoamento.

Em cima de tudo & alastrando-se por toda parte há apenas fogo & vento & fumaça, fumaça tão acre quanto um pecado, espessa como poeira, um calor empolando sua pele, chamuscando seus cabelos, & a ubíqua vermelhidão a tudo lambendo vilmente.

Figurem homens moldando-se dentro & fora da fumaça conforme correm de labareda a labareda, todos uma & a mesma coisa agora que o turbilhão chegou. Compadeçam-se dos soldados & dos condenados que pararam de combater a condensante tempestade de fogo, desistiram de sua desigual contenda & com toda a energia que conseguem amealhar correm ao cais, um malhado magote de soldados trajados de vermelho & cativos trajados de camisão amarelo, um movente amálgama de pavor, buscando proteção debaixo dos píeres, na água, regressando ao mar para escapar ao calor infernal, & todos os que ainda não se encontram mortos desejando assim estar.

Eles correm sobre terra abrasadora; eles passam por carretas, barris, navios inacabados, molhes & até por homens em autocombustão & explodindo em bolas de fogo, o sopro puxado para fora em forma de labareda antes que possam mesmo gritar seu último pesar; correm das labaredas que rodopiam em redemoinhos de fogo estorcendo-se uma centena de jardas céu acima; eles amaldiçoam & odeiam & correm daquela labareda caindo dos céus numa tempestade amarela & azul & vermelha com um pensamento inevitável: *corra!*

V

MAS SE POR UM MOMENTO VOCÊS OUSAREM fazer uma pausa para recobrar fôlego, concedam um pensamento a Billy Gould em sua cela miserável. Ele não podia correr. Porque vocês podem supor que todos aqueles prisioneiros trancafiados em celas solitárias teriam sido soltos a fim de que também pudessem escapar da conflagração. E nisso vocês estariam totalmente enganados. Nosso guarda refugiara-se debaixo do molhe, recusando-se a abrir as portas de nossas celas sem uma ordem de Pobjoy, & Pobjoy — por razões que tenciono explicar — fora abruptamente convocado ao povoamento antes de esta haver-se transformado num inferno completo & estava fadado, embora nenhum de nós ainda o soubesse, a nunca retornar.

Abandonado para torrar em minha cela, mordendo uma fumaça tão espessa que se tornara uma graxa rançosa em minha garganta, os olhos lacrimejando tão ferozmente que, estivesse eu pintando, teria podido umedecer meu pincel com minhas lágrimas, pude apenas me fazer sentir melhor ao meditar sobre os destinos de alguém em estado muito mais desgraçado que o meu, a única outra pessoa na ilha que também não estava correndo, não porque assim como eu não pudesse, mas porque não queria.

O Comandante estava sentado no canapé no qual por um tempo houvera se deitado após ter abandonado as fumegantes ruínas de sua cela & buscado refúgio em seu palácio, um dos últimos edifícios ainda de pé na ilha. Ele sentiu a molhada toalha perfumada com óleo de pinheiro-de-huon pelar sua máscara & prosseguiu assistindo com incansável prazer ao magnífico espetáculo de seu palácio, que agora também começara a incendiar-se. Ele tossiu. Alguns fios de sangue correram em vermelhos regatos sobre seus lábios negros & dentro de sua máscara borrada.

Os poucos que restaram à sua volta ofereceram toda forma de auxílio & consolação, contando-lhe falsas notícias de sucesso na contenção do fogo & servindo-lhe xícaras de chá de sassafrás gelado para limpar os lábios & amainar sua garganta raspada pela tosse da consunção, o que apenas serviu para reforçar nele a sensação de quão completamente distantes & ignorantes estavam dele & de sua verdadeira natureza.

Pois na verdade nada lhe tinha dado maior felicidade desde a época que ele conhecera a Mulata pela primeira vez. Ele sentiu grande júbilo quando os tetos incendidos começaram a sucumbir em cachoeiras de chamas. Depois, quando tudo pelo que havia lutado & combatido & matado estava sendo dizimado pelo fogo diante de seus olhos, sentiu esse júbilo transformar-se numa grande tranquilidade, conforme nas chamas dissolvia-se o insuportável peso dos objetos inânimes que se tornaram uma descomunal âncora acorrentando--o por tanto tempo a uma pessoa — o Comandante — que ele não mais desejava ser; a um lugar — Sarah Island — que ele a princípio suportara somente porque não havia nenhum outro lugar no mundo em que ele pudesse estar seguro & livre; a uma vida — a própria — que ele agora reconhecia ser evidentemente absurda.

A sala de estar em que ele recepcionara dignitários estrangeiros, o salão de baile onde as grandes festas & orgias haviam sido realizadas, onde ele se escondera atrás das compridas cortinas verdes de seda japonesa aguardando para agarrar a Mulata & possuí-la ali mesmo, o Grande Salão de História Nacional com os inúmeros retratos de corpo inteiro que eu fizera dele como Nobre Sábio, Herói Nacional, Filósofo Ancião, Salvador Moderno, Imperador Romano & Libertador Napoleônico em cima dum garanhão branco empinado, todos agora crepitando & empolando & fulgurando em labaredas, & à medida que as telas curvavam-se para fora com o calor intenso, as figuras inflavam-se como se subitamente animadas & finalmente remidas de seu exílio naquelas paredes distantes & possibilitadas de fugir com suas ensandecidas vaidades & doidos desejos na forma de fumaça.

Naquelas labaredas ele agora deixou cair uma carta datada de oito meses antes que acabara de receber de Thomas De Quincey. O escritor estava tomado de preocupação: a senhorita Anne desaparecera & ele temia grandemente por sua segurança.

Ele tivera um sonho inspirado pelo ópio: "A distância", escrevera ele,

> tal como uma mancha no horizonte podiam-se ver os domos e as cúpulas de uma grande cidade — uma imagem ou uma débil abstração, apreendida na infância talvez de algum retrato de Jerusalém. E nem bem a distância de uma flechada, sobre uma pedra, e ensombrecida por tamareiras da Judeia, sentava-se uma mulher; e eu a olhei; e ela era — a senhorita Anne! Suas feições eram plácidas, mas com incomum solenidade na expressão; e agora eu a contemplei com certa reverência, mas subitamente seu semblante tornou-se sombrio, e, volvendo o olhar às montanhas, distingui eflúvios rodopiando entre nós; dentro de um instante, tudo desaparecera; sobreveio uma densa treva; e num piscar de olhos, estava eu já muito longe...

Por mais que tentasse, o Comandante, que compreendia a maldição que era desejar agradar a uma audiência, sentiu que De Quincey não conseguia escrever sem soar como se ansiasse ouvir o salão aplaudindo polidamente seu artifício assim como faziam os literatos londrinos aborrecidamente reiterando-o mais & mais, ao escrever que não conseguia encontrá-la, que apenas mexericos persistiam — de que ela estava morta, ou pior ainda, de que ela nunca mesmo existira, era apenas um personagem saído de um romance moderno do qual o romancista se cansara & o fizera emigrar às colônias. Teria talvez ele, o amado irmão, visto-a por aí?

Mas as lágrimas do Comandante não conseguiam esconder de sua visão embaçada o que era tão óbvio: que as letras de De Quincey & da senhorita Anne eram idênticas.

Com sua irmã revelada tão falsa quanto seu irmão, & sua nação, cinzas, o Comandante jogou longe sua toalha perfumada & inspirou tão profundamente naquela grande acridez buliçosa de emanações que se viu ansiando vomitar. A ideia de uma era de ouro ainda por vir, de uma derrocada até agora dissimulada, de uma Utopia profanada, de um inferno que se podia obliterar somente por meio duma amnésia resoluta, tudo isso ele enfim inalou na fumaça de seu palácio incendido como a insensatez daqueles que não conseguem aceitar a vida.

Ele foi agarrado pela sensação de que estava despertando, não de um sonho, mas de seu assustador, aterrorizante inverso, despertando da realidade no sentido de que toda a vida, devidamente compreendida, é um selvagem sonho em volta do qual se é arrastado, apanhado pelas marés & ventos & o conhecimento — constantemente em risco de se perder — de que somos sempre apenas uma testemunha estupefata diante do assombro de cada dia.

Ele pensou — não me exasperem perguntando como Billy Gould *sabia* o que ele pensou, pois caso não esteja óbvio a esta altura que ele sabia muito mais do que deixa transparecer, nunca mais estará — ele pensou várias coisas banais, as quais reproduzo sem ordem específica.

— Não há Europa digna de se replicar, nenhuma sabedoria além das labaredas consumindo meu palácio. Há apenas esta vida que conhecemos em toda sua assombrosa imundície & sordidez & esplendor.

— O conceito de passado é tão inútil quanto o conceito de futuro. Ambos poderiam ser invocados por qualquer um a respeito de qualquer coisa. Nunca há mais beleza do que há agora. Não há mais alegria ou pesar ou deslumbre do que há agora, tampouco perfeição, tampouco mais mal ou bem do que há agora.

— Vivi uma vida sem sentido até este único momento com sentido & dessas coisas que agora sei, & cujo conhecimento irá escapar de minha mente & coração tão abruptamente quanto entrou.

Ele perguntou-se se mesmo o perfumista Chardin seria capaz de preencher a cabeça de Voltaire com o aroma de tão pungente esclarecimento?

E ele pensou conhecer todas essas coisas total & completamente, & sentiu esse conhecimento como uma dádiva, a consumação de uma vida que doutro modo seria inteiramente inútil. Então ele soube que seu pensamento era uma derradeira vaidade inútil & que, tal qual seu palácio, seus pensamentos estavam desaparecendo na fumaça, & ele foi abandonado segurando uma xícara de chá de sassafrás que amornava sinistramente.

Quando o teto incendido do palácio desabou em carbonizadas vigas de madeira estalando & chamas rangendo, o céu nublado de fumaça acima dos aterrorizados olhos do Comandante começou a escurecer com milhares & milhares de bobos-de-cauda-curta regressando às suas tocas nas dunas. Com a força de uma premonição o Comandante soube que estava prestes a ser envolvido pela noite.

Pensando:

Eu fui tudo, apenas para descobrir que tudo é nada.

Supondo:

O resto é silêncio.

Sua xícara de chá de sassafrás começou a ferver em sua mão & antes mesmo que a largasse devido à dor ele sentiu com horror sua máscara de ouro esquentar-se similarmente & então escorrer como melaço, & tarde demais sentiu o cheiro dela abrasando sua carne, sentiu-a crestando sua pele, & ele subitamente gritou pois sabia que a máscara estava derretendo em seu rosto, fixando para sempre sua imagem naquela de alguém que não era ele, mas que agora se tornava ele.

Sozinho em seu palácio sabendo que agora Sua Sina & a de Sua Nação eram uma & a mesma, o crepitar do fogo constituindo o único som agora ecoando para lá & para cá nos solitários corredores delimitados pelas cinzas & seriam seus pulmões ou seria o fogo ou seria seu destino chamando *slap-slap-slap* mesmo agora, chamando-o, seria sua própria respiração rouquejando *brady-brady-brady* ou seria o ranger do fogo cambaleando, saltando, voando cada vez mais perto, seria o mesmo pesadelo de o mar subir & subir & subir, & Brady aproximar-se sempre mais & mais & as chamas do Inferno cada vez mais quentes...

VI

No fim a lucidez voltou. Enquanto o Comandante jazia hemorrágico naquele ensanguentado tombadilho do navio negreiro, foi como ele havia muito temia: ele era imortal. Ele não se transformou numa baleia tal como alguns de seus supostos assassinos mais tarde sustentariam, mas ele retornou ao mar donde viera.

Mais cedo, quando amarrado numa imunda camisa de força de chita ele foi arrastado suspendido pelos braços por um enorme destacamento de soldados escolhidos a dedo através das labaredas & vigas ainda incendidas daquilo que havia sido seu palácio, todos que o viram por entre a serpeante fumaça souberam que aquele anão choramingas que se contorcia não deveria ser confundido com o tirânico visionário que fora nosso líder por tanto tempo.

Não era possível que aquele estridente simplório — com as pútridas manchas nas calças nos lugares onde ele se mijara & cagara, com a espumosa baba de mercúrio negro voando de sua cabeça rodopiante; cujo rosto tal qual um bife cru estava hediondamente ferido onde os soldados haviam com alicates puxado o ouro derretido de sua máscara — pudesse ser tomado por nosso temido & glorioso patriarca, o qual uma vez transformara navios em nuvens perante nossos olhos & nos convidara a alçar voo com ele, o qual transformara, como asseguradamente ele nos dissera, uma colônia penal em uma nova Veneza.

Muito antes disso & do golpe de Estado liderado por Musha Pug, os sinais de decomposição já estavam lá para que os atentos notassem. Fungos entranhavam-se pelo pavimento, samambaias brotavam das paredes, mudas de jacarandá pendiam das calhas; mas a princípio apenas uns poucos estavam preparados para reconhecer que toda aquela vaidade de atividade, aquele glorioso carnaval de comércio, fora uma ilusão, um teatro de triunfo mercantil para esconder de seus tristes habitantes o desespero da ilha.

Entretanto, nos meses precedentes à sua tomada do poder, Musha Pug — a saqueira pendular gingando para lá & para cá — escolheu não ver nada disso. Era visto claudicando em toda parte, por toda a ilha tal qual um traiçoeiro monstro de três pernas, sussurrando palavras de conspiração & retaliação, fazendo insidiosas promessas quanto aos despojos do futuro poder compartilhado, conforme se punha a reunir no segundo andar de um moinho de vento um arsenal secreto de modernos armamentos americanos & várias dezenas de barris de pólvora chinesa, juntamente com os quarenta redundantes estojos de mah-jong já lá armazenados.

Mas tudo que Musha Pug cobiçava estava já desmoronando. No verão anterior ao incêndio um destino que agora parecia inevitável atestou-se uma vez mais, conforme as diabos-da-tasmânia & os javalis deram de perambular pelos armazéns vazios & os gambás de fazer ninhos nos sótãos dos quartos dos escreventes & atuários & comer suas cortinas roxas com brocados de ouro; conforme os cabeços dispostos ao longo & através do vasto cais vazio enferrujavam-se por não terem cordas enrolando-se & desenrolando-se para poli-los, o lodo de pétalas de gerânios apodrecidos estava por toda parte sob os pés, o perfume de rosa dissolvendo-se em marrom, o carnal transformando-se em fecal.

Merda, pensou o Comandante quando os homens que ele zombara como sendo traidores amotinados o cercaram & o ordenaram a render-se sob pena de morte, *estou completamente na merda*. Mas ele nada disse, & em vez disso ergueu as mãos em reconhecimento ao silêncio de uma inegável solidão que retornava para sempre.

Fizeram o Comandante se sentar & à mira de uma baioneta assinar várias confissões, as quais eram todas inverídicas & das quais nenhuma, em sua litania de intenção criminosa, chegava perto do verdadeiro feito do Comandante, mas ele compreendeu a necessidade de ordem da autoridade & assinou-as mesmo assim, pois os documentos eram Deus gracejando sobre a memória, o único entendimento do hoje que permaneceria no amanhã.

"A História, a mais cruel das deusas", disse o Comandante, entregando de volta a pena após condenar-se em benefício de várias ficções que o surpreenderam somente por sua banalidade, "conduz sua biga por cima dos cadáveres dos trucidados."

"Lenta", respondeu o guarda à educada interrogação do Comandante acerca de como seria sua morte no navio negreiro à medida que navegava para além de Hells Gates para dentro de um mar selvagem a fim de lá jogá-lo nas profundezas, porque tinham que fazê-lo, não havia escolha. A história era tão louca, o crime tão imenso, a culpabilidade de tantos outros em jogo, pois estes haviam acreditado nele & o apoiado & era melhor que um profeta morresse do que seus seguidores serem punidos. "Não só porque temos que fazê-lo", disse sorrindo o marujo, tão delicada & bela era sua boca, "mas porque também há um prazer a se tirar disso."

No fim foi como o Comandante havia muito suspeitara: a fim de que ele não cometesse nenhum equívoco quanto ao padrão de causa & efeito & entendesse que a vida é estupidamente linear & não misteriosamente circular, sob ordens expressas do Marechal Musha (conforme agora se designava o ex-policial) castraram-no & fizeram-no esmagar com um martelo os próprios testículos até que virassem um purê, & depois fracassaram em rasgar seu peito com a primeira faca & tiveram que usar uma serra de tanoeiro para terminar o serviço de modo que pudessem lhe extirpar o coração & brandi-lo em torno, exclamando em júbilo:

"Seu filho da puta sem coração! — & quem será que te deu esse?"

... & ninguém leu o nome da Mulata, o qual estava inscrito nele tão realçado & nítido de modo que todos o podiam ver, ninguém viu que aquele coração graxo era ela, & que era também dela para toda a eternidade, eles apenas riram & riram. Mas houve alguns no carnaval daquele dia que estavam silenciosos, não por compaixão ou medo, mas por assombro, pois ele era humano & embora fosse monstruoso, o que o fizera assim & o que era que os separava dele?

Ele desejou dizer que finalmente sabia a resposta à questão que por tanto tempo o assombrara. A busca pelo poder, concluiu ele em seus últimos momentos de clareza restantes, era a mais triste manifestação de todas, a manifestação de uma ausência de amor, pior ainda, da ausência da capacidade de amar. Ele desejou gritar: *Estou aprisionado na solidão do meu amor!* Berrar: *Vejam, vejam que isso é tudo que há & eu não percebi!* E, de fato, ele não estava inteiramente certo de que não o realizara, pois seus torturadores primeiro pularam para trás quando um baixo gemido saiu-lhe da boca, mas depois exclamaram de júbilo após concluírem que era apenas a derradeira passagem de um sopro vindo dos pulmões forçado pela parcial evisceração que prosseguiu no avinagrado tombadilho por uns minutos mais.

VII

NAQUELE MESMO MOMENTO em que o Comandante metamorfoseava-se numa lenda cetácea, Pobjoy, o rosto enrubescido devido a mais que apenas o calor crescente, quedava-se fora do moinho de vento — assim como o quartel-general do golpe de Estado, um dos poucos edifícios ainda adequadamente protegidos contra o fogo — acossado pelo pavor. Alguns dias antes ele havia vendido ao Marechal Musha um Constable autêntico — meu mais recente trabalho — por uma considerável quantia de dólares bengali. Enquanto era pendurado, descobriu-se no avesso da tela uma pintura de um alfaquim-prateado & o Marechal Musha rapidamente adivinhou a natureza & a origem da fraude.

Dentro de seu moinho de vento, estimulado pela facilidade com que tomara o poder sem recorrer a qualquer poder de fogo considerável que ele criminosamente reunira no pavimento acima dele, o Marechal Musha passara a última hora gritando enfurecidamente a seus novos subalternos que estava ele demasiado absorto em assuntos de Estado para poder falar, enquanto compilava uma lista de possíveis novos títulos para si.

O título Marechal Musha possuía uma familiaridade de sala de quartel que ele a princípio apreciara, mas que agora o afligia. A insensatez do Comandante fora pensar que se poderia transformar uma colônia penal numa nação, ao passo que a Musha Pug estava claro feito o dia que ela seria muito mais exitosa como uma corporação. Ele riscara os termos *O Supremo*, *O Primeiro Cônsul*, *Vossa Beneficiênça* (cuja grafia extenuou-o consideravelmente) e achava-se circulando *O Presidente* quando Pobjoy foi introduzido para vê-lo.

Desejando elucidar a todos os circunstantes que *tempo era dinheiro*, o Marechal Musha levantou-se, passou para a parede onde o Constable de presidiário estava pendurado, & diante dos olhos do carcereiro rasgou a tela da moldura & amarfanhou-a. Jogou a tela embolada aos pés de Pobjoy & exigiu dobrada a quantia que ele pagara por ela logo na manhã seguinte, ou Pobjoy enfrentaria destino pior do que aquele que em breve acometeria o desgraçado pintor Gould. Com isso, findou-se a entrevista.

Após Pobjoy sair, o Marechal Musha ordenou que um destacamento de guardas acorresse ao outro lado da ilha & interrompesse a execução de William Buelow Gould. O que quer que valesse em Sarah Island um Constable falsificado, valeria um bom tanto mais em Londres. O crime do Comandante fora sonhar muito, pensou o Marechal Musha; o de Pobjoy, sonhar pouco. Ele, no entanto, estava determinado a seguir uma linha estritamente mercantil de extorsão moderada, a qual se provara tão exitosa com os da laia de Clucas.

Lá fora Pobjoy deixou a tela amarrotada cair de suas mãos até as cinzas que agora cobriam tudo. Naquelas cinzas uma brasa fumegante abriu um furo vermelho tela embolada. Pobjoy cuspiu na palma das mãos. Refletindo que se por um lado perdera uma pintura por outro ao menos ganhara um porco, ele agarrou os puxadores do carrinho em que Castlereagh se encontrava afivelado. Conforme grunhia com o esforço do levantamento, contemplou seu exitoso roubo de Castlereagh da pocilga meia hora antes durante o tumulto de fogo & motim, & não chegou a ver o torvelinho de vento quente enfurecido que varreu tela embolada a seus pés & lançou-a bailando no ar.

Na minha cabeça consigo ver os peixes, o porco, o Pobjoy: resumindo, a calamidade toda. Lá vai ele, & oh, meu Senhor, olhe só para ele rumando ao Bulevar do Destino para longe do moinho de vento, vergando-se & suando & ronronando & esverdeando com todo aquele desacostumado esforço, um homem que era como um talo de aspargo estiolado empurrando aquele porco que era como um monstro firmemente enlaçado & um tanto desajeitadamente amarrado num carrinho de mão desproporcional à sua carga, & o porco & também o Pobjoy inteiramente inconscientes de que atrás deles o ar que lufava ao redor tela embolada transformara aquele furo vermelho incendido numa labareda.

Por favor, não perguntem como sei de tais coisas, por favor: no que concerne aos peixes tudo sei — ou tanto quanto possível — &, ademais, é rude interromper quando estou bem no meio de contar-

-lhes como aquele lamentável alfaquim-prateado amarrotado começou a fulgurar, transformando-se numa bola de fogo ainda maior, & como aquela bola de fogo crescente depois saltou com o vento em todo seu feroz esplendor, bailando até o segundo andar do moinho de vento & através de uma janela pousou no arsenal secreto do Presidente, onde caiu no meio de várias dezenas de barris de pólvora.

VIII

Ouvi um estrondo gigantesco.

Senti o ar & a terra pulsarem como se fossem oscilantes fantasias reais.

Depois do que pareceu uma eternidade, mas que pode não ter passado de um ou dois segundos, ouviram-se arfadas daqueles que, ao contrário de mim, conseguiram testemunhar a espetacular visão de um mundo estático em súbita & completa ação majestáthica — aqui a locomotiva do Comandante lançando-se céu acima em ribombantes fragmentos; ali vagões subindo vertiginosamente em direção às estrelas tal como gravetos atirados a um cão; por toda parte enormes rodas de ferro voando tal como balas de canhão achatadas; bustos de estuque de Cícero & estilhaços das prateleiras do Registro; livros abertos esvoaçando tal como pássaros moribundos; bem como paredes — retratos & espelhos ainda afixados — ondeando até o céu tal como folhas de papel piruetando no vento; corpos curvados já flácidos espetados variegadamente em atiçadores de fogo, balaustradas, pernas de cadeira & barrotes de assoalho denteados ascendendo tal como folhas de outono estranhamente trespassadas dirigindo-se ao selvagem sol vermelho; milhares de tiras das cartas da senhorita Anne celebrando a Europa explodindo em milhares de notas atonais & o grito derradeiro do Marechal Musha atomizando-se em tantas partículas quanto as de sua saqueira explodida.

O sol tornava-se cada vez maior em tamanho & vermelho em coloração até virar uma maldita esfera monstruosa cujo exato contorno desapareceu naquela negra catástrofe de memórias; & perdidos para sempre dentro dela Brady & seu grande exército libertador, jarretes suínos, as maravilhas de Plínio, nossas esperanças, a visão de Nação do Comandante, cartas de amor, peças de mah-jong, a república dos sonhos, joelhos de porco & pedaços de Pobjoy.

Mas em minha cela como poderia eu saber que outros reconstruiriam a ilha, reescrever-lhe-iam as histórias, & condenariam a todos nós uma vez mais? Pois tudo o que eu podia sentir quando punha minha mão além das grades era a mais suave das carregadas chuvas negras caindo sobre a terra, tudo o que eu podia ver eram nossas vaidades coletivas retornando-nos agora como demasiadas cinzas, & o que eu nunca poderia ter sabido era que sarapintando o mar fumacento havia a imagem detonada do responsável por este último apocalipse: os carbonizados despojos mortais do alfaquim-prateado.

IX

Coleiras de ferro fundido, correntes & calcetas com pregos, o cheiro das almas moribundas & dos corpos vivos dos homens, juntamente com a verdadeira linfa do sofrimento, a assombrosa verdade do desprezo, a gloriosa liberdade da negligência, o inarticulável medo de muitos peixes & meu amor não correspondido por eles: essas coisas conheci & nunca conhecerei de novo. Fui coagido por este mundo a tornar transparente minha alma para que todos a vissem mediante palavras & pinturas, mas foi-me permitido fazê-lo sem ter que me ver subordinado & ofuscado por outra coisa que não minha própria trêmula alma nua.

Se minhas pinturas de tais coisas me houvessem tornado famoso eu teria conhecido o reverso: eu teria sido cortejado, adulado, enganado; minhas opiniões absurdas, consideradas significativas; minha presença irrisória, uma bênção; meu rosto carcomido, atraente. A falsidade da honra, a enfezada seriedade do sucesso, a prisão da reputação; homens querendo cobrir-me os olhos com chuva de ouro & mulheres desejando estar comigo; todos ávidos de minha companhia ou, na falta desta, do menor sinal de minha estima, um rascunho, um bilhete, uma insinuação de reconhecimento. Todos seriam meus. Todos meus & mais do que isso meus & meu nome mais do que meu trabalho. Meu trabalho significaria menos & menos, mais especificamente para mim. Preferiria estar morto.

Por muitos anos pintei peixes, & é verdade que recentemente fui infiel. Abandonei-os & queimei-os, mas nunca deixei de amá-los; eu era como Voltaire, o qual amava tanto Madame du Châtelet que foi então capaz de fugir com uma porção de outras mulheres, até que ela finalmente teve um breve caso que resultou em sua gravidez. Tarde demais Voltaire percebeu o que perigou perder, & regressou para testemunhar seu grande amor morrendo no parto — motivo pelo qual, após ter provocado tanto tormento, foi mais do que justo & apropriado que ele acabasse se tornando um frasco de perfume de cabeça oca usado para levar mulheres ao prazer para todo o sempre.

Lá fora o mundo brilha vermelho. Aqui dentro, com tinta marrom feita com o último, com o mais desesperado dos expedientes — um chorume composto de cuspe e um projétil normalmente reservado para o prazer de Pobjoy — eu agora registro as horas finais da colônia & também as minhas com a verdadeira tinta de presidiário, o fusco do homem pobre que ele usa para besuntar seu protesto, sua fúria e ódio e medo deste mundo merdoso com mãos merdosas em demãos merdosas sobre paredes de cela na esperança que ele espera não estar perdida — a de que o amor irá ainda a um seu último pedido encontrá-lo caso ele consiga apenas cavar fundo o bastante em sua própria decomposição.

Billy Gould, ele preferiria palavras & as folhas de papel restantes de Pobjoy, mas equivaleria a quase o mesmo: leiam os borrões dele como quiserem — como um pretexto para levar outra sova, como veria Pobjoy; como um rompante contra a noite, como interpretaria um criticastro; como testamento de uma crença, se quiserem; ou, tal como ele próprio prefere, como uma confissão de fracasso.

Por muitos anos pintei peixes, & eu teria de dizer que o que uma vez fora uma imposição — o que começara como uma ordem tornou-se um empurrão acolhedor & depois um ato criminoso — é agora minha paixão. A princípio, tentei, a despeito de minhas insuficiências artístikas, criar um registro deste lugar, uma crônica das pessoas & suas histórias, & elas todas seriam peixes. No começo seriam todas elas, todas aquelas pessoas anônimas que não possuem retratos, que apenas existem para além do alcance de seus corpos como uma sentença de exílio, uma entrada no censo de presidiários, numa lista de açoitamentos, uma inicial tatuada no peito ou nos braços de um colega criminoso, azul de pólvora & arborizado de pelos; um amuleto de amor de um *pence* pendurado em torno de um pescoço fortemente enrugado recordado como a firme, suave pele de uma jovem mulher; uma memória desvanecendo mais rapidamente que a esperança.

Fantasiei que eu iria pintar peixes melhor do que qualquer um na História; que Rembrandt van Rijn ou Rubens ou qualquer outro astuto homem da Renascença jamais poderia se equiparar a Billy Gould, que meus peixes seriam pendurados nas melhores casas, a minúcia das escamas & guelras celebrada por gerações de professores emperucados.

Eu lotaria uma grande galeria londrina com essas imagens transmutadas, de modo que as pessoas que viessem ver minhas pinturas em breve se achassem nadando num estranho oceano que não conseguiriam reconhecer, & sentiriam um Grande Pesar com relação a quem elas eram & um Grande Amor com relação a quem elas não eram & tudo isso estaria misturado & nítido ao mesmo tempo, & elas nunca seriam capazes de explicar nada daquilo a ninguém.

Então vim a perceber que isso era vaidade. Longe de afetar-me se eram ou não penduradas, eu nem mesmo me afetava se minhas pinturas eram acuradas ou adequadas à maneira que o Cirurgião & seus livros taxonômicos de descrição scientífica estabeleciam que fossem os retratos de peixes. Eu apenas queria contar uma história de amor & ela tratava de peixes & tratava de mim & tratava de tudo. Mas porque eu não conseguia pintar tudo, porque eu conseguia pintar somente peixes & meu amor & porque nem mesmo isso eu conseguia fazer direito, vocês bem podem considerá-la uma história falha.

Envelheci. Meu patrono transformou-se num porco. Fui condenado à morte. Incendiamos o mundo. Compreendi que não eram peixes o que eu tentava capturar, mas água, que era o próprio mar, & da mesma forma como redes não conseguem segurar a água, tampouco eu conseguia pintar o mar.

Entretanto, continuei compondo este *Livro de peixes* porque eu não poderia tê-lo rido ou dançado tal qual Pouca Paga poderia, porque eu não conseguiria tê-lo nadado & vivido tal qual meus assuntos conseguiram, porque esta forma de comunicação das mais inadequadas — estas imagens & palavras caindo natimortas de meu pincel & de minha pena — era tudo que eu era capaz de fazer.

Contudo minhas pinturas seriam — tal como o Cirurgião me instruíra no primeiro dia — Vida, não Morte. Vim a compreender o comportamento de seus movimentos de barbatanas & corpo & guelras para realizar os estudos mais acurados possíveis, & toda vez que estavam sobre a mesa prestes a expirar, eu arremessava-os de volta a um balde de água salgada a fim de revivê-los para que eles, assim como eu, pudessem conservar um pouquinho mais a abreviada extensão da vida.

Queria contar uma história de amor à medida que eu lentamente matava aqueles peixes, & não parecia correto que eu estivesse lentamente matando peixes a fim de contar tal história, & peguei-me conversando com os peixes moribundos à medida que seus movimentos tornavam-se vagarosos, à medida que seus cérebros lentamente paravam de funcionar por falta de oxigênio.

Contei-lhes tudo sobre mim, sobre ter sido um bastardo mau que forjara a própria reinvenção como um pintor ainda pior, mas não obstante como pintor. Eu queria contar uma história de amor à medida que lentamente matava aqueles peixes, & contei-lhes sobre como minhas pinturas não se destinavam à Ciência ou à Arte, mas às pessoas, para fazer as pessoas sorrirem, para fazer as pessoas pensarem, para dar às pessoas uma companhia & para dar-lhes esperança & recordar-lhes aqueles que haviam amado & aqueles que ainda os amavam, além do oceano, além da morte, sobre como parecera importante pintar dessa maneira enquanto eu pintava.

Mas tais coisas não eram o que as pessoas queriam ver nos retratos, elas queriam ver mortos seus animais & mortas suas esposas, elas queriam algo que as ajudasse a classificar & julgar & conservar os animais mortos & mulheres mortas & crianças prestes a morrer em seus respectivos lugares dentro da prisão do enquadramento, & que esse negócio de contrabandear esperança pudesse maravilhá-las, pudesse ser o machado que racharia o mar congelado interior, pudesse fazer os mortos despertarem & nadarem livres. E isso não era uma pintura que valia apenas dois *pence*, mas algo mais criminoso do que o roubo.

Iludi-me com a esperança de que essa morte imposta a cada peixe que eu pintava pudesse ser um momento de profunda libertação para eles, algo pelo qual pudessem ansiar tal como eu agora ansiava pelo patíbulo como abençoada libertação.

Mas a verdade era que os peixes pressentiam que também eu estava morrendo, que eu estava a cada dia que passava achando mais difícil respirar o ar daquela fétida colônia, aquele denso, fumacento pálio de opressão & degradação & subjugação. Também meus movimentos tornavam-se vagarosos, também minha pele ardia & meus olhos embaciavam, & nós todos sabíamos que os peixes que por tanto tempo haviam sido o objeto do meu enlevo estavam prestes a ter sua vingança.

O DRAGÃO-MARINHO-COMUM

Que trata da trágica morte de Brady — Uma breve batalha — Uma dramátika fuga do patíbulo — Na companhia dos peixes — Perdido no mar — A ilha do esquecimento — Pensamentos heréticos — O retorno do senhor Hung — Uma captura iminente

I

A MINHA TRAGÉDIA FOI TER-ME tornado um peixe. A tragédia de Brady foi não se ter tornado um. Pois eu ainda estou vivo & Brady está morto, sei que está morto, pois eu também me banqueteei de seu cadáver degolado (sua cabeça, ao contrário de sua vida, claramente tinha algum valor para o governador) quando da Constitution Dock o jogaram no rio Derwent. Não houve para mim transformação mágika quando meus cabelos caíram & minha pele lentamente engrossou-se & dividiu-se em infinitas escamas, quando meus membros paralisaram & se contorceram & ficaram translúcidos & afiados tal como barbatanas, não houve o despontar de uma sensação de assombro quando comecei a sentir o poder propulsivo & um bom domínio da longa cauda brotando a partir de meu traseiro; nenhuma sensação de pânico à medida que guelras irromperam no fundo de minha boca & minha necessidade de água tornou-se algo absolutamente mais torturante & intenso do que a pífia & risível palavra "sede" jamais conseguiria descrever.

Eu simplesmente havia passado tempo demais na companhia deles, encarando-os, cometendo o desvario quase criminoso de pensar que neles havia individualmente um quê de humano, quando a verdade é que há irrevogavelmente um quê de peixe em todos nós. Num momento eu era um falsário condenado, um Vilão mascarando-se de Artista, postado na forca do molhe, & no outro eu sabia que possuía um último fragmento de energia remanescente que precisava convocar. Com um canivete onipotente desvencilhei-me do nó, resvalei num cabeço do molhe, & de lá caí dentro do mar.

Mas devo ser mais preciso.

Dos catastróficos eventos que haviam tão rapidamente arrebatado a ilha permanecêramos isolados os condenados habitantes das celas mortais & nossa bojuda guarda de doze homens. O fogo subira em disparada a cordilheira imediatamente atrás das celas; os amotinados não haviam solicitado a confiança ou o apoio dos soldados em postos avançados, & portanto conserváramo-nos ilesos & ignorantes dos momentosos eventos desenrolando-se logo acima da colina no outro lado da ilha. Mas considerando os variegados mexericos sobre uma invasão principiados praticamente uma hora antes pela Marinha Real Britânica, dando conta de um golpe de Estado, do assassinato & da miraculosa ressurreição do Comandante, & da enorme explosão que, segundo os esfarrapados & feridos sobreviventes os quais estavam exatamente começando a rumar à nossa parte da ilha, fora o mero começo da vingança do Comandante, a pequena guarda estava não obstante ficando nervosa. O sargento reagrupara-os argumentando que deviam continuar tal como antes ou o Comandante certamente iria matá-los, & que a primeira incumbência que enfrentavam era levar a cabo a execução do dia.

Eu fora conduzido até o cais, eu escalara a forca, eu olhara melancolicamente para o céu salmão-defumado & com meus olhos vendados senti que o céu não estava vazio mas sim repleto de almas mortas acenando-me para a elas me juntar. Eu não ouvira nenhuma das orações do padre, eu acenara alegremente na direção em que escutara a pequena multidão de criminosos reunir-se, obrigados a assistir àquilo. Eu rira com eles, & eu me banhara em seu olhar que admirava minha sobrepeliz branca com suas compridas mangas que caíam abaixo de minhas mãos, com esplêndidos peixes bordados abençoando meu peito, com belos ornamentos de compridas serpentinas de laminária gigante que os guardas haviam jogado sobre mim com zombaria — *Vejam só, é o rei Netuno!* — & muito antes que os outros os vissem, eu soube que havia sido condenado duma maneira muito mais terrível.

Em minha treva pressenti-os chegar, senti o tonitruar da terra sob seu pesado tropel de passos & comecei em minha mente a escrever um livro, meu próprio folheto de seis *pence*, que começava como toda boa confissão de um homem condenado, assim: *Minha mãe é um peixe*; & que terminava assim: *clique-claque, ra-tá-tá, bobo Billy Gould, cavalgando um cavalo-marinho até Banbury Cross*. Este livro de peixes que escrevi inteiramente de cabeça palavra por palavra, o qual pintei pincelada por pincelada, naquele instante em que eu estava entre ser esta carne & não sê-la, & que acabou muito inesperadamente com…

Mas justo então um clamor intensificou-se. Não me virei & fugi, mas sim encarei-os em cheio, para melhor focalizar todos os meus sentidos sobre meu destino.

Quando eles viram soldados acercando-se com mosquetes com baioneta apontados, os guardinhas anteriormente apreensivos & agora aterrorizados que me haviam de enforcar apavoraram-se. Abriram fogo contra os soldados que se acercavam, que por sua vez puseram-se de joelhos atrás de um barco baleeiro numa rampa & prepararam-se para entrar em combate. Nenhum tiro tinha a intenção de acertar-me, é claro, agora eu sei disso — esses soldados em marcha tencionavam resgatar-me & libertar-me, certo?

Mas meu vigia assumiu posições utilizando a forca como barricada, & os mosquetes, mesmo no melhor dos momentos, são aflitivamente imprecisos, & eu, a cabeça ainda enfiada no frouxo nó do algoz, era o único corpo que restava exposto.

Fui eu quem sentiu o feroz perfume de pólvora explodindo antes que os outros houvessem mesmo visto os mosquetes dos oponentes apontarem, mirarem & dispararem; eu quem sozinho sentiu o ligeiro sussurrar de brisa feito pelo deslocamento da bala de mosquete girando inexoravelmente do flanco do barco baleeiro transpondo o ar rumo à forca enquanto eu tranquilamente aguardava várias eternidades pela inevitável detonação em meu peito.

Vejam então que foi a sina a qual aceitei & também aquela contra a qual me rebelei que estabeleceu que era meu destino acolher o tiro de bom grado com meu corpo mas usar seu impulso para ajudar-me a impelir-me para trás & sacudir minha cabeça para fora daquele nó toscamente amarrado, tirar da servidão meu repentino canivete & sair da forca & ir para o molhe. Eu sabia que meu corpo estava se arqueando para trás, uma vela vagarosamente enfunando-se para fora quando o vento primeiro estapeia & a viagem ao desconhecido começa, enchendo & ondeando estava eu conforme rolei pelo molhe & tombei no mar vermelho-ocre, & foi então que minha venda foi levada arrastada & meus olhos embaciados voltaram a ver & eu soube que minhas confissões estavam quase terminadas & meu castigo acabava de começar.

Meu corpo queimava com uma imensurável dor de penitência. Meu equilíbrio estava tão afetado por ter estado tanto tempo longe da água que, a princípio, flutuei de lado & somente após acabar inalando água foi que tive forças de mover-me.

Ouvi o líder dos soldados atrás do barco baleeiro gritar:

"É ele que queremos, ninguém mais. É Gould, o pintor, que temos que trazer de volta!"

Senti o tropel dos soldados & dos rastejadores correndo ao longo do molhe para ver & disputar o milagre que acabara de ocorrer.

Ouvi os gritos da confusão, embora os tenha ouvido como esquisitas vibrações baixas vindas de cima & não como estridentes gritos de incredulidade. Senti como um tépido, inútil, ruidoso ronco as discussões dos que haviam visto o milagre com os que nunca o veriam. Com minha vista restabelecida vi as balas de mosquete caírem lentamente, a força de sua explosão perdida após o impacto com a água & somente o peso da gravidade arrastando-as para baixo, diminutos chuviscos de morosos granizos negros, sucedidos por remos futilmente bordoando a superfície da água, presumivelmente tentando atingir-me o cocuruto, & depois, um pouco mais ardilosamente, uma rede varrendo próxima a mim.

Então vi os croques descendo em minha direção & soube que queriam arpoar-me de volta à escravidão. Com uma agonia que ser humano algum jamais entenderá & peixe algum conseguirá descrever, forcei meu corpo para baixo, para muito, muito, muito longe da luz.

II

Eu flutuava, inalava água, caía, subia, meu peso não era nada se comparado ao que eu uma vez conhecera, eu voava através da água, afundando & planando em meio de bailantes florestas de laminárias gigantes, roçando em alfaces-do-mar, corais, todas as pessoas que eu conhecera, cavalos-marinhos-de-barriga, kelpies, baiacus-de--espinho, mira-céus, peixes-couraça, peixes-cobra, tubarões-serra, peixes-crina, alfaquins-prateados & o mar era um amor infinito que englobava não apenas aqueles que eu amara mas aqueles que eu não amara, o Comandante bem como Capois Death, os negros que haviam matado Capois Death bem como o Rastreador Marks, o Cirurgião bem como o ludita, & eles todos me roçavam & eu a eles assim como Rastreador Marks havia uma eternidade atrás estendido o braço & me tocado.

Quem poderia ter medo de tamanha ternura?

Próximo ao recife topei com a baiacu-rajada, & ela contou-me seu verdadeiro nome & eu afastei a dobra entre sua nádega & a coxa

& lá lambi, à procura do cumprimento da promessa de seu perfume, & depois corri minha língua pela coxa & lambi os músculos de suas panturrilhas, o glorioso arqueamento do peito de seus pés, o roliço deleite de seus artelhos & em tudo eu provei os milhares de componentes de seu perfume que ainda não eram seu perfume & eu articulei seu nome & ele era todo água, eu provei o seco deserto de sal de suas costas, & ela sempre muito lentamente rolava & olhava ao longe mas eu somente tinha olhos para os seus deslumbrantes seios chapinhando & com meus lábios senti o fardo do peso deles & provei-lhe os ombros, com o nariz acariciei-lhe a gloriosa concavidade das axilas & vi-lhe os movimentos que a princípio haviam sido solícitos mas travados tornarem-se alongados & lânguidos & então ela olhou para mim & de perto, os olhos cerrados, & então seus membros desabrocharam & eu lambi a parte que era um pouco salgada & um pouco azeda & outra vez algo completamente novo & sua respiração saía em ásperos rascantes quentes & afaguei-lhe as nádegas mais & mais em círculos & minhas narinas começaram a arder mais & mais & eu comecei a conhecer a promessa de satisfação de seu perfume & eu recordei a história dos Astomi que viviam somente dos perfumes & como poderia eu saber que por quase duzentos anos também eu havia assim vivido? — tal como Plínio há muito descrevera, & tal como Amado, o Imprudente, procurara nos mares austrais em vão? — subsistindo de nada mais que do cheiro feminino & então eu não mais estava lambendo ou contemplando ou cheirando & eu estava cavalgando seu perfume & ela o meu & então eu era o seu perfume & nós estávamos além de seu perfume & nós estávamos fazendo nossa revolta da nossa própria maneira & eu pensei:

Oh! minha adorada, como aguardei por isto! & eu pensei:

Como poderei morrer conhecendo isto?

— tudo isto que está além de nós, tudo isto que continua adiante & avante, sempre externamente, mundo sem fim, isto, nosso terceiro círculo.

III

Isso foi muito, muito tempo atrás. Vivo agora em perfeita solidão. Nós peixes fazemo-nos companhia, é verdade, mas nossos pensamentos são individuais & completamente incomunicáveis. Nossos pensamentos se intensificam & entendemo-nos uns aos outros com uma completa profundidade que apenas os desonerados da fala & de suas complicações poderiam entender. Portanto é mentira que nós não pensamos nem sentimos. Na verdade, além de comer & nadar, é tudo que temos para ocupar nossas mentes.

Gosto de meus colegas peixes. Eles não lamuriam questões pequenas de ínfima importância, não manifestam culpa por suas ações, tampouco procuram transmitir as moléstias de se ajoelhar aos outros, ou de se sair na vantagem, ou de se possuir coisas. Eles não me deixam enojado com discussões sobre seus deveres para com a sociedade ou a ciência ou seja qual for seu Deus. Suas violências uns contra os outros — assassinato, canibalismo — são honestas & sem maldade.

No entanto algumas coisas tornam-se-me menos claras quanto mais me demoro nelas.

Por um longo tempo antes de ser um peixe a única coisa que me importava era que minhas pinturas pudessem conversar com os outros, pudessem expressar um sentimento que ultrapassa a sepultura. Com aqueles que precisavam de consolo. Com aqueles que estavam aterrorizados.

Às vezes devo admitir que eu anseio uma vez mais ter o poder da fala humana, fosse apenas por alguns momentos, de modo que eu pudesse explicar como uma vez quis viver como um arco-íris de cores explodindo, sol árduo desmoronando sob uma chuva suave, mas tive que em vez disso contentar-me em fazer marcas desleixadas em papel de cartucho barato. De modo que eu pudesse contar sobre como uma vez quis ascender ao firmamento & sacudir os céus, afundar-me no mar & mover a terra; conhecer a beleza & o assombro deste mundo, a beleza & o assombro que agora percebo serem tão ilimitados quanto seus contrários, & contar sobre como quis que outros os conhecessem comigo, & sobre como tudo de nada serviu.

Queria que minhas pinturas falassem, mas haveria alguém ouvindo? Perdi minha vida nisso, vejam vocês, minha razão naufragou devido a isso. Está tudo bem, não estou me queixando — mas de que adiantou? Meus sentimentos nunca terminaram sua jornada como um significado que outros pudessem tal como a um pão repartir & dividir. Minhas pinturas eram inúmeras mudezas.

Abri-me para tudo. Quanto mais eu sentia & mais derramava este sentimento nos meus peixes, mais sentimentos via em todo o meu redor. Toda aquela dor & toda aquela tristeza & todo aquele desesperançado amor em cada vida fraturada & em cada coração oculto, & então um dia eu não mais pude suportar ver todo aquele sentimento & dor & amor & eu queimei meu livro de peixes, desejei-lhe adeus & já vai tarde & passar bem! Disfarcei-me a fim de me parecer com os outros, criei folhas de alga ao redor do torso & do pescoço para que, conforme eu nade, fique indistinguível das laminárias & florestas de ervas marinhas onde mergulhadores ocasionalmente agora procuram por mim.

Alguns têm redes & desejam capturar-me & vender-me a farmacêuticos chineses, esses homens de medicina mística que, à maneira de seus ancestrais com os quais o Comandante em-tempos-de-antanho fizera trocas tão excelentes, colocariam minha casca ressequida num pilão & moeriam minha essência remanescente num pó ao qual iriam então atribuir poderes de famigerada libido & um alto preço correspondente. Dizem que é bom ser desejado, mas não estou certo disso. Uma ambição, disse-me uma vez Capois Death, é boa contanto que se realize, mas em meus temperamentos mais ávidos eu esperara avultar a algo mais que uma ereção passageira.

Outros têm câmeras subaquáticas. Gravam-me & fotografam-me, pois sendo um dragão-marinho-comum consideram-me como um retrocesso primitivo cuja espécie encontra-se à beira da extinção, & eu, que fora o Artista, tornei-me ao invés disso o tema; eu, cujo papel fora auxiliar na classificação, tornei-me agora o classificado. Minhas pequenas barbatanas membranosas batem tal como as de uma fada, & as encaro & elas a mim, admirado de minhas deslumbrantes cores, de meus serenos movimentos, & assim me deslumbro.

A questão que me assombra à medida que eles me perseguem & à medida que eu persigo artêmias & espreito ao redor de recifes ricos em peixes ao largo de Bruny Island, da qual fiz meu lar, é esta: será mais fácil para um homem viver sua vida como um peixe do que aceitar o assombro de ser humano?

Tão sozinhos, tão assustados, tão desejosos daquilo que tememos articular. Entre mortos & vivos — o quê?

E entre os bamboleantes pilares diagonais de luz & treva que listram meu mundo aquoso, quis fazer estas & outras perguntas a esses mergulhadores: Por que é que sou possuído de duas emoções inteiramente contrárias? Expliquem-me isso? Porque não se pode explicar, mas ainda assim quero saber por quê — por que, quando toda evidência de minha vida diz-me que este mundo cheira pior que o cadáver flutuante do velho dinamarquês, por que é que ainda não consigo me furtar a crer que o mundo é bom & que sem o amor eu nada sou?

Às vezes quero até mesmo dar pancadinhas nos óculos desses mergulhadores com meu focinho & dizer: Querem saber no que irá se transformar este país? Perguntem-me — afinal de contas, se vocês não conseguem confiar num mentiroso & num falsário, numa prostituta & num informante, num homicida condenado & num ladrão, nunca entenderão este país. Porque nós todos fazemos concessões ao poder, & a maioria de nós venderia nosso irmão ou irmã em troca dum pouco de paz & silêncio. Fomos treinados para viver uma vida de covardia moral enquanto todo o tempo confortamo-nos de que somos rebeldes da natureza. Mas na verdade nunca nos chateamos & nos excitamos com nada; somos qual os aborígines que abativemos para abrir caminho para as ovelhas: dóceis até que chegue o massacre.

Tudo que há de errado neste país começa em minha história: eles todos vêm construindo o lugar, desde quando o Comandante tentou reinventar Sarah Island qual uma nova Veneza, como a ilha do esquecimento, porque qualquer coisa é mais fácil que lembrar. Eles esquecerão o que aconteceu aqui por uns cem anos ou mais, então irão reimaginá-la assim como também o velho dinamarquês reimaginou, porque qualquer história será melhor do que a triste verdade de que não foram os ingleses que fizeram isto conosco mas sim nós mesmos, de que condenados açoitaram condenados & mijaram nos pretos & espionaram uns aos outros, de que os pretos venderam mulheres negras em troca de cães & espetaram condenados fugidos, de que pescadores de baleia brancos mataram & estupraram mulheres negras, & mulheres negras mataram os filhos que provieram.

Então aí está: duas coisas & eu não consigo conciliá-las & elas estão me dilacerando. Estes dois sentimentos, este conhecimento de um mundo tão horrível, esta sensação de uma vida tão extraordinária — como hei de decifrá-los? Pode um homem tornar-se um peixe? Vocês mergulhadores que vieram tão longe para sondar meu mistério, estas questões, este tormento, este bem & este mal, este amor & este ódio, esta vida, os decifrem para mim, deem sentido à minha história, unam-me a esta vida, digam-me que não é uma parte inextricável de minha natureza — eu lhes imploro...

Pois não me reconciliei com este mundo.

Desejei-o & não o consegui & portanto tentei reescrever este mundo como um livro de peixes & lancei-me a ordená-lo da única maneira que sabia.

Mas minha maneira era insignificante, meus gritos inauditos, minhas pinturas cuspidas antes que se perdessem por toda a eternidade. Agora eu apenas observo & penso no ridículo, no improvável: o mundo é bom, penso, & o mundo é bom & o mundo é bom.

Nada disso adianta, eu sei.

É, na melhor das hipóteses, um pensamento herético para o qual o castigo se faz inevitável & atrasado há muito. O livro de sonhos de Matt Brady estava certo: amar não é seguro.

Atrás da máscara do mergulhador vindo agora em minha direção com uma rede reconheço a inconfundível fisionomia do senhor Hung, mergulhando em busca de mais espécimes para seu aquário, & sei que é apenas questão de tempo antes que eu me encontre fitando a parte de fora daquele tanque iluminado com neon cujo interior eu uma vez encarei tão atentamente; que enquanto a Conga & o senhor Hung tramam uma nova fraude, na qual forjarão o diário de um condenado de dois séculos atrás & tentarão despachá-lo como História autêntica, ocasionalmente fitando-me lá dentro, talvez perguntando-se como seria ser um peixe, eu os encare lá fora perguntando-me como seria ser como eles, sabendo que uma fraude é apenas um sonho, & que um sonho é uma coisa perigosa quando se crê demais nele.

Pois lá fora, exatamente fora do alcance de nossa visão, a rede espera por nós todos, sempre pronta para capturar & então se erguer conosco enredados nela, barbatanas estrebuchando, corpos inutilmente debatendo-se, rumando para sabe-se lá que caótico destino. Amor & água. Sid Hammet me encara por tempo demais. Não estou com medo, nunca estive eu com medo. Eu me tornarei você. Estou ascendendo na noite, subindo, rolando, atravessando vidro & ar até adentrar em seus olhos tristes. Quem sou eu?, ele não mais pode perguntar & eu — sendo meu castigo perfeito para alguém que tomou uma vida mas não ganhou outra em troca — posso apenas desejar a certeza de responder. Eu sou William Buelow Gould

& meu nome é uma canção que será cantada, clique-claque — ra--tá-tá-tá, uma pintura por um *pence*, bobo Billy Gould, cavalgando um cavalo-marinho até Banbury Cross…

EPÍLOGO

Das fichas do recenseamento do Secretariado Colonial, 5 de abril de 1831

(Arquivo Público da Tasmânia)

GOULD, William Buelow, *número de prisioneiro* 873.645; *pseudônimos* Sid Hammet, "o Cirurgião", Jorgen Jorgensen, Capois Death, Pobjoy, "o Comandante"; *marcas de identificação* tatuagem acima do peito esquerdo, âncora vermelha com asas douradas, *inscrição* "Amor & Liberdade"; *foragido de* Sarah Island, 29 de fevereiro de 1831. Afogou-se tentando fugir.

ESTE LIVRO, COMPOSTO NA FONTE FAIRFIELD,

FOI IMPRESSO EM PAPEL PÓLEN SOFT 70 G/M, NA GRÁFICA BARTIRA,

SÃO PAULO, BRASIL, MAIO DE 2015